JOSÉ DE ALENCAR

Senhora

Orientação pedagógica e notas de leitura:
Douglas Tufano

MODERNA

COORDENAÇÃO EDITORIAL Maristela Petrili de Almeida Leite
EDIÇÃO DE TEXTO Janette Tavano
COORDENAÇÃO DE EDIÇÃO DE ARTE Camila Fiorenza
ILUSTRAÇÃO DE CAPA Bruna Assis Brasil
FOTOS UTILIZADAS NA MONTAGEM DA CAPA ©Bettmann/Corbis/Latinstock
DIAGRAMAÇÃO Isabela Jordani, Cristina Uetake
COORDENAÇÃO DE REVISÃO Elaine Cristina del Nero
REVISÃO Andrea Ortiz
COORDENAÇÃO DE PESQUISA ICONOGRÁFICA Luciano Baneza Gabarron
PESQUISA ICONOGRÁFICA Mariana Veloso Lima, Yan Imagens
COORDENAÇÃO DE *BUREAU* Américo Jesus
TRATAMENTO DE IMAGENS Bureau São Paulo, Marina M. Buzzinaro
PRÉ-IMPRESSÃO Alexandre Petreca
COORDENAÇÃO DE PRODUÇÃO INDUSTRIAL Wilson Aparecido Troque
IMPRESSÃO E ACABAMENTO HRosa Gráfica e Editora
LOTE 808221
COD 12096953

Dados Internacionais de Catalogação na Publicação (CIP)
(Câmara Brasileira do Livro, SP, Brasil)

Alencar, José de, 1829-1877.
Senhora / José de Alencar ;
orientação pedagógica e notas de leitura Douglas
Tufano. — 5. ed. — São Paulo : Moderna,
2015. — (Coleção travessias)

ISBN 978-85-16-09695-3

1. Romance brasileiro I. Tufano, Douglas,
II. Título. III. Série.

15-00649 CDD-869.93

Índices para catálogo sistemático:

1. Romances : Literatura brasileira 869.93

EDITORA MODERNA LTDA.
Rua Padre Adelino, 758 - Belenzinho
São Paulo - SP - Brasil - CEP 03303-904
Vendas e Atendimento: Tel. (11) 2790-1300
Fax (11) 2790-1501
www.modernaliteratura.com.br
2026

SUMÁRIO

LIVROS ANTIGOS PARA UM PÚBLICO JOVEM

Para o público de hoje, a leitura de um romance do século XIX pode parecer uma tarefa pouco prazerosa. Além da dificuldade para compreender o sentido de muitas palavras e expressões de épocas passadas, da estranheza de certas construções sintáticas pouco usuais atualmente, há nessas obras uma sensibilidade artística bem diferente da nossa, valores morais que privilegiam outros comportamentos. Mas não será possível ao leitor contemporâneo entender essas obras e até mesmo extrair delas o prazer da leitura?

A Editora Moderna apostou no "sim" e investiu numa edição diferenciada dos clássicos. A exemplo do que já é feito em outros países, em que uma mesma obra é editada com diferentes níveis de informação, os clássicos da coleção Travessias apresentam um minucioso trabalho de comentários à margem do texto integral.

O leitor iniciante tem muito a ganhar com essa leitura sinalizada, em que informações históricas, notas explicativas de vocabulário e características literárias da obra em questão são apresentadas de forma concisa e acessível pelo professor Douglas Tufano, reconhecido autor de livros didáticos na área de língua portuguesa e literatura.

A nossa intenção principal é aproximar passado e presente, levando o leitor a descobrir nos enredos dos livros antigos as mesmas emoções humanas que nos empolgam hoje.

JOSÉ DE ALENCAR: VIDA E OBRA

O mais enfezadinho da turma

José Martiniano de Alencar nasceu em Messejana[1], no Ceará, no dia 1º de maio de 1829. Desde seus anos de escola caracterizou-se por seu gênio "enfezado", como ele mesmo reconheceu, que marcou sua atuação política durante o reinado de D. Pedro II. Sim, porque Alencar foi um homem múltiplo: advogado, jornalista, deputado, ministro da justiça, escritor.

Passou a infância num ambiente político, pois seu pai, que também se chamava José Martiniano de Alencar, foi senador e presidente da Província do Ceará. Tinha sido padre, mas abandonara a vida religiosa para se casar com a prima Ana Josefina. Ela cuidava da família e preparava a casa para as frequentes reuniões políticas que seu marido organizava.

1 Messejana: grafia atual da cidade onde nasceu José de Alencar e na qual há uma famosa estátua de Iracema (antigamente se escrevia Mecejana).

A CASA ONDE JOSÉ DE ALENCAR NASCEU É HOJE UM CENTRO CULTURAL EM MESSEJANA.

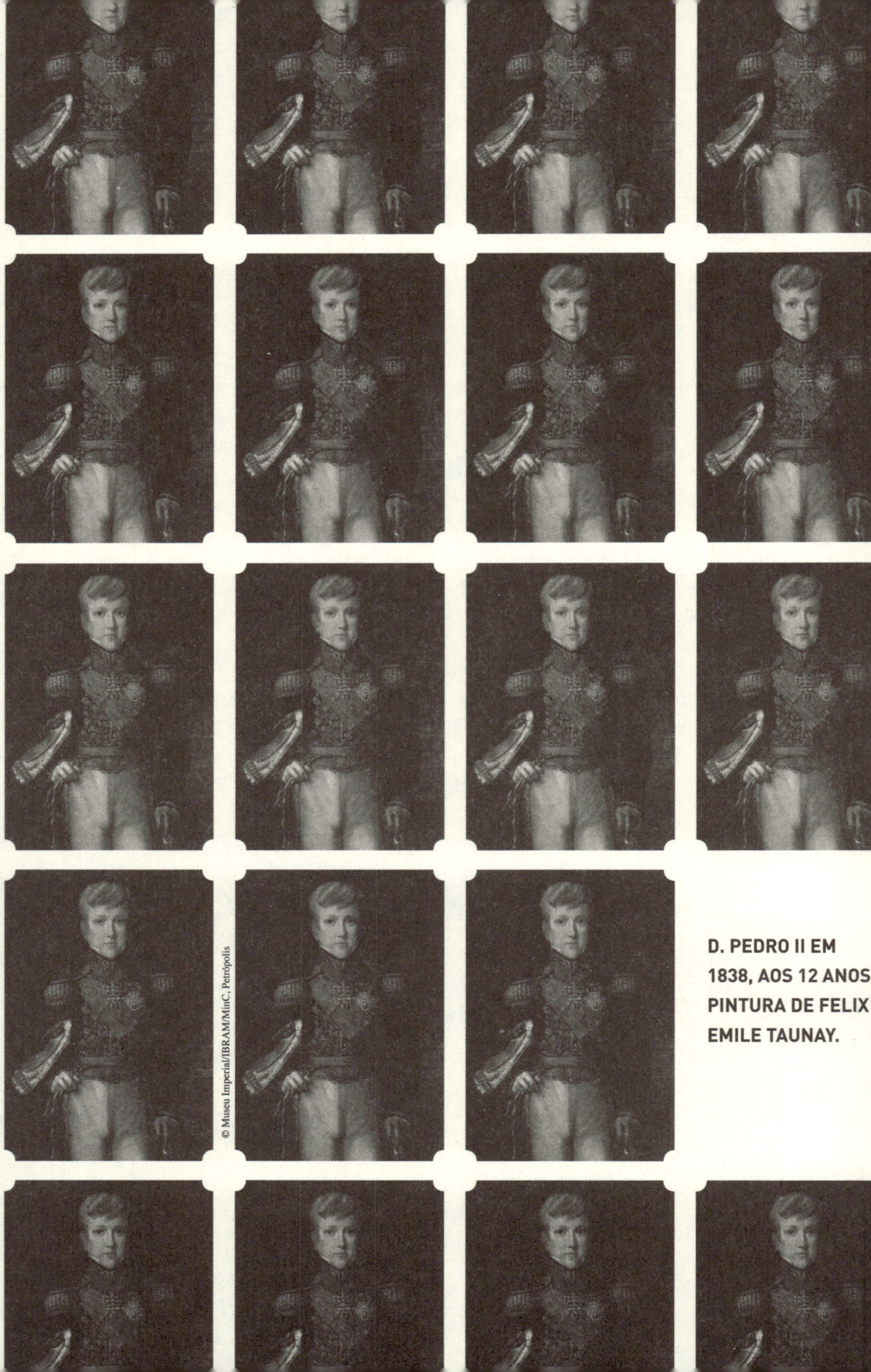

D. PEDRO II EM 1838, AOS 12 ANOS PINTURA DE FELIX EMILE TAUNAY.

Política com chocolate e bolinhos

Algumas dessas reuniões políticas eram secretas, como aquelas que envolveram o movimento que levaria à declaração de maioridade do jovem imperador D. Pedro II, de 15 anos, para que ele assumisse o poder, o que ocorreu em 18 de julho de 1841. O garoto José de Alencar tinha então 12 anos.

Relembrando esse tempo de reuniões, escreveu ele muitos anos depois, no relato autobiográfico *Como e porque sou romancista*:

"Aí nessa casa preparou-se a grande revolução parlamentar que entregou ao Sr. D. Pedro II o exercício antecipado de suas prerrogativas constitucionais. [...]

Uma noite por semana, entravam misteriosamente em nossa casa os altos personagens filiados ao *Clube Maiorista*, de que era presidente o Conselheiro Antônio Carlos e secretário o Senador Alencar.

Celebravam-se os serões em um aposento do fundo, fechando-se nessas ocasiões a casa às visitas habituais, a fim de que nem elas nem os curiosos da rua suspeitassem do plano político, vendo iluminada a sala da frente.

Enquanto deliberavam os membros do Clube, minha boa mãe assistia ao preparo do chocolate com bolinhos; que era costume oferecer aos convidados por volta das nove horas, e eu, ao lado com impertinências de filho querido, insistia por saber o que ali ia fazer aquela gente.

Conforme o humor em que estava, minha boa mãe às vezes divertia-se logrando com histórias a minha curiosidade infantil; outras deixava-me falar às paredes e não se distraía de suas ocupações de dona de casa.

Até que chegava a hora do chocolate. Vendo partir carregada de tantas guloseimas a bandeja que voltava completamente destroçada, eu, que tinha os convidados na conta de cidadãos respeitáveis, preocupados dos mais graves assuntos, indignava-me ante aquela devastação, e dizia com a mais profunda convicção:

— O que estes homens vêm fazer aqui é regalarem-se de chocolate".

O pequeno leitor da família

No século XIX, em muitas famílias, havia o hábito da leitura em voz alta de folhetins, que eram histórias sentimentais publicadas em capítulos pelos jornais. Eram geralmente grupos de mulheres, em que uma delas lia e as outras ouviam enquanto se entretinham com pequenos serviços domésticos, geralmente de costura. Na casa de José de Alencar havia uma pequena biblioteca, com vários romances da época e, como ele sabia ler muito bem em voz alta, apesar de ser ainda criança, logo se tornou o leitor oficial da família.

JOSÉ DE ALENCAR (1829-1877).

Para termos uma ideia de como eram esses serões familiares e como as histórias românticas envolviam os leitores, vejamos este depoimento de Alencar, extraído também do citado relato *Como e porque sou romancista*:

"Não havendo visitas de cerimônia, sentava-se minha boa mãe e sua irmã Dona Florinda com os amigos que apareciam, ao redor de uma mesa redonda de jacarandá, no centro da qual havia um candeeiro.

Minha mãe e minha tia se ocupavam com trabalhos de costuras, e as amigas para não ficarem ociosas as ajudavam. Dados os primeiros momentos à conversação, passava-se à leitura e era eu chamado ao lugar de honra.

Muitas vezes, confesso, essa honra me arrancava bem a contragosto de um sono começado ou de um folguedo querido; já naquela idade a reputação é um fardo e bem pesado.

Lia-se até a hora do chá, e tópicos havia tão interessantes que eu era obrigado à repetição. Compensavam esse excesso as pausas para dar lugar às expansões do auditório, o qual desfazia-se em recriminações contra algum mau personagem ou acompanhava de seus votos e simpatias o herói perseguido.

Uma noite, daquelas em que eu estava mais possuído do livro, lia com expressão uma das páginas mais comoventes da nossa biblioteca. As senhoras, de cabeça baixa, levavam o lenço ao rosto, e poucos momentos depois não puderam conter os soluços que rompiam-lhes o seio.

Com a voz afogada pela comoção e a vista empanada pelas lágrimas, eu também, cerrando ao peito o livro aberto, disparei em pranto, e respondia com palavras de consolo às lamentações de minha mãe e suas amigas.

Nesse instante assomava à porta um parente nosso, o Reverendo P. Carlos Peixoto de Alencar, já assustado com o choro que ouvira ao entrar.

Vendo-nos a todos naquele estado de aflição, ainda mais perturbou-se:

— Que aconteceu? Alguma desgraça? perguntou arrebatadamente. As senhoras, escondendo o rosto no lenço para ocultar do P. Carlos o pranto, e evitar os seus remoques, não proferiram palavra. Tomei eu a mim responder:

— Foi o pai de Amanda que morreu! disse mostrando-lhe o livro aberto. Compreendeu o P. Carlos e soltou uma gargalhada, como ele as sabia dar, verdadeira gargalhada homérica, que mais parecia uma salva de sinos a repicarem do que riso humano".

O depoimento que acabamos de ler nos mostra algumas características importantes do Romantismo e a maneira como esse movimento circulou na sociedade brasileira.

Observe que a leitura ocorre num ambiente doméstico, em meio a afazeres caseiros tipicamente femininos, e é feita em voz alta: uma pessoa lê e as outras escutam. É bom lembrar que, nessa época, o número de letrados no Brasil era muito pequeno, não sendo estranho, portanto, o fato de haver mais ouvintes do que leitores.

Os textos românticos apresentam frequentemente características da linguagem oral, em que predomina o tom declamatório. O apelo ao sentimentalismo é um dos traços marcantes dos escritores dessa época, que procuravam envolver emocionalmente o leitor. E o público visado por essa literatura era composto sobretudo por mulheres e jovens, pois a leitura de histórias ou poesias românticas não era considerada ocupação de gente séria...

Tempos de faculdade e a chegada da terrível moléstia

Em 1846, com 17 anos, Alencar matricula-se na Faculdade de Direito de São Paulo, que tinha sido criada em 1827. Ali, participa ativamente da vida acadêmica e funda, com alguns colegas, a revista *Ensaios Literários*.

Além da literatura, interessa-se por história e filosofia. Em 1848, transfere-se para a Faculdade de Direito de Olinda, em Pernambuco, que também tinha sido fundada em 1827. Começa a ensaiar seus primeiros passos na literatura, escrevendo um romance chamado *Os contrabandistas*, que, segundo conta, acabou destruído por um colega de quarto que costumava acender seu charuto nas folhas do manuscrito...

FOTO ANTIGA DA FACULDADE DE DIREITO DE SÃO PAULO, CONHECIDA HOJE COMO FACULDADE DE DIREITO DO LARGO DE SÃO FRANCISCO.

Durante esses anos todos, Alencar lê muito, principalmente os escritores franceses, como Alexandre Dumas, Balzac, Eugène Sue, entre outros, e também alguns ingleses como Walter Scott.

No fim desse ano, começam a aparecer os primeiros sintomas da tuberculose, doença temível naquela época de poucos recursos médicos e que seria a causa da morte do escritor, anos mais tarde.

Alencar volta para a Faculdade de Direito de São Paulo, onde faz o quarto ano, formando-se assim em 1850. No ano seguinte, instala-se no Rio de Janeiro e inicia sua carreira de advogado. Mas o gosto pela literatura e pela escrita o levaria a outros caminhos.

Jornalista, escritor, político

Em 1854, com 25 anos, Alencar ingressa na atividade jornalística, começando a trabalhar no *Correio Mercantil*, escrevendo uma seção diária, chamada *Ao correr da pena*, sobre os mais diferentes assuntos da atualidade — temas políticos, eventos sociais e culturais, passando a ser uma espécie de cronista da cidade. Entusiasma-se com essa atividade e, no ano seguinte, é gerente e redator-chefe de outro jornal, o *Diário do Rio de Janeiro*.

É nesse periódico que começa a publicar seus folhetins. Seu romance inicial — *Cinco minutos* — surge primeiro em capítulos nas páginas do jornal e só depois é lançado em livro, que foi dado como brinde aos assinantes.

Em 1857, lança o romance *O guarani*, seu primeiro grande sucesso, que marcará seu nome como um dos mais importantes do Romantismo e dará impulso definitivo à sua carreira literária. Os capítulos desse livro, publicado inicialmente como folhetim, eram ansiosamente aguardados pelos leitores, que seguiam as aventuras emocionantes do índio Peri e da família de colonizadores da bela e gentil Cecília, a famosa Ceci. O escritor Taunay, que era bem jovem nessa época, relembra o entusiasmo do público em seu livro de memórias chamado *Reminiscências*:

"O Rio de Janeiro em peso, para assim dizer, lia *O guarani* e seguia comovido e enlevado os amores tão puros e discretos de Ceci e Peri e com estremecida simpatia acompanhava, no meio de perigos e ardis dos bugres selvagens, a sorte vária e periclitante dos principais personagens do cativante romance [...].

Quando a São Paulo chegava o correio, com muitos dias de intervalo, então reuniam-se muitos estudantes numa república em que houvesse qualquer feliz assinante do *Diário do Rio* para ouvir absortos e sacudidos de vez em quando por elétrico frêmito, a leitura feita em voz alta por algum deles, que tivesse órgão mais forte. E o jornal era depois disputado com impaciência e, pelas ruas, se viam agrupamentos em torno dos fumegantes lampiões da iluminação pública de outrora — ainda ouvintes a cercarem, ávidos de qualquer improvisado leitor".

Em 1861, Alencar lança-se também na vida política, tendo sido eleito deputado pelo Partido Conservador. Em 1868, chega a Ministro da Justiça, cargo que ocupará por dois anos. Quase ao mesmo tempo, entravam em sua vida suas duas grandes paixões: a política e a literatura. E é nesta última que ele encontrará, muitas vezes, alívio e compensação das desilusões causadas pela primeira.

A atração pelo teatro

O teatro brasileiro como atividade artística regular nasceu no Romantismo. Sabemos que o desenvolvimento da atividade teatral está relacionado ao desenvolvimento do ambiente social. O teatro vive do público, e a presença constante deste estimula a produção de espetáculos e possibilita a profissionalização dos atores. Só no século XIX criaram-se condições para o exercício regular da arte teatral no Brasil, com a construção de teatros, a vinda de companhias estrangeiras e a formação de companhias nacionais. Com o tempo, estabeleceu-se um público apreciador de obras teatrais, surgiram autores e críticos de teatro.

A influência dos hábitos culturais da Corte portuguesa, transferida para o Rio de Janeiro em 1808, foi fundamental para a valorização do teatro na sociedade carioca do começo do século XIX. Companhias portuguesas de teatro e ópera passaram a visitar o Rio de Janeiro periodicamente, difundindo o gosto por esse tipo de atividade artística e criando condições para que, na década de 1830, surgisse um movimento em prol da criação de um teatro brasileiro, em consonância com o clima nacionalista da época. Esse movimento teve no ator e empresário João Caetano (1808-1863) sua figura mais importante. Ele fundou, em 1833, a Companhia Dramática Nacional e, no ano seguinte, deu a seu teatro o nome de Teatro Nacional.

José de Alencar compartilhava desse entusiasmo pelo desenvolvimento da nossa arte teatral. Escreveu ele: "Nós todos, jornalistas, estamos obrigados a nos unir e a criar o teatro nacional, criar pelo exemplo, pela lição, pela propaganda".

Alencar não via o teatro, porém, apenas como uma forma de entretenimento ou distração. Para ele, o teatro deveria ser também um meio de educação da sociedade. Por isso, criticava as obras que apelavam para o riso fácil, debochado. Ele escreveu algumas peças teatrais, mas nem sempre suas intenções de modernizar a ação teatral ou de levar o público a refletir sobre as questões sociais representadas tiveram sucesso. De qualquer maneira, fez um esforço sincero para contribuir para a consolidação da arte teatral num Brasil

NA FACHADA ATUAL DO TEATRO, DESTAQUE PARA A ESTÁTUA DO ATOR JOÃO CAETANO.

JOÃO CAETANO, FAMOSO ATOR BRASILEIRO DO SÉCULO XIX.

O TEATRO JOÃO CAETANO, NO RIO DE JANEIRO, É O MAIS ANTIGO DO BRASIL. NESSE LOCAL FOI CONSTRUÍDO, EM 1813, O REAL TEATRO DE SÃO JOÃO, EM HOMENAGEM AO PRÍNCIPE REGENTE, D. JOÃO VI. SOFREU VÁRIAS REFORMAS AO LONGO DO TEMPO E HOJE LEVA O NOME DO GRANDE ATOR DO SÉCULO XIX, QUE TAMBÉM FOI UM DE SEUS PROPRIETÁRIOS.

que ainda engatinhava nesse aspecto. Escreveu: "Sou o primeiro a reconhecer que minha obra tem grandes defeitos; mas também estou convencido que mais tarde hão de reconhecer que ela tem alguma coisa de bom".

A literatura romântica no Brasil

A vida de José de Alencar transcorreu praticamente durante todo o período literário conhecido por Romantismo. Podemos dizer que foi quando se consolidou a vida literária brasileira: criaram-se o romance e o teatro nacionais, a poesia enriqueceu-se e formou-se um razoável público leitor, que passou a estimular cada vez mais a produção literária.

Em termos didáticos, o ano de 1836 marca o início do Romantismo brasileiro, com a publicação do livro de poesias *Suspiros poéticos e saudades*, de Gonçalves de Magalhães. E 1881 marca o fim desse movimento, quando se publicam dois romances realistas: *O mulato*, de Aluísio Azevedo, e *Memórias póstumas de Brás Cubas*, de Machado de Assis. Mas, nessa data, já fazia quatro anos que Alencar tinha falecido.

O nacionalismo romântico e a situação política

Envolvidos pelo entusiasmo nacionalista gerado pela proclamação da independência em 1822, os escritores românticos engajaram-se também no projeto de criação de uma literatura autenticamente nacional.

Esse esforço de "brasilidade", como afirmou o crítico Antonio Candido, revelou-se na escolha de temas ligados à nossa realidade social e histórica e na própria linguagem usada pelos escritores, que abandonaram aos poucos o tom lusitano em favor de um estilo mais próximo da fala brasileira. Isso provocou uma forte reação dos tradicionalistas, que achavam que nossos escritores deveriam continuar fiéis à linguagem literária praticada em Portugal. Tal espírito nacionalista foi uma contribuição importante do Romantismo, tendo sido retomado, no século XX, por muitos escritores modernistas.

Alencar destaca-se também por ter defendido um estilo "brasileiro" na língua literária. Reivindicando o direito dos brasileiros a uma língua e literatura com fisionomia própria, porque isso era uma inevitável consequência do nosso desenvolvimento como nação independente, Alencar protestou contra os puristas, que achavam que nossos escritores deveriam escrever tal como se fazia em Portugal: "É essa submissão que eu não tolero; e, como já disse uma vez, quebraria a pena antes, do que aceitar semelhante expatriação literária. Admiremos Portugal nas tradições grandiosas de seu passado; nos esforços generosos de seu renascimento; prezemos sua literatura e seus costumes; porém, nunca imitá-lo servilmente. Importaria anular a nossa individualidade".

A luta pela vida chega ao fim

Em 1876, já casado e com seis filhos, seu estado de saúde piora. A tuberculose que o acometera quando jovem e nunca o abandonara de fato, agrava-se. Vende seus bens, junta dinheiro e embarca, em março de 1876, com a família para a

MARIO DE ALENCAR, FILHO DE JOSÉ DE ALENCAR, TAMBÉM ESCRITOR, JORNALISTA, POETA E ADVOGADO.

Europa para tratamento da saúde. Passa por Londres, Paris, Lisboa. Mas tudo em vão. Retorna ao Brasil em novembro, bem antes do que imaginara. A viagem fora uma decepção, praticamente inútil. Tinha gasto tempo, energia e dinheiro.

No ano seguinte, ainda encontra forças para escrever e participar da vida política. Mas a doença é implacável e, no final do ano, seu estado piora, até que vem a falecer no dia 12 de dezembro, aos 48 anos de idade.

Machado de Assis assim recordou o choque que teve ao ver o corpo do amigo: "Jamais me esqueceu a impressão que recebi quando dei com o cadáver de Alencar [...]. O homem estava ligado aos anos das minhas estreias. Tinha-lhe afeto, conhecia-o desde o tempo em que ele ria, não me podia acostumar à ideia de que a trivialidade da morte houvesse desfeito esse artista fadado para distribuir a vida".

O maior escritor do Romantismo

José de Alencar é considerado o maior prosador do nosso Romantismo. Sua vasta obra abrange todos as linhas temáticas desenvolvidas nesse período. Escreveu romance indianista (*Iracema, Ubirajara*), regionalista (*O tronco do ipê, O gaúcho, Til, O sertanejo*), histórico (*O guarani, As minas de prata, Guerra dos mascates*), social e urbano (*Cinco minutos, A viuvinha, Lucíola, Diva, A pata da gazela, Sonhos d'ouro, Senhora, Encarnação*).

Para o teatro, escreveu O *crédito, Demônio familiar, Mãe, Verso e reverso, As asas de um anjo*.

Deixou ainda muitas crônicas, artigos e dois relatos autobiográficos: *Como e porque sou romancista; Como e porque sou dramaturgo*.

ESTÁTUA DE JOSÉ DE ALENCAR LOCALIZADA EM PRAÇA HOMÔNIMA, NO RIO DE JANEIRO.

CAPA DO DISCO COM A TRILHA SONORA DA NOVELA *SENHORA*, EXIBIDA PELA TV GLOBO EM 1975, COM A ATRIZ NORMA BLUM COMO ATRIZ PRINCIPAL.

CENA DA NOVELA *SENHORA*, COM OS ATORES JOSÉ AUGUSTO BRANCO E LÚCIA ALVES.

AO LEITOR

Este livro, como os dois que o precederam, não são da própria lavra do escritor, a quem geralmente os atribuem.

A história é verdadeira; e a narração vem de pessoa que recebeu diretamente, e em circunstâncias que ignoro, a confidência dos principais atores deste drama curioso*.

O suposto autor não passa rigorosamente de editor. É certo que tomando a si o encargo de corrigir a forma e dar-lhe um **lavor** literário, de algum modo apropria-se não a obra mas o livro.

Em todo o caso, encontram-se muitas vezes nestas páginas exuberâncias de linguagem e afoitezas de imaginação, a que já não se lança a pena sóbria e refletida do escritor sem ilusões e sem entusiasmos.

Tive tentações de apagar alguns desses quadros mais plásticos ou pelo menos sombrear as tintas vivas e cintilantes.

Mas devia eu sacrificar a alguns cabelos grisalhos esses caprichos artísticos de estilo, que talvez sejam para os finos cultores da estética o mais delicado matiz do livro?

E será unicamente fantasia de colorista e adorno de forma o relevo daquelas cenas, ou antes de tudo serve de contraste ao fino quilate de um caráter?

Há efetivamente um heroísmo de virtude na altivez dessa mulher, que resiste a todas as seduções, aos impulsos da própria paixão, como ao arrebatamento dos sentidos.

José de Alencar

*** Os dois livros a que Alencar se refere são *Diva* e *Lucíola*. A suposta veracidade da narrativa é um expediente romântico, comum a muitos autores, de modo a passar a impressão de que a obra literária é um "documento" da realidade.**

Lavor: tratamento.

PRIMEIRA PARTE
O PREÇO

1

Há anos raiou no céu fluminense uma nova estrela.

Desde o momento de sua ascensão ninguém lhe disputou o cetro; foi proclamada a rainha dos salões.

Tornou-se a deusa dos bailes; a musa dos poetas e o ídolo dos noivos em disponibilidade.

Era rica e formosa.

Duas opulências, que se realçam como a flor em vaso de alabastro; dois esplendores que se refletem, como o raio de sol no prisma do diamante.

Quem não se recorda da Aurélia Camargo*, que atravessou o firmamento da corte como brilhante meteoro, e apagou-se de repente no meio do deslumbramento que produzira o seu fulgor?

Tinha ela dezoito anos quando apareceu a primeira vez na sociedade. Não a conheciam; e logo buscaram todos com avidez informações acerca da grande novidade do dia.

Dizia-se muita coisa que não repetirei agora, pois a seu tempo saberemos a verdade, sem os comentos malévolos de que usam vesti-la os noveleiros.

Aurélia era órfã; tinha em sua companhia uma velha parenta, viúva, D. Firmina Mascarenhas, que sempre a acompanhava na sociedade.

Mas essa parenta não passava de mãe de encomenda, para condescender com os escrúpulos da sociedade brasileira, que naquele tempo não tinha admitido ainda certa emancipação feminina**.

Guardando com a viúva as deferências devidas à idade, a moça não declinava um instante do firme propósito de governar sua casa e dirigir sua ações como entendesse.

*** Alencar chama sua personagem de Aurélia. A origem desse nome remete à palavra "áurea", de ouro. Fica a sugestão de riqueza, fortuna.**

**** Trata-se de uma rica herdeira; é inconcebível para a sociedade da época aceitá-la morando sozinha. Por isso a "mãe de encomenda"; a presença de D. Firmina traz respeitabilidade a Aurélia.**

Constava também que Aurélia tinha um tutor; mas essa entidade desconhecida, a julgar pelo caráter da pupila, não devia exercer maior influência em sua vontade do que a velha parenta.

A convicção geral era que o futuro da moça dependia exclusivamente de suas inclinações ou de seu capricho; e por isso todas as adorações se iam prostrar aos próprios pés do ídolo.

Assaltada por uma turba de pretendentes que a disputavam como o prêmio da vitória, Aurélia, com sagacidade admirável em sua idade, avaliou da situação difícil em que se achava, e dos perigos que a ameaçavam.

Daí provinha talvez a expressão cheia de desdém e um certo ar provocador, que eriçavam a sua beleza aliás tão correta e cinzelada para a meiga e serena expansão d'alma. Se o lindo semblante não se impregnasse constantemente, ainda nos momentos de **cisma** e distração, dessa tinta de sarcasmo, ninguém veria nela a verdadeira fisionomia de Aurélia, e sim a máscara de alguma profunda decepção.

Como acreditar que a natureza houvesse traçado as linhas tão puras e límpidas daquele perfil para quebrar-lhes a harmonia com o riso de uma pungente ironia?

Os olhos grandes e **rasgados**, Deus não os aveludaria com a mais **inefável** ternura, se os destinasse para vibrar chispas de escárnio.

Para que a perfeição estatuária do talhe de **sílfide**, se, em vez de arfar ao suave influxo do amor, ele devia ser agitado pelos **assomos** do desprezo?

Na sala, cercada de adoradores, no meio das esplêndidas reverberações de sua beleza, Aurélia, bem longe de inebriar-se da adoração produzida por sua formosura e do culto que lhe rendiam, ao contrário parecia unicamente possuída de indignação por essa **turba vil e abjeta**.

Não era um triunfo que ela julgasse digno de si, a **torpe** humilhação dessa gente ante sua riqueza. Era um desafio que lançava ao mundo; orgulhosa de esmagá-lo sob a **planta**, como a um réptil venenoso.

Cisma: devaneio.

Rasgados: grandes.

Inefável: que não se pode exprimir por palavras.

Sílfide: feminino de silfo, gênio do ar na mitologia celta e germânica. As sílfides são geralmente representadas como figuras femininas graciosas, delicadas. Repare na observação do narrador: Aurélia tinha a beleza e a graciosidade de uma sílfide, mas, nos olhos e lábios, expressava desprezo e rancor. Por que isso acontecia? Com essa pergunta, o narrador atiça a curiosidade do leitor pela história.

Assomos: impulsos, ímpetos.

Turba vil e abjeta: multidão desprezível e indigna.

Torpe: vergonhoso.

Planta: sola dos pés.

E o mundo é assim feito; que foi o fulgor satânico da beleza dessa mulher a sua maior sedução. Na acerba veemência da alma revolta, pressentiam-se abismos de paixão; e entrevia-se que procelas de volúpia havia de ter o amor da virgem bacante*.

Se o sinistro vislumbre se apagasse de súbito, deixando a formosa estátua na penumbra suave da candura e inocência, o anjo casto e puro que havia naquela, como há em todas as moças, talvez passasse despercebido pelo turbilhão.

As revoltas mais impetuosas de Aurélia eram justamente contra a riqueza que lhe servia de trono, e sem a qual nunca por certo, apesar de suas prendas, receberia como rainha **desdenhosa** a **vassalagem** que lhe rendiam.

Por isso mesmo considerava ela o ouro um vil metal que rebaixava os homens; e no íntimo sentia-se profundamente humilhada pensando que para toda essa gente que a cercava, ela, a sua pessoa, não merecia uma só das bajulações que tributavam a cada um de seus mil contos de réis**.

Nunca da pena de algum **Chatterton** desconhecido saíram mais **cruciantes apóstrofes** contra o dinheiro, do que vibrava muitas vezes o lábio perfumado dessa feiticeira menina, no seio de sua opulência.

Um traço basta para desenhá-la sob essa face.

Convencida de que todos os seus inúmeros apaixonados, sem exceção de um, a pretendiam unicamente pela riqueza, Aurélia reagia contra essa afronta, aplicando a esses indivíduos o mesmo **estalão**.

Assim costumava ela indicar o merecimento relativo de cada um dos pretendentes, dando-lhes certo valor monetário. Em linguagem financeira, Aurélia cotava os seus adoradores pelo preço que razoavelmente poderiam obter no mercado matrimonial.

Uma noite, no Cassino***, a Lísia Soares, que fazia-se íntima com ela e desejava ardentemente vê-la casada, dirigiu-lhe um gracejo acerca do Alfredo

*** Repare na adjetivação exagerada, marca típica do Romantismo. O narrador capta, nos traços orgulhosos de Aurélia, uma "acerba" veemência (intensa energia), com "abismos de paixão" e "procelas" (tempestades) de volúpia.**

Desdenhosa: que mostra desprezo.

Vassalagem: nessa passagem, tem o sentido de submissão exagerada.

**** Para se ter ideia da riqueza de Aurélia, imagine que trinta contos já seriam um bom dote; ela havia herdado mil contos. Durante o século XIX e início do XX, a moeda brasileira era o mil-réis, escrito 1$000. O conto valia mil mil-réis e era grafado 1:000$000.**

Thomas Chatterton (1752-1770): poeta romântico inglês que teve uma vida bastante atribulada, suicidando-se muito jovem. Tornou-se símbolo do poeta marginalizado, vítima da sociedade materialista.

Cruciantes: aflitivas, dolorosas.

Apóstrofes: nessa passagem, tem o sentido de "críticas".

Estalão: medida.

***** Referência ao Cassino Fluminense, requintado salão de encontro da sociedade da época.**

Moreira, rapaz elegante que chegara recentemente da Europa.

— É um moço muito distinto — respondeu Aurélia sorrindo —; vale bem como noivo cem contos de réis; mas eu tenho dinheiro para pagar um marido de maior preço, Lísia; não me contento com esse.

Riam-se todos desses ditos de Aurélia e os lançavam à conta de gracinhas de moça espirituosa; porém a maior parte das senhoras, sobretudo aquelas que tinham filhas moças, não cansavam de criticar esses modos desenvoltos, impróprios de meninas bem-educadas.

Os adoradores de Aurélia sabiam, pois ela não fazia mistério do preço de sua cotação no rol da moça; e, longe de se agastarem com a franqueza, divertiam-se com o jogo que muitas vezes resultava do **ágio** de suas ações naquela empresa nupcial.

Dava-se isso quando qualquer dos apaixonados tinha a felicidade de fazer alguma coisa a contento da moça e satisfazer-lhe as fantasias; porque nesse caso ela elevava-lhe a cotação, assim como abaixava a daquele que a contrariava ou incorria em seu desagrado.

Muito devia a cobiça embrutecer esses homens, ou cegá-los a paixão, para não verem o frio escárnio com que Aurélia os ludibriava nesses **brincos** ridículos, que eles tomavam por **garridices** de menina, e não eram senão ímpetos de uma irritação íntima e talvez **mórbida**.

A verdade é que todos **porfiavam**, às vezes colhidos por desânimo passageiro, mas logo restaurados por uma esperança obstinada, nenhum se resolvia a abandonar o campo; e muito menos o Alfredo Moreira que parecia figurar na cabeça do rol.

Não acompanharei Aurélia em sua efêmera passagem pelos salões da corte, onde viu, **jungido** a seu carro de triunfo, tudo que a nossa sociedade tinha de mais elevado e brilhante.

Proponho-me unicamente a referir o drama íntimo e estranho que decidiu do destino dessa mulher singular.

Ágio: lucro.

Brincos: brincadeiras.

Garridices: caprichos.

Mórbida: doentia.

Porfiavam: competiam, disputavam.

Jungido: preso, atado.

2

Seriam nove horas do dia.

Um sol ardente de março **esbate-se** nas venezianas que vestem as sacadas de uma sala, nas Laranjeiras.

A luz coada pelas verdes **empanadas debuxa** com a suavidade do **nimbo** o gracioso busto de Aurélia sobre o aveludado **escarlate** do papel que forra o gabinete.

Reclinada na conversadeira com os olhos a vagar pelo crepúsculo do aposento, a moça parece imersa em intensa cogitação. O **recolho** apaga-lhe no semblante, como no porte, a **reverberação mordaz** que **de ordinário** ela desfere de si, como a chama sulfúrea de um relâmpago.

Mas a serenidade que se derrama por toda a sua pessoa, se de alguma sorte **desmaia** a cintilação de sua beleza, a embebe de um fluido inefável de meiguice e carinho, que a torna irresistível.

Seus olhos já não têm aqueles **fulvos** lampejos, que **despedem** nos salões, e que, a igual do mormaço, crestam. Nos lábios, em vez de cáustico sorriso, borbulha agora a flor d'alma a rever os íntimos enlevos.

Sombreia o formoso semblante uma tinta de melancolia que não lhe é habitual desde certo tempo, e que **não obstante** se diria o matiz mais próprio das feições delicadas. Há mulheres assim, a quem um perfume de tristeza idealiza. As mais violentas paixões são inspiradas por esses anjos de exílio.

Aurélia concentra-se de todo dentro de si; ninguém, ao ver essa gentil menina, na aparência tão calma e tranquila, acreditaria que nesse momento ela agita e resolve o problema de sua existência; e prepara-se para sacrificar irremediavelmente todo o seu futuro*.

Alguém que entrava no gabinete veio arrancar a formosa pensativa à sua longa meditação. Era D. Firmina Mascarenhas, a senhora que exercia junto de Aurélia o ofício de guarda-moça.

Esbate-se: abranda-se.

Empanadas: esquadrias das janelas.

Debuxa: delineia sutilmente a imagem.

Nimbo: anel luminoso, auréola.

Escarlate: vermelho.

Recolho (ô): concentração.

Reverberação: reflexo.

Mordaz: sarcástico.

De ordinário: comumente.

Desmaia: diminui.

Fulvos: nessa passagem, tem o sentido de agressivos, ameaçadores.

Despedem: lançam.

Não obstante: apesar disso.

* Repare nas descrições: na rua, sol forte; no interior da residência, a penumbra a realçar a serenidade e a concentração de Aurélia. O uso dos verbos no tempo presente traz a eternização do momento. Quando surge D. Firmina, o autor usa o pretérito (aproximou-se, acordou).

A viúva aproximou-se da conversadeira para estalar um beijo na face da menina que só nessa ocasião acordou da profunda distração em que estava absorta.

Aurélia correu a vista surpresa pelo aposento; e interrogou uma miniatura de relógio presa à cintura por uma cadeia de ouro fosco.

Entretanto D. Firmina, acomodando a sua gordura semissecular em uma das vastas cadeiras de braços que ficavam ao lado da conversadeira, dispunha-se a esperar pelo almoço.

— Está fatigada de ontem? — perguntou a viúva com a expressão de afetada ternura que exigia o seu cargo.

— Nem por isso; mas sinto-me lânguida; há de ser o calor — respondeu a moça para dar uma razão qualquer de sua atitude pensativa.

— Esses bailes que acabam tão tarde não podem ser bons para a saúde; por isso é que no Rio de Janeiro há tanta moça magra e amarela. Ora, ontem, quando serviram a ceia pouco faltava para **tocar matinas** em Santa Teresa. Se a primeira quadrilha começou com o **toque do Aragão**... Havia muita confusão; o serviço não esteve mau, mas andou tão atrapalhado!...

D. Firmina continuou por aí além a descrever suas impressões do baile da véspera*, sem tirar os olhos do semblante da Aurélia, onde espiava o efeito de suas palavras, pronta a desdizer-se de qualquer observação, ao menor indício de contrariedade**.

Deixou-a a moça falar, desejosa de desprender-se de suas preocupações e embalar-se ao rumor dessa voz que ouvia, sem compreender. Sabia que a viúva conversava acerca do baile; mas não acompanhava o que ela dizia.

De repente, porém, interrompeu-a:

— Que tal achou a Amaralzinha, D. Firmina?

A velha fez semblante de recordar-se.

— A Amaralzinha?... É aquela moça toda de azul?

— Com espigas de prata nos cabelos e nos apanhados da saia; simples e de muito bom gosto.

Tocar matinas: primeira parte do ofício religioso, rezada pouco antes do amanhecer.

Toque do Aragão: referência ao toque de recolher anunciado pelos sinos da Igreja de São Francisco de Paula e do Convento de São Bento. Os sinos tocavam às 22 horas no verão e às 21 no inverno. O toque tinha esse nome por causa do intendente de polícia da época de D. Pedro I, Francisco Alberto Teixeira de Aragão. Os sinos badalavam durante meia hora e, depois disso, as patrulhas podiam parar qualquer pessoa para revistá-la. Daí ser conhecido como o toque do Aragão.

* Por intermédio de D. Firmina, o narrador critica hábitos sociais da época, como os bailes que invadiam a madrugada, e que "não podiam ser bons para a saúde".

** Isto é, D. Firmina teme discordar de Aurélia e está sempre pronta a desdizer-se se perceber que a moça não gostou de algum comentário.

— Lembra-me. É uma menina bem galante! — afirmou a viúva.

— E bem-educada. Dizem que toca piano perfeitamente, e que tem uma voz muito agradável.

— Mas não costuma aparecer na sociedade. É a primeira vez que a encontramos; não me lembro de a ter visto antes.

— Foi a primeira vez!

Pronunciando essas palavras, a moça parecia de novo sentir sua alma **refranger-se** atraída imperiosamente por esse pensamento recôndito que a absorvia.

Mas reagiu contra essa preocupação e dirigiu-se à viúva em tom vivo e instante:

— Diga-me uma coisa, D. Firmina!

— O que é, Aurélia?

— Mas há de ser franca. Promete-me?

— Franca? Mais do que sou, menina? Se é este o meu defeito!...

A moça hesitava:

— Experimente, senhora!

— Quem acha a senhora mais bonita, a Amaralzinha ou eu? — disse afinal Aurélia empalidecendo de leve.

— Ora, ora! — acudiu a viúva a rir. — Está zombando, Aurélia. Pois a Amaralzinha é para se comparar com você?

— Seja sincera!

— Outras muito mais bonitas que ela não chegam a seus pés.

A viúva citou quatro ou cinco nomes de moças que então andavam no **galarim** e dos quais não me recordo agora.

— É tão elegante! — disse Aurélia como se completasse uma reflexão íntima.

— São gostos!

— Em todo o caso é mais bem-educada do que eu?

— Do que você, Aurélia? Há de ser difícil que se encontre em todo o Rio de Janeiro outra moça que tenha sua educação. Lá mesmo, por Paris, de que tanto se fala, duvido que haja.

Refranger-se: desviar-se.

Galarim: posição de evidência, em destaque.

— Obrigada! É esta a sua franqueza, D. Firmina?

— Sim, senhora; a minha franqueza está em dizer a verdade, e não em escondê-la. Demais, isso é o que todos veem e repetem. Você toca piano como o **Arnaud**, canta como uma prima-dona, e conversa na sala com os deputados e os diplomatas, que eles ficam todos enfeitiçados. E como não há de ser assim? Quando você quer, Aurélia, fala que parece uma novela.

— Já vejo que a senhora não é nada lisonjeira. Está desmerecendo nos meus *dotes* — acudiu a menina sublinhando a última palavra com um fino sorriso de ironia. — Então não sabe, D. Firmina, que eu tenho um *estilo de ouro*, o mais sublime de todos os estilos, a cuja eloquência arrebatadora não se resiste? As que falam como uma novela, em vil prosa, são essas moças românticas e pálidas que se andam evaporando em suspiros; eu falo como um poema: sou a poesia que brilha e deslumbra*!

— Entendo o que você quer dizer; o dinheiro faz do feio bonito, e dá tudo, até saúde. Mas repare bem, os seus maiores admiradores são justamente aqueles que não podem pretender sua riqueza; uns casados, outros já velhos...

— Quando pela primeira vez fumaram perto da senhora, não sentiu alguma coisa, um atordoamento?... Pois o ouro tem uma fumaça invisível, que embriaga ainda mais do que a do charuto de Havana, e até mesmo do que a desse nojento cigarro de papel, com que os rapazes de hoje se incensam. Toda essa gente que rodeia um velho ricaço, ministro, senadores e fidalgos decerto que não espera casar-se com a **burra** do sujeito; mas sofre a atração do dinheiro.

— Agora mesmo, Aurélia, está você me dando razão e mostrando sua instrução. Quem há de dizer que uma menina de sua idade sabe mais do que muitos homens que aprenderam nas academias? E assim é bom; porque senão, com a riqueza que lhe deixou seu avô, sozinha no mundo, por força que havia de ser enganada.

Aquiles Arnaud: **famoso pianista italiano da época.**

*** Note como Aurélia é irônica em relação a si mesma e a um modelo feminino romântico. Ela tem um "estilo de ouro": a sua fortuna. As moças românticas seriam "pálidas que se andam evaporando em suspiros".**

Burra: **cofre para guardar dinheiro ou joias.**

— Antes fosse! — murmurou a moça recaindo em sua meditação.

D. Firmina ainda proferiu algumas palavras em continuação da conversa, mas notou que a moça não lhe prestava a menor atenção, antes parecia esquivar-se a qualquer impressão exterior, para mais profundamente reconcentrar-se.

Então, com o tato dessas almas feitas para a domesticidade moral, ergueu-se; e trocando alguns passos pela sala, disfarçou a reparar nas estatuetas de alabastro e vasos de porcelana colocados no mármore vermelho dos consolos.

Assim de costas para a conversadeira, mostrava-se despercebida daquele enlevo de Aurélia, a que decerto havia de contrariar, quando voltasse da distração à presença de uma pessoa a **escrutar-lhe** nos gestos o segredo dos pensamentos.

Não teriam decorrido cinco minutos quando ouvia D. Firmina um som **trépido** cristalino, que ela bem conhecia por tê-lo muitas vezes escutado. Voltou-se e viu Aurélia, cujos lábios de **nácar** vibravam ainda com o arpejo daquele ríspido sorriso.

A gentil menina surgira de sua pensativa languidez, como uma estátua de cera que transmutando-se em **jaspe** de repente, se erigisse altiva e desdenhosa, desferindo de si os lívidos e **fulvos** reflexos do mármore polido.

Ela caminhou para as janelas, e com petulância nervosa suspendeu impetuosamente as duas venezianas, que pareciam um peso excessivo para sua mão fina e mimosa.

A torrente da luz precipitando-se pela aberta das janelas encheu o aposento; e a moça adiantou-se até a sacada, para banhar-se nessas cascatas de sol, que lhe borbotavam sobre a régia fronte coroada do diadema de cabelos castanhos e desdobravam-se pelas formosas espáduas como uma túnica de ouro.

Embebia-se de luz. Quem a visse nesse momento assim resplandecente poderia acreditar que sob as

Escrutar-lhe: investigar.

Trépido: que flui tremendo.

Nácar: cor-de-rosa.

Jaspe: pedra fina de uma ou várias cores, como vermelho, castanho, verde, amarelo.

Fulvos: avermelhados.

pregas do roupão de cambraia estava a ondular voluptuosamente a ninfa das chamas, a lasciva salamandra, em que se transformara **de chofre** a fada encantada*.

Depois de saturar-se de sol como a alva papoula, que se cora aos beijos de seu real amante, a moça dirigiu-se ao piano e **estouvadamente** o abriu. Dos turbilhões da **estrepitosa** tempestade cromática, que revolvia o teclado, desprendeu-se afinal a sublime **imprecação** da **Norma**, quando, rugindo ciúme, fulmina a perfídia de Polião.

Moderando os arrojos dessa instrumentação vertiginosa, para fazer o acompanhamento, a moça começou a cantar; mas, às primeiras notas, sentindo-se tolhida pela posição, abandonou o piano, e em pé, no meio da sala, **roçagando** a saia do roupão como se fosse a cauda do **pálio** gaulês, ela reproduziu com a voz e o gesto aquela epopeia do coração traído, que tantas vezes tinha visto representada por **Lagrange**.

A ferocidade da mulher enganada, **sanha** da leoa ferida, nunca teve para exprimi-la, nem mesmo na exímia cantora, uma voz mais bramida, um gesto mais sublime. As notas que desatavam-se dos lábios de Aurélia, possantes de vigor e harmonia, deixavam após si um frêmito, que lembrava o silvo da serpente, sobretudo quando este braço mimoso e torneado distendia-se de repente com um movimento **hirto** para vibrar o supremo desprezo.

D. Firmina, apesar de habituada desde muito ao caráter excêntrico de Aurélia, contemplava-a com surpresa nesse momento; e desconfiava que alguma coisa de extraordinário ocorrera na vida da moça, que a tornara a princípio tão pensativa, e produzia agora esse acesso sentimental.

Entretanto ela com a mesma volubilidade que a tomara ao erguer-se da conversadeira, correu para D. Firmina, travou-lhe do pulso fazendo-a de Polião, e deu imediatamente um jeito cômico à cena que terminou em risadas.

De chofre: de repente.

*** Repare no erotismo com que o narrador cerca a figura feminina: Aurélia "embebia-se de luz". Sob o roupão estava a ondular (movendo-se como ondas) a "lasciva salamandra" (uma espécie de anfíbio que consegue resistir ao fogo). O narrador descreve Aurélia como ardente, sensual, uma "ninfa das chamas".**

Estouvadamente: sem cuidado, precipitadamente.

Estrepitosa: estrondosa.

Imprecação: maldição.

***Norma*:** famosa ópera italiana composta por Bellini (1801-1835), que aborda o tema do amor traído. Polião, general romano encarregado da região da Gália, envolve-se com Norma, uma sacerdotisa que, por seu amor, rompe os votos de castidade. Mais tarde, porém, Polião apaixona-se por outra sacerdotisa, Adalgisa, provocando o furor vingativo de Norma.

Roçagando: arrastando.

Pálio: manto.

Lagrange: Ana Lagrange, famosa cantora lírica francesa da época.

Sanha: fúria.

Hirto: duro.

3

Era a hora do almoço. As duas senhoras puseram-se à mesa. Aurélia distinguia-se pela sobriedade, que era nela a consequência de temperamento e educação. Não quer isso dizer que fosse dessa espécie de moças papilionáceas, que se alimentam do pólen das flores e para quem o comer é um ato desgracioso e prosaico*.

Bem ao contrário, ela sabia que a nutrição dá a seiva da beleza, sem a qual as cores desmaiam nas faces e os sorrisos nos lábios, como as efêmeras e pálidas florações de uma roseira ética.

Assim não tinha vergonha de comer; e sem vaidade acreditava que o esmalte de seus dentes não era menos gracioso quando eles **se triscavam** como a crepitação de um colar de pérolas; nem o **matiz** de seus lábios menos saboroso quando chupavam uma fruta, ou se entreabriam para receber o alimento.

Nessa ocasião, porém, a moça fez exceção a seus hábitos de sobriedade; ela que não gostava de especiarias, e só de longe em longe bebia algumas gotas de licor, quis experimentar quanto molho e condimento picante havia em casa; e para remate bebeu um cálice de **Xerez**.

D. Firmina, sem esquecer o almoço, continuava a observar de parte a menina, cada vez mais convencida da existência de um acontecimento importante que havia alterado a calma habitual da moça.

Esse acontecimento, na opinião da viúva, não podia ser outro senão aquele que tamanha influência exerce nas meninas de dezoito anos, sobretudo se não dependem de ninguém para dispor de si.

D. Firmina tinha pois como certo que Aurélia, a desdenhosa, sentira afinal uma inclinação; estava ansiosa a viúva para conhecer o feliz que tivera o poder de cativar a altiva rainha dos salões, tão adorada quanto fria e indiferente.

*** O narrador ironiza um modismo romântico, o das moças "papilionáceas" (borboletas), comendo o mínimo, desnutridas e pálidas. Aurélia, ao contrário, tem uma beleza sólida, bem-nutrida.**

Se triscavam: se tocavam.

Matiz: colorido.

Xerez: certo tipo de vinho espanhol.

Revolvia na mente as recordações da noite anterior para certificar-se que não aparecera no baile nenhum moço desconhecido de quem Aurélia se pudesse apaixonar de súbito. Devia ser pois qualquer dos antigos adoradores, dos que ela **escarnecia**, que por alguma circunstância inexplicável alcançara render-lhe enfim o coração.

Não se pôde conter a viúva; em risco de desagradar a menina, dirigiu-lhe uma indireta com que se propunha a entabular a conversa, e conforme a resposta dirigi-la para o ponto.

— Não sei que lhe acho hoje, Aurélia! Parece-me tão contente, e até mais bonita, se é possível, do que de costume!

— Deveras!

— Não é exageração, não. Olhe! as moças quando se vestem para um baile onde esperam encontrar alguém ficam mais bonitas do que são. Mas você* está hoje ainda mais bonita do que nos bailes. Nunca lhe vi assim. Aqui anda volta de algum segredinho!

— Quer saber qual é? — perguntou Aurélia com um sorriso.

— Não sou curiosa — replicou a viúva sentindo o **pungir** daquele sorriso.

— Resolvi ser freira!

— Está bom!

— Mas o meu convento há de ser este mesmo mundo em que vivemos, que nenhum outro teria mais penitências e mortificações para mim.

Desmentindo logo após a gravidade dessas palavras com uma risada galhofeira, Aurélia deixou na sala de jantar D. Firmina, espantada de que uma menina imensamente rica e formosa, desejada por todos, pudesse ter semelhantes pensamentos, ainda mesmo por gracejo.

Aurélia, que se dirigira ao seu toucador, sentou-se a uma escrivaninha de araribá guarnecida de relevos de bronze dourado e escreveu uma carta de poucas linhas**.

A todos os pormenores dessa **comezinha** operação, no dobrar a folha de papel, encerrá-la na capa, derreter

Escarnecia: zombava.

*** Repare nos pronomes de tratamento da época: na vida pública, usa-se "senhor" e "senhora". Quando há mais intimidade, usa-se "tu". Essa é a norma na fala lusitana, também seguida pelos escritores brasileiros do século XIX. Mas aqui temos o uso de "você" para indicar familiaridade. Esse "abrasileiramento" da linguagem é uma das características da obra de Alencar.**

Pungir: dor.

**** Em várias oportunidades o autor ressalta detalhes de luxo e riqueza que caracterizam o cotidiano de Aurélia. O toucador da moça é de excelente madeira com detalhes em metal.**

Comezinha: corriqueira.

o lacre e imprimir o sinete, a moça deliberadamente aplicava a maior atenção e esmero.

Ou essa carta era destinada a quem tudo lhe merecia, ou nesse apuro e cuidado buscava Aurélia disfarçar a hesitação que a surpreendera no momento de realizar uma ideia anteriormente assentada.

Depois de sobrescrita a carta, a moça tirou do segredo da secretária um cofre de sândalo embutido de marfim.

Havia ali entre cartas e flores murchas um cartão de visita, já amarelo, que ela escondeu no bolso do roupão, depois de guardado na sua carteirinha de veludo.

Ao som do **tímpano** apareceu um criado. Aurélia entregou-lhe a carta com um gesto vivo e a voz breve como receosa de súbito arrependimento.

— Para o Sr. Lemos! Depressa!

Sentiu então Aurélia essa quietude que sucede às lutas do coração. Ela tinha afinal resolvido o problema **inextricável** de sua vida; e em vez de abandonar-se ao acaso e deixar-se levar pelo turbilhão do mundo, achara em sua alma a força precisa para dirigir os acontecimentos e dominar o futuro.

Daí provinha a calma de que revestia-se ao deixar o toucador e que outra vez imprimia à sua beleza uma doce expressão de melancolia e resignação.

D. Firmina, como de costume, esperava que Aurélia dispusesse a maneira por que passariam a manhã, pois a viúva não tinha outra ocupação que não fosse agradar à menina, fazer-lhe companhia e prestar-se a todas as suas vontades e caprichos.

Para isso recebia além do tratamento uma boa mesada que ia acumulando para os tempos difíceis, como já os havia passado logo depois da perda do marido*.

— Você não sai hoje, Aurélia?

— Pode ser. Mas não se constranja por meu respeito.

— Há de ficar sozinha?

— Tenho em que empregar o tempo. Um negócio grave! — tornou a menina sorrindo.

Tímpano: espécie de sineta usada para chamar um empregado ou funcionário.

Inextricável: complicado, difícil.

*** Repare que as relações de Aurélia com os parentes e amigos são marcadas pelo dinheiro. Apesar de D. Firmina "prestar-se a todas as suas vontades e caprichos", a mulher também tinha sua mesada para justificar tanta solicitude para com a moça.**

— É já alguma penitenciazinha?

— Ainda não; é a profissão de noviça.

Nessa ocasião e no meio das risadas da menina, anunciaram o Sr. Lemos, que foi imediatamente introduzido na sala.

— Recebi a sua carta em caminho; ia ao Botafogo: o José encontrou-me no Largo do Machado. Estou às suas ordens, Aurélia.

Era o Sr. Lemos um velho de pequena estatura, não muito gordo, mas **rolho** e bojudo como um vaso chinês. Apesar de seu corpo rechonchudo tinha certa vivacidade buliçosa e saltitante que lhe dava petulância de rapaz, e casava perfeitamente com os olhinhos de **azougue**.

Logo à primeira apresentação reconhecia-se o tipo desses folgazões que trazem sempre um provimento de boas risadas com que se festejam a si mesmos.

Quando o Lemos na qualidade de tio fora pelo juiz de órfãos encarregado da tutela de Aurélia, deu-se um incidente que desde logo determinou a natureza das relações entre o tutor e sua pupila.

Pretendia o velho levar a menina para a companhia de sua família.

Opôs-se formalmente Aurélia; e declarou que era sua intenção viver em casa própria, na companhia de D. Firmina Mascarenhas.

— Mas atenda, minha menina, que ainda é menor.

— Tenho dezoito anos.

— Só aos vinte e um é que poderá viver sobre si e governar-se.

— É a sua opinião? Vou pedir ao juiz que me dê outro tutor mais condescendente.

— Como diz?

— E tais argumentos lhe apresentarei, que ele há de atender-me.

À vista desse tom positivo, o Lemos refletiu, e julgou mais prudente não contrariar a vontade da menina. Aquela ideia do pedido ao juiz para a remoção da tutela

Rolho (ô): obeso, muito gordo.

Azougue: sujeito esperto.

não lhe agradara. Pensava ele que às mulheres ricas e bonitas não faltam protetores de influência.

Logo depois dos cumprimentos, D. Firmina retirou-se para deixar a moça em liberdade. Bem desejos tinha a viúva de assistir a essas conferências que o Lemos costumava ter de vez em quando com a pupila acerca da tutela; mas nesse ponto Aurélia era de extrema reserva e não gostava que ninguém entendesse com o que ela chamava seus negócios.

— Faça favor, meu tio! — disse a moça abrindo uma porta lateral.

Essa porta dava para um gabinete elegantemente mobiliado; o centro era ocupado por uma banca oval, como o resto dos **trastes**, de ***érable*** e coberta com um pano azul de franjas escarlates. Sobre a mesa, em salva de prata, havia o tinteiro e mais preparos de escrever.

No momento em que Aurélia, depois de passar o Lemos, ia por sua vez entrar no gabinete, apareceu à porta da saleta a Bernardina, velha a quem a menina protegia com esmolas. A sujeita parara com um modo tímido, esperando permissão para adiantar-se.

Aurélia aproximou-se dela com gesto de interrogação.

— Quis vir ontem — segredou a Bernardina —, mas não pude, que atacou-me o reumatismo. Era para dizer que ele chegou.

— Já sabia!

— Ah! quem lhe contou? Pois foi ontem, havia de ser mais de meio-dia.

— Entre!

Aurélia cortou o diálogo, indicando à velha o corredor que levava para o interior; e passando ao gabinete cerrou a porta sobre si.

Não escapou esse pormenor ao Lemos, que pela solenidade da conferência avaliava de sua importância.

Com que história virá ela hoje? dizia entre si o alegre velhinho.

Aurélia sentou-se à mesa de *érable*, convidando o tutor a ocupar a poltrona que lhe ficava defronte.

Trastes: nessa passagem, tem o sentido de móveis.

Érable: **palavra francesa que indica uma árvore cuja madeira é leve e sólida, muito apreciada para fabricação de móveis. Em português, seu nome é ácer ou bordo.**

4

Quem observasse Aurélia naquele momento não deixaria de notar a nova fisionomia que tomara o seu belo semblante e que influía em toda a sua pessoa.

Era uma expressão fria, pausada, inflexível, que **jaspeava** sua beleza, dando-lhe quase a gelidez da estátua. Mas no lampejo de seus grandes olhos pardos brilhavam as irradiações da inteligência. Operava-se nela uma revolução. O princípio vital da mulher abandonava seu foco natural, o coração, para concentrar-se no cérebro, onde residem as faculdades especulativas do homem*.

Nessas ocasiões seu espírito adquiria tal lucidez que fazia correr um calafrio pela medula do Lemos, apesar do lombo maciço de que a natureza havia forrado no roliço velhinho o tronco do sistema nervoso.

Era realmente para causar pasmo aos estranhos e susto a um tutor a perspicácia com que essa moça de dezoito anos apreciava as questões mais complicadas; o perfeito conhecimento que mostrava dos negócios; e a facilidade com que fazia, muitas vezes de memória, qualquer operação aritmética por muito difícil e intrincada que fosse.

Não havia porém em Aurélia nem sombra do ridículo pedantismo de certas moças, que, tendo colhido em leituras superficiais algumas noções vagas, se metem a tagarelar de tudo.

Bem ao contrário, ela recatava sua experiência, de que só fazia uso, quando o exigiam seus próprios interesses. Fora daí ninguém lhe ouvia falar de negócios e emitir opinião acerca de coisas que não pertencessem à sua especialidade de moça solteira.

O Lemos não estava a gosto; tinha perdido aquela jovialidade saltitante, que lhe dava um gracioso ar de pipoca. Na gravidade desusada dessa conferência, ele, homem experiente e sagaz, entrevia sérias complicações.

Jaspeava: iluminava.

*** Observe que o narrador distingue características diferentes no homem e na mulher. Nesta, o foco natural é o coração, isto é, predominam os sentimentos e as emoções; no homem, é o cérebro, sede das faculdades especulativas, isto é, do raciocínio, do cálculo. Nessa cena, diz o narrador que há uma "revolução" em Aurélia, que se comporta como "homem", ou seja, fria, racional e objetiva. Pode-se dizer que essa visão do narrador, que reflete uma concepção generalizada no século XIX a respeito da mulher, continua presente nos dias de hoje?**

Assim era todo ouvidos, atento às palavras da moça.

— Tomei a liberdade de incomodá-lo, meu tio, para falar-lhe de objeto muito importante para mim.

— Ah! muito importante?... — repetiu o velho batendo a cabeça.

— De meu casamento! — disse Aurélia com a maior frieza e serenidade.

O velhinho saltou na cadeira como um balão elástico. Para disfarçar sua comoção esfregou as mãos rapidamente uma na outra, gesto que indicava nele grande agitação.

— Não acha que já estou em idade de pensar nisso? — perguntou a moça.

— Certamente! Dezoito anos...

— Dezenove.

— Dezenove! Cuidei que ainda não os tinha feito!... Muitas casam-se desta idade, e até mais moças; porém é quando têm o paizinho ou a mãezinha para escolher um bom noivo e arredar certos espertalhões. Uma menina órfã, inexperiente, eu não lhe aconselharia que se casasse senão depois da maioridade, quando conhecesse bem o mundo.

— Já o conheço demais — tornou a moça com o mesmo tom sério.

— Então está decidida?

— Tão decidida que lhe pedi esta conferência...

— Já sei! Deseja que eu aponte alguém... Que eu lhe procure um noivo nas condições precisas... Ham!... É difícil... um sujeito no caso de pretender uma moça como você, Aurélia? Enfim há de se fazer a diligência!

— Não precisa, meu tio. Já o achei!

Teve o Lemos outro sobressalto que o fez de novo pular na cadeira.

— Como?... Tem alguém de olho*?

— Perdão, meu tio, não entendo sua linguagem figurada. Digo-lhe que escolhi o homem com quem me hei de casar.

— Já compreendo. Mas bem vê!... Como tutor, tenho de dar a minha aprovação.

*** A expressão usada por Lemos parece jocosa para Aurélia. Por isso a moça reafirma sua independência dizendo que "escolheu" seu pretendente; ela sabe exatamente o que quer.**

— Decerto, meu tutor; mas essa aprovação o senhor não há de ser tão cruel que a negue. Se o fizer, o que eu não espero, o juiz de órfãos a suprirá.

— O juiz?... Que histórias são essas que lhe andam metendo na cabeça, Aurélia?

— Sr. Lemos — disse a moça pausadamente e trespassando com um olhar frio a vista perplexa do velho — completei dezenove anos; posso requerer um suplemento de idade mostrando que tenho capacidade para reger minha pessoa e bens; com maioria de razão obterei do juiz de órfãos, apesar de sua oposição, um alvará de licença para casar-me com quem eu quiser. Se estes argumentos jurídicos não lhe satisfazem, apresentar-lhe-ei um que me é pessoal.

— Vamos a ver! — acudiu o velho para quebrar o silêncio.

— É a minha vontade. O senhor não sabe o que ela vale, mas juro-lhe que para a levar a efeito não se me dará de sacrificar a herança de meu avô.

— É próprio da idade! São ideias que somente se têm aos dezenove anos; e isso mesmo já vai sendo raro.

— Esquece que desses dezenove anos, dezoito os vivi na extrema pobreza e um no seio da riqueza para onde fui transportada de repente. Tenho as duas grandes lições do mundo: a da miséria e a da opulência. Conheci outrora o dinheiro como um tirano; hoje o conheço como um cativo submisso. Por conseguinte devo ser mais velha do que o senhor que nunca foi nem tão pobre, como eu fui, nem tão rico, como eu sou.

O Lemos olhava com pasmo essa moça que lhe falava com tão profunda lição do mundo e uma filosofia para ele desconhecida.

— Não valia a pena ter tanto dinheiro — continuou Aurélia — se ele não servisse para casar-me a meu gosto, ainda que para isto seja necessário gastar alguns miseráveis contos de réis.

— Aí é que está a dificuldade — acudiu o Lemos que desde muito espreitava uma objeção. — Bem sabe, Aurélia, que eu como tutor não posso despender um vintém sem autorização do juiz.

— O senhor não me quer entender, meu tutor — replicou a moça com um tênue assomo de impaciência. — Sei disso, e sei também muitas coisas que ninguém imagina. Por exemplo: sei o dividendo das apólices, a taxa do juro, as cotações da praça, sei que faço uma conta de prêmios compostos com a justeza e exatidão de uma tábua de câmbio.

O Lemos estava tonto.

— E por último sei que tenho uma relação de tudo quanto possuía meu avô, escrita por seu próprio punho e que me foi dada por ele mesmo.

Dessa vez o purpurino velhinho empalideceu, sintoma assustador em tão repleta e maciça carnadura, como a que lhe acolchoava as **calcinhas emigradas** e o fraque preto.

— Isso quer dizer que, se eu tivesse um tutor que me contrariasse e caísse em meu desagrado, ao chegar à minha maioridade não lhe daria quitação, sem primeiro passar um exame nas contas de sua administração para o que felizmente não careço de advogado nem de guarda-livros.

— Sim, senhora; está em seu direito — tornou o velho contrito.

— Cabendo-me porém a fortuna de ter um tutor meu amigo, que me faz todas as vontades, como o senhor, meu tio...

— Lá isso é verdade!

— Nesse caso, em vez de matar a paciência e aborrecer-me com autos e contas, dou tudo por bem-feito. Ainda mais, sei que a tutela é gratuita, mas assim não deve ser quando os órfãos têm de sobra com que recompensar o trabalho que dão.

— Lá isso não, Aurélia. Este encargo é uma dívida sagrada, que pago à memória de sua mãe, a minha boa e sempre chorada irmã!...

O Lemos enxugou no canto do olho uma lágrima que ele conseguia espremer, se é que não a tinha inventado como parece mais provável. E a moça, em tributo à memória de sua mãe evocada pelo velho, ergueu-se um instante a pretexto de olhar pela janela.

Quando voltou a seu lugar, o Lemos estava de todo restabelecido dos choques por que havia passado; e mostrava-se ao natural, fresco, titilante e risonho*****.

— Estamos entendidos? — perguntou a menina com a sisudez que não deixara em todo este diálogo.

— Você é uma feiticeirazinha, Aurélia; faz de mim o que quer.

— Reflita bem, meu tio. Vou confiar-lhe meu segredo, um segredo que a ninguém neste mundo foi

Calcinhas emigradas: calças masculinas que foram cortadas um pouco acima da canela.

*** O fingimento de Lemos é patente; o narrador antecipa nesta cena o cinismo da personagem, a ser mais detalhado na segunda parte do romance.**

revelado, e que só Deus sabe. Se, depois de conhecê-lo, o senhor não me quiser servir, ou não souber, eu jamais lhe perdoarei.

— Pode confiar em mim sem susto o seu segredo, Aurélia, que mostrar-me-ei digno dessa confiança.

— Creio, Sr. Lemos, e para tirar-lhe qualquer escrúpulo que por acaso o assalte, lhe juro pela memória de minha mãe, que se há para mim felicidade neste mundo, é somente esta que o senhor me pode dar.

— Disponha de mim.

Aurélia parou um instante.

— Conhece o Amaral?

— Qual deles? — perguntou o velho um tanto acanhado.

— Manuel Tavares do Amaral, empregado da alfândega — disse a moça consultando sua carteirinha. — Tenha a bondade de tomar nota. Não é rico, mas possui alguma coisa, ajustou o casamento da filha Adelaide com um moço que esteve ausente do Rio de Janeiro, e a quem ele ofereceu de dote trinta contos de réis.

Ao proferir essas palavras sentiu-se um fugaz tremor na voz sempre tão límpida da moça que logo após tomou um timbre ríspido.

O Lemos ficara roxo de vermelho que já era; e para disfarçar o seu vexame remexia a cabeça mui desinquieto, com o dedo a repuxar e alargar o colarinho, como se este o sufocasse.

Aurélia demorou um instante o seu frio olhar no semblante do velho; depois, desviando com placidez a vista para fitá-la na página aberta de sua carteirinha, deu tempo ao tio de **reportar-se**, o que foi breve. O Lemos tinha o traquejo do mundo.

— Trinta contos?... — observou ele. — Já não é mau começo!

Aurélia continuou:

— É preciso quanto antes desmanchar esse casamento. A Adelaide deve casar com o Dr. Torquato Ribeiro, de quem ela gosta. Ele é pobre, e por isso o pai o tem

Reportar-se: refazer-se.

rejeitado; mas se o senhor assegurasse ao Amaral que esse moço tem de seu uns cinquenta contos de réis, acha que ele recusaria?

— Suponha que eu assegurasse isso. Donde sairia esse dinheiro?

— Eu o darei com o maior prazer.

— Mas, minha menina, para que nos vamos nós intrometer nos negócios alheios?

— O senhor é bastante perspicaz para perceber aquilo que **debalde** lhe procuraria ocultar. Prefiro confiar-me sem reservas à sua lealdade.

A moça fez um esforço.

— Esse moço, que está **justo** com a Adelaide Amaral, é o homem a quem eu escolhi para meu marido. Já vê que, não podendo pertencer a duas, é necessário que eu o dispute.

— Conte comigo! — acudiu o velho esfregando as mãos, como quem entrevia os benefícios que essa paixão prometia a um tutor hábil.

— Esse moço...

— O nome? — perguntou o velho molhando a pena.

Aurélia fez um aceno de espera.

— Esse moço chegou ontem; é natural que trate agora dos preparativos para o casamento que está justo há perto de um ano. O senhor deve procurá-lo quanto antes...

— Hoje mesmo.

— E fazer-lhe sua proposta. Esses arranjos são muito comuns no Rio de Janeiro.

— Estão-se fazendo todos os dias.

— O senhor sabe melhor do que eu como se **aviam** essas encomendas de noivos.

— Ora, ora!

— Previno-o de que meu nome não deve figurar em tudo isso.

— Ah! quer conservar o incógnito.

— Até o momento da apresentação. Entretanto pode dizer quanto baste para que não suponham que se trata de alguma velha ou aleijada.

Debalde: em vão.

Justo: ajustado.

Aviam: executam.

— Percebo! — exclamou o velho rindo. — Um casamento romântico.

— Não, senhor, nada de exagerações. Só tem licença para afirmar que a noiva não é velha nem feia.

— Quer preparar a surpresa?

— Talvez. Os termos da proposta...

— Com licença! Desde que deseja conservar o incógnito, não devo aparecer?

Aurélia refletiu um instante.

— Não quero que isso passe do senhor. Caso ele o reconheça como meu tio e tutor, não poderia o senhor convencê-lo que eu não tenho nisso a mínima parte? que é um negócio da família ou dos parentes?

— Bem lembrado! Eu cá me arranjo; não tenha cuidado.

— Os termos da proposta devem ser estes; atenda bem. A família de tal moça misteriosa deseja casá-la com separação de bens, dando ao noivo a quantia de cem contos de réis de dote. Se não bastarem cem e *ele* exigir mais, será o dote de duzentos...

— Hão de bastar. Não tenha dúvida.

— Em todo caso quero que o senhor compreenda bem o meu pensamento. Desejo como é natural obter o que pretendo, o mais barato possível; mas o essencial é obter; e portanto até metade do que possuo, não faço questão de preço. É a minha felicidade que vou comprar.

Essas últimas palavras a moça proferiu-as com uma indefinível expressão.

— Não será caro?

— Oh! — exclamou Aurélia — eu daria por ela toda a minha riqueza. Outras a têm de graça, que lhes vem diretamente do céu. Mas não posso me queixar, pois negando-me esse bem, Deus compadeceu-se de mim, e enviou-me quando menos esperava tamanha herança para que eu possa realizar a aspiração de minha vida. Não dizem que o dinheiro traz todas as venturas?

— A maior ventura que dá o dinheiro é possuí-lo; as outras são secundárias — disse o Lemos como entendido na matéria.

Aurélia, que um instante se deixara arrebatar pelo sentimento, voltava ao tom frio e refletido com que havia discutido até ali a questão de seu futuro.

— Falta-me ainda, meu tio, recomendar-lhe um ponto. A palavra, além de esquecer, está sujeita a equívocos. Não seria possível tratar esse negócio por escrito?

— Passar o sujeito um papel?... Certamente; mas se ele roer a corda não há meio de obrigá-lo a casar.

— Não importa. Eu prefiro confiar-me à honra dessa pessoa, antes do que aos tribunais. Com uma obrigação em que ele empenhe sua palavra ficarei tranquila.

— Há de se arranjar.

— Eis o que espero de sua amizade, meu tio.

O Lemos deixou passar a ironia que acentuara a palavra *amizade*, e esticou a prumo, diante dos olhos e contra a luz, a folha de papel em que tomara sua notas.

— Vejamos!... Tavares do Amaral, empregado da alfândega... a filha D. Adelaide, trinta contos de réis... O Dr. Torquato Ribeiro... garantir cinquenta... O outro... de cem até duzentos. Só me falta o nome.

Aurélia tirou da carteirinha o bilhete de visita e apresentou-o ao tutor. Como este se preparasse para repetir em alta voz o nome, ela o atalhou com a palavra breve e imperativa que às vezes lhe crispava os lábios.

— Escreva!

O velhinho copiou as indicações que havia no cartão e o restituiu.

— Nada mais?

— Nada, senão repetir-lhe ainda uma vez que entreguei em suas mãos a única felicidade que Deus me reserva neste mundo.

A moça proferiu essas palavras com um tom de profunda convicção que penetrou o **bonacho ceticismo** do velho.

— Há de ser muito feliz, eu lhe garanto.

— Dê-me essa felicidade, que eu tanto invejo; eu lhe darei da que me sobra.

— Conte comigo, Aurélia.

O velhinho apertou a mão da moça, que lhe tocara o coração com a última promessa e retirou-se.

Quando chegou a casa, ainda o Lemos não estava de todo restabelecido do atordoamento que sofrera.

5

Havia à Rua do Hospício, próximo ao campo, uma casa que desapareceu com as últimas reconstruções.

Bonacho: bondoso.

Ceticismo: pessimismo.

Tinha três janelas de peitoril na frente; duas pertenciam à sala de visitas; a outra a um gabinete contíguo.

O aspecto da casa revelava, bem como seu interior, a pobreza da habitação.

A mobília da sala consistia em sofá, seis cadeiras e dois consolos de jacarandá, que já não conservavam o menor vestígio de verniz. O papel da parede de branco passara a amarelo e percebia-se que em alguns pontos já havia sofrido hábeis remendos.

O gabinete oferecia a mesma aparência. O papel que fora primitivamente azul tomara a cor de folha seca.

Havia no aposento uma cômoda de cedro que também servia de toucador, um armário de **vinhático**, uma mesa de escrever, e finalmente a **marquesa**, de ferro, com o lavatório, e vestida de mosquiteiro verde.

Tudo isso, se tinha o mesmo ar de velhice dos móveis da sala, era como aqueles cuidadosamente limpo e espanejado, respirando o mais escrupuloso asseio. Não se via uma teia de aranha na parede, nem sinal de poeira nos trastes. O soalho mostrava aqui e ali fendas na madeira; mas uma nódoa sequer não manchava as tábuas areadas.

Outra singularidade apresentava essa parte da habitação: era o frisante contraste que faziam com a pobreza **carrança** dos dois aposentos certos objetos, aí colocados, e de uso do morador.

Assim, no recosto de uma das velhas cadeiras de jacarandá via-se nesse momento uma casaca preta, que pela fazenda superior, mas sobretudo pelo corte elegante e esmero do trabalho, conhecia-se ter o **chique** da casa do **Raunier**, que já era naquele tempo o alfaiate da moda.

Ao lado da casaca estava o resto de um traje de baile, que todo ele saíra daquela mesma tesoura em voga; finíssimo chapéu claque do melhor fabricante de Paris; luvas de **Jouvin** cor de palha; e um par de botinas como o **Campas** só fazia para os seus fregueses prediletos.

Vinhático: madeira de cor amarelada.

Marquesa: móvel antigo, geralmente para duas pessoas, sem encosto e com assento largo de palhinha.

Carrança: nessa passagem, tem o sentido de "antiga".

Chique: distinção, marca especial.

Raunier: Gabriel Raunier, famoso alfaiate da época, dono de uma loja frequentada pela alta sociedade.

Jouvin: luveiro parisiense.

Campas: sapateiro francês que vivia no Rio de Janeiro. Era o dono de uma fina loja de sapatos na Rua do Ouvidor, ponto do comércio elegante da cidade.

Sobre um dos aparadores tinham posto uma caixa de charutos de Havana, da marca mais estimada que então havia no mercado. Eram regalias como talvez só saboreavam nesse tempo os dez mais puros fumistas do império*.

No velho sofá de palha escura, havia uma almofada de cetim azul bordada a **froco** e ouro. A mais suntuosa das salas do Rio de Janeiro não se **arreava** por certo com uma obra de tapeçaria, nem mais delicada, nem mais mimosa do que essa, trabalhada por mãos aristocráticas.

Passando à alcova, na mesquinha banca de escrever, coberta com pano desbotado e atravancada de **rumas** de livros, a maior parte romances, apareciam sem ordem tinteiros de bronze dourado sem serventia; porta-charutos de vários gostos, cinzeiros de feitios esquisitos e outros objetos de fantasia.

A tábua da cômoda era verdadeiro balcão de perfumista. Aí achavam-se arranjados toda a casta de pentes e escovas, e outros utensílios no toucador de um rapaz à moda, assim como as mais finas essências francesas e inglesas, que o respectivo rótulo indicava terem saído das casas do **Bernardo e do Louis**.

A um canto do aposento notava-se um sortimento de guarda-chuvas e bengalas, algumas de muito preço. Parte dessas naturalmente provinha de mimos, como outras curiosidades artísticas, em bronze e jaspe, atiradas para baixo da mesa, e cujo valor excedia de certo ao custo de toda a mobília da casa.

Um observador reconheceria nesse disparate a prova material de completa divergência entre a vida exterior e a vida doméstica da pessoa que ocupava essa parte da casa.

Se o edifício e os móveis estacionários e de uso particular denotavam escassez de meios, senão extrema pobreza, a roupa e objetos de representação anunciavam um trato de sociedade, como só tinham cavalheiros dos mais ricos e francos da corte.

*** O narrador é detalhista na descrição da casa humilde destoando dos objetos pessoais da melhor qualidade, pertencentes ao Seixas. No recosto de uma "velha cadeira" há uma casaca magnífica; os chapéus são franceses, os charutos de melhor qualidade.**

Froco: o mesmo que floco, fio de lã ou outro tecido que se usa em bordados.

Arreava: ornamentava.

Rumas: pilhas.

Bernardo e Louis: proprietários de lojas de produtos sofisticados e caros.

Essa feição característica do aposento repetia-se em seu morador, o Seixas, derreado nesse momento no sofá da sala, a ler uma das folhas diárias, estendida sobre os joelhos erguidos, que assim lhe servem de cômoda estante.

É um moço que ainda não chegou aos trinta anos. Tem uma fisionomia tão nobre quanto sedutora; belos traços, tez finíssima, cuja alvura realça a macia barba castanha. Os olhos rasgados e luminosos às vezes coalham-se em um enlevo de ternura, mas natural e **estreme** de afetação, que há de torná-los irresistíveis quando o amor os acende. A boca vestida por um bigode elegante mostra o seu molde gracioso, sem contudo perder a expressão grave e sóbria, que deve ter o órgão da palavra viril.

Sua posição negligente não esconde de todo o garbo do talhe, que se deixa ver nessa mesma retração do corpo. É esbelto sem magreza e de elevada estatura.

O pé pousado agora em uma chinela não é pequeno, mas tem a palma estreita e o firme arqueado da forma aristocrática*****.

Vestido com um chambre de fustão que briga com as mimosas chinelas de **chamalote** bordadas a matiz, vê-se que ele está ainda no desalinho matutino de quem acaba de erguer-se da cama******. Ainda o pente não alisou os cabelos, que deixados a si tomam entretanto sua elegante ondulação.

Depois de lavar o rosto e enfiar o chambre, viera à sala buscar na porta que dava para a escada os jornais do dia; pois era ele dos que se consideram em jejum e ficam de cabeça oca, se ao acordarem não espreguiçam o espírito por essas toalhas de papel com que a civilização enxuga a cara ao público todas as manhãs.

Deitara-se então de bruços no sofá, para ler mais cômodo, e maquinalmente corria os olhos pelas rubricas dos artigos à cata de algum escândalo que lhe aguçasse a curiosidade **embotada** pela fadiga de uma prolongada vigília.

Estreme: isento.

*** Curiosa descrição do pé de Seixas: o narrador afirma que não é um pé pequeno, mas ressalva o formato "aristocrático". Se é homem forte, Seixas, como herói romântico, não pode ser vulgar, deve distanciar-se de uma caracterização "popularesca".**

Chamalote: certo tipo de tecido de pelo ou lã, muitas vezes misturado com seda.

**** Seixas, no próprio corpo, mostra a sua duplicidade: chambre barato e chinelas de luxo.**

Embotada: enfraquecida, entorpecida.

Apareceu à porta da escada uma pessoa, que deitou a cabeça a espiar, dizendo:

— Mano, já acordou?

— Entra, Mariquinhas — respondeu o moço, do sofá.

A moça aproximou-se do sofá, reclinou-se para o irmão, que sem mudar de posição cingiu-lhe o colo com o braço esquerdo atraindo-a a jeito de pousar-lhe um beijo na face.

— Quer o seu café? — perguntou Mariquinhas.

— Traze, menina.

Momentos depois voltou a moça com a xícara de café. Enquanto o irmão, soerguendo o busto, sorvia aos goles a aromática bebida dos poetas sibaritas*****, ela ia à alcova buscar um charuto de marca pérola, e acendia um fósforo.

Todos esses pormenores praticava-os como quem tinha perfeito conhecimento dos hábitos do irmão e sabia por experiência que regalia não era o charuto para fumar-se logo pela manhã, e depois do café.

Aceitava o indolente esses serviços como um sultão os receberia de sua **almeia** favorita; de tão acostumado que estava, já não os agradecia, convencido que para a moça era uma fineza consentir que lhos prestasse******.

Depois que o irmão acendeu o charuto, Mariquinhas sentou-se perto dele à beira do sofá.

— Divertiu-se muito, mano?

— Nem por isso.

— Acabou bastante tarde. Quando você entrou deviam ser três horas.

— E não valeu a pena; perdi a noite quando podia recobrar-me das péssimas que passei a bordo.

— É verdade; fez mal em ir a um baile no mesmo dia da chegada.

O moço acompanhou com os olhos a espiral de um alvo froco da fumaça do seu **havana** até que de todo se desfez nos ares.

— Sabes quem lá estava? E era a rainha do baile?... A Aurélia!

*** Relativo à cidade de Síbaris. O termo passou a adjetivar "pessoa indolente e dada a uma vida de prazeres". O café é associado a um prazer lânguido, de poeta sonhador.**

Almeia: dançarina.

**** Seixas é tão mimado pela mãe e irmãs que nem percebe o excesso de carinhos; recebe--os como se fossem obrigatórios, comuns a qualquer pessoa.**

Havana: charuto fabricado na cidade de Havana, em Cuba. É um dos melhores do mundo, por isso é caro. Sua fama fez com que o nome da cidade passasse a ser usado como sinônimo de charuto, transformando--se em substantivo comum; portanto, com inicial minúscula.

— Aurélia... — repetiu a moça buscando na memória recordação desse nome.

— Não te lembras?... Olha!

E o irmão cruzando o pé esquerdo sobre o joelho direito, mostrou, com um aceno da mão alva e delicada a chinela de chamalote.

— Ah! já sei — exclamou a moça vivamente. — Aquela que morava em Santa Teresa?

— Justamente.

— Você gosta bem dela, mano.

— Foi a maior paixão da minha vida, Mariquinhas!

— Mas você esqueceu-a pela Amaralzinha — observou a irmã com um sorriso.

Seixas moveu a cabeça com um meneio lento e melancólico; depois de uma pausa, em que a irmã o contemplou, compassiva e arrependida de ter evocado aquela saudade, ele continuou em tom vivo e animado*:

— Ontem no Cassino, estava deslumbrante, Mariquinhas! Nem tu podes imaginar!... Vocês mulheres têm isso de comum com as flores, que umas são filhas da sombra e abrem com a noite, e outras são filhas da luz e carecem do sol. Aurélia é como estas, nasceu para a riqueza. Eu bem o pressenti! Quando admirava a sua formosura naquela salinha térrea de Santa Teresa, parecia-me que ela vivia ali exilada. Faltavam o diadema, o trono, as galas, a multidão submissa; mas a rainha ali estava em todo o seu esplendor. Deus a destinara à opulência.

— Está rica então?

— Apareceu-lhe de repente uma herança... Creio que dum avô. Não me souberam bem explicar; o certo é que possui hoje, segundo me disseram, cerca de mil contos.

— Ela também tinha muita paixão por você, mano! — observou a moça com uma intenção que escapou a Seixas.

Tomou ele a mão da irmã:

— Aurélia está perdida para mim. Quantos a admiravam ontem no Cassino podem pretendê-la, embora

*** Nessa passagem o leitor fica sabendo que houve um relacionamento amoroso entre Fernando e Aurélia. E ele confessa que ela foi "a maior paixão" de sua vida. O que teria acontecido? Por que eles se separaram? Desviando o assunto, o autor aguça a curiosidade do leitor, mantendo um suspense sobre esse episódio do passado, que será explicado mais adiante.**

se arrisquem a ser repelidos; eu não tenho esse direito, sou o único.

— Por quê, mano? É por causa da Amaralzinha, com quem dizem que você há de casar-se?

— Isso ainda não é coisa decidida, Mariquinhas, tu bem sabes. A razão é outra.

— Qual é então?

— Depois... depois eu te direi.

Terceira voz interveio no diálogo com estas palavras:

— Pode dizer já, mano; eu me vou embora. Não quero surpreender seus segredos.

A pessoa que falara era outra moça que pouco antes entrara na sala e ouvira as últimas réplicas da conversa.

— Pois vem cá, Nicota, que eu te direi ao ouvido o meu segredo! — retrucou-lhe Seixas a rir-se do amuo da irmã.

— Não mereço; isto é bom para Mariquinhas! — tornou a Nicota de longe.

— Que é isso agora de Nicota? Porque eu estava conversando com Fernandinho? Será algum crime?

— Não é por isso — voltou-lhe a irmã com os olhos a marejar. — Você enganou-me dizendo que ia engomar seu vestido e veio espiar se o mano já tinha acordado para trazer-lhe o café.

— Pois fui mesmo engomar; porém ouvi o mano abrir a porta... E você, por que se deixou ficar?

— Eu estava acabando a costura daquela senhora, que você bem sabe, que devo dar hoje sem falta. Tinha pedido a mamãe para me chamar logo que Fernandinho acordasse; e ela, não o ouvindo assoviar como costuma, pensou que estivesse dormindo ainda com o cansaço da viagem e do baile.

Seixas acompanhava com um sorriso de **remoque**, mas repassado de ternura e desvanecimento, a contestação das duas irmãs.

— Mas afinal que culpa tenho eu, Nicota, do que fez a senhora D. Mariquinhas? Não me dirás, menina?

Remoque: insinuação, malícia.

— Não *lhe* acuso, mano. Alguém tem culpa de querer mais bem a uma pessoa do que a outra?

— Ciumenta! — exclamou Seixas.

O moço ergueu-se e foi ao meio da sala buscar a Nicota, que por despeito se conservara arredia encostada à última cadeira.

— É escusado te agastares comigo, que eu não admito esses **arrufos**. Quanto mais franzires a testa, mais beijos te dou para desmanchar essas rugas tão feias.

— É o que ela queria! — observou Mariquinhas já com sua ponta de ciúme.

— Ora vamos a saber, senhora ingrata — disse Seixas trazendo a Nicota para o sofá e sentando-a junto a si. — Em que mostrei eu querer mais bem a Mariquinhas do que a ti? Não reparti meu coração em duas fatias, bem iguaizinhas, das quais cada uma tem a sua?

— Mas você gosta mais de conversar com Mariquinhas, tanto que toda esta manhã estiveram aqui em segredinhos...

— É este o ponto da queixa? Pois senhora D. Mariquinhas vá-se embora, que eu quero conversar outro tanto tempo com Nicota e com ela só. Está satisfeita? Assim fica bem paga?

Nicota sorriu, ainda entre o arrufo, como o raio de sol através da nuvem.

— E o café?

— Ah! também temos o café? pois, filha, vai buscar outra xícara que eu receberei com muito prazer de tuas mãos. E também me darás um charuto que eu fumarei até o meio em lugar desta ponta. Ainda falta alguma coisa?

A jovialidade do Seixas e o seu carinho não só desvaneceram as queixas da Nicota, como restabeleceram a cordialidade entre as duas meninas, que se queriam extremosamente com afeto, só estremecido pelo ciúme desse irmão mimoso.

Arrufos: zangas ou aborrecimentos passageiros entre pessoas que se gostam.

6

Filho de um empregado público e órfão aos dezoito anos, Seixas foi obrigado a abandonar seus estudos na Faculdade de São Paulo pela impossibilidade em que se achou sua mãe de continuar-lhe a mesada.

Já estava no terceiro ano, e se a natureza que o ornara de excelentes qualidades lhe desse alguma energia e força de vontade, conseguiria ele vencendo pequenas dificuldades, concluir o curso, tanto mais quanto um colega e amigo, o Torquato Ribeiro, lhe oferecia hospitalidade até que a viúva pudesse liquidar o espólio.

Mas Seixas era desses espíritos que preferem a trilha batida, e só impelidos por alguma forte paixão rompem com a rotina. Ora, a carta de bacharel não tinha grande sedução para sua bela inteligência mais propensa à literatura e ao jornalismo*.

Cedeu pois à instância dos amigos de seu pai que obtiveram encartá-lo em uma secretaria como praticante. Assim começou ele essa vegetação social, em que tantos homens de talento consomem o melhor da existência numa tarefa inglória, ralados por contínuas decepções.

Continuando a carreira de empregado público, que lhe impunha a necessidade, Seixas buscou para seu espírito superior campo mais brilhante e encontrou-o na imprensa.

Admitido à colaboração de uma das folhas diárias da corte, em princípio como simples tradutor, depois como noticiarista, veio com o tempo a ser um dos escritores mais elegantes do jornalismo fluminense. Não diremos *festejado*, como agora é moda, porque nesta nossa terra os cortejos e aplausos rastejavam a mediocridade feliz**.

O pai de Seixas deixara seu escasso patrimônio complicado com uma hipoteca, além de várias dívidas miúdas. Depois de uma difícil e morosa liquidação, com que

*** Repare nos traços da personalidade de Seixas: ele poderia ter terminado a faculdade, mas, sem "energia e força de vontade", optou por um emprego público e a produção ocasional de textos jornalísticos e literários.**

**** Observe a ironia do narrador para com o público de sua época, que elogiava a mediocridade, segundo ele.**

a viúva achou-se embaraçada, pôde-se apurar a soma de doze contos de réis, além de uns quatro escravos.

Partilhado estes bens, D. Camila, a mãe de Seixas, por conselho de amigos, pôs o dinheiro a render na Caixa Econômica, donde ia tirando os juros semestrais com que acudia aos gastos da casa, ajudada dos aluguéis de dois escravos* e também de algumas costuras dela e das duas filhas.

Fernando quis concorrer com seu ordenado para a despesa mensal, mas tanto a mãe como as irmãs recusaram. Sentiam elas ao contrário não poder reservar alguma quantia para acrescentar aos mesquinhos vencimentos, que mal chegavam para o vestuário e outras despesas do rapaz.

No geral conceito, esse único filho varão devia ser o amparo da família, órfã de seu chefe natural. Não o entendiam assim aquelas três criaturas, que se **desviviam** pelo ente querido. Seu destino resumia-se em fazê-lo feliz, não que elas pensassem isso e fossem capazes de o exprimir; mas faziam-no.

Que um moço tão bonito e prendado como o seu Fernandinho se vestisse no rigor da moda e com a maior elegância; que em vez de ficar em casa aborrecido, procurasse os divertimentos e a convivência dos camaradas; que em suma fizesse sempre na sociedade a melhor figura; era para aquelas senhoras não somente justo e natural, mas indispensável.

Enquanto Fernandinho **alardeava** nas salas de espetáculos, elas passavam o serão na sala de jantar, em volta do candeeiro, que alumiava a tarefa noturna. O mais das vezes solitárias; outras acompanhadas de alguma rara visita, que as frequentava no seu modesto e recatado viver.

O tema da conversa era invariavelmente o ausente. Não cansavam nunca os elogios. Cada uma comunicava sua conjetura sobre a realização de certos desejos e esperanças; pois desde essa época se acostumara Fernandinho a fazê-las confidentes de seus menores segredos.

*** Observe que os escravos eram considerados bens que poderiam ser deixados em herança, mudando de dono como se fossem coisas. Em meados do século XIX, no Rio de Janeiro, a existência de escravos de aluguel era comum. D. Camila colocava os seus a serviço de outra família e recebia o ordenado que lhes caberia.**

Desviviam: deixavam de viver, isto é, não tinham vida pessoal, só ficavam em função de Fernando.

Alardeava: exibia-se.

Se aquela de quem tanto gostava o rapaz estaria no baile; se lhe concederia a contradança predileta, a quarta, que se reserva para o escolhido, pela razão não somente de ser a infalível como de dançar-se no momento da maior animação; se o Fernandinho conseguiria enfim dar-lhe a entender sua paixão, e como receberia a moça essa declaração; tais eram as graves preocupações dessas três criaturas, que, privadas de toda a distração, trabalhavam à luz da candeia para ganhar uma parte do necessário.

Outras noites era o acolhimento que faria ao rapaz a mulher de certo figurão, a quem ele devia ser apresentado. Contava Seixas granjear os favores da senhora, com a mira de alcançar por seu empenho a proteção do ministro para um acesso. A mãe e as irmãs, às quais ele confiara o projeto, inquietas do resultado, rezavam para que fosse bem-sucedido, não percebendo em sua ingenuidade a natureza dessa influência feminina que devia malear o ministro*.

Foi assim que Seixas insensivelmente afez-se à dupla existência, que de dia em dia mais se destacava. Homem de família no interior da casa, partilhando com a mãe e as irmãs a pobreza herdada, tinha na sociedade, onde aparecia sobre si, a representação de um moço rico.

Dessa vida faustosa, que ostentava na sociedade, trazia Seixas para a intimidade da família não só as provas materiais, mas as confidências e seduções. Era então muito moço, e não pensou no perigo que havia, de acordar no coração virgem das irmãs desejos que podiam supliciá-las. Quando mais tarde a razão devia adverti-lo, já o doce hábito das confidências a havia adormecido. Felizmente D. Camila tinha dado a suas filhas a mesma vigorosa educação que recebera; antiga educação brasileira, já bem rara em nossos dias, que, se não fazia donzelas românticas, preparava a mulher para as sublimes abnegações que protegem a família e fazem da humilde casa um santuário**.

Mariquinhas, mais velha que Fernando, vira escoarem-se os anos da mocidade, com serena resignação. Se

*** As irmãs e a mãe de Seixas podiam ser "ingênuas" em não perceber de que modo um rapaz bonitão poderia ter ajuda da mulher do ministro; mas o narrador é suficientemente irônico para sugerir que tipo de "favores" Seixas deveria conseguir.**

**** O narrador critica o "liberalismo" de Seixas, que confidenciava às irmãs os seus namoros, o que poderia "acordar desejos" no coração virgem das moças. Mas ressalta que D. Camila dera a "antiga educação brasileira" a suas filhas, o que as "protege" das modernidades. Temos aqui uma defesa dos valores tradicionais da sociedade brasileira.**

alguém se lembrava de que o outono, que é a estação nupcial, ia passando sem esperança de casamento, não era ela, mas a mãe, D. Camila, que sentia apertar-se-lhe o coração, quando lhe notava o **desbote** da mocidade.

Também Fernando algumas vezes a acompanhava nessa mágoa; mas nele breve a apagava o **bulício** do mundo.

Nicota, mais moça e também mais linda, ainda estava na flor da idade; mas já tocava aos vinte anos, e, com a vida concentrada que tinha a família, não era fácil que aparecessem pretendentes à mão de uma menina pobre e sem proteções. Por isso cresciam as inquietações e tristezas da boa mãe, pensar que também esta filha estaria condenada à mesquinha sorte do aleijão social, que se chama celibato*.

Quando Fernando chegou à maioridade, D. Camila nele resignou a autoridade que exercia na casa e a administração do módico patrimônio que ficara por morte do marido, e que, embora partilhado nos autos, ainda estava intato e em comunhão.

O rendimento da caderneta da Caixa Econômica e dos escravos de aluguel andavam em 1:500$000 ou 125$000 mensais. Como, porém, a despesa da família subia a 150$000, as três senhoras supriam o resto com seus trabalhos de agulha e engomado, no que as ajudavam as duas pretas do serviço doméstico.

Ao tomar a direção dos negócios da casa, Seixas fez uma alteração nesse regulamento. Declarou que entraria por sua parte com os 25$000 que minguavam, ficando as senhoras com todo o produto de seu trabalho para as despesas particulares, no que ele ainda as auxiliaria logo que pudesse.

Nessa época já ele era segundo oficial, com esperanças de ser promovido a primeiro; e seus vencimentos acumulados à gratificação que recebia pela colaboração assídua do jornal montavam acima de três contos de réis. Mais tarde subiram a sete em virtude de uma comissão que lhe deu o ministro, por haver simpatizado com ele.

Desbote: desbotar.

Bulício: agitação.

*** Aqui o narrador expressa claramente os valores da família burguesa do século XIX: numa época em que o casamento é a realização maior da mulher, só se poderia considerar uma mulher solteira como "aleijão social".**

Assim tinha anualmente um rendimento de 8:500$000 do qual deduzindo 1:800$000, que dava à família em prestações de 150$000 cada mês, ficavam-lhe para seus gastos de representação 6:700$000, quantia que naquele tempo não gastavam com sua pessoa muitos celibatários ricos, **que faziam figura na sociedade**.

Uma noite, Seixas sofreu uma decepção amorosa ao entrar no baile, e retirou-se despeitado. Não tendo onde consumir as horas, e aborrecido da sociedade, recolheu-se a casa. **A desventura pungiu-lhe a musa**, que era de índole melancólica. Lembrou-se do seu **Byron** e das imitações que havia feito de algumas das mais **acerbas exprobrações** do bardo inglês.

Era extraordinário passar Fernando a noite em casa. Para evitar explicações, resolveu entrar inapercebido e subiu as escadas de manso. Abriu a porta da sala com a chave francesa que ele trazia na argola, assim como a da rua, para não incomodar a família quando voltava **a desoras**, e ganhou sua alcova.

D. Camila com as filhas estava ao chá; havia de visita uma família da vizinhança. As moças conversavam alto; no meio dessa **garrulice** ouviu Fernando que falavam da representação de uma ópera que se dava então no Teatro Lírico.

As amigas tinham assistido ao último espetáculo e referiam por miúdo às duas irmãs, encarecendo o divertimento com muitos louvores.

— Ainda não viram? Pois não devem faltar; vale a pena. Peçam a seu irmão.

Tomada de surpresa pela interpelação direta, as duas irmãs **arrefeceram** logo no interesse com que escutavam a descrição do espetáculo.

Retraíram-se ambas silenciosas; mas insistindo as outras com alguma malícia, a Mariquinhas que era mais desembaraçada, respondeu:

— Fernandinho já nos convidou muitas vezes, mas tem havido sempre um transtorno qualquer.

Que faziam figura na sociedade: isto é, que se exibiam em sociedade. Mais uma vez, o narrador destaca os gastos excessivos de Fernando, enquanto sua mãe e as duas irmãs viviam muito modestamente.

A desventura pungiu-lhe a musa: isto é, a decepção feriu-lhe a musa, a inspiração poética.

Lorde Byron (1788-1824): poeta romântico inglês. Sua poesia emocional e pessimista influenciou toda uma geração de escritores. Por causa de uma decepção amorosa, Seixas volta à casa e pretende escrever poemas byronianos, melancólicos.

Acerbas: amargas.

Exprobrações: críticas.

A desoras: tarde da noite.

Garrulice: tagarelice.

Arrefeceram: diminuíram.

— É verdade! — observou Nicota.

Pela primeira vez desenhou-se claramente no espírito de Seixas um contraste que aliás tinha diante de si todos os dias, a cada instante, e do qual era ele próprio um dos termos.

Enquanto lhe minguavam as horas para os prazeres de que se fartava, aquelas três senhoras ali desfiavam as compridas noites sem outro entretenimento além da tarefa **jornaleira** ou daqueles ecos do mundo, que até lá chegavam com alguma rara visita.

Consigo unicamente despendia ele mais do triplo da subsistência de toda a família. Nessa mesma noite para ir a um baile de que saíra apenas chegado, dissipara maior quantia da necessária para dar a suas irmãs a satisfação de um espetáculo lírico.

Estas ideias apossaram-se de seu espírito. Em vez de riscar o fósforo já em mão para acender a lâmpada que alumiasse-lhe a vigília poética e o charuto que lhe **opiasse** a musa, atirou-se à cama, fincou a cabeça no travesseiro e dormiu o sono do justo.

Na primeira noite de representação lírica, Fernando levou ao teatro a família. Foi uma festa para as três senhoras; D. Camila, apesar de sua **lhaneza** e modéstia, sentiu ao atravessar a multidão pelo braço do filho um aroma de orgulho, mas desse orgulho repassado de susto, que é antes a consciência da própria humildade, do que desvanecimento de egoísmo. As filhas partilhavam esse sentimento; e acreditavam que todas as outras moças lhes invejavam aquele irmão.

Quando Fernando, depois de instalar a família no camarote, saiu a percorrer o salão, encontrou um camarada:

— Ó Seixas, não me dirás onde foste desencovar aquele terno de roceiras? Aposto que andas com tenções sinistras. Uma delas não é nenhuma asneira!... Que temível!

Fernando cortou esse diálogo, a pretexto de cumprimentar um conhecido que passava.

Ao sair de casa, com a pressa e a luz mortiça do candeeiro, não tinha ele reparado no vestuário da mãe

Jornaleira: diária, quotidiana.

Opiasse: entorpecesse.

Lhaneza: simplicidade.

e irmãs. No camarote, porém, ao clarão do gás, não escaparam a seu olhar severo em pontos de elegância os esquisitos do vestuário das três senhoras, tão alheias às modas e usos da sociedade.

O resto da noite, que lhe pareceu interminável, esquivou-se do camarote, e quando lá demorava-se, não chegava à frente.

Durante alguns dias andou Seixas sorumbático e preocupado com esse incidente. Chegou a pretextar um incômodo para ficar-se em casa e fugir aos divertimentos. É verdade que essa esquivança da sociedade também servia ao despeito da noite do baile. Ao cabo, resultou dessa crise um raciocínio que serenou o nosso jornalista.

Frequentando assiduamente e com algum brilho a sociedade, adquirindo relações e cultivando a amizade de pessoas influentes que o acolhiam com distinção, era natural que ele, Seixas, fizesse uma bonita carreira. Poderia de um momento para outro arranjar um casamento vantajoso, como tinham conseguido muitos que não estavam em tão favoráveis condições. Não era difícil também que de repente se lhe abrisse essa estrada real da ambição, que se chama política.

Uma vez rico e ilustre, montaria sua casa com um estado correspondente à sua posição.

Então sua família participaria não só dos gozos materiais desse viver opulento como no brilho e prestígio de seu nome. O trato da sociedade lhes imprimiria o cunho de distinção de que precisavam para bem se apresentarem. Casaria as duas irmãs vantajosamente; faria assim a felicidade de todos esses entes queridos confiados a seu desvelo.

Se ao contrário, ele, Seixas se onerasse desde logo, no princípio de sua carreira, com o peso da família, prendendo-se à vida obscura de que não podia tirá-la ainda mesmo com sacrifício de todos seus rendimentos, que outra coisa devia esperar senão vegetar na penumbra da mediania e consumir esterilmente sua mocidade*?

*** O raciocínio de Seixas é de uma cínica praticidade: se ele era bem-relacionado na sociedade, poderia arrumar um bom cargo político ou bom casamento; com um dote alto que acompanhasse a esposa poderia bem vestir e instruir as irmãs; daí, ele lhes arrumaria bons casamentos.**

Firmou-se pois Seixas nessa convicção de que o luxo era não somente a **porfia** infalível de uma ambição nobre, como o **penhor** único da felicidade de sua família. Assim dissiparam-se os escrúpulos.

Seixas acabava de chegar de Pernambuco, onde se demorara oito meses; desembarcara na véspera, a tempo de não perder o **Cassino**.

O motivo ostensivo dessa viagem fora uma comissão, creio que de secretário da presidência. Dizia-se, porém, nas rodas políticas que o nosso escritor fora lançar as bases de uma candidatura próxima. Sem contestar o fato, acrescentavam os invejosos que o levara ao Norte o fulgor dos belos olhos negros de uma moreninha pernambucana que fora o astro da última **sazão** parlamentar.

Todas essas circunstâncias influíram na resolução de Seixas; mas a razão predominante que o moveu, a ele, **carioca da gema**, a ausentar-se da corte por oito meses, a seu tempo a saberemos.

7

Brincava Fernando com as irmãs quando bateram palmas à escada. As meninas fugiram pela alcova; o Seixas sem mudar de posição, disse em alta voz:

— Suba!

Esse modo de receber tão sem-cerimônia talvez cause reparo em um moço de educação apurada, mas Seixas não era procurado em casa senão por algum caixeiro, ou por gente de condição inferior*.

Borbotou, é o termo próprio, borbotou pela sala adentro a **nédia** e roliça figura do Sr. Lemos que de relance fez às carreirinhas um zigue-zague e **atochou** à queima-roupa no Seixas estático três apertos de mão um sobre o outro, coroados das respectivas cortesias.

Porfia: luta, disputa.

Penhor: garantia.

Cassino: alusão ao Cassino Fluminense, inaugurado em 1845, no Rio de Janeiro. Foi um dos mais importantes salões da capital imperial e palco de elegantes bailes da alta sociedade.

Sazão: temporada.

Carioca da gema: expressão usual ainda hoje, no sentido de alguém que ficasse "na gema", no centro, dos acontecimentos do Rio. O autêntico carioca, o citadino.

*** Ora, Seixas andava pelos melhores ambientes, mas sua aparência e objetos pessoais destoavam da moradia humilde. Por isso, o rapaz não receberia visitas. Este o motivo de fazer subir a quem batia, sem maiores cerimônias.**

Borbotou: surgiu tempestuosamente.

Nédia: lustrosa (devido à gordura).

Atochou: aplicou.

— É ao Sr. Fernando Rodrigues de Seixas que tenho a honra de falar?

O nosso escritor* ergueu-se de pronto. Compondo as abas do chambre com um gesto rápido, tomou o ar de suprema distinção, que ninguém revestia com tanta nobreza e tato.

— Tenha a bondade de sentar-se — disse oferecendo ao Lemos o sofá — e desculpar-me este desarranjo de quem acaba de chegar.

— Sei. Desembarcou ontem?

Seixas confirmou com a cabeça:

— A quem tenho a honra de receber?

Lemos tirou do bolso uma carta que apresentou ao moço, fitando nele o olhar perspicaz.

— A pessoa que me fez a honra de apresentá-lo, Sr. Ramos, merece-me tudo. É para mim uma fortuna esta ocasião de provar-lhe minha estima, pondo-me inteiramente às ordens de V.S.ª.

Quando Seixas pronunciou o nome *Ramos*, o velhinho desfez-se em mesuras corrigindo *Lemos*, mas com uma presteza e no meio de tais afinados de garganta, que não o percebeu o seu interlocutor.

Eis a explicação do equívoco. Ao chegar à sua casa na Rua São José, Lemos tinha traçado um plano, como indicava este monólogo:

— O que não tem remédio, remediado está. Desengane-se, meu Lemos: com a tal menina é escusado trapacear que ela corta-lhe as asas. Portanto o que de melhor pode fazer um espertalhão da sua marca é tirar partido da situação.

Saltando do **tílburi**, o velhinho subiu ao sobrado, donde voltou logo munido de um par de óculos verdes, que usara outrora por causa dum ameaço de oftalmia. Fez ao cocheiro sinal de acompanhá-lo, e dobrou pela Rua da Quitanda.

Pouco adiante entrou em uma loja:

— Ó comendador, dá-me aí uma carta de apresentação para o Seixas.

*** Em vários momentos o narrador usa de ironia quando se refere a Seixas como "nosso escritor" ou "jornalista", destacando méritos literários no que na verdade é um passatempo casual, uma leviandade de rapaz.**

Tílburi: carro fechado de duas rodas e dois assentos, puxado por um só animal. No século XIX, era usado também como táxi pelas pessoas.

O negociante a quem essas palavras eram dirigidas puxou pela memória.

— Seixas... Não conheço!

— Hás de conhecer por força. Vamos, escreve lá. Em favor do Sr. Antônio Joaquim Ramos.

Era esta a carta que o tutor de Aurélia acabava de apresentar ao Seixas. Viera ele confiado nos dois disfarces, o dos óculos e o do nome do recomendado*.

Se apesar disto o moço o reconhecesse, ele acharia meio de sair perfeitamente da dificuldade.

— Desculpe-me, V.S.ª, se o procuro logo no dia seguinte ao da sua chegada, quando ainda deve estar fatigado da viagem; mas o assunto que me traz é de sua natureza urgentíssimo.

— Estou pronto a ouvi-lo com toda a atenção.

— É negócio importante que exige a maior reserva e discrição.

— Pode contar com ela.

O Lemos bamboleou-se na cadeira com sua frenética **alacridade** e prosseguiu:

— Trata-se de uma moça, sofrivelmente rica, bonitota, a quem a família deseja casar quanto antes. Desconfiando desses **peralvilhos** que por aí andam a farejar dotes, e receando que a menina possa de repente enfeitiçar-se por algum dos tais **bonifrates**, assentou de procurar um moço sisudo, de boa posição, embora seja pobre; porque são justamente os pobres que sabem melhor o valor do dinheiro, e compreendem a necessidade de poupá-lo, em vez de atirá-lo pela janela fora como fazem os filhos dos ricaços.

Lemos fitou os olhinhos de azougue no semblante de Seixas.

— Fui encarregado por essa família que me honra com sua amizade de procurar a pessoa que se deseja, e minha presença aqui, neste momento, significa que tive a fortuna de encontrá-la.

— Sua escolha devia lisonjear-me o amor próprio, se o tivesse, Sr. Ramos; porém há de compreender que não posso aceder...

*** Repare na malícia de Lemos: usa um nome semelhante ao seu, "Ramos", consegue uma carta com esse nome desconhecido, disfarça-se com óculos. Tudo para que Seixas não desconfie que ele é o tutor de Aurélia e aceite a proposta de casamento com a "desconhecida".**

Alacridade: animação, entusiasmo.

Peralvilhos: sujeitos malandros, metidos a conquistadores.

Bonifrate: pessoa que age e se veste de modo afetado.

— Perdão; em negócio tenho o meu sistema. Faço a proposta com lisura, sem omitir os encargos e as vantagens, porque não costumo regatear. O outro pensa, e aceita se lhe convém.

— Já vejo que é um verdadeiro negócio que me propõe! — observou Fernando com ironia cortês.

— Sem dúvida! — atestou o velho. — Mas ainda não disse tudo. A pequena é rica bastante e dota o marido com cem contos de réis em moeda sonante.

Como Seixas se calasse:

— Agora V.S.ª me dirá se posso levar uma boa notícia. Sua decisão?

— Nenhuma!

— Como assim? Nem recusa, nem aceita?

— Sua proposição, Sr. Ramos, permita-me esta franqueza, não é séria — disse o moço com a maior urbanidade.

— Por que razão?

— Antes de tudo cumpre-me declarar-lhe que estou de algum modo comprometido e, embora não haja um ajuste formal, todavia não poderia dispor livremente de mim.

— Os compromissos rompem-se dum momento para outro.

— É exato; às vezes ocorrem circunstâncias que desatam as mais solenes obrigações. Mas entre as razões que movem a consciência não se conta o interesse; ele daria ao arrependimento a feição de uma transação.

— E o que é a vida, no fim de contas, senão uma contínua transação do homem com o mundo? — exclamou Lemos.

— Não vejo ainda a vida por esse prisma. Compreendo que um homem sacrifique-se por qualquer motivo nobre, para fazer a felicidade de uma mulher, ou de entes que lhe são caros; mas se o fizer por um preço em moeda não é sacrifício, mas tráfico.

O Lemos insistiu com todos os recursos da dialética materialista que ele manejava habilmente. Não conseguiu, porém, desvanecer os escrúpulos do moço que o ouvia com afabilidade, mantendo-se inflexível na negativa.

— Bem — resumiu o velho. — Não são negócios que se resolvem assim de palpite. O Sr. Seixas pensará, e se como eu espero decidir-se, me fará o favor de prevenir. Vou deixar-lhe minha morada...

— Agradeço, mas para esse objeto é inútil — observou Seixas.

— Ninguém sabe o que pode acontecer!

O velho escreveu a lápis a rua e o número de sua casa numa folha da carteira que deixou sobre o consolo.

Meia hora depois, Seixas descia a Rua do Ouvidor em busca do Hotel de Europa, onde ia almoçar **à fidalga**, pela volta do meio-dia.

De caminho encontrava os camaradas e conhecidos que o festejavam, pedindo-lhe novas da viagem e dando-lhe as mais frescas da corte. Entre estas figurava a aparição de Aurélia Camargo, que datava de meses, mas era ainda o grande sucesso do mundo fluminense.

Havia nessa noite teatro lírico. Cantava Lagrange no ***Rigoletto***. Seixas, depois de um exílio de oito meses, não podia faltar ao espetáculo.

Às oito horas em ponto, com o fino binóculo de marfim na mão esquerda calçada por macia luva de pelica cinzenta e o elegante sobretudo no braço, subia as escadas do lado par.

No patamar encontrou Alfredo Moreira com quem de véspera apenas falara de relance no Cassino.

— Ontem não sei onde te meteste, Seixas, cansei de procurar-te!

— Pois andava bem perto de ti. É que estavas ontem muito **encandeado** — respondeu Fernando a sorrir.

— É verdade! Que mulher, Seixas! Não imaginas. Olhas de longe e vês um anjo de beleza, que te fascina e arrasta a seus pés, ébrio de amor. Quando lhe tocas, não achas senão uma moeda, sob aquele esplendor. Ela não fala; tine como o ouro. Era para apresentar-te que eu te procurei. Ei-la que chega!

Essa última exclamação Alfredo soltou-a avistando um carro que nesse momento parara à porta. Efetivamente dele saltou Aurélia, que se dirigiu acompanhada de D. Firmina a seu camarote na segunda ordem.

Envolvia-a desde a cabeça até os pés um finíssimo e amplo manto de alva caxemira, que apenas descobria-lhe o lindo rosto à sombra do capuz e uma orla do vestido azul.

Era preciso ter a suprema elegância de Aurélia para, dentre esse envolto singelo e fofo, desatar o talhe dum garbo encantador.

À fidalga: à maneira de fidalgo, isto é, de homem rico.

***Rigoletto*:** famosa ópera italiana composta por Giuseppe Verdi (1813-1901).

Encandeado: fascinado, deslumbrado.

Ela parou justo em frente dos dois moços, voltando-lhes as costas, à espera de D. Firmina, que se demorara a descer do carro.

— Não é uma beleza? — perguntou Moreira ao camarada, em tom de ser ouvido.

— Deslumbrante! — respondeu Seixas —; mas para mim é uma beleza de espectro!

— Não entendo!

— É a imagem de uma mulher a quem amei, e que morreu. Essa semelhança me repele!

Aurélia ficou impassível. Moreira que se adiantara para cortejá-la pensou que o amigo tinha razão. Efetivamente havia alguma coisa de fantástico naquela fronte lívida e cintilante*****.

D. Firmina se aproximara. A moça, retribuindo com um afável **cortejo** ao cumprimento de Alfredo, passou como se não se apercebesse de Fernando, e subiu à segunda ordem.

8

Lemos voltara satisfeito com o resultado da sua exploração. Era o velho um espírito otimista, mas à sua maneira; confiava no instinto infalível de que a natureza dotou o bípede social para farejar seu interesse e descobri-lo.

Tinha pois como impossível que um moço, em seu perfeito juízo, dirigido por conselho de homem experiente, repelisse a fortuna que de repente lhe entrava pela porta da casa, e casa da Rua do Hospício a sessenta mil-réis mensais, para tomá-lo pelo braço e conduzi-lo de carruagem, recostado em fofas almofadas, a um palácio nas Laranjeiras.

Sabia Lemos que os escritores, para arranjarem lances dramáticos e quadros de romance, caluniavam

*** Atente para a descrição de Aurélia: inicialmente, Moreira diz que ela "tine como ouro", numa sugestão à sua riqueza. Sua roupa leve e ampla ressalta o rosto magnífico. Mas o próprio Moreira chega à conclusão de que Aurélia tem "alguma coisa de fantástico". É um retrato de exceção, de heroína romântica nas mãos do seu destino, acima das demais pessoas.**

Cortejo: cumprimento. Atualmente essa palavra só é empregada no sentido de paquerar ou bajular.

a espécie humana atribuindo-lhe estultices desse **jaez**; mas na vida real não admitia a possibilidade de semelhantes fatos*.

— Não se recusavam cem contos de réis — pensava ele — sem razão sólida, uma razão prática. O Seixas não a tem; pois não considero como tal essas palavras ocas de tráfico e mercado, que não passam de um disparate. Queria que me dissessem os senhores moralistas o que é esta vida senão uma quitanda? Desde que nasce um pobre-diabo até que o **leva a breca** não faz outra coisa senão comprar e vender? Para nascer é preciso dinheiro, e para morrer ainda mais dinheiro. Os ricos alugam os seus capitais; os pobres alugam-se a si, enquanto não se vendem de uma vez, salvo o direito do estelionato.

Assim convencido de que Seixas não tinha o que ele chamava uma razão sólida para rejeitar o casamento proposto, não vira Lemos na primeira recusa senão um disfarce, ou talvez o impulso dessa tímida resistência, que os escrúpulos costumam opor à tentação. Esperava, pois, pela salutar revolução que dentro de poucos dias se devia operar nas ideias do mancebo.

Ao sair da casa de Seixas, Lemos dirigiu-se à casa do Amaral, onde entabulou uma negociação que devia assegurar o êxito da primeira.

Desenganado o moço da Adelaide e dos trinta contos, não tinha remédio senão aceitar a consolação dos cem; consolação que levaria o pico de uma vingançazinha.

Não sei como pensarão da fisiologia social de Lemos; a verdade é que o velhinho não mostrou grande surpresa quando uma bela manhã veio dizer-lhe seu agente que o procurava um moço de nome Seixas.

Esse agente chamava-se Antônio Joaquim Ramos, e era o mesmo de quem o velho tomara emprestado o nome**. Estava prevenido pelo patrão dessa circunstância que não o surpreendia, pois era **jubilado** em tais **alicantinas**.

— Que espere! — gritou o velho.

Tinha Lemos na loja da casa de morada uma coisa chamada escritório de agências.

Jaez: tipo.

*** Lemos tem uma atitude eminentemente prática diante da vida, e sua opinião sobre os escritores demonstra isso: acredita que eles caluniavam a espécie humana com seus lances dramáticos e quadros de romance; para ele, a vida real nada tinha de sentimental e seria "estultice", ou seja, loucura, alguém recusar uma fortuna de dote.**

Leva a breca: morre.

**** Lembre-se de como Lemos, no capítulo 7, usou o artifício de se apresentar como Ramos para Seixas, mantendo, assim, o nome de Aurélia distante da transação.**

Jubilado: experiente.

Alicantinas: trapaças.

Era um corredor que dava porta para a rua e estendia-se até à área do fundo, onde o velho trabalhava dentro de uma espécie de gaiola, feita de **tabique** de madeira com balaústres.

Fora daí que respondera. Era seu costume sempre que ia tratar de qualquer negócio importante, rumina-lo de antemão para não ser tomado de improviso. Foi o que fez nesse momento.

— De que disposições virá o sujeito? Quererá sondar-me a respeito da noiva, desconfiado de que lhe pretendo impingir alguma carcaça? Ah! Ah! por esse lado não há perigo. Terá intenção de regatear? A menina não se importa de chegar até aos duzentos e aposto que se for preciso vai por aí fora, que isso de mulher, o dinheiro faz-lhe cócegas. Mas eu é que não estou pelos autos! Seguro-me nos cem, que daí não me arrancam. Quando muito uns vinte de quebra, para o enxoval e nem mais um real!

Tendo feito seus cálculos, Lemos chegou à porta do cubículo e gritou para a frente do armazém:

— Mande entrar!

Quando Seixas chegou ao escritório, já Lemos estava de novo trepado no **mocho**, e debruçado à carteira continuava a despachar seus negócios. Sem erguer a cabeça fez com a mão esquerda um gesto ao moço indicando-lhe o sofá.

— Queira sentar-se; já lhe falo.

Terminada a carta e enxuta com o mata-borrão, Lemos fechou-a na competente capa; pôs-lhe sobrescrito, e só então girando sobre o mocho, como uma figurinha de cata-vento, apresentou a frente ao moço.

— O senhor deseja falar-me? — perguntou.

— Já se não recorda de mim? — perguntou Seixas inquieto.

— Tenho uma lembrança vaga. O senhor não me é de todo estranho!

— Não há três dias estivemos juntos — tornou Seixas —, é verdade que pela primeira vez.

Tabique: divisória.

Mocho: banco sem encosto e para uma só pessoa.

— Há três dias?...

E Lemos fez semblante de recordar-se.

Desde que entrara, Seixas mostrava em sua fisionomia, como em suas maneiras, um constrangimento que não era natural ao seu caráter. Parecia lutar contra uma força interior que o **demovia** da resolução tomada; mas, se não podia subtrair-se a esses rebates, dominava-se bastante para subjugá-los à necessidade.

O esquecimento de Lemos porém veio abalar aquela firmeza momentânea: no semblante do moço pintou-se imediatamente a vacilação do espírito. Não escapou essa alteração ao velho que recostando-se na cadeira a jeito de olhar o seu interlocutor de meio perfil, se desfez em exclamações de surpresa:

— Ora!... O Sr. Seixas!... O meu amigo desculpe!... Isto de negociantes... O senhor deve saber!... Temos a memória na carteira ou no borrador. São tantas as coisas de que nos ocupamos, que realmente só uma cabeça de duzentas folhas, como esta, pode chegar para tanto!

O velho soltou uma risadinha cacofônica e apontou para um livro mercantil colado sobre a carteira.

— Aqui está a minha, rubricada pelo tribunal do comércio e competentemente selada, com todas as formalidades legais. Ah! ah! ah!... Então, meu amigo, que manda a seu serviço?

— O Sr. Ramos mantém a proposta que me fez anteontem em minha casa? — perguntou Seixas.

Lemos fingiu que refletia.

— Um dote de cem contos no ato do casamento, é isto?

— Resta-me conhecer a pessoa.

— Ah! Este ponto parece-me que deixei-o bem claro. Não tenho autorização para declarar, senão depois de fechado nosso contrato.

— O senhor nada me disse a esse respeito.

— Estava subentendido.

— Qual a razão desse mistério? Faz suspeitar algum defeito — observou Fernando.

Demovia: dissuadia, desviava.

— Garanto-lhe que não; se o enganar, o senhor está desobrigado.

— Ao menos pode dar-me algumas informações?

— Todas.

Seixas dirigiu ao velho uma série de interrogações acerca da idade, educação, nascimento e outras circunstâncias que lhe interessavam. As respostas não podiam ser mais favoráveis.

— Aceito — concluiu o moço.

— Muito bem.

— Aceito; mas com uma condição.

— Sendo razoável.

— Preciso de vinte contos até amanhã sem falta.

O velho saltou na cadeira. Este caso o apanhava de surpresa.

— Meu amigo, se dependesse de mim... Mas o senhor sabe que nesse negócio eu sou apenas um procurador oficioso. Não tenho ordem para adiantar a menor quantia. Quanto ao dote depois de realizado o casamento, este sim, garanto.

— Não pode emprestar-me sobre essa garantia?

Ao Lemos escapou uma careta que ele procurou disfarçar.

— Tem razão — observou Seixas sem alterar-se. — V.S.ª não me conhece, Sr. Ramos; e a posição em que me coloquei dando esse passo não é própria decerto para inspirar confiança.

— Não é isso, homem — acudiu o velho ainda um tanto atrapalhado —; mas é que há viver e morrer.

— Desculpe-me o incômodo que lhe dei — tornou o moço fazendo um cumprimento de despedida.

O negociante estava tão atarantado e perplexo que não correspondeu à cortesia de Seixas, e o viu sair do escritório, indeciso sobre o que havia de fazer.

— Para que diabo quererá este marreco os vinte contos? Aposto que anda aqui volta do **Alcazar**. O rapaz está caído por alguma das tais francesinhas; e elas que são umas jiboias!... Finas como um **alambre**, mas capa-

Alcazar: café-concerto do Rio de Janeiro onde se apresentavam espetáculos de revistas musicais.

Alambre: arame.

zes de engolir um homem!... Que dirá a isso a senhora minha pupila? Estará disposta a correr todos os riscos e perigos da transação?

Nesse ponto de seu monólogo, o velho recobrando sua petulante agilidade, deu uma corrida à porta do armazém, onde ainda chegou a tempo de avistar o moço, que afastava-se a passos lentos, pensativo e de cabeça baixa.

— Oh! Sr. Seixas!... Faz favor!

— Chamou-me?

O negociante adiantara-se alguns passos na rua para ir ao encontro do moço.

— É só uma pergunta! — Foi logo dizendo o velho para não incutir vã esperança. — Se recebesse os vinte contos, ficava fechado de uma vez o nosso ajuste?

— Sem dúvida! Já o declarei.

— Não tínhamos mais objeção de qualquer espécie, nem essas **patranhas** de honra e dignidade com que andam por aí uns certos sujeitos a embaçar os outros. Negócio decidido; sem olhar à fazenda, quero dizer, à pequena?

— Sendo ela como o senhor assegurou...

— Está visto! Escute, não prometo nada; mas espere-me amanhã em sua casa, que eu lá estarei por volta das nove.

Lemos aviou uns negocinhos; muniu-se de uma folha de papel selado de vinte mil-réis; e depois de jantar deu um pulo às Laranjeiras.

Aurélia estava lendo na sala de conversa; mas o estilo de **George Sand** não conseguia nesse momento cativar-lhe o espírito que às vezes batia as asas, e lá se ia borboleteando pelo azul de uma sesta amena.

Quando lhe anunciaram o Lemos, ela sobressaltou-se; e o tremor que agitou as róseas asas da narina revelou a comoção interior.

— Uma pequena dificuldade que ocorreu naquele nosso negócio é o que me traz.

— Qual foi?

— O Seixas...

Patranhas:
mentiras, lorotas.

George Sand:
pseudônimo literário da escritora francesa Aurore Dupin (1804-1876), autora de obras românticas.

— Já lhe pedi que não pronuncie este nome — disse a moça com um modo austero.

— É verdade! Desculpe-me, Aurélia, a precipitação... *Ele* exige vinte contos de réis à vista, até amanhã, sem o que não aceita.

— Pague-os!

A moça proferiu esta palavra com aquele timbre sibilante que em certas ocasiões tomava sua voz, e que parecia o ranger do diamante no vidro.

Cobria-se-lhe o semblante de uma palidez mortal; e por momentos parecia que a vida tinha abandonado aquele formoso vulto, congelado em uma estátua de mármore.

Não percebeu Lemos esse profundo **confrangimento**, atrapalhado como estava a tirar do bolso uma das folhas de papel selado que estendeu sobre a mesa, alisando-a com as palmas das mãos. Depois molhando a pena, apresentou-a à moça:

— Uma ordenzinha!

Aurélia sentou-se à mesa e traçou com uma letra miúda de talhe oblíquo algumas linhas.

— Para que pede ele este dinheiro? — perguntou a menina enquanto escrevia.

— Não me quis dizer, mas eu suspeito; e tratando-se de uma união, de que depende o seu futuro, Aurélia, não devo ocultar coisa alguma.

— É um favor, que lhe agradeço.

— Não tenho certeza; mas desconfio que é uma **rapaziada**. O nosso **José Clemente** fez um palácio para guardar os doidos, mas vieram os meus francesinhos e inventaram o tal Alcazar, que é uma casa de fazer doidos; de modo que eles já não cabem na Praia Vermelha.

Aurélia mordia a extremidade da caneta, cujo marfim escurecia entre os dois **rocais** de seus dentes de pérola.

— Não importa!

E assinou a ordem.

No dia seguinte à hora aprazada estava o Lemos em casa do Seixas.

Confrangimento: **perturbação.**

Rapaziada: **festa de rapazes.**

José Clemente Pereira (1787-1854): **foi o responsável pela criação do Hospício Pedro II, no Rio de Janeiro.**

Rocais: **nessa passagem, tem o sentido metafórico de contas de um colar.**

— O senhor é um rapaz feliz. Aqui lhe trago a bolada.

O negociante tirou do bolso a seguinte folha de papel selado.

— Temos que passar primeiro um recibozinho.

— Em que termos?

Depois de uma pequena discussão em que os escrúpulos de Seixas relutaram contra a imposição da necessidade, assinou o moço contrariado esta declaração: "Recebi do Ilmo. Sr. Antônio Joaquim Ramos a quantia de vinte contos de réis como avanço do dote de cem contos pelo qual me obrigo a casar no prazo de três meses com a senhora que me for indicada pelo mesmo Sr. Ramos; e para garantia empenho minha pessoa e minha honra".

Depois de verificar que o recibo estava em regra, Lemos contou com destreza de um cambista o maço de notas que trazia e o entregou ao moço recolhendo uma das cédulas:

— Dezenove contos novecentos e oitenta mil-réis... com vinte de selo...

Seixas recebeu o dinheiro com tristeza.

— **Maganão** feliz!...

Soltando a sua implicante risadinha, Lemos fez duas piruetas, deu três saltinhos, beliscou a coxa de seu interlocutor e desceu a escada como uma bola de borracha aos ricochetes*.

Maganão: malandro.

*** Atente para o modo grotesco como Lemos é descrito. Uma figura ridícula, uma "bola de borracha".**

9

Seixas era homem honesto; mas ao atrito da secretaria e ao calor das salas, sua honestidade havia tomado essa **têmpera** flexível da cera que se molda às fantasias da vaidade e aos reclamos da ambição.

Era incapaz de apropriar-se do alheio, ou de praticar um abuso de confiança; mas professava a moral fácil e cômoda, tão cultivada atualmente em nossa sociedade**.

Têmpera: temperamento.

**** Observe a caracterização que o narrador faz do temperamento de Seixas: honesto, mas maleável; vaidoso e namorador; superficial.**

Segundo essa doutrina, tudo é permitido em matéria de amor; e o interesse próprio tem plena liberdade, desde que transija com a lei e evite o escândalo.

No dia seguinte à visita de Lemos, logo pela manhã, D. Camila procurou um pretexto para ir à alcova do filho.

— Venho falar-te de um negócio de família, Fernandinho. Há um moço, aqui mesmo desta rua, que tem paixão pela Nicota. Está começando sua vida; mas já é dono de uma lojinha. Não quis decidir nada antes de tua chegada.

D. Camila contou então ao filho os pormenores do inocente namoro; Fernando concordou com prazer no casamento.

— Já era tempo — disse a boa senhora suspirando. — Estava com tanto medo que a Nicota também fosse ficando para o canto, como minha pobre Mariquinhas!

— Coitada! Mas eu ainda tenho esperança de arranjar-lhe um bom partido, minha mãe.

— Deus te ouça, Ah! ia-me esquecendo. Então há de ser preciso tirar algum dinheiro da Caixa Econômica por conta do que ela tem para cuidar do enxoval.

— Já?... O moço ainda não a pediu.

— Só espera licença de Nicota, e ela não quis dar, sem primeiro saber se era de teu gosto e meu. Hoje mesmo...

— Está bem. Logo que eu possa, irei tirar o dinheiro; mas se precisa já de algum, tenho aqui.

— Não; melhor é comprar tudo de uma vez.

Fernando saiu contrariado. Com a vida que tinha, **avultava** sua despesa. O dinheiro que recebia mensalmente gastava-o com o hotel, o teatro, a **galantaria**, o jogo, as gorjetas, e mil outras verbas próprias de rapaz que **luxa**. No fim do ano, quando chegava a ocasião de saldar a conta do alfaiate, sapateiro, perfumista e da cocheira, não havia sobras.

Recorreu ao dinheiro da Caixa Econômica; e não teve escrúpulo de o fazer, desde que pontualmente continuou a entregar à mãe a mesada de 150$000,

Avultava: aumentava.

Galantaria: galanteria; arte de fazer a corte às mulheres.

Luxa: que vive no luxo.

esperando uma aragem de fortuna para restituir ao pecúlio, o que desfalcara. Mas, em vez de restituição, foi entrando por ele de modo que muito havia se esgotara.

Onde pois ia ele buscar o dinheiro que a mãe lhe pedira para o enxoval; e mais tarde o resto do quinhão da Nicota?

Assinou Fernando o ponto na repartição, e, como de costume, saiu para almoçar; depois do que dirigiu-se à casa do correspondente a quem ele incumbira de na sua ausência pagar a mensalidade de D. Camila e enviar-lhe algumas encomendas.

Contava com um saldo das remessas que havia feito de Pernambuco e dos atrasados que deixara a cobrar. Esbarrou-se porém com um alcance superior a dois contos de réis; ao qual o correspondente começava a contar um juro de 12%. Seixas compreendeu a eloquência dessa taxa, que significava uma intimação de imediato pagamento.

Ao escurecer, tornando a casa para trajar-se pois tinha de ir a uma partida, achou três cartas, que haviam trazido em sua ausência.

Uma era do Amaral. Enchia duas laudas; dizia muito, mas nada concluía; verdadeiro **logogrifo** epistolar, cuja decifração o autor deixava à perspicácia do Seixas. Em suma o pai de Adelaide escrevera uma folha de papel para preparar o pretendente a um próximo arrependimento da promessa.

Quem estivesse traquejado no trato do Lemos* conheceria naquela prosa o seu estilo, **pintalegrete**, como o seu físico.

As duas outras cartas eram simplesmente umas contas avulsas, mas não insignificantes, que Seixas deixara ao partir para Pernambuco, e de que já não tinha a menor ideia. Elas se faziam lembrar com o laconismo brutal desta verba: — *Importância de sua conta entregue o ano passado.* — *Rs.*, etc.

Fernando amassou as três missivas em uma pelota que arremessou ao canto. A ruptura do ajuste de

Esperando uma aragem de fortuna: esperando um bafejo de sorte.

Logogrifo: charada.

*** Repare nesta observação do autor: o pai de Adelaide, Amaral, escreve uma carta arrependendo-se da proposta de casamento entre sua filha e Seixas. Mas o "estilo" de Lemos, o tutor de Aurélia, ponteia a carta do quase sogro do rapaz. A importância de Lemos, à sombra dos acontecimentos, é bem acentuada.**

Pintalegrete: exagerado.

casamento, que em outra circunstância porventura o contentaria com a restituição da liberdade e responderia a um oculto desejo, naquele instante o acabrunhou. Viu nesse fato a prova esmagadora da ruína que ia tragá-lo e de que eram documentos as contas não pagas e as dívidas acumuladas.

Na reunião, onde foi passar a noite, esperava-o a última decepção.

Aceitando a comissão em Pernambuco, Seixas alcançara a promessa de na volta continuar com a **sinecura** da **recopilação** das leis; mas nessa manhã apresentando-se na secretaria surgiram certas dúvidas. Confiou em seus protetores.

Apenas chegado o ministro, que era um dos convidados, despachou-lhe Fernando, um após outro, seus melhores **empenhos dos dois sexos**. Caso inaudito; o excelentíssimo foi inflexível; por força que andava aí volta de alguma intriga*.

Era um desfalque de conto e seiscentos nos rendimentos, e quando as urgências mais avultavam. Decididamente a mão do destino pesava sobre ele e o punia severamente dos pecadilhos da mocidade.

Quando Seixas achava-se ainda sob o império desta nova contrariedade, apareceu na sala a Aurélia Camargo, que chegara naquele instante. Sua entrada foi como sempre um deslumbramento; todos os olhos voltaram-se para ela; e pela numerosa e brilhante sociedade ali reunida passou o frêmito das fortes sensações. Parecia que o baile se ajoelhava para recebê-la com o fervor da adoração.

Seixas afastou-se. Essa mulher humilhava-o. Desde a noite de sua chegada que sofrera a desagradável impressão. Refugiava-se na indiferença, esforçava-se por combater com o desdém a funesta influência, mas não o conseguia.

A presença de Aurélia, sua esplêndida beleza, era uma obsessão que o oprimia. Quando, como agora, a tirava da vista fugindo-lhe, não podia arrancá-la da

Sinecura: emprego ou cargo rendoso que exige pouco trabalho.

Recopilação: compilação.

Empenho dos dois sexos: isto é, Fernando enviou pessoas influentes (homens e mulheres) para tentar interceder a seu favor. Observe que o narrador expõe claramente a corrupção que havia na indicação de cargos públicos.

*** Observe a crítica de Alencar ao modo como são preenchidos os cargos públicos: por meio da pressão ou recomendação de pessoas influentes, os "protetores" de que se vale Fernando. Mas, diz o narrador, "caso inaudito", isto é, caso inédito, dessa vez o ministro não se deixou levar pelos "protetores" do rapaz e dispensou-o; por isso, Fernando pensou que perdera o emprego porque tinham feito intriga contra ele.**

lembrança, nem escapar à admiração que ela causava e que o perseguiu nos elogios proferidos a cada passo em torno de si.

No Cassino, Seixas tivera um reduto onde abrigar-se dessa cruel fascinação. Ocupara-se de Adelaide, que então ainda o tratava como noivo; e desfizera-se em atenções e **requestos**, para não deixar presa à preocupação.

Nessa noite, porém, obrigado a afastar-se da moça, com quem estavam **rotas** suas relações, ele não sabia o que fizesse, e pensava em retirar-se **aterrado** com a ideia de tornar-se o **ludíbrio** daquela mulher fatal, quando ouviu uma voz que o agitou.

Ao voltar-se tinha diante de si Aurélia pelo braço de Torquato Ribeiro; e Adelaide conduzida por Alfredo Moreira. Seixas quis retirar-se; mas estava em uma estreita saleta, e um grupo de senhoras impedia-lhe a passagem.

— Proponho-lhe uma troca, D. Adelaide.

— Qual é, D. Aurélia?

— Troquemos os pares. Aceita?

Adelaide corou observando timidamente:

— Podem ofender-se.

— Não tenha susto.

Aurélia deixou o braço de Torquato e tomou o do Moreira que exultou como se imagina.

— Esta troca é paga da outra que fizemos, ou que fizeram por nós; ouviu, D. Adelaide?

Soltando essas palavras com um **riso argentino**, Aurélia perpassou pelo semblante de Seixas o olhar sarcástico e imperioso.

Fernando saiu desesperado. Compreendera que Aurélia escarnecia da repulsa que ele sofrera, e triunfara com seu infortúnio. Essa **irrisão** depois dos transtornos econômicos fez-lhe o **efeito de um cautério aplicado ao talho**.

Lembrou-se da moça dos cem contos de réis, que lhe haviam proposto na véspera. Para ostentar sua riqueza nos salões, diante dessa mulher enfatuada de seu ouro, valia a pena casar-se, ainda mesmo com uma sujeita feia e talvez roceira. A roça é o viveiro de noivas

Requestos: amabilidades.

Rotas: rompidas.

Aterrado: aterrorizado, apavorado.

Ludíbrio: objeto de escárnio.

Riso argentino: na descrição de Aurélia, ressaltam-se elementos brilhantes. Até o seu riso é "argentino", claro, prateado.

Irrisão: zombaria.

Efeito de um cautério aplicado ao talhe: efeito de um elemento cáustico ou ardente aplicado a um corte na pele.

ricas onde se provê a mocidade elegante da corte; daí vinha a suposição de Seixas.

No outro dia, depois de uma insônia atribulada, Fernando recapitulando as contrariedades com que o recebera a sua corte predileta, depois de uma ausência prolongada, chegou a essa dolorosa conclusão: que estava arruinado. Pobre, desacreditado, reduzido à vida de expedientes, com a sua carreira cortada, que futuro era o seu? Não lhe restava senão resignar-se à vegetação de emprego público com a ridícula esperança de alforria lá para os cinquenta anos, sob a forma da mesquinha aposentadoria.

Essa perspectiva o horrorizava. Entretanto sua posição nada tinha de assustadora. Com um pouco de resolução para confessar à mãe suas faltas, e algumas perseveranças em repará-las, podia ao cabo de dois anos de uma vida modesta e poupada restabelecer a antiga abastança*.

Mas essa coragem é que não tinha Seixas. Deixar de frequentar a sociedade; não fazer figura entre a gente do tom; não ter mais por alfaiate o Raunier, por sapateiro o Campas, por camiseira a Cretten, por perfumista o Bernardo? Não ser de todos os divertimentos? Não andar no rigor da moda?

Eis o que ele não concebia. Sentia-se com ânimo para matar-se, mas para tal degradação reconhecia-se **pusilânime**.

Este pânico da pobreza apoderou-se de Seixas, e depois de trabalhá-lo o dia inteiro levou-o na manhã seguinte à casa do Lemos, onde efetuou-se a transação, que ele próprio havia qualificado, não pensando que tão cedo havia de tornar-se réu dessa indignidade.

A uma justiça, porém, tem ele direito. Se previsse os transes por que ia passar durante a realização do mercado, e especialmente no ato de assinar o recibo, talvez se arrependesse. Mas, arrastado de concessão em concessão, a dignidade abatida já não podia reagir.

Três dias depois daquele em que recebera os vinte contos de réis, achou Seixas ao recolher-se um recado do tal Ramos nestes termos:

*** O narrador tece uma crítica à fraqueza moral de Seixas: se ele falasse com a mãe, trabalhasse com afinco e desistisse dos luxos, em dois anos conseguiria obter o dinheiro que havia gasto.**

Pusilânime: covarde.

"Prepare-se, que amanhã às 7 da noite vou buscá-lo para a apresentação".

No dia seguinte, à hora marcada, com pontualidade mercantil, parava à porta do sobradinho da rua do Hospício um **carro**, no qual poucos momentos depois seguia o Lemos caminho das Laranjeiras com o noivo que ele havia negociado para sua pupila.

Durante o rápido trajeto, o velho divertiu-se em meter sustos no rapaz acerca da noiva, a quem sorrateiramente ia emprestando certos senões, a pretexto de os desculpar. Ora dava a entender que a moça tinha um olho de vidro; ora inculcava que era uma perfeita roceira, a qual o marido devia logo depois do casamento mandar para o colégio*.

Tão depressa intentava o negociante suas pilhérias como as destruía com o costumado repique de riso, batendo três palmadinhas na perna de seu companheiro.

— Ficou passado, hein maganão!... Qual roceira! Esteja descansado! Não precisa de colégio; se ela já é uma academia! Tome meu conselho; trate de estudar, senão o senhor faz má figura! Eh! eh! eh!...

Seixas não prestava atenção às **facécias** do velho, seu espírito estava nesse momento oprimido pela dolorosa convicção que tinha, do abatimento e vergonha de sua posição.

Agora, sobretudo, ao começar a realização do **mercado** que ele havia feito de sua pessoa, quando ia encontrar-se com a mulher a quem **se alienara** sem a conhecer, e em troca de um dote; agora é que toda a humilhação desse procedimento se lhe desenhava com as cores mais carregadas.

O carro acabava de parar. O velhinho saltando ágil e lépido bateu no chão com os pés a fim de consertar as calças que haviam subido pelos canos das botas.

— **Escuso** preveni-lo — observou Lemos — de que a pequena nada sabe, nem suspeita. Por enquanto não dê a perceber.

Carro: pequena carruagem puxada geralmente por um cavalo.

***** Lemos é caracterizado como figurinha ridícula, que se diverte constrangendo e irritando os outros. Não perde a chance de ofender Seixas, sugerindo uma noiva feia, burra ou defeituosa. É típico de seu caráter mesquinho agir assim.

Facécias: brincadeiras, pilhérias.

Mercado: negócio comercial.

Se alienara: se entregara.

Escuso: não é necessário.

10

O portão ficava a uns trinta passos da casa que se erguia no centro de vasto jardim inglês.

Todas as janelas do primeiro pavimento estavam abertas e despejavam cortinas de luz, que tremulavam nas águas do tanque e na folhagem verde agitada pela brisa.

As visitas foram conduzidas pelo criado do salão, onde apenas se achavam D. Firmina Mascarenhas e o Torquato Ribeiro, com quem o velho trocou algumas palavras no vão de uma janela, enquanto Seixas, sentado junto ao sofá, aguardava o terrível momento.

Ouviu-se um **frolido** de sedas, e Aurélia assomou na porta do salão.

Trazia nessa noite um vestido de nobreza opala, que assentava-lhe admiravelmente, debuxando como uma luva o formoso busto. Com as rutilações da seda que ondeava ao reflexo das luzes, tornavam-se ainda mais suaves as inflexões harmoniosas do talhe sedutor*.

Como que banhava-se essa estátua voluptuosa, em um gás de leite e fragrância.

Seus opulentos cabelos colhidos na nuca por um diadema de opalas borbotavam em cascatas sobre as alvas espáduas bombeadas, com uma elegante simplicidade e garbo original que a arte não pode dar, ainda que o imite, e que só a própria natureza incute.

Via-se bem que essa altiva e gentil cabeça não carregava um fardo, talvez o espólio de um crânio morto, jugo cruel que a moda impõe às moças vaidosas. O que ela ostentava era a **coma** abundante de que a **toucara** a natureza, como às árvores frondosas, era a juba soberba de que a galantaria moderna coroou a mulher como emblema de sua realeza**.

Cingia o braço torneado, que a manga arregaçada descobria até a curva, uma pulseira também de opalas, como eram o frouxo colar e os brincos de longos pingentes que tremulavam na ponta das orelhas de nácar.

Frolido: ruído.

*** Aqui novamente a descrição de Aurélia é associada ao brilho. Além da etimologia de seu nome remeter a "áurea" (ouro), suas roupas também se destacam pelo aspecto brilhante (rutilações da seda, reflexo das luzes).**

Coma: cabeleira.

Toucara: enfeitara.

**** Nesta passagem vemos um recurso típico do Romantismo: o narrador descreve o cabelo de Aurélia comparando-o a árvores frondosas e juba real; elementos da natureza acentuando a beleza natural, sem artifícios, da moça.**

Com o andar crepitavam as pedras das pulseiras e dos brincos, formando um **trilo argentino**, música do riso mavioso que essa graciosa criatura desprendia de si e ia deixando em sua passagem, como os arpejos de uma lira.

Atravessou a sala com o brando arfar que tem o cisne no lago sereno, e que era o passo das deusas. No meio das ondulações da seda parecia não ser ela quem avançava; mas os outros que vinham a seu encontro, e o espaço que ia-se dobrando humilde a seus pés, para evitar-lhe a fadiga de o percorrer.

Se Aurélia contava com o efeito de sua entrada sobre o espírito de Seixas, frustrara-se essa esperança; porque os olhos do mancebo nublados por um súbito deslumbramento, não viram mais do que um vulto de mulher atravessar o salão e sentar-se no sofá.

A moça porém não carecia dessas ilusões cênicas. Aquela aparição esplêndida era em sua existência um fato de todos os dias, como o **orto** dos astros. Se sua beleza surgia sempre brilhante no oriente dos salões, assim conservava-se toda a noite, no apogeu de sua graça.

O Lemos, vendo entrar sua pupila, foi-lhe ao encontro e acompanhou-a até ao sofá:

— Aurélia, tenho a honra de apresentar-lhe o Sr. Seixas.

A moça correspondeu com uma leve inclinação da fronte à cortesia de Seixas, a quem estendeu a mão, que ele apenas tocou. Ainda neste momento o moço não conseguiu de si fitar a pessoa que tinha em face.

Esse rosto desconhecido incutia-lhe indizível pavor: porque era a fisionomia de sua humilhação.

Aurélia, para romper o **enleio** da apresentação, começara com o tio uma dessas conversas de sala, que suprem o piano ou o canto; e que não passam, como eles, de um rumor sonoro para entreter o ouvido.

A extrema volubilidade com que a palavra lhe brincava nos lábios fazia contraste com a rispidez do gesto sempre harmonioso e com refrangimento que por assim dizer congelava-lhe o lado do perfil voltado para Seixas.

Trilo argentino: trinado com timbre fino como o da prata.

Orto: surgimento.

Enleio: embaraço.

Entretanto dissipou-se a grande comoção que percutira profundamente o organismo desse homem, desde o momento da entrada de Aurélia no salão, e lhe havia embotado os sentidos. Uma voz melodiosa penetrou-lhe n'alma, acordando ecos ali adormecidos. Pela primeira vez pôs os olhos no semblante da moça e imagine-se qual seria o seu pasmo reconhecendo Aurélia Camargo*.

Por algum tempo julgou-se vítima de uma alucinação. Custava-lhe a convencer-se que tivesse realmente diante de si a mulher de quem se julgava eternamente separado. A comoção foi tão forte que desvaneceu quase de seu espírito a lembrança do motivo que o trouxera àquela casa e a posição falsa em que se achava. Uma satisfação íntima o absorveu completamente, e não deixou presa às amargas preocupações que pouco antes o dominavam.

Também Aurélia de sua parte havia recobrado a calma, pois voltou-se sem o mínimo acanhamento para o moço e perguntou-lhe:

— Esteve ultimamente no Norte, Sr. Seixas?

— Sim, minha senhora. Cheguei a semana passada de Pernambuco.

— Onde desempenhou uma comissão importante — acrescentou Lemos.

— O Recife é realmente tão bonito como dizem?

— Creio que poucas cidades do mundo lhe poderão disputar em encantos de perspectiva e beleza de situação.

— Nem o nosso Rio de Janeiro? — perguntou Aurélia com um sorriso.

— O Rio de Janeiro é sem dúvida superior na majestade da natureza; o Recife porém prima pela graça e **louçania**. A nossa corte parece uma rainha altiva em seu trono de montanhas; a capital de Pernambuco será a princesa gentil que se debruça sobre as ondas dentre as moitas de seus jardins.

— É por isso que a chamam Veneza brasileira.

— Não conheço Veneza; mas, pelo que sei dela, não posso compreender que se compare um acervo de

*** Repare no alheamento de Seixas, que nem consegue reconhecer Aurélia no primeiro momento. Vê a "fisionomia de sua humilhação": apesar de leviano e vaidoso, Seixas envergonha-se de aceitar um casamento por interesse de forma tão declarada.**

Louçania: elegância.

mármore levantado sobre o lodo das restingas com as lindas várzeas do Capibaribe, **toucadas** de seus verdes coqueirais, a cuja sombra a campina e o mar se abraçam carinhosamente*.

— Já vejo que o senhor encontrou a musa no Recife — observou Aurélia gracejando.

— Acha-me poético? Não fiz senão repetir o que provavelmente já disse algum **vate** pernambucano. Quanto à minha musa... ficou anjinho: morreu de sete dias e jaz enterrada na poeira da secretária! — respondeu Seixas no mesmo tom.

Tinham entrado várias visitas, cuja chegada interrompeu esse diálogo. Aurélia ergueu-se para receber as senhoras, enquanto os cavalheiros se derramavam pela sala esperando o momento de apresentar suas homenagens à dona da casa.

Notava-se completa ausência dos pretendentes declarados de Aurélia; se algum conseguira ser convidado, devia o favor à circunstância de não ter revelado ainda suas intenções.

Fatigada das adorações de que era alvo nos bailes e que se transformavam em verdadeira perseguição, Aurélia fizera dessas reuniões em família um como **remanso** onde se abrigava da obsessão do mundo.

Aproveitando a confusão, Lemos levou Seixas à janela:

— Então enganei-o?

— Ao contrário; nunca eu poderia supor que fosse ela.

— Pois agora que a conhece, é tempo de saber que sou eu o feliz tutor desse amorzinho; e que chamo-me Lemos e não Ramos. Diferença de duas letras apenas. Enquanto não se fechava o negócio, era preciso guardar o segredo. Compreende? Hem? Maganão!...

E Lemos beliscou o braço de Seixas, o que era uma das mais significativas demonstrações de sua amizade.

Por meio da noite, a moça, ao atravessar a sala quando voltava de despedir-se de uma senhora, viu Seixas recostado a uma janela, pela parte de fora.

Toucadas: ornamentadas, enfeitadas.

*** Observe como o "poeta" Seixas tece comentários patrióticos e metafóricos a respeito das cidades brasileiras em detrimento de Veneza.**

Vate: poeta.

Remanso: local calmo.

A pretexto de fumar, o moço tinha saído ao jardim; e, para de todo não sequestrar-se da sociedade, tomara aquela posição da qual parecia acompanhar com a vista o que se fazia na sala; mas era como se ali não estivesse pela preocupação que nesse momento o reconcentrava.

Essa primeira pausa que lhe deixavam os deveres da sociedade depois da entrada de Aurélia na sala, seu pensamento a aproveitou para bem compenetrar-se dos fatos que se acabavam de passar e aos quais buscavam uma causa ou uma explicação.

A moça a pretexto de olhar para o céu veio debruçar-se à mesma janela:

— Está tão retirado! Também cultiva as estrelas?

— Quais? As do céu?

— Pois há outras?

— Nunca lho disseram?

— Talvez alguém se lembrasse disso: mas ainda não achei quem mo fizesse acreditar — respondeu a moça com um sorriso.

Seixas calou-se. Seu espírito além de pouco propenso a esses torneios da palavra, estava cativo de uma ideia importuna.

— Quem sabe se vim perturbar alguma visão encantadora? — insistiu Aurélia.

— Não tenho. Estava pensando nos caprichos da fortuna que me trouxe esta noite à sua casa. É isto uma graça ou uma ironia da sorte? A senhora é quem poderá dizer-me.

Aurélia desatou a rir:

— Era preciso que eu estivesse na intimidade dessa senhora, para conhecer-lhe as intenções; e, apesar de muita gente considerar-me uma de suas prediletas, acredite que no fundo não nos gostamos.

Isto disse-o a moça galanteando; mas logo ficou séria e prosseguiu:

— O que eu compreendo dessas palavras é que o Sr. Seixas arrependeu-se de não haver empregado melhor seu tempo.

— E tenho eu direito de arrepender-me! — disse o moço em voz baixa, como temendo que o ouvissem.

— Como está misterioso, meu Deus! Não fala senão por enigmas. Confesso que não o entendo. Carece alguém de direito para arrepender-se de uma coisa tão simples como uma visita!

— Tem razão, D. Aurélia. Desculpe; ainda não me recobrei da surpresa. Vindo a esta casa, não esperava encontrá-la. Estava tão longe de pensar...

— Tanto lhe desagradou o encontro? — perguntou Aurélia sorrindo.

— Se eu ainda acreditasse na felicidade, diria que ela me tinha sorrido.

— E por que descreu?

Seixas fitou um olhar melancólico no semblante da moça:

— Que interesse lhe pode isso inspirar?... Questão de gênio; a alguns nunca a esperança os abandona, a outros falta de todo a fé e desanimam com a menor decepção. E a senhora, D. Aurélia? Há pouco ouvi-lhe uma alusão; foi decerto gracejo! Diga-me, é feliz?

— Creio que sim; pelo menos todos o afirmam, e eu não posso ter a presunção de conhecer melhor o mundo do que tantas pessoas mais sabedoras e experientes que a minha cabecinha de vento. Assim, para não desmentir a opinião geral, considero-me a mais **ditosa** moça do Rio de Janeiro. Todos os meus caprichos são logo satisfeitos; não formo um desejo que não o veja realizado. Por toda a parte cercam-me de adorações e louvores que eu não mereço, e que por isso mesmo se tornam mais lisonjeiros*.

— Nada lhe falta portanto.

— Diz meu tutor que me falta um marido; e ele incumbiu-se de o escolher.

— Qualquer?... É-lhe isso indiferente? — perguntou Seixas sorrindo.

— Está entendido que só aceitarei o que me agradar; mas não quero ter o aborrecimento de ocupar-me com semelhante assunto.

— Tão pouco lhe interessa!

— Ao contrário; tanto receio tenho de comprometer eu mesma o meu futuro, que confio à sorte. Deus proverá.

Seixas interrogava o semblante risonho da moça para descobrir laivos de ironia sob aquela graciosa volubilidade.

— E no seio de sua opulência, nos raros instantes de repouso que permitem os prazeres de sua vida elegante, não lhe acode alguma recordação de outros tempos**?...

— Não falemos do passado! — exclamou a moça com um modo ríspido.

Meigo sorriso porém apagou logo a veemência do gesto e a cintilação do olhar.

Ditosa: feliz.

*** Repare na profunda ironia de Aurélia: ela se define como "cabecinha de vento", já que, rica e bonita, só deveria se preocupar com diversões. E, como todos a supõem rica e feliz, deve comportar-se de maneira a corresponder a esse estereótipo de garota mimada.**

**** Observe que Fernando procura saber que recordações Aurélia guarda dos tempos em que eram namorados. E esse passado misterioso que não se revela também desperta a curiosidade do leitor, prendendo sua atenção.**

— Nosso conhecimento data de hoje, Sr. Seixas. Os mortos, deixemo-los dormir em paz.

Vertendo então n'alma do moço os **eflúvios** de seu inefável sorriso, Aurélia retirou-se da janela.

11

Desde então Seixas encontrou-se quase todas as noites com Aurélia, ou em casa desta, ou na sociedade.

A maneira afável por que a moça o tratava tinha, se não **desvanecido** completamente, ao menos embotado, as **suscetibilidades** de sua consciência acerca do ajuste que fizera com Lemos. Não que se absolvesse da culpa; mas esperava **remi-la** pelo amor.

Suas conversas com Aurélia versavam ordinariamente sobre temas de sala. Às vezes, porém, ele aproveitava um pretexto para falar-lhe nesse estilo terno e mavioso, que é como o canto do amor, e por isso não carece da ideia, mas somente do vocábulo sonoro, para embalar o coração aos suaves arpejos dessa música.

Então Aurélia pendia a fronte e escutava com recolhimento o lirismo da palavra inspirada pelo moço; todavia nunca em seu rosto ou em sua pessoa transpareceu o menor sinal de retribuição a esse afeto. Ela abria a alma ao amor; porém o amor que filtrava nas meigas falas de Seixas evaporava-se como uma fragrância que a envolvia um instante, sem penetrar-lhe os seios d'alma.

Houve ocasião em que escapou a Seixas outra alusão ao passado. Como da primeira vez ela o atalhou:

— Esse tempo não existe para mim. Nasci há um ano.

Encontrando-se uma tarde com Lemos, Seixas o interpelou:

— Tenho um favor a pedir-lhe.

— Dois que sejam.

Eflúvios: irradiações.

Desvanecido: desfeito, desaparecido.

Suscetibilidades: melindres.

Remi-la: redimi-la, compensá-la.

— Diga-me com franqueza, qual o motivo por que o senhor escolheu-me de preferência para marido de sua pupila, quando nem me conhecia?

O velho debulhou uma risadinha que lhe era peculiar.

— Han! han!... Então quer saber? Pois lá vai; não faço mistério, não me convinha que a pequena se deixasse iludir pelas lábias de um desses bigodinhos que lhe andam ao faro do dote. Então soube que ela outrora gostara do senhor; e, como pelas informações que tinha, me **quadrava**, fui procurá-lo. Agora o resto é por sua conta, maganão.

Essa explicação mais serenou o espírito do moço e dissipou uns últimos rebates que ainda o assaltavam às vezes. Pensando bem, o modo por que ajustara seu casamento não era nenhuma novidade; todos os dias se estavam fazendo dessas alianças de conveniências, em termos idênticos, se não mais positivos.

Além disso a sorte, por uma feliz coincidência, fizera que desse projeto de casamento de razão surtisse um enlace de amor; de modo que o coração absolvia e santificava quanto se havia feito para realização de seus votos*.

Continuou pois Seixas com os seus **doces madrigais e os maviosos noturnos** ao canto da sala.

Depois da noite da apresentação deixara Lemos a seu protegido, como o chamava, o cuidado de arranjar seus negócios. Apareceu-lhe porém uma manhã:

— Meu amigo, se não tem que fazer agora, vamos concluir o negócio. Isto de casamento é como a sopa; não se deixa esfriar.

Seixas também tinha pressa de sair da situação em que se achava; temia a cada instante ver dissipada a doce ilusão com que sua alma disfarçava a transação por ele aceita. A ideia de aparecer ante a moça sob o aspecto de um **especulador** era-lhe suplício.

Acedeu prontamente ao convite do negociante e acompanhou-o à casa de Aurélia, em traje de cerimônia.

A moça prevenida da visita os esperava no salão, onde foram logo introduzidos; depois dos cumprimentos

Quadrava: convinha, era conveniente.

*** Observe que o narrador critica novamente a mercantilização do casamento. Embora diga que isso é comum na época, ele ironicamente ressalta que, nesse caso, como havia amor, o coração santificava o acordo.**

Doces madrigais e maviosos noturnos: madrigais e noturnos são formas musicais suaves e sentimentais. Nesta passagem, o narrador compara as palavras de amor que Fernando dirige a Aurélia durante seus encontros a melodias românticas.

Especulador: aproveitador.

e de uma conversa frouxa e distraída, Lemos formalizando-se tomou a palavra:

— D. Aurélia, o Sr. Seixas a quem já conhece por suas excelentes qualidades, pessoa digna de toda a estima, pediu-me sua mão. Por minha parte eu não podia fazer melhor escolha, em todos os sentidos; mas tudo isto nada vale se não tiver a fortuna de merecer o seu agrado.

Aurélia fitou em seu pretendente um olhar que desmentia o sorriso em flor de seus lábios.

— Não lhe assusta meus caprichos e excentricidades?

— Se eu os adoro! — respondeu Seixas galanteando.

— Não lhe parece difícil fazer a felicidade de um coração desabusado como este meu, e tão afligido pela dúvida?

— Tenho fé no meu amor; com ele vencerei o impossível.

Apagou-se nos lábios de Aurélia o sorriso; e a expressão de um ardente **anelo**, **ressumbrando** do mais profundo de sua alma, imergiu-lhe o semblante.

— Aqui tem a minha mão; é tudo quanto posso dar-lhe. A mulher que ama e que sonhou, essa não a possuo. Mas, se o senhor tiver o poder de a realizar, ela lhe pertencerá absolutamente como sua criatura. Acredite que esta é a esperança de minha vida, eu a confio de sua afeição.

A moça com um gesto de sublime abandono oferecera sua mão acetinada a Seixas, que a beijou murmurando as **efusões** de seu júbilo e gratidão.

O Lemos, que se apartara discretamente para não acanhar os noivos, tornou à conversação, que reassumiu o tom ligeiro das banalidades do costume.

A notícia do próximo casamento* de Aurélia produziu na alta sociedade fluminense grande assombro.

Ninguém podia capacitar-se de que essa moça, pretendida pela nata dos noivos fluminenses, podendo escolher à vontade, entre os seus inúmeros adoradores, maridos de toda a espécie, tivesse o mau gosto de enxovalhar-se com um escrevinhador de folhetins**.

Anelo: desejo ardente.

Ressumbrando: surgindo.

Efusões: expressões.

*** Próximo casamento: isto é, casamento que seria realizado proximamente, em breve.**

**** Repare na ironia do narrador: para a alta sociedade fluminense, Aurélia "enxovalhava--se" (sujava-se, diminuía) casando-se com um "escrevinhador de folhetins". O narrador caracteriza o preconceito contra literatos e escritores, reduzidos a "escrevinhadores", envolvidos com tarefas "menores" como folhetins.**

O Alfredo Moreira, quando a encontrou depois da novidade, não pôde esconder o despeito:

— E então casa-se?

— É verdade.

— Afinal achou; cotação muito alta sem dúvida? — replicou o elegante com ironia.

— Não — tornou-lhe a moça no mesmo tom. — Ficou-me por uma ninharia.

— Ah! estimo muito. Que preço?

— Quer saber o preço?

— Estou curioso.

— Foi o seu.

O Moreira mordeu os beiços e riu-se. Apesar de tudo não perdera a derradeira esperança. O projetado casamento podia desfazer-se por qualquer motivo, e não era difícil que a moça de um momento para outro se arrependesse da escolha com a mesma volubilidade com que a tinha feito de repente e por um capricho.

Assim pensava o malogrado pretendente; enquanto que todos os indícios pareciam revelar da parte de Aurélia a firme intenção de persistir na primeira resolução, que ela não tomara, senão depois de muito refletida.

Desde que anunciou-se o casamento, começou a moça a aparecer mais raramente na sociedade, até que de todo retirou-se; limitando-se ao pequeno círculo que frequentava sua casa, e no qual ela por assim dizer **espanejava** sua alma de um certo entorpecimento que lhe deixavam as ternas confidências e devaneios namorados do noivo.

Seixas, pelas palavras que Aurélia havia proferido tão d'alma, na ocasião de dar-lhe a mão de esposa, julgara compreender o segredo das estranhezas e oscilações do caráter da moça.

"Ela duvida que eu a ame", pensou consigo. "Suspeita que tenho a mira em sua riqueza. É preciso que a convença da sinceridade de minha afeição. Se ela soubesse! Um desgraçado pode sacrificar sua liberdade; mas a alma não se vende!".

Espanejava: arejava.

Imbuído dessa ideia, não é de estranhar que Seixas tivesse em suas expansões uma exuberância que descaía em exageração. Muitas vezes fatigada, senão **opressa**, dessas demonstrações apaixonadas, Aurélia, que debalde tentara adormecer com elas as desconfianças de sua alma, exclamava entre **fagueira** e irônica:

— Ah! deixe-me respirar! Nunca fui amada, nem pensei que o seria com tamanha paixão. Careço de habituar-me aos poucos.

A residência das Laranjeiras fora recentemente preparada com luxo correspondente às avultadas posses da herdeira e já na previsão do próximo **consórcio**. Poucos eram os preparativos a fazer para a celebração do casamento, e esses, apressou-os o dinheiro, que é o primeiro e mais eloquente dos improvisadores.

Tratou-se pois de marcar o dia. O Lemos pôs em discussão a questão dos padrinhos. Já ele tinha cogitado sobre o assunto, e segundo a moda da nossa sociedade julgava indispensável pelo menos uma baronesa para madrinha e dois figurões, coisa entre senador e ministro, para padrinhos.

Não tinha ele amizade com gente dessa **plaina**, mas entendia que um simples **conhecimento de chapéu** e até mesmo a carta de recomendação eram títulos suficientes para solicitar semelhantes favores, com que a vaidade dos grandes se lisonjeia e a **presunção** dos pequenos se exalta.

Grande foi portanto o embaraço de Lemos quando Aurélia declarou que um dos seus padrinhos havia de ser o Dr. Torquato Ribeiro.

— Que lembrança! — disse Fernando involuntariamente.

— Desagrada-lhe?

Na fisionomia da moça perpassou um súbito lampejo. Podia-se tomar esse brilho pela chispa do solitário de seu anel que a luz feria, quando a mão corrigia um crespo do cabelo desprendido do toucado.

— Podia escolher outra pessoa, Aurélia.

— Não é seu amigo? Ah! cuidava!...

Opressa: oprimida.

Fagueira: meiga.

Consórcio: união.

Plaina: nível.

Conhecimento de chapéu: isto é, conheciam-se apenas de cumprimentos formais, sem nenhuma relação de amizade.

Presunção: soberba, empáfia.

— Não tem posição.

— Decerto! — acudiu Lemos. — A posição é essencial.

Um simples bacharel não correspondia por modo algum à noção aristocrática que o velho tinha do paraninfo de uma herdeira milionária. Além de que transtornava-lhe o plano, pois os altos personagens convidados **declinariam** infalivelmente de ombrear com um rapazola que nem comendador era.

Aurélia porém não cedeu.

No dia seguinte assinou-se a escritura nupcial de separação de bens que assegurava a Seixas um dote de cem contos de réis.

A moça, que sempre esquivara-se à mínima interferência em assuntos pecuniários, deixando esse cuidado ao tutor e conservando-se de toda estranha a semelhantes arranjos, ainda dessa vez soube evitar qualquer **inteligência** com seu noivo acerca de interesses materiais.

Lemos levou Seixas ao cartório do Fialho, dizendo-lhe que era isso uma exigência do juiz de órfãos, no que não faltou à verdade, embora fosse antes a vontade da herdeira quem determinara essa condição, que facilmente se ilude no foro.

Só mais tarde assinou Aurélia, para o que levou-lhe o tabelião o livro à casa. Nenhuma palavra porém trocou-se entre ela e o noivo a tal respeito.

12

Reunira-se na casa das Laranjeiras, a convite de Aurélia, uma sociedade escolhida e não muito numerosa para assistir ao casamento.

A moça não aceitou a ideia de dar um baile por esse motivo; mas entendeu que devia cercar o ato da solenidade precisa, para tornar bem notória a espontaneidade de sua escolha e o prazer que sentia com esse enlace.

Declinariam: rejeitariam, não aceitariam.

Inteligência: nesta passagem, significa negociação.

* Em meados do século XIX a lua de mel ainda era novidade, vista como uma "importação" francesa.

Diáfanas: transparentes.

Cândidos: puros.

Aljofrados: salpicados.

Férvido: ardente.

** Outra antecipação do narrador dos acontecimentos futuros. A descrição de Aurélia é primorosa, ela está linda: os lábios aljofrados de sorrisos; os olhos cintilantes, mas, malgrado seu (contra a sua vontade), desenhava-se a expressão de triunfo, a "realidade de um desejo férvido e longamente ansiado". Ora, Aurélia aparentemente casava-se "ao acaso". Esse fervor demonstra um plano previamente armado.

Não faltaram amigos conhecidos que sugerissem a Aurélia a lembrança de fazer o casamento à moda europeia, com o romantismo da viagem logo depois da cerimônia, a lua de mel campestre e o baile de estrondo na volta à corte*.

Ela, porém, recusou todos esses alvitres; resolveu casar-se ao costume da terra, à noite, em oratório particular, na presença de algumas senhoras e cavalheiros, que lhe fariam, a ela órfã e só no mundo, as vezes da família que não tinha.

Celebrara-se a cerimônia às oito horas. Lemos conseguira um barão para servir de contrapeso ao Ribeiro e um monsenhor para oficiar.

Quanto à madrinha, Aurélia escolhera. D. Margarida Ferreira, respeitável senhora, que lhe mostrara desinteressada amizade, desde a primeira vez que a encontrou na sociedade.

No momento de ajoelhar aos pés do celebrante e de pronunciar o voto perpétuo que a ligava ao destino do homem por ela escolhido, Aurélia com o decoro que revestia seus menores gestos e movimentos, curvara a fronte, envolvendo-se pudicamente nas sombras **diáfanas** dos **cândidos** véus de noiva.

Malgrado seu, porém, o contentamento que lhe enchia o coração e estava a borbotar nos olhos cintilantes e nos lábios **aljofrados** de sorrisos erigia-lhe aquela fronte gentil, cingida nesse instante por uma auréola de júbilo.

No altivo realce da cabeça e no enlevo das feições cuja formosura se toucava de lumes esplêndidos, estava-se debuxando a soberba expressão do triunfo, que exalta a mulher quando consegue a realidade de um desejo **férvido** e longamente ansiado**.

Os convidados, que antes lhe admiravam a graça peregrina, essa noite a achavam deslumbrante e compreendiam que o amor tinha colorido com as tintas de sua palheta inimitável a já tão feiticeira beleza, envolvendo-a de irresistível fascinação.

— Como ela é feliz! — diziam os homens.

— E tem razão! — acrescentavam as senhoras volvendo os olhos ao noivo.

Também a fisionomia de Seixas se iluminava com o sorriso da felicidade. O orgulho de ser escolhido daquela encantadora mulher ainda mais lhe ornava o aspecto já de si nobre e gentil.

Efetivamente, no marido de Aurélia podia-se apreciar essa fina flor da suprema distinção, que não se anda assoalhando nos gestos pretensiosos e nos **ademanes** artísticos; mas reverte no íntimo com uma fragrância que a modéstia busca recatar, e não obstante exala-se dos seios d'alma.

Depois da cerimônia começaram os parabéns que é de estilo dirigir aos noivos e a seus parentes.

Só então reparou-se na presença de uma senhora de idade, que ali estava desde o princípio da noite. Era D. Camila, mãe de Seixas, que saíra de sua obscuridade para assistir ao casamento do seu Fernando, e, sentindo-se deslocada no meio daquela sociedade, retirou-se com as filhas logo depois de concluído o ato*.

Para animar a reunião as moças improvisaram quadrilhas, no intervalo das quais um **insigne** pianista que fora mestre de Aurélia executava os melhores trechos de óperas então em voga.

Por volta das dez horas despediram-se as famílias convidadas.

Encaminhou-se então Lemos com Seixas para aquela parte da casa onde ficavam os aposentos, que Aurélia destinara a seu marido, os quais estavam preparados com muito luxo, e sobretudo com uma novidade de muito gosto.

— Meu amigo, o senhor está casado, pelo que já lhe dei os meus parabéns! falta-me porém cumprir um dever, que me cabe como tutor que fui de sua mulher e a quem nesta noite ainda faço as vezes de pai.

— Também eu esperava este momento para agradecer-lhe os cuidados e desvelos que dispensou a Aurélia, e assegurar-lhe minha sincera amizade.

Ademanes: modos.

*** Repare na humildade e no desconforto da família de Seixas, isolada dos demais convidados e do luxo. "Só então reparou-se" na presença de D. Camila. Provavelmente, Seixas não se interessou em apresentar a mãe aos convidados, nem em deixar as irmãs mais à vontade. Ele relegou a família a uma posição secundária.**

Insigne: famoso.

— Não fiz mais do que pagar uma dívida à minha boa irmã. Estimo essa pequena como se fosse minha filha; vi-a nascer.

Tirando do bolso uma argola de chaves, o velho passou a abrir os diversos móveis de *érable*, que ia deixando **às escâncaras**. Enquanto expedia-se nessa tarefa, ia falando:

— Vou ter a satisfação de o instalar em seus novos aposentos. Aqui está o seu gabinete de trabalho; ali é o toucador; deste lado do jardim fica um quarto de banho, e uma saleta de fumar com entrada independente para receber seus amigos. Tudo isso é um brinco.

— Bem reconheço a mão de Aurélia; estou sentindo em todos esses objetos o aroma que exala de sua beleza — disse Seixas inebriado de felicidade.

— Foi ela, sim senhor, que se incumbiu disso; mas ainda não viu tudo. Olhe o enxoval.

Lemos mostrou então as gavetas e prateleiras dos guarda-roupas e cômodas atopetados das várias peças de vestuário, feito de superior fazenda e com maior apuro. Nada faltava do que pode desejar um homem habituado a todas as comodidades da moda.

No toucador, se o tabuleiro de mármore ostentava toda a casta de perfumaria, as gavetas continham **cópia** de joias próprias de um cavalheiro elegante. Algumas havia de grande preço, como o anel de rubi, e uma abotoadura completa de brilhante.

— Tudo isto lhe pertence — disse o velho terminando o inventário. — É coisa lá da pequena; não entrou em nosso ajuste.

Seixas experimentou sensação igual à do homem que no meio de um sonho aprazível fosse arremessado a um pântano e acordasse chafurdado na torpe realidade. A palavra *ajuste*, ali naquele instante, quando acabava de santificar pelo juramento o eterno amor que votava a sua esposa; quando estava-se revendo em sua lembrança, de que a moça deixara impregnada a cada passo o luxo e elegância daqueles aposentos; essa palavra, proferida sem intenção pelo velho, infligiu-lhe a mais acerba das humilhações.

Às escâncaras: escancaradas, abertas.

Cópia: nesta passagem, a palavra tem o sentido de "grande quantidade".

Entretanto Lemos fechava as portas e gavetas que tinha aberto e terminou apresentando a Seixas a argola de chaves.

— Aqui tem, meu caro. Só uma chave não lhe posso eu dar; é dali.

O velho indicou na extremidade de um breve corredor uma porta oculta por um reposteiro de seda azul com flecha dourada.

— Quando aquela porta abrir-se, não haverá em todo esse Rio um maganão mais feliz!

E o velho, repicando a sua fustigante risadinha de falsete, tornou ao salão, onde encontrou cinco negociantes, velhos camaradas, que a seu pedido se haviam demorado, e achavam-se um tanto embrulhados com a história.

— Ó Lemos, não dirás que fazemos nós ainda a esta hora aqui? Olha, que para trapalhão temos conversado.

— Querem ver que o brejeiro pretende fazer o negócio com toda a solenidade! Vocês não viram o aquele... o tabelião?

— É verdade; chamaram-no agora mesmo. E nós seremos as testemunhas.

Aqui desafogaram-se os sujeitos em boas risadas.

— Quase que adivinharam vocês — disse o Lemos —, venham cá e verão o que é.

Na saleta, onde Lemos introduziu seus amigos, estava sentado à mesa do centro um tabelião, que assistira à cerimônia como convidado e parecia agora em atitude de exercer algum ato do ofício.

Pela porta fronteira acabava de entrar Aurélia, em companhia de D. Firmina. A moça trazia nos ombros uma peliça de caxemira cinzenta, que disfarçava seu traje de noiva, cingindo-lhe a cabeça com o frouxo capuz.

A auréola de júbilo, que resplandecia-lhe a beleza quando ajoelhada aos pés do altar e ao lado do noivo, não se ofuscara; mas ia empalidecendo. Às vezes súbito eriçamento estremecia-lhe o talhe delicado; percebia-se nesses momentos um eclipse da luz íntima, como o vágado de uma lâmpada a apagar-se*.

*** Observe a mudança de atitude de Aurélia. Se durante o casamento tinha gestos de muita alegria, agora começa a empalidecer. Curiosa a comparação do narrador entre o "eclipse da luz íntima" e a vertigem (vágado) da lâmpada a se apagar.**

Ela sentou-se defronte do tabelião; aos lados da mesa tomaram lugar Lemos e os outros negociantes.

— Peço aos senhores que me desculpem esse incômodo; e aceitem meu reconhecimento por sua bondade em acompanhar-me nesse capricho.

Houve uns protestos murmurados.

— É minha última excentricidade! — tornou Aurélia com adorável sorriso. — Ainda estou me despedindo da vida de moça; por isso mereço alguma indulgência. Demais, pensando bem, não é tão extravagante o que faço agora, pois o testamento também faz parte da confissão. Quero aproveitar este momento em que ainda sou senhora de mim e das minhas vontades, para declarar a última, que foi também a primeira de minha vida.

Apesar da **garridice** com que proferiu a moça estas palavras, e da graça jovial que o seu mago sorriso espargia sempre em torno de si, um sentimento de vaga e indefinível tristeza pungiu as pessoas presentes; especialmente quando Aurélia entregou ao tabelião o testamento por ela escrito em uma folha perfumada de papel cetim, a gume dourado, com o monograma A. C. em relevo escarlate.

A associação de dois atos tão opostos, a aurora da existência e sua despedida; a ideia da morte a entrelaçar-se naquela mocidade tão rica de todas as prendas; a grinalda de noiva cingindo uma fronte a desfalecer; esse contraste era para deixar funda impressão no ânimo.

Aviou o tabelião o termo de aprovação com as fórmulas consagradas; e no meio do mais profundo silêncio restituiu à moça o testamento já cerrado com um **torçal** de seda e pingos de lacre dourado, cujo perfume derramou-se pela sala.

Nunca a **abstrusa** e rançosa **algaravia** de cartório se vira tão **catita**. O papel, **com ser testamento**, não desdizia da linda mão que traçara o contexto e da alma gentil que talvez nele havia encerrado, com sua última vontade, o perfume de lágrimas **ignotas**.

Ao despedir-se da pupila, Lemos apertou-lhe a mão.

Garridice: graça.

Aviou: concluiu.

Torçal: cordão.

Abstrusa: intrincada.

Algaravia: escritura.

Catita: elegante.

Com ser testamento: embora fosse testamento.

Ignotas: secretas.

— Desejo-lhe que seja muito e muito feliz.

— Se o não for, será minha e minha só a culpa — respondeu a moça agradecendo-lhe.

D. Firmina quis acompanhar a moça ao toucador, para prestar-lhe os serviços de camareira de honra, que são de costume e privilégio da mãe, e, na falta desta, da mais próxima parenta.

Recusou Aurélia; abraçando a velha senhora, disse-lhe comovida:

— Reze por mim!

Ficando só, a moça fechou à chave a porta da saleta e murmurou:

— Enfim!

Em todo aquele lado da casa não havia senão ela e seu marido.

13

Afastemos indiscretamente uma dobra do reposteiro que recata a câmara nupcial*.

É uma sala em quadro, toda ela de uma alvura deslumbrante, que realçavam o azul celeste do tapete de riço recamado de estrelas e a bela cor de ouro das cortinas e do estofo dos móveis.

A um lado duas estatuetas de bronze dourado representando o amor e a castidade sustentam uma cúpula oval de forma ligeira, donde se desdobram, até o pavimento, **bambolins** de cassa finíssima.

Por entre a diáfana limpidez dessas nuvens de linho percebe-se o molde elegante de uma cama de pau-cetim pudicamente envolta em seus véus nupciais e forrada por uma colcha de chamalote também cor de ouro.

Do outro lado, há uma lareira, não de fogo, que o dispensa nosso ameno clima fluminense, ainda na maior força do inverno. Essa chaminé de mármore cor-de-rosa

*** A partir desse momento, vários encontros entre Aurélia e Seixas vão apresentar descrições à maneira de um teatro. O narrador nos conduz e propositalmente declara: "Afastemos indiscretamente uma dobra do reposteiro" (cortina). Ou seja, abrem-se as cortinas do palco e o drama começa.**

Bambolins: tiras de tecido fino, quase transparente (cassa), que são usadas como ornato na parte superior de uma cortina ou de um reposteiro.

é meramente pretexto para o cantinho de conversação, pois que não podemos chamá-lo como os franceses o ***coin du feu***.

A bem dizer a lareira não passa de uma jardineira que **esparze** o aroma de suas flores, em vez do brando calor do lume, por aquele círculo, onde estão dispostas algumas poltronas baixas e derreadas, transição entre a cadeira e o leito.

O aposento é iluminado por uma grande lâmpada de gás, cujo globo de cristal opaco filtra uma claridade serena e doce, que derrama-se sobre os objetos e os envolve como de um creme de luz.

Correu-se uma cortina, e Aurélia entrou na câmara nupcial.

Seu passo deslizou pela **alcatifa** de veludo azul marchetado de alcachofras de ouro, como o andar com que as deusas **perlustravam** no céu a galáxia quando subiam ao olimpo.

A formosa moça trocara seu vestuário de noiva por esse outro que bem se podia chamar traje de esposa; pois os suaves emblemas da pureza imaculada, de que a virgem se reveste quando caminha para o altar, já se desfolhavam como as pétalas da flor do outono, deixando entrever as castas primícias do santo amor conjugal*.

Trazia Aurélia uma túnica de cetim verde, colhida à cintura por um cordão de torçal de ouro, cujas borlas tremiam com seu passo modulado. Pelos golpeados deste simples roupão borbulhavam os frocos de transparente cambraia, que envolviam as formas sedutoras da jovem mulher.

As mangas amplas e **esvasadas** eram apanhadas, na covinha do braço e sobre a espádua, por um broche onde também prendia a ombreira, mostrando o braço mimoso, cuja tez roseava a camisa de cambraia abotoada no punho por uma pérola.

Os lindos cabelos negros refluíam-lhe pelos ombros presos apenas com o arco de ouro, que cingia-lhe a opulenta madeixa; o pé escondia-se em um pantufo de

Coin du feu **(em francês): canto do fogo.**

Esparze: espalha.

Alcatifa: tapete.

Perlustravam: percorriam.

*** Repare na sensualidade da descrição de Aurélia: virgem, a mulher traz "os suaves emblemas da pureza imaculada". O seu novo traje mostra elementos com a pureza desfolhada, "deixando entrever as castas primícias (iniciais) do santo amor conjugal": apesar de definido como "santo", o autor revestiu a cena com um latente erotismo.**

Esvasadas: vazadas, abertas.

cetim que às vezes beliscava a orla da anágua, como um travesso beija-flor.

O casto vestuário da moça recatava-lhe as graças do talhe; entretanto quando ela andava, e que seu corpo airoso nadava nas ondas de seda e cambraia, sentia-se mais n'alma do que nos olhos o **debuxo** da estátua palpitante de emoção. A cada movimento que imprimia-lhe o passo onduloso, acreditava-se que o broche da ombreira partira-se e que os véus zelosos se abatiam de repente aos pés dessa mulher sublime, desvendando uma criação divina, mas de beleza imaterial, e vestida de esplendores celestes.

Aurélia atravessou o aposento, e, chegando à porta que ficava fronteira àquela por onde entrara, curvou de leve a cabeça recolhendo-se para escutar; mas não ouviu senão o arfar do seio, que ofegava.

Afastou-se rapidamente e foi atirar-se a uma das poltronas, em um gesto de desânimo, cruzando as mão e erguendo-as ao céu com um olhar repassado de angústia.

— Meu Deus, por que não me fizeste como as outras? Por que me deste este coração exigente, soberbo e egoísta? Posso ser feliz como são tantas mulheres neste mundo, e beber na taça do amor, em que talvez nunca mais toquem estes lábios. Não é o néctar divino que eu sonhei, não; mas dizem que embriaga a alma, e faz esquecer!...

O espírito de Aurélia rastreou a ideia que despontava, e por algum tempo como que embalou-se num sonho:

— Não! — exclamou arrebatadamente. — Seria a profanação desse santo amor que foi e será toda minha vida!

Ergueu-se; deu algumas voltas pela câmara nupcial acariciando com os olhos todos estes móveis e adereços, que ela escolhera para ornarem o regaço de sua felicidade, e nos quais tinha como que esculpido suas mais queridas esperanças.

Depois que assim repassou-se das reminiscências que lhe acordavam esses objetos, foi rever-se no espelho, e enviou à sua feiticeira imagem reproduzida no cristal um sorriso de indefinível expressão.

Debuxo:
desenho, esboço.

Dirigiu-se então à porta, onde pouco antes escutara; deu volta à chave, e afastou uma das bandas. Pouco depois, Seixas **roçagou** a cortina, e cingindo o talhe de sua mulher, foi sentá-la em uma das cadeiras.

— Como tardaste, Aurélia! — disse ele queixoso.

— Tinha um voto a cumprir. Quis emancipar-me logo de uma vez para pertencer toda a meu único senhor — respondeu a moça galanteando.

— Não me mates de felicidade, Aurélia! que posso eu mais desejar neste mundo do que viver a teus pés, adorando-te, pois és a minha divindade na terra.

Seixas ajoelhou aos pés da noiva, tomou-lhe as mãos que ela não retirava; e modulou o seu canto de amor, essa ode sublime do coração; que só as mulheres entendem, como somente as mães percebem o balbuciar do filho.

A moça com o talhe languidamente recostado no espaldar da cadeira, a fronte reclinada, os olhos coalhados em uma ternura maviosa, escutava as falas de seu marido; toda ela se embebia dos eflúvios de amor, de que ele a repassava com a palavra ardente, o olhar rendido, e o gesto apaixonado.

— É então verdade que me ama?

— Pois duvida, Aurélia?

— E amou-me sempre, desde o primeiro dia que nos vimos?

— Não lho disse já?

— Então nunca amou a outra?

— Eu lhe juro, Aurélia. Estes lábios nunca tocaram a face de outra mulher, que não fosse a minha mãe. O meu primeiro beijo de amor guardei-o para minha esposa, para ti...

Soerguendo-se para alcançar-lhe a face, não viu Seixas a súbita mutação que se havia operado na fisionomia de sua noiva. Aurélia estava lívida, e a sua beleza, radiante há pouco, se marmorizara.

— Ou para outra mais rica!... — disse ela retraindo-se para fugir ao beijo do marido e afastando-o com a ponta dos dedos.

Roçagou: afastou sutilmente.

A voz da moça tomara o timbre cristalino, eco da rispidez e aspereza do sentimento que lhe **sublevava** o seio, e que parecia **ringir**-lhe nos lábios como aço.

— Aurélia! Que significa isso?

— Representamos uma comédia, na qual ambos desempenhamos o nosso papel com perícia consumada. Podemos ter este orgulho, que os melhores atores não nos excederiam. Mas é tempo de pôr termo a essa cruel mistificação, com que nos estamos escarnecendo mutuamente, senhor. Entremos na realidade por mais triste que ela seja; e resigne-se cada um ao que é, eu, uma mulher traída; o senhor, um homem vendido.

— Vendido! — exclamou Seixas ferido dentro d'alma.

— Vendido sim: não tem outro nome. Sou rica, muito rica, sou milionária; precisava de um marido, **traste** indispensável às mulheres honestas. O senhor estava no mercado; comprei-o. Custou-me cem contos de réis, foi barato; não se fez valer. Eu daria o dobro, o triplo, toda a minha riqueza por este momento.

Aurélia proferiu essas palavras desdobrando um papel no qual Seixas reconheceu a obrigação por ele passada ao Lemos.

Não se pode exprimir o sarcasmo que salpicava dos lábios da moça, nem a indignação que vazava dessa alma profundamente revolta, no olhar implacável com que ela flagelava o semblante do marido.

Seixas, trespassado pelo cruel insulto, arremessado do êxtase da felicidade a esse abismo de humilhação, a princípio ficara atônito. Depois, quando os assomos da irritação vinham sublevando-lhe a alma, recalcou-o esse poderoso sentimento do respeito à mulher, que raro abandona o homem de fina educação*.

Penetrado da impossibilidade de retribuir o ultraje à senhora a quem havia amado, escutava imóvel, cogitando no que lhe cumpria fazer; se matá-la a ela, matar-se a si, ou matar a ambos.

Aurélia, como se lhe adivinhasse o pensamento, esteve por algum tempo afrontando-o com inexorável desprezo.

Sublevava: revoltava.

Ringir: ranger.

Traste: no século XIX, essa palavra não tinha a noção pejorativa que possui hoje. Significava apenas "móvel, peça de uso e serviço"; ou seja, Seixas seria um objeto a mais no enxoval da noiva.

*** Seixas é, como personagem romântico, um nobre de caráter. Diante da mulher, sua posição de respeito impede qualquer reação diante das palavras terríveis de Aurélia.**

— Agora, meu marido, se quer saber a razão por que o comprei de preferência a qualquer outro, vou dizê-la; e peço-lhe que me não interrompa. Deixa-me vazar o que tenho dentro desta alma, e que há um ano a está amargurando e consumindo.

A moça apontou a Seixas uma cadeira próxima.

— Sente-se, meu marido.

Com que tom acerbo e **excruciante** lançou a moça esta frase *meu marido*, que nos seus lábios ríspidos **acerava-se** como um dardo **ervado** de cáustica ironia!

Seixas sentou-se.

Dominava-o a estranha fascinação dessa mulher, e ainda mais a situação incrível a que fora arrastado.

Excruciante: **doloroso.**

Acerava-se: **aguçava-se; tornava-se aguda.**

Ervado: **impregnado.**

SEGUNDA PARTE

QUITAÇÃO

1

Dois anos antes desse singular casamento*, residia à Rua de Santa Teresa uma senhora pobre e enferma.

Era conhecida por D. Emília Camargo; tinha em sua companhia uma filha já moça, a que se reduzira toda a sua família.

Passava por viúva, embora não faltassem malévolos para quem essa viuvez não era mais do que manto decente a vendar o abandono de algum amante.

Havia uns laivos de verdade nessa injusta suspeita.

Quando moça, D. Emília Lemos teve inclinação por um estudante de medicina, que dela se apaixonara. Certo de que seu afeto era retribuído, Pedro de Sousa Camargo, o estudante, animou-se a pedi-la em casamento.

Vivia Emília na companhia do Sr. Manuel José Correia Lemos, seu irmão mais velho e chefe da família. Tratou este de colher informações acerca do moço. Veio ao conhecimento de que era filho natural de um fazendeiro abastado, que o mandara estudar e tratava-o **à grande**. Não o tinha porém reconhecido, o que era de suma importância, pois além de existir a mãe do fazendeiro lá para as bandas de Minas, o sujeito ainda estava robusto e podia bem casar-se e ter filhos legítimos.

À vista dessas informações entendeu Lemos que não se podia **prescindir** de certas formalidades, indispensáveis no caso de ser o rapaz **herdeiro necessário**. O irmão de Emília era apenas remediado, e já custava-lhe bem aguentar com o peso de doze pessoas que tinha às costas, para arriscar-se ainda ao contrapeso de mais essa nova família em projeto.

*** Observe a originalidade estrutural do romance: em vez de abordar os fatos temporais linearmente, o narrador conta as origens de Aurélia na segunda parte do romance, depois que a moça comprou o marido. Essa não linearidade, incomum nas obras do período, é mais um fator de destaque na obra alencariana.**

À grande: muito bem, sem deixar faltar nada.

Prescindir: dispensar.

Herdeiro necessário: a expressão indica "herdeiro legal que não pode ser preterido".

— Por nossa parte, não há dúvida, meu camaradinha. Arranje a licença do papai, ou o reconhecimento por escritura pública; o resto fica por minha conta.

Era uma recusa formal, porquanto Pedro Camargo jamais se animaria a confessar o seu amor ao pai, que lhe inspirava desde a infância, pela rudeza e severidade da índole, um supersticioso terror.

— Sua família me repele, Emília, porque sou pobre e não posso contar com a herança de meu pai — disse o estudante a primeira vez que encontrou-se com a namorada.

A irmã de Lemos sabia pelas explicações dos parentes que efetivamente era aquele o motivo da recusa.

— Ela o repele porque é pobre, Sr. Camargo; mas eu o aceito por essa mesma razão.

— Quer ser minha mulher ainda, Emília? Apesar da oposição de seus parentes? Apesar de não ser eu mais do que um estudante sem fortuna?

— Desde que o motivo da oposição de meus parentes não é outro senão sua pobreza, sinto-me com forças de resistir. Que maior felicidade posso eu desejar do que partilhar sua sorte, boa ou má?

— Eu não me animava a pedir-lhe esta prova de seu amor, Emília. Você é um anjo!

Quinze dias depois, Pedro Camargo parava à porta de Lemos em um carro. Era a hora do chá; estavam todos na sala de jantar. Emília, que se recolhera a pretexto de incômodo, desceu a escada sem que a percebessem.

No dia seguinte pela manhã, Lemos, de jornal aberto, tomava nota dos anúncios, tarefa habitual com que estreava o dia, quando lhe entregaram uma carta. A capa era de relevos, e o conteúdo um quarto de papel cetim com estas palavras:

Pedro de Sousa Camargo
e D. Emília Lemos Camargo
têm a honra de participar a V.S.ª o seu casamento
Rio de Janeiro etc.

Na casa de Lemos ninguém acreditou em semelhante casamento. Para a família, a moça não era senão a amante de Pedro Camargo; e por conseguinte uma mulher perdida.

Entretanto o casamento fora celebrado na matriz do Engenho Velho em segredo, mas com todas as formalidades; pois os noivos eram maiores e haviam requerido as dispensas necessárias.

Por esse tempo o fazendeiro Lourenço de Sousa Camargo recebeu o aviso de que o filho vivia com uma rapariga que tirara de casa da família. Acrescentava o oficioso amigo que o estudante já se **inculcava** de casado; portanto não seria de espantar se coroasse a primeira extravagância com a loucura de semelhante união.

Despachou imediatamente o velho um de seus camaradas, o mais decidido, com intimação ao filho para recolher-se à fazenda no prazo de uma semana. O emissário trazia ordem terminante de conduzi-lo à força, caso não obedecesse.

Pedro Camargo arrancou-se aos braços de sua Emília prometendo-lhe voltar breve para não mais separarem-se. Passados os primeiros assomos da irritação do velho, aproveitaria qualquer ocasião para confessar-lhe tudo. O pai, que o amava, não lhe negaria o perdão de uma falta irremediável e santificada pela religião.

Faltou, porém, ao moço a coragem para afrontar novamente as iras do fazendeiro com a revelação do seu casamento. Preparava-se, fazia firme tenção; mas no momento propício fugia-lhe a resolução.

Assim correram os dias, e prolongou-se a ausência de Pedro Camargo. Escrevia ele à sua Emília longas cartas cheias de ternura e protestos, nas quais prometia-lhe partir dentro em poucos dias para levá-la à fazenda.

Ao mesmo tempo e por intermédio de um amigo remetia à mulher os meios de prover à sua subsistência, enquanto não podia chamá-la para sua companhia; o que se realizaria logo que revelasse ao pai o segredo do casamento.

Emília muito sofreu com essa ausência, não tanto pela posição falsa em que ficara, mas sobretudo pelo amor que tinha ao marido. Era porém feita para as abnegações; em suas cartas a Pedro, nunca lhe escapou a menor queixa. Longe de **exprobrar-lhe** os receios, que a mantinham na incerteza de sua sorte, ao contrário o consolava do **remordimento** que sentia de sua própria timidez.

Inculcava: considerava.

Exprobar-lhe: censurar-lhe.

Remordimento: remorso.

Ao cabo de um ano, desvanecidas se não dissipadas as suspeitas do velho fazendeiro, consentiu ele que o filho viesse à corte de passagem.

Reviram-se os dois esposos depois de tão longa ausência e amaram-se nesses poucos dias por todo o tempo da separação.

Encontrou Pedro Camargo já com dois meses o seu primeiro filho, a quem deu o nome de Emílio, apesar das instâncias da mãe, que instava por Pedro.

— Não, Pedro não; é o nome de um infeliz — respondia o marido com os olhos cheios de lágrimas.

Continuou esse singular teor da vida dos dois esposos que passavam juntos em sua casinha da Rua de Santa Teresa algumas semanas intercaladas por muitos meses de separação.

Essas ausências **acrisolavam** o amor e lhe davam uma exuberância que mais tarde expandia-se com ignoto fervor. Os dias que Pedro Camargo demorava-se na corte era uma bem-aventurança para os dois corações que se reproduziam um no outro.

Emília se resignou à sorte que lhe reservara a Providência: ainda assim julgava-se bem feliz com a afeição e ternura do homem a quem escolhera.

Refletira que sabendo de seu casamento talvez se irritasse o velho fazendeiro e destruísse de repente essa ventura que lhes coubera em partilha, a ela e seu marido.

Além de que Pedro Camargo era filho natural ainda não reconhecido, seu futuro dependia exclusivamente da vontade do pai, que podia abandoná-lo como a um estranho, deixando-o reduzido à indigência*. Essa circunstância influiu muito no espírito de Emília; não por si, que não tinha ambição: mas era esposa e mãe.

A esse tempo já lhe havia nascido também uma filha que chamou-se Aurélia, por ter sido este o nome da mãe de Pedro Camargo, infeliz rapariga que morrera da vergonha de seu erro.

Convencida do perigo de revelar o segredo de seu casamento, Emília condenou-se a uma existência não

Acrisolavam: **purificavam.**

*** Repare na força intimidatória do patriarcalismo no século XIX: a lei não dava proteção ao filho não reconhecido legalmente pelo pai.**

somente obscura, mas suspeita. Bem custava à sua virtude o desprezo injusto que a envolvia e o escárnio a **pungi-la**; mas era por seu marido e por seus filhos que sofria. Refugiava-se no isolamento, confortava-se com a esperança da reparação.

Cresceram os dois filhos de Camargo; ambos eles receberam excelente educação. As liberalidades do velho fazendeiro permitiam que Pedro tratasse a família com decência e abastança; tanto mais quanto não tinha ele coisa com que distraísse dinheiro daquele honesto emprego, a não ser o seu modesto vestuário.

Haviam decorrido doze anos depois do casamento de Pedro Camargo e estava ele com trinta e seis, quando seu caráter fraco e irresoluto foi submetido a uma prova cruel.

Por diversas vezes mostrara o fazendeiro ao filho desejos de vê-lo casado, mas essas **veleidades** sem alvo determinado passavam, e as labutações da vida rural distraíam o velho das preocupações domésticas. Pedro Camargo quitava-se desse perigo com um pequeno susto.

Afinal, porém, o pai exigiu formalmente dele que se casasse, e **indigitou-lhe** a pessoa já escolhida. Era a filha dum rico fazendeiro da vizinhança; tinha ela completado os quinze anos. Antes que a notícia desse dote sedutor chegasse à corte, tratou o velho Camargo de arranjá-lo para o filho.

Pedro opôs à vontade do pai a resistência passiva. Nunca se animou a dizer *não*; mas também não se moveu para cumprir as recomendações ou antes ordens que lhe dava o fazendeiro. Este esbravejava; ele abaixava a cabeça, e, passada a tormenta, caía outra vez na inércia.

Quando o fazendeiro viu que apesar dos seus ralhos e gritos o filho não se decidia a visitar a moça, irou-se de tal modo que ameaçou expulsá-lo de casa, se não montasse a cavalo naquele mesmo instante para ir à fazenda vizinha ver a noiva e reiterar ao pai o pedido feito em seu nome.

Pedro Camargo não disse palavra. Desceu à estrebaria; selou o animal; pôs na garupa sua maleta; e partiu, mas não para a fazenda vizinha. Foi ter a um rancho,

Pungi-la: afligi-la, feri-la.

Veleidades: caprichos.

Indigitou-lhe: indicou-lhe.

onde contava demorar-se o tempo preciso para dar alguma direção à sua vida.

Durante essa **provança** tinha continuado a escrever à mulher; mas ocultou-lhe o transe por que estava passando, para não afligi-la.

A resistência à vontade do pai, a quem acatava profundamente, e as sublevações da sua consciência contra o receio de confessar a verdade abalaram violentamente o robusto organismo desse homem forte para os trabalhos físicos, mas não feito para essas convulsões morais.

Pedro Camargo foi acometido de uma **febre cerebral** e sucumbiu no rancho onde procurara um abrigo, longe dos socorros e quase ao desamparo. Apenas teve para acompanhá-lo em seus últimos instantes um tropeiro que vinha para a corte.

Trazia o infeliz consigo cerca de três contos de réis que desde certo tempo começara a juntar com intenção de estabelecer-se nalguma modesta rocinha onde pudesse viver tranquilo com a família.

A sorte não o consentiu. Confiou ele o dinheiro ao tropeiro pedindo-lhe que o entregasse de sua parte à mulher. Recomendou-lhe porém que não contasse o desamparo em que o vira, para não acabrunhá-la ainda mais.

Cumpriu o tropeiro o encargo com uma **probidade**, de que ainda se encontram exemplos frequentes nas classes rudes, especialmente do interior.

Emília cobriu-se do luto que não despiu senão para trocá-lo pela mortalha. Mais negro porém e mais triste do que o vestido era o dó de sua alma, onde jamais brotou um sorriso.

2

A viuvez tornou ainda mais isolada e recolhida a existência de Emília, acrescentando-lhe a indiferença e desapego do mundo.

Provança: provação; situação difícil.

Febre cerebral: doença conhecida hoje como meningite.

Probidade: honestidade.

O único elo que a prendia à terra eram seus filhos; mas tinha o pressentimento de que não permaneceria muito tempo com eles. O marido a chamava; abandonou-se àquela atração que a aproximava do ente a quem mais amara e a desprendia aos poucos do espólio que ainda a retinha neste vale de lágrimas.

Só uma inquietação a afligia, ao pensar no próximo termo de seu infortúnio; era a lembrança do desamparo em que ia ficar sua filha Aurélia, já nesse tempo moça, na flor dos dezesseis anos.

De sua família, não podia Emília esperar arrimo para a órfã. As relações, cortadas por ocasião de seu casamento, nunca mais se haviam reatado. Os parentes continuavam a considerá-la mulher perdida e evitavam o contágio de sua reputação*.

Do sogro, também já recebera a pobre viúva o desengano. Depois do falecimento do marido e logo que a dor lhe permitiu outros cuidados, escrevera ao Lourenço de Sousa Camargo, revelando-lhe o segredo do casamento e implorando sua proteção para os filhos de seu filho.

O fazendeiro, da mesma forma que os parentes de Emília, não acreditou na realidade de um casamento oculto até àquela época e do qual não aparecia documento ou outra prova.

A carta da viúva só lhe revelou a continuação de relações que ele supunha desde muito extintas.

Atinando que fora a influência dessa mulher a causa da desobediência do filho, lançava-lhe a culpa da desgraça que sobreveio, esquecido que ninguém sofrera tanto como ela; pois, além da viuvez, a morte do marido deixava-lhe a pobreza e a desonra.

Ainda assim, nessa disposição de ânimo, foi generoso o Camargo. Mandou entregar a Emília um conto de réis, dinheiro cru e seco sem uma palavra de consolo ou de esperança. A pessoa que o levou à viúva fez-lhe sentir que tão avultada esmola devia livrar o fazendeiro de futuras importunações.

*** Observe como eram cruelmente tratadas as mulheres consideradas mães solteiras. Como ninguém sabia que Emília era legalmente casada, era vista como uma mulher "perdida".**

O Emílio, que podia ser o amparo natural da irmã, quando viesse a faltar-lhe a mãe, não estava infelizmente nas condições de receber o difícil encargo. Ao caráter irresoluto do pai, juntava ele um espírito curto e tardio. Apesar de haver frequentado os melhores colégios, achava-se aos dezoito anos tão atrasado como um menino de regular inteligência e aplicação aos doze anos.

Reconhecendo sua inaptidão para alguma das carreiras literárias, Emília lembrara-se de encaminhá-lo à vida mercantil. Por intermédio do correspondente do marido e pouco tempo depois da morte deste, fora o rapaz admitido como caixeiro de um corretor de fundos.

Por mais esforços que fizesse o pobre Emílio, não lograva **destrinçar** as **efemérides** financeiras do movimento dos fundos públicos e oscilações do mercado monetário. Isso que aí qualquer filhote de **zangão**, a quem não desponta ainda o bigode, **avia em duas palhetadas** era para Emílio ciência mais **abstrusa** do que a astronomia.

Chegava a casa com a sua tábua de câmbios, o preço corrente, a cotação da praça e as notas que lhe havia dado o corretor. Sentava-se à mesa; preparava o tinteiro e o papel, mas não havia meio de começar. Seu espírito embrulhava-se por tal modo na meada, que não atava nem desatava. Ao cabo chorava de raiva.

Corria então Aurélia a consolá-lo. Sabia ela já a causa daquele pranto, cuja explicação uma vez lhe arrancara à força de carinho e meiguice. Tirava-o do desespero, animava-o a tentar a operação, e para **suster**-lhe os esforços ia auxiliando-lhe a memória e dirigindo o cálculo.

A natureza dotara Aurélia com a inteligência viva e brilhante da mulher de talento, que, se não atinge ao vigoroso raciocínio do homem, tem a preciosa **ductilidade** de prestar-se a todos os assuntos, por mais diversos que sejam*. O que o irmão não conseguira em meses de prática foi para ela estudo de uma semana.

Desde então, o caixeiro que ia à praça receber as ordens do patrão e levar-lhe os recados era o Emílio, mas o corretor que fazia todos os cálculos e operações, ou

Destrinçar: diferenciar; distinguir.

Efemérides: acontecimentos, eventos.

Zangão: corretor de negócios.

Avia em duas palhetadas: conclui rapidamente.

Abstrusa: complicada, difícil.

Suster: amparar.

Ductilidade: flexibilidade.

* Reflexão típica do século XIX: ao declarar que Aurélia é inteligente, mas "não atinge ao vigoroso raciocínio do homem", o narrador provavelmente queria elogiá-la. Hoje, a frase indicaria um discutível preconceito machista.

arranjava o preço corrente, era Aurélia. Assim poupava a menina um desgosto ao irmão, e o mantinha no emprego a tanto custo arranjado.

Bem se vê pois que Emílio, longe de prometer um amparo à irmã, ao contrário tinha de ser, se já não era, um oneroso sacrifício para a menina, obrigada a consumir com ele o tempo e os poucos recursos, fruto de seu trabalho.

Nestas circunstâncias, a mãe só via para a filha o natural e eficaz apoio de um marido. Por isso não cessava de tocar à Aurélia neste ponto, e a propósito de qualquer assunto.

Se vinha a falar-se de sua moléstia que fazia rápidos progressos dizia Emília à filha:

— O que me aflige é não ver-te casada. Mais nada.

Quando lembravam-se que o dinheiro deixado por Pedro Camargo e a esmola do fazendeiro haviam de acabar-se um dia, ficando elas na indigência, acudia a viúva:

— Ah! se eu te visse casada!

Aurélia é quem suportava todo o peso da casa. Sua mãe, abatida pela desgraça e tolhida pela moléstia, muito fazia, evitando por todos os modos tornar-se pesada e incômoda à filha. Envolvera-se ainda em vida em uma mortalha de resignação, que lhe dispensava o médico, a enfermeira e a **botica**.

Os arranjos domésticos, mais escassos na casa de pobre, porém de outro lado mais difíceis, o cuidado da roupa, a conta das compras diárias, as contas do Emílio e outros **misteres** tomavam-lhe uma parte do dia; a outra parte ia-se em trabalhos de costura.

Não lhe sobrava tempo para chegar à janela; à exceção de algum domingo, em que a mãe podia arrastar-se até a igreja à hora da missa e de alguma volta à noite acompanhada pelo irmão, não saía de casa.

Essa reclusão afligia a viúva, que muitas vezes lhe dizia:

— Vai para a janela, Aurélia.

— Não gosto! — respondia a menina.

Outras vezes, ante a insistência da mãe, buscava uma desculpa:

Botica: farmácia.

Misteres: ocupações.

— Estou acabando este vestido.

Emília calava-se, contrariada. Uma tarde porém manifestou todo seu pensamento.

— Tu és tão bonita, Aurélia, que muitos moços se te conhecessem haviam de apaixonar-se. Poderias então escolher algum que te agradasse.

— Casamento e mortalha no céu se talham, minha mãe — respondia a menina rindo-se para encobrir o rubor.

O coração de Aurélia não desabrochara ainda; mas virgem para o amor ela tinha, não obstante, a vaga intuição do pujante afeto, que funde em uma só existência o destino de duas criaturas e, completando-as uma pela outra, forma a família.

Como todas as mulheres de imaginação e sentimento, ela achava dentro em si, nas cismas do pensamento, essa aurora d'alma que se chama o ideal, e que doura ao longe com sua doce luz os horizontes da vida.

O casamento, quando acontecia pensar nele alguma vez, apresentava-se a seu espírito como uma coisa confusa e obscura; uma espécie de enigma, do seio do qual se desdobrava de repente um céu esplêndido que a envolvia, inundando-a de felicidade.

Em sua ingenuidade não compreendia Aurélia a ideia do casamento refletido e preparado. Mas a insistência de sua mãe, inquieta pelo futuro, fez que ela se ocupasse com essa face da vida real.

Reconheceu que não tinha direito de sacrificar a um sonho de imaginação, que talvez nunca se realizasse, o sossego de sua mãe primeiro, e depois seu próprio destino, pois que sorte a esperava, se tivesse a desgraça de ficar só no mundo?

O golpe que sofreu por esse tempo ainda mais a dispôs ao sacrifício de suas aspirações.

Emílio, reconhecendo-se muito fatigado, uma tarde de excessivo calor, cometeu a imprudência de tomar um banho frio. A consequência foi uma **febre de mau caráter** que o levou em poucos dias.

Febre de mau caráter: **a expressão, na época, referia-se a pneumonia.**

Aurélia não deixou a cabeceira do leito desse irmão, a quem ela amava com desvelo maternal. Os cuidados incessantes e os extremos de que o cercou, bem como a necessidade de acudir a tudo, foi talvez o que a salvou de ser fulminada por essa desgraça.

A viúva, que mal resistira ao golpe da perda do filho, ainda mais se aterrava agora com o isolamento em que ia deixar Aurélia. Se Emílio não prometia à irmã um arrimo, em todo o caso era uma companhia, e podia dar-lhe ao menos a proteção material, quando não fosse senão de sua presença.

Redobraram pois as insistências da pobre viúva; e Aurélia ainda coberta de luto pesado que trazia pelo irmão condescendeu com a vontade da mãe, pondo-se à janela todas as tardes.

Foi para a menina um suplício cruel essa exposição de sua beleza com a mira no casamento. Venceu a repugnância que lhe inspirava semelhante amostra de balcão e submeteu-se à humilhação por amor daquela que lhe dera o ser e cujo único pensamento era sua felicidade.

3

Não tardou que a notícia da menina bonita de Santa Teresa se divulgasse entre certa roda de moços que não se contentam com as rosas e margaridas dos salões, e cultivam também com ardor as violetas e cravinas das rótulas*.

A solitária e plácida rua animou-se com um trânsito desusado de tílburis e passeadores a pé, atraídos pela graça da flor modesta e rasteira, que uns ambicionavam colher para a transplantar ao turbilhão do mundo, outros apenas se contentariam de **crestar-lhe a pureza**, abandonando-a depois à miséria.

*** O narrador compara a beleza feminina a flores, em metáforas típicas do Romantismo. Haveria certos rapazes que não se contentavam com rosas e margaridas dos salões (moças ricas) e queriam as violetas e cravinas das rótulas (janelas).**

Crestar-lhe a pureza: manchar-lhe a pureza, isto é, seduzi-la.

Os olhares ardentes e **cúpidos** dessa multidão de pretendentes, os sorrisos contrafeitos dos tímidos, os gestos **fátuos** e as palavras insinuantes dos mais afoitos quebravam-se na fria impassibilidade de Aurélia. Não era a moça que ali estava à janela; mas uma estátua, ou, com mais propriedade, a figura de cera do mostrador de um cabeleireiro da moda.

A menina cumpria estritamente a obrigação que se tinha imposto; mostrava-se para ser cobiçada e atrair um noivo. Mas, além dessa tarefa de exibir sua beleza, não passava. Os artifícios do galanteio com que muitas realçam seus encantos; a tática de **ratear** os sorrisos e carinhos, ou **negaceá-los para irritar o desejo**, nem os sabia Aurélia, nem teria coragem para usá-los.

Depois de uma hora de estação à janela, recolhia-se para começar o serão da costura; e de todos aqueles homens que haviam passado diante dela com a esperança de cativar-lhe a atenção, não lhe ficava na lembrança uma fisionomia, uma palavra, uma circunstância qualquer.

No primeiro mês a investida dos pretendentes não passou de uma **escaramuça**. Rondas pela calçada, cortejos de chapéus, suspiros ao passar, **gestos simbólicos de lenço**, algum elogio a meia-voz e presentes de flores que a menina rejeitava; tais eram os meios de ataque.

Breve, porém, começou o assalto em regra; e quem abriu o exemplo foi pessoa já muito nossa conhecida, e da qual não se podia esperar semelhante desembaraço.

O Lemos, que andava sempre metido na roda dos rapazes, veio a saber do aparecimento da **bisca** da Rua de Santa Teresa. Entendeu o árdego velhinho que, em sua qualidade de tio, cabia-lhe um certo direito de primazia sobre esse bem de família.

Entrou na fieira, e à tarde fazia volta pela Rua de Santa Teresa para conversar um instante com a sobrinha, a quem desde o primeiro dia se dera a conhecer.

Aurélia teve grande contentamento por ver o tio. A afabilidade com que lhe falara ele encheu-a da esperança de uma próxima reconciliação com a família.

Cúpidos: ambiciosos.

Fátuos: pretensiosos, petulantes.

Ratear: repartir.

Negaceá-los para irritar o desejo: recusar sorrisos e carinhos para atiçar ainda mais o desejo.

Escaramuça: leve assédio.

Gestos simbólicos de lenço: nessa época, certos gestos feitos com o lenço eram verdadeiros códigos de que se serviam homens e mulheres para enviar mensagens uns aos outros.

Bisca: palavra com um tom pejorativo, de mulher à toa. É seguro afirmar que o narrador não denominaria Aurélia desse modo; mas repete a palavra que provavelmente os rapazes usariam. Lemos é árdego (ardente, saliente) e imagina conseguir vantagens em alcovitar a sobrinha, já que ela lhe parecia um "bem de família".

Temendo a oposição do **pundonor** ofendido de sua mãe, ocultou dela a ocorrência.

Nos dias seguintes medrou a esperança da menina. A estada à janela deixara de ser-lhe intolerável; já havia um interesse que a demorava ali, a espiar o momento em que apontasse o tio no princípio da rua.

Ela, que não tinha para os mais elegantes cavalheiros um pálido sorriso, achou de repente em si para seduzir o velhinho o segredo da gentileza e faceirice, que é como a fragrância da mulher formosa.

O restabelecimento das relações entre D. Emília e o irmão interessava Aurélia mui intimamente. Assegurando-lhe um arrimo para o futuro, essa conciliação não só restituiria o sossego à mãe, como lhe pouparia a ela essa espera ao casamento, que era para a pobre menina uma humilhação.

Foi para a turba dos apaixonados arruadores grande assombro e maior escândalo esse de verem todas as tardes, recostado insolentemente à janela de Aurélia, o rolho velhinho, conversando e brincando na maior intimidade com a menina. Ignorantes do parentesco, atribuíam essas liberdades a uma preferência inexplicável; pois o Lemos, notoriamente pobre, senão arrebentado, carecia do condão que dispensa todas as virtudes, o dinheiro.

O sagaz do velhinho tratou de aproveitar a disposição de ânimo da sobrinha, antes que alguma circunstância fortuita viesse perturbar essas relações íntimas, por ele tecidas com habilidade.

Uma tarde, depois de ter borboleteado com Aurélia, como de costume, fazendo-a rir com suas facécias, despediu-se deixando entre as mãos da sobrinha uma carta, faceira, de capa floreada, com emblemas de miosótis no fecho.

Recebeu-a Aurélia ao de leve surpresa; mas, logo acudindo-lhe uma ideia, guardou-a no seio palpitante da esperança, que enchia-lhe a alma. Essa carta devia ser a mensageira da conciliação por ela tão ardentemente desejada. Ao fechar da noite correu à alcova para a ler.

Pundonor: sentimento de honra.

Às primeiras palavras foi-lhe congelando nos lábios o sorriso que os floria, até que se **crispou** em um **ofego** de ânsia. Quando terminou, jaspeava-lhe a fisionomia essa lividez marmórea, que tantas vezes depois a **empanava**, como um eclipse de sua alma esplêndida.

Dobrou friamente o papel, que fechou em seu cofrezinho de **buxo**, e foi ajoelhar-se à beira da cama, diante do crucifixo suspenso à cabeceira.

Como a andorinha, que não consente lhe manche as penas a poeira levantada pelo vento, e revoando molha constantemente as asas na onda do lago, assim a alma de Aurélia sentiu a necessidade de banhar-se na oração, e purificar-se do contato em que se achara com essa **voragem** de torpeza e infâmia.

A carta do Lemos era escrita no estilo banal do namoro realista, em que o vocabulário **comezinho** da paixão tem um sentido figurado, e exprime à maneira de gíria não os impulsos do sentimento, mas as seduções do interesse.

O velho acreditou que a sobrinha, como tantas infelizes arrebatadas pelo turbilhão, estava à espera do primeiro desabusado, que tivesse a coragem de arrancá-la da obscuridade onde a consumiam os desejos famintos e transportá-la ao seio do luxo e do escândalo. Apresentou-se pois francamente como o empresário dessa metamorfose, lucrativa para ambos; e acreditou que Aurélia tinha bastante juízo para compreendê-lo*.

Quando, no dia seguinte à entrega da carta, notou que a rótula fechava-se obstinadamente à sua passagem, conheceu o Lemos que tinha errado o primeiro tiro, mas nem por isso **desacoroçoou** do projeto.

— Ainda não chegou a ocasião! — pensou ele.

O velho rapaz arranjara para seu uso, como todos os homens **positivos**, uma filosofia prática de extrema simplicidade. Tudo para ele tinha um momento fatal, a ocasião; a grande ciência da vida portanto resumia-se nisto: espiar a ocasião e aproveitá-la.

Crispou: contraiu.

Ofego (ê): respiro ofegante.

Empanava: obscurecia, embaçava, tirava o brilho.

Buxo: certo tipo de madeira de cor amarelada.

Voragem: arrebatamento, arroubo.

Comezinho: bem simples, fácil de entender.

* O cinismo com que Lemos se apresenta para a sobrinha, nesse momento, explica o tratamento hostil que a moça tem com ele, depois de receber a herança. Afinal, o tio pretendia "agenciar" a moça junto a possíveis clientes de seus favores amorosos.

Desacoroçoou: desanimou.

Positivos: materialistas.

Entendeu lá para si que o moral da sobrinha não se achava preparado para a resolução que devia decidir de seu destino. Esse coração de mulher ainda estava passarinho implume; quando lhe acabassem de crescer as asas, tomaria o voo e remontaria aos ares.

O que lhe cumpria, a ele Lemos, era espreitá-la durante a transformação, para intervir oportunamente; e dessa vez tinha certeza de que não falharia o alvo.

O exemplo do velho estimulou os mais **animosos**. Um deles, confiando na audácia, pôs em sítio a rótula, especialmente à noite, quando Aurélia cosia à claridade do lampião, junto ao aparador.

Pelas grades ia o conquistador insinuando súplicas e protestos de amor, com que perseguia a moça, insistindo para que lhe acudisse à rótula ou lhe recebesse mimos e cartinhas. Após este seguiam-se outros.

Conservava-se Aurélia impassível e tão alheia a essas **competências**, que parecia nem ao menos aperceber-se delas. Algumas vezes assim era. Distraía-se com suas preocupações de modo que ficava estranha aos rumores da rua.

Todavia aquelas importunações a incomodavam, e sobretudo a insultavam; como não cessassem, acabaram por inspirar-lhe uma resolução em que já se revelavam os impulsos do seu caráter.

Certa noite, em que um dos mais assíduos namorados a impacientou, ergueu-se Aurélia mui senhora de si e dirigiu-se à rótula, que abriu, convidando o conquistador a entrar. Este tomado de surpresa e indeciso, não sabia o que fizesse, mas acabou por aceder ao oferecimento da moça.

— Tenha a bondade de sentar-se — disse Aurélia mostrando-lhe o velho sofá encostado à parede do fundo. — Eu vou chamar minha mãe.

O **leão** quis impedi-la, e, não conseguindo, começava a deliberar sobre a conveniência de eclipsar-se, quando voltou Aurélia com a mãe.

A moça tornou à sua costura, e D. Emília sentando-se no sofá travou conversa com sua visita.

Animosos: ousados.

Competências: nesta passagem, tem o sentido de disputas.

Leão: gíria usada na época com o sentido de homem conquistador.

As palavras singelas e modestas da viúva deixaram no conquistador, apesar da película de ceticismo que forra essa casta de bípedes, a convicção da inutilidade de seus esforços. A beleza de Aurélia só era acessível aos simplórios, que ainda usam do meio trivial e anacrônico do casamento*.

Esse incidente foi o sinal de uma deserção, que operou-se em menos de um mês. Toda aquela turba de namorados debandou em roda batida, desde que pressentiu os perigos e escândalos de uma paixão matrimonial.

Assim recobrou Aurélia sua tranquilidade, livrando-se do suplício que lhe infligiam aquelas homenagens insultantes.

Agora, quando ficava na janela para satisfazer aos desejos de sua mãe, já não lhe custava essa condescendência tão amargo sacrifício. Sua natural esquivança era bastante para afastar as veleidades dos refratários. Esses ainda não se tinham **desquitado** ao todo da esperança de inspirar alguma paixão irresistível, das que domam a mais austera virtude.

*** Observe a ironia do narrador ao criticar o comportamento desses homens que rondavam a casa de Aurélia: esses paqueradores eram "bípedes" cheios de ceticismo (descrença) da virtude da moça. Só queriam uma oportunidade para seduzi-la. Para eles, um namoro com compromisso era apenas para simplórios, tolos que ainda levavam a sério o casamento.**

Desquitado: desfeito.

4

Seixas ouvira falar da menina de Santa Teresa, mas, ocupado nessa ocasião com uns galanteios aristocráticos, não o moveu a curiosidade de conhecer desde logo a nova beldade fluminense.

Aconteceu porém jantar na vizinhança em casa de um amigo e em companhia de camaradas. Veio a falar-se de Aurélia, que era ainda o tema das conversas; contaram-se anedotas, fizeram-se comentos de toda a sorte.

Depois do jantar, no fim da tarde**, saíram os amigos a pé, com o pretexto de dar uma volta de passeio; mas efetivamente para mostrar a Seixas a falada menina e convencê-lo de que era realmente um primor de formosura.

**** Naquela época, na classe alta, geralmente jantava-se à tarde, por volta das quatro ou cinco horas. A primeira refeição do dia, habitualmente feita entre nove e dez, era chamada de almoço. Entre meio-dia e uma hora, costumava-se tomar um lanche. Em dias de bailes ou festas, podia haver uma ceia à meia-noite ou até mais tarde.**

Seixas era uma natureza aristocrática embora acerca da política tivesse a **balda** de **alardear** uns **ouropéis** de liberalismo. Admitia a beleza rústica e plebeia, como uma convenção artística; mas a verdadeira formosura, a suprema graça feminina, a **humanação** do amor, essa, ele só a compreendia na mulher a quem cingia a auréola da elegância.

Em frente da casa de D. Emília, pararam os amigos formando grupos, e Seixas pôde contemplar a gosto o busto da moça. A princípio examinou-a friamente como um artista que estuda o seu modelo. Viu-a através da expressão de altiva e triste indiferença de que ela vestia-se como de um véu para recatar sua beleza aos olhares insolentes.

Quando, porém, Aurélia enrubescendo volveu o rosto e seus grandes olhos nublaram-se de uma névoa diáfana ao encontrar a vista **escrutadora** que lhe estava cinzelando o perfil, não se pôde conter Fernando que não exclamasse:

— Realmente...

Atalhando, porém, esse primeiro entusiasmo, corrigiu:

— Não nego; é bonita.

Nessa noite, Aurélia, quando trabalhava na tarefa da costura, quis lembrar-se da figura desse moço que a estivera olhando por algum tempo à tarde; não o conseguia. Vira-o apenas um instante; não conservara o menor traço de sua fisionomia.

Mas coisa singular. Se recolhia-se no íntimo, aí o achava, e via-lhe a imagem, como a tivera diante dos olhos à tarde. Era um vulto, quase uma sombra; mas ela o conhecia; e não o confundiria com qualquer outro homem.

Dois dias depois Seixas tornou a passar pela Rua de Santa Teresa, mas só, desta vez. De longe seus olhos encontraram os de Aurélia, que fugiram para voltar tímidos e submissos. Ao passar, o moço cortejou-a; ela respondeu com uma leve inclinação da cabeça.

Decorreu uma semana. Seixas não passara à tarde como costumava; era noite, Aurélia ia recolher-se triste e desconsolada. Ao fechar a rótula distinguiu um vulto,

Balda: mania.

Alardear: ostentar.

Ouropéis: aparências.

Humanação: humanização.

Escrutadora: examinadora.

e esperou. Era Fernando. O moço apertou-lhe a mão; declarou-lhe seu amor. Aurélia ouviu-o palpitante de comoção; e ficou absorta em sua felicidade.

— E a senhora, D. Aurélia? — interrogou Seixas. — Ama-me?

— Eu?

A moça pronunciou esse monossílabo com expressão de profunda surpresa. Pensava ela que Fernando devia ter consciência da posse que tomara de sua alma, com o primeiro olhar.

— Não sei — respondeu sorrindo. — O senhor é quem pode saber.

Não compreendeu Seixas o sublime dessas palavras singelas e modestas da moça. O galanteio dos salões embotara-lhe o coração, cegando-lhe o tato delicado que podia sentir as tímidas vibrações daquela alma virgem*.

Fernando frequentou assiduamente a modesta casa de Santa Teresa, onde passava as primeiras horas da noite, que **de ordinário** ia acabar no baile ou no espetáculo lírico. Quando saía da sala humilde, onde a paixão o retinha preso dos olhos de sua amada, sentia o elegante moço algum acanhamento. Parecia-lhe que **derrogava** de seus hábitos aristocráticos e inquietava-o a ideia de **macular** o primor de sua fina distinção.

Durante um mês, Aurélia inebriou-se da suprema felicidade de viver amante e amada. As horas que Seixas passava junto de si eram de enlevo para ela que embebia-se d'alma do amigo. Essa provisão de afeto chegava-lhe para encher de sonhos e devaneios o tempo da ausência. Seria difícil conhecer a quem mais adorava a gentil menina, e de quem mais vivia, se do homem que a visitava todos os dias ao cair da tarde, se do ideal que sua imaginação copiara daquele modelo.

Como **Pigmalião** ela tinha cinzelado uma estátua, e talvez, como o artista mitológico, se apaixonasse por sua criatura, de que o homem não fora senão o grosseiro esboço. E não é esta a eterna legenda do amor, nas almas iluminadas pelo fogo sagrado?

*** Observe como o narrador é duro com Seixas: o "galanteio dos salões embotara-lhe o coração". Declarar amor, para Seixas, é atitude comum e afetada; ele não entende o sentimento real da moça, "as tímidas vibrações daquela alma virgem".**

De ordinário: comumente.

Derrogava: desfazia-se.

Macular: manchar, sujar.

Pigmalião: na mitologia grega, era um escultor que morava na ilha de Chipre e que se apaixonou pela estátua de Galateia, sua própria obra. Conseguiu que Afrodite, a deusa do amor, a dotasse de vida, para que ele pudesse desposá-la. Observe que, nessa passagem, o narrador sugere que Aurélia talvez estivesse idealizando Fernando, vendo nele um homem que, no fundo, ele não era. Que relação pode haver entre essa observação e o que já conhecemos desse personagem?

Entre os apaixonados de Aurélia contava-se Eduardo Abreu, rapaz de vinte e cinco anos, de excelente família, rico e nomeado entre os mais distintos da corte.

Apesar de sisudo e não propenso a aventuras, Abreu foi tentado pela fascinação do amor fácil e efêmero. Alistou-se à já numerosa legião dos conquistadores de Aurélia, mas andara sempre na retaguarda, entre os mais tímidos.

Quando os namorados de profissão debandaram, ele perseverou, sem apartar-se todavia de seu modo reservado e esquivo. Um velho sapateiro que tomara a si o registro dessa barreira, continuou a ver todas as tardes o rapaz que passava em seu cavalo do Cabo.

A impressão que Aurélia deixara no espírito do moço tornou-se mais profunda, à proporção que se foi manifestando a pureza da menina. Vendo afinal quebrar-se de encontro à sua virtude a audácia dos mais perigosos sedutores do Rio de Janeiro, a afeição de Abreu repassou-se de admiração e respeito.

É natural que esse moço, em condições de aspirar às melhores alianças na sociedade fluminense, vacilasse muito, antes da resolução que tomou. Mas, uma vez decidido, não hesitou em realizar seu intento. Dirigiu-se a D. Emília e pediu-lhe a mão da filha.

A viúva, ainda abalada do inesperado lance da fortuna, falou a Aurélia.

— Deus ouviu minha súplica. Agora posso morrer descansada.

A moça escutara, sem interrompê-la, a exposição que D. Emília lhe fez das vantagens de um casamento com Abreu. Nas palavras de sua boa mãe, não somente sentiu os extremos de uma ternura ardente; reconheceu também o conselho da prudência.

Não obstante, sua resposta foi uma recusa formal.

— Tinha resolvido aceitar o primeiro casamento que minha mãe julgasse conveniente, para sossegar seu espírito e desvanecer o susto que tanto a consome. Meus sonhos de moça, que bem mesquinhos eram, sacrificava-os de bom grado para vê-la contente. Agora tudo mudou. Não posso dar o que não me pertence. Amo outro.

— Sei, o Seixas. E tens certeza de que ele se case contigo?

— Nunca lhe perguntei, minha mãe.

— Pois é preciso saber.

— Eu não lhe falo nisso.

— Pois falarei eu.

Efetivamente, essa noite, quando Fernando chegou, D. Emília dirigiu a conversa para o ponto melindroso. No primeiro ensejo interrogou o moço acerca de suas intenções. Fez valer o argumento formidável da sombra que um galanteio ostensivo projeta sobre a reputação de uma menina, quando não o perfumam os botões de laranjeira a abrir em flor. Lembrou também que a preferência exclusiva afugentava os pretendentes, sem garantia do futuro.

Seixas perturbou-se. Por mais preparado que esteja um homem de sociedade para essa colisão deve comovê-lo a necessidade de escolher entre a afeição e as conveniências. Ainda mais, quando, para furtar-se ao dilema, esse homem delineou uma vereda sinuosa, por onde se arraste como o réptil, serpeando entre o amor e o interesse*.

— Assevero-lhe, D. Emília, que minhas intenções são as mais puras. Se ainda não as tinha manifestado era por aguardar a ocasião em que possa realizá-las de pronto, como convém em semelhante assunto. Minha carreira depende de acontecimentos que devem efetuar-se neste ano próximo. Então poderei oferecer a Aurélia um futuro digno dela, e que lhe invejem as mais elegantes senhoras da corte. Antes disso não me animarei a associá-la a uma sorte precária, que talvez se torne mesquinha. Amo sinceramente sua filha, minha senhora; e esse amor dá-me forças para resistir ao egoísmo da paixão. Prefiro perdê-la a sacrificá-la.

— Este procedimento de sua parte é muito nobre, Sr. Seixas. Não podia com efeito dar maior prova de estima a Aurélia do que renunciar a ela para não servir de obstáculo a um enlace, que há de fazê-la feliz.

Ditas essas palavras, a **valetudinária** senhora a quem a conversa havia fatigado em extremo recolheu-se ao interior. Fernando ficou na sala aturdido com a conclusão que tivera a conversa, tão outra da que ele havia esperado.

De feito acreditara que D. Emília, embalada na esperança do futuro brilhante por ele dourado com palavras maviosas e comovida pelos **acentos** de sua paixão, o deixaria cultivar docemente o amor-perfeito, aí, no canteiro dessa pobre salinha, mal alumiada por um lampião mortiço.

*** Repare na comparação que o narrador estabelece entre a atitude furtiva do homem, tentando escapar de compromissos matrimoniais, e o réptil, sinuoso, "serpeando entre o amor e o interesse".**

Valetudinária: doentia.

Acentos: intensidade.

Erguendo-se, afinal, o moço dirigiu-se ao canto da sala, onde Aurélia trabalhava inteiramente absorta em suas reflexões e alheia à cena que se acabava de passar, da qual entretanto era ela o assunto, e quem sabe se a vítima.

Que motivo tinha a inexplicável indiferença da moça naquele momento? Talvez ela própria não o soubesse manifestar. É possível que as consequências da conversa preocupassem mais seu espírito do que as palavras trocadas entre sua mãe e Seixas.

— Que significa isso, Aurélia? — perguntou o moço.

— Ela é mãe, Fernando, e tem o direito de inquietar-se pelo futuro de sua filha. Quanto a mim, sabe que amo sem condições, e nunca lhe perguntei onde me leva esse amor. Sei que ele é minha felicidade, e isto me basta.

No dia seguinte D. Emília comunicou à filha o resultado da conversa que tivera com Seixas e reiterou os seus conselhos com as razões do costume.

— Se eu tivesse a desgraça de perdê-la, minha mãe, sua filha já não ficaria só. Teria para ampará-la, além de sua lembrança, um amor que não a abandonará nunca.

A viúva deixou escapar um gesto de dúvida.

— Creia, minha mãe; o desejo de conservar-me digna do homem a quem amo me protegeria melhor do que um marido do acaso.

D. Emília não insistiu mais. Lembrou-se que ela também sacrificara-se por um amor igual, e não podia exigir da filha mais coragem do que ela tivera para resistir ao impulso do coração.

Seixas que a noite anterior deixara Aurélia, comovido pela cândida abnegação da menina, quando soube que ela havia rejeitado sem ostentação um partido por que suspiravam muitas das mais fidalgas moças da corte, não pôde conter os impulsos da alma generosa.

Apresentou-se em casa de D. Emília e pediu a mão de Aurélia, que lhe foi concedida.

5

Ao saber que estava justo o casamento da sobrinha, considerou-se o Lemos derrotado em seus planos. Como, porém, era homem que não abandonava facilmente uma boa ideia, cogitou no modo de não perder a partida.

A única ideia que lhe ocorreu foi de expediente banal*; mas acontece que são esses precisamente os que surtem melhor efeito quando se trata de assuntos que se resolvem pelas conveniências sociais.

Em sua passagem para a casa de Aurélia, via Seixas à janela, na Rua das Mangueiras, uma menina, apontada entre as elegantes da corte. Para o nosso jornalista fora inqualificável grosseria encontrar-se com uma senhora bela e distinta sem enviar-lhe no olhar e no sorriso a homenagem de sua admiração.

Seixas pertencia a essa classe de homens, criados pela sociedade moderna** e para os quais o amor deixou de ser um sentimento e tornou-se uma fineza obrigada entre os cavalheiros e as damas de bom-tom.

A moça pertencia à mesma escola. Também ela era noiva, como o Seixas; e não obstante recebia com prazer o cortejo galante. Se por acaso os dois se encontrassem em alguma sala, ausentes daqueles com quem estavam prometidos, teceriam sem o menor escrúpulo um inocente idílio para **divertir a noite**.

Nessa casa da Rua das Mangueiras morava o Tavares do Amaral, empregado da alfândega. Lemos, que frequentava um velho camarada da vizinhança, talvez já na intenção de manter um ponto de observação, notou aquela mútua correspondência de Fernando com Adelaide.

A primeira vez que encontrou ao Amaral na Rua do Ouvidor, o velho insinuou-se em sua intimidade; a título de felicitação encareceu-lhe ao último ponto as vantagens do casamento da filha com Seixas.

— Com jeito, o melro está seguro! — concluiu ao despedir-se.

Amaral não via de boa sombra a intimidade de sua filha Adelaide com o Dr. Torquato Ribeiro, que, além de pobre, estava desarranjado. A ideia do Lemos sorriu-lhe. Achou modos de introduzir em casa Seixas, para quem esse novo conhecimento veio a ser um tônico poderoso.

*** Leia com atenção qual foi o "expediente banal" utilizado por Lemos para tentar impedir o casamento da sobrinha com Seixas. Agindo na sombra, ele é a figura essencial às intrigas e reviravoltas no enredo.**

**** Posição moralista do narrador, criticando os hábitos mundanos da época. Por essa postura romântica, ele idealiza os verdadeiros sentimentos, criticando a superficialidade diante do amor.**

Divertir a noite: isto é, a moça também era leviana e não hesitaria em flertar com alguém só por distração ou divertimento.

Desvanecidas as primeiras efusões do puro e íntimo contentamento, que lhe deixou o generoso impulso de pedir a mão de Aurélia, começara Fernando a considerar praticamente a influência que devia exercer em sua vida esse casamento.

Calculou os encargos materiais a que ia sujeitar-se para montar casa e mantê-la com decência. Lembrou-se quanto avulta a despesa com o vestuário duma senhora que frequenta a sociedade; e reconheceu que suas posses não lhe permitiam por enquanto o casamento com uma moça bonita e elegante, naturalmente inclinada ao luxo, que é a flor dessas borboletas de asas de seda e tule.

Encerrar-se no obscuro, mas doce conchego doméstico; viver das afeições plácidas e íntimas; dedicar-se a formar uma família, onde se revivam e multipliquem as almas que uniu o amor conjugal; essa felicidade suprema não a compreendia Seixas. O casamento visto por esse prisma aparecia-lhe como um degredo, que inspirava-lhe indefinível terror*.

Jamais poderia viver longe da sociedade, retirado desse mundo elegante que era sua pátria e o berço de sua alma. As naturezas superiores obedecem a uma força **recôndita**. É a predestinação. Uns a têm para a glória, outros para o dinheiro; a dele era essa, a galantaria.

Algumas vezes, Seixas, receando pela saúde exposta sem repouso à ação de hábitos pouco **higiênicos**, sob a influência de um clima enervador, ia à fazenda de um amigo em **Campos** com tenção de passar por lá dois meses, em completa vegetação, acordando-se com o sol e recolhendo-se com ele.

Se era na estação da festa e havia lá pela roça bailes e partidas, que **arremedavam** a vida da corte, demorava-se uns quinze dias: o tempo de compor com alguma espirituosa fazendeirinha um gentil romance pastoril que terminava com umas **estâncias** gênero **Lamartine**.

Quando, porém, a fazenda estava sossegada e na doce monotonia dos labores rurais, Fernando entregava-se ao que ele chamava a vida campestre, com um

*** Observe as posturas diferentes diante do casamento: para Seixas, é sinônimo de tédio, compromisso, isolamento. Já o narrador o define como "felicidade suprema".**

Recôndita: escondida.

Higiênicos: saudáveis.

Campos: cidade do interior do Rio de Janeiro.

Arremedavam: imitavam pobremente.

Estâncias: estrofes.

Alphonse de Lamartine (1790-1869): poeta romântico francês.

ardor infatigável. Erguia-se ao romper da alva, ia ao banho, corria as plantações e voltava para o almoço com um feixe de parasitas, orquídeas e bromélias. Na força da **soalheira** andava pelas fábricas a ver despolpar o café ou fazer o fubá.

Durava esse entusiasmo campesino três dias. No quarto Fernando achava um pretexto qualquer para a volta precipitada, e antes de uma semana estava restituído à corte. A primeira noite de baile ou partida era uma ressurreição.

De um homem assim organizado com a molécula do luxo e do galanteio, não se podia esperar o sacrifício enorme de renunciar à vida elegante. Excedia isso as suas forças; era uma aberração de sua natureza. Mais fácil fora renunciar à vida na flor da mocidade, quando tudo lhe sorria, do que sujeitar-se a esse suicídio moral, a esse aniquilamento do eu.

Quando Seixas convenceu-se que não podia casar com Aurélia, revoltou-se contra si próprio. Não se perdoava a imprudência de apaixonar-se por uma moça pobre e quase órfã, imprudência a que pusera remate o pedido de casamento. O rompimento desse enlace irrefletido era para ele uma coisa irremediável, fatal; mas o seu procedimento o indignava.

Havia nessa contradição da consciência de Seixas com a sua vontade uma anomalia psicológica, da qual não são raros os exemplos na sociedade atual. O falseamento de certos princípios da moral, dissimulado pela educação e conveniência sociais, vai criando esses aleijões de homem de bem*.

Quem não conhece o livro em que Otávio Feuillet glorificou sob o título de honra as últimas hesitações de uma alma profundamente corrompida?

Seixas estava muito longe de ser um Camors**, mas já nele começava o embotamento do senso moral, que ao influxo de uma civilização adiantada, e no seio de uma sociedade corroída como a de Paris, acaba por abordar aqueles monstros.

Soalheira: hora mais intensa do calor do Sol.

*** O narrador explica a personalidade de Seixas como uma "anomalia psicológica", que define como "imprudência": apaixonar-se por uma moça pobre. Ele sabe que, moralmente, deve manter a palavra e casar-se com Aurélia. Sua vaidade e futilidade, contudo, o impedem de afastar-se da vida de luxo que tanto gosta e que se tornaria impossível se ele ficasse com ela.**

**** Referência à personagem principal do romance *Monsieur de Camors*, do escritor francês Otávio Feuillet (1821-1890). Camors é um homem sem escrúpulos morais ou éticos, preocupado apenas com seus próprios prazeres e interesses.**

Para o leão fluminense, mentir a uma senhora, insinuar-lhe uma esperança de casamento, trair um amigo, seduzir-lhe a mulher eram passes de um jogo social, permitidos pelo código da vida elegante. A moral inventada para uso dos colégios nada tinha que ver com as distrações da gente do tom.

Faltar porém à palavra dada; retirar sem motivo uma promessa formal de casamento, era no conceito de Seixas, ato que **desairava** um cavalheiro. No caso especial em que se achava, essa quebra de palavra tornava-se mais grave.

Aurélia não tinha outro arrimo senão a mãe, consumida pela enfermidade que pouco tempo de vida lhe deixava. Faltando D. Emília, ficaria a filha órfã, sem abrigo, ao desamparo. Abandonar nessas tristes condições uma pobre moça, tida por sua noiva, seria dar escândalo.

Independente da reprovação que o fato receberia de seu círculo, a própria consciência lhe advertia da irregularidade desse proceder, que ele não julgava qualificar severamente tachando-o de desleal.

Essas apreensões abateram o ânimo igual e prazenteiro de Seixas. Não perdeu o semblante a expressão afável, que era como a flor da nobre e inteligente fisionomia; nem apagou-se nos lábios o sorriso que parecia o molde da palavra persuasiva; mas sob essa jovialidade de aparato flutuava a sombra de uma tristeza, que devia ser profunda, pois se fixara nessa natureza volúvel e descuidosa.

Aurélia percebeu imediatamente a mudança que se havia operado em seu noivo, e inqueriu do motivo. Fernando disfarçou; a moça não insistiu; e até pareceu esquecer a sua observação.

Uma noite porém em que Seixas se mostrara mais preocupado, na despedida ela disse-lhe:

— A sua promessa de casamento o está afligindo, Fernando; eu lha restituo. A mim basta-me o seu amor, já lho disse uma vez; desde que mo deu, não lhe pedi nada mais.

Fernando opôs às palavras de Aurélia frouxa negativa e formulou uma pergunta cuja intenção a moça não alcançou.

Desairava: desonrava.

— Julga você, Aurélia, que uma moça pode amar a um homem a quem não espera unir-se?

— A prova é que o amo — respondeu a moça com candura.

— E o mundo? — proferiu Seixas com reticências no olhar.

— O mundo tem o direito de exigir de mim a dignidade da mulher; e esta ninguém melhor do que o senhor sabe como a respeito. Quanto a meu amor não devo contas senão a Deus que me deu uma alma e ao senhor a quem a entreguei.

Fernando retirou-se ainda mais descontente e aborrecido. Essa afeição ardente, profunda, sublime de **abnegação**, ao passo que lisonjeava-lhe o amor-próprio, ainda mais o prendia a essa formosa menina, de quem o **arredavam** fatalmente seus instintos aristocráticos e o **terror pânico da mediania laboriosa**.

Quando propusera a Aurélia a questão de sua posição equívoca, esperava acordar escrúpulos que lhe dariam pretextos para de todo cortar essas tão doces quanto perigosas relações. A resposta da menina o desconcertou.

Foi nessas circunstâncias que Seixas recebeu o oferecimento do Amaral, e, cedendo às suas instâncias amáveis, começou a frequentar-lhe a casa.

Sem esse incidente, ficaria a debater-se na terrível colisão a que o haviam trazido os acontecimentos, esperando do tempo uma solução que seu ânimo indolente não se animaria a precipitar.

Aquele pequeno desvio porém o lançara fora do **torvelinho**, submetendo-o a uma nova corrente que ia apoderar-se dele e conduzi-lo para longe.

O Torquato Ribeiro amava sinceramente Adelaide. A volubilidade da moça ofendeu-o, ele retirou-se da casa deixando o campo livre a seu adversário, que não carecia dessa vantagem. Amaral, dócil aos conselhos do Lemos, tratou, como dizia o velho, de bater o ferro quente.

Seixas, convidado a jantar um domingo em casa do empregado, fumava um delicioso havana ao levantar-se

Abnegação: altruísmo, desprendimento.

Arredavam: afastavam.

Terror pânico da mediania laboriosa: isto é, Fernando tem um grande medo de uma vida difícil, medíocre, feita de trabalho.

Torvelinho: redemoinho.

da mesa coberta de finas iguarias, e debuxava com um olhar lânguido os graciosos contornos do talhe de Adelaide, que lhe sorria do piano, embalando-o em um noturno suavíssimo.

Amaral sentou-se ao lado; sem preâmbulos, nem rodeios, à queima-roupa, ofereceu-lhe a filha com um dote de trinta contos de réis*.

Seixas aceitou. Esse projeto de casamento naquele instante era a **prelibação** das delícias com que sonhava sua fantasia, excitada menos pelo champanha do que pela sedução de Adelaide.

A principal razão que moveu Seixas foi outra porém. Fez como os devedores, que se liberam dos compromissos, quebrando.

Receoso de sua coragem para recuperar a isenção, penhorou-se a outros, que reclamassem e o defendessem como coisa sua.

6

Aurélia passava agora as noites solitárias.

Raras vezes aparecia Fernando, que arranjava uma desculpa qualquer para justificar sua ausência. A menina, que não pensava em interrogá-lo, também não contestava esses fúteis inventos. Ao contrário, buscava afastar da conversa o tema desagradável.

Conhecia a moça que Seixas retirava-lhe seu amor; mas a altivez de coração não lhe consentia queixar-se. Além de que, ela tinha sobre o amor ideias singulares, talvez inspiradas pela posição especial em que se achara ao fazer-se moça.

Pensava ela que não tinha nenhum direito a ser amada por Seixas; pois a afeição que lhe tivesse, muita ou pouca, era graça que dele recebia. Quando se lembrava que esse amor a poupara à degradação de um

*** Atente para a ironia do narrador: enquanto Adelaide age do modo mais romântico possível, com olhares "lânguidos" e tocando piano, seu pai é dotado de um espírito comercial prático e direto: "à queima-roupa" oferece a filha e o dote de trinta contos. E, sem fazer concessão a romantismos, Seixas aceita. É um acordo comercial.**

Prelibação: **antegosto, prévia.**

casamento de conveniência, nome com que se decora o mercado matrimonial, tinha impulsos de adorar a Seixas, como seu Deus e redentor.

Parecerá estranha essa paixão veemente, rica de heroica dedicação, que entretanto assiste calma, quase impassível, ao declínio do afeto com que lhe retribuía o homem amado, e se deixa abandonar, sem proferir um queixume, nem fazer um esforço para reter a **ventura** que foge.

Esse fenômeno devia ter uma razão psicológica, de cuja investigação nos abstemos; porque o coração, e ainda mais o da mulher que é toda ela, representa o caos do mundo moral. Ninguém sabe que maravilhas ou que monstros vão surgir desses limbos*.

Suspeito eu porém que a explicação dessa singularidade já ficou assinalada. Aurélia amava mais seu amor do que seu amante; era mais poeta do que mulher; preferia o ideal ao homem.

Quem não compreender a força dessa razão pergunte a si mesmo por que uns admiram as estrelas com os pés no chão, e outros **alevantados às grimpas** curvam-se para apanhar as moedas no tapete.

Desde que se comprometeu com Amaral, pensou Fernando em cortar de uma vez o fio que ainda o prendia a Aurélia; nessa disposição repetiu suas visitas.

Em princípio a menina cuidou que Seixas lhe voltava, e encheu-se de júbilo; mas não durou a ilusão. Logo percebeu que não era o desejo de vê-la e estar com ela o que levava o moço à sua casa; pois os poucos instantes de demora passava-os inteiramente distraído e como perplexo.

— O senhor quer dizer-me alguma coisa, mas receia afligir-me — observou a menina uma noite com angélica resignação.

Fernando aproveitou a ocasião para resolver a crise.

— Meu voto mais ardente, Aurélia, sonho dourado de minha vida, era conquistar uma posição brilhante para depô-la aos pés da única mulher que amei neste mundo. Mas a fatalidade que pesa sobre mim aniqui-

Ventura: felicidade.

*** O narrador expressa uma visão maniqueísta da mulher. O seu coração é o "caos do mundo moral"; o sentimento amoroso na mulher é indomável. Por isso o autor ressalta que "maravilhas ou monstros" podem surgir dessas explosões de sentimento.**

Alevantados às grimpas: orgulhosos.

lou todas as minhas esperanças; e eu seria um egoísta se, prevalecendo-me de sua afeição, a associasse a uma existência obscura e atribulada. A santidade de meu amor deu-me a força para resistir a seus próprios impulsos. Disse uma vez à sua mãe, pressentindo esta cruel situação: Sou menos infeliz renunciando à sua mão do que seria aceitando-a para fazê-la desgraçada e condená-la às humilhações da pobreza.

— Essas já as conheço — respondeu Aurélia com tênue ironia — e não me aterram; nasci com elas, e têm sido as companheiras de minha vida.

— Não me compreendeu, Aurélia; referia-me a um partido vantajoso que decerto aparecerá, logo que esteja livre.

— Pensa então que basta uma palavra sua para restituir-me a liberdade? — perguntou a moça com um sorriso.

— Sei que a fatalidade que nos separa não pode romper o elo que prende nossas almas, e que há de reuni-las em mundo melhor. Mas Deus nos deu uma missão neste mundo, e temos de cumpri-la.

— A minha é amá-lo. A promessa que o aflige o senhor pode retirá-la tão espontaneamente como a fez. Nunca lhe pedi, nem mesmo simples indulgência, para esta afeição; não lha pedirei neste momento em que ela o importuna.

— Atenda, Aurélia! Lembre-se de sua reputação. Que não diriam se recebesse a corte de um homem, sem esperança de ligar-se a ele pelo casamento?

— Diriam talvez que eu sacrificava a um amor desdenhado um partido brilhante, o que é uma...

A moça cortou a ironia, retraindo-se:

— Mas não; faltariam à verdade. Não sacrifiquei nenhum partido; o sacrifício é a renúncia de um bem; o que eu fiz foi defender a minha afeição. Sejamos francos: o senhor já não me ama; não o culpo, e nem me queixo.

Seixas balbuciou umas desculpas e despediu-se.

Aurélia demorou-se um instante na rótula, como costumava, para acompanhar ao **amante** com a vista até o fim da rua. Se Fernando não estivesse tão entregue

Amante: a palavra aqui tem o sentido de "namorado".

à satisfação de haver readquirido sua liberdade, teria ouvido no dobrar da esquina o eco de um soluço.

No dia seguinte D. Emília recebeu de Seixas uma dessas cartas que nada explicam, mas que em sua calculada ambiguidade exprimem tudo. Compreendeu a viúva ao terminar a leitura do **logogrifo epistolar** que estava roto o projetado casamento, e estimou o resultado. A boa mãe nutria ainda a esperança de persuadir a filha a aceitar a mão de Abreu.

Por esse tempo entrou Torquato Ribeiro a frequentar a casa de D. Emília. Soubera ele do procedimento que Seixas tivera com a viúva; e a conformidade de infortúnio o atraiu. Referiu a Aurélia a inconstância de Adelaide, que atribuiu à sua pobreza.

A moça o ouvia com meiguice, e o consolava; mas, apesar da intimidade que se estabeleceu entre ambos, nunca lhe falou de seus próprios sentimentos. Tinha o pudor de sua tristeza, que não lhe consentia confidências. Seria altivez; mas ela a vestia de um recato modesto e **lhano**.

As exprobrações de Ribeiro contra a infidelidade de que fora vítima haviam lançado no espírito de Aurélia uma suspeita acerba. Seria a **abastança** do Amaral que atraíra Fernando, e não o amor de Adelaide?

A moça repeliu constantemente essa ideia, que lhe **imbuíram** os ressentimentos de Ribeiro; mas chegou o momento em que lhe arrancaram a dúvida consoladora.

Recebeu uma carta anônima. Comunicava-lhe que Seixas a tinha abandonado por um dote de trinta contos de réis. Acabando de ler essas palavras levou a mão ao seio para suster o coração que se lhe esvaía.

Nunca sentira dor como essa. Sofrera com resignação e indiferença o desdém e o abandono, mas o rebaixamento do homem, a quem amava, era suplício infindo, de que só podem fazer ideia os que já sentiram apagarem-se os **lumes** d'alma, ficando-lhes a **inanidade**.

Debalde Aurélia refugiou-se nos primeiros sonhos de seu amor. A degradação de Seixas repercutia no ideal que a menina criara em sua imaginação e imprimia-lhe

Logogrifo epistolar: charada em forma de carta.

Lhano: sincero.

Abastança: riqueza.

Imbuíram: fizeram nascer.

Lumes: luzes.

Inanidade: inutilidade, vazio.

o estigma. Tudo ela perdoou a seu volúvel amante, menos o tornar-se indigno de seu amor*.

Que pungente colisão! Ou expelir do coração esse amor que tinha decaído, e deixar a vida para sempre erma de um afeto; ou humilhar-se adorando um ente que se **aviltara**, e associando-se à sua vergonha.

A notícia do procedimento atribuído a Seixas não passava de uma denúncia anônima, que poderia ser inspirada pela malignidade.

Não obstante, Aurélia não hesitou em acreditá-la; uma voz interior dizia-lhe que era aquela a verdade.

Poucas horas depois, aproximando-se da rótula para abri-la à criada, viu por entre as grades passar o Lemos, que olhava para a casa **com ares garotos**.

Atravessou-lhe pelo espírito a ideia de que era o autor da carta; e confirmou-se nela quando notou os manejos com que o velho nos dias subsequentes tentou inutilmente apanhá-la à janela.

Como esperava D. Emília, Eduardo Abreu voltou apenas soube da retirada de Seixas. Aurélia recebeu-o cheia de reconhecimento pela afeição que havia inspirado a esse moço e de admiração por seu nobre caráter.

— Não me pertenço, senhor Abreu; se algum dia pudesse arrancar-me a este amor fatal e recuperar a posse de mim mesma, creia que teria orgulho em partilhar a sua sorte.

Três dias depois partia um vapor para Europa. Abreu tomou passagem e foi **aturdir-se** em Paris, onde lhe ficaram as ilusões da mocidade e algumas dezenas de contos de réis, mas não a lembrança de Aurélia.

Entretanto Seixas começava a sentir o peso do novo jugo a que se havia submetido. O casamento, desde que não lhe trouxesse posição brilhante e riqueza, era para ele nada menos que um desastre.

As despesas de ostentação com sua pessoa, unicamente, absorviam-lhe todo o rendimento anual, além dos créditos suplementares. Que seria dele quando, além do seu, tivesse de prover também ao luxo de uma

*** Aurélia reage com uma típica postura romântica. Ela ama mais o amor do que a pessoa amada. A idealização que faz de Seixas vai se transformar futuramente em um profundo ressentimento contra ele, como já percebemos na primeira parte do romance.**

Aviltara: degradara, humilhara.

Com ares garotos: isto é, com jeito malandro de quem quer se aproveitar da situação.

Aturdir-se: espairecer.

mulher elegante, que ela só come em sedas mais do necessário ao alimento de uma numerosíssima família? Isto sem falar da casa, que, se em solteiro ele conseguira reduzir ao estado de mito, adquiria para o marido de uma senhora à moda uma evidência cara.

A promessa feita ao pai de Adelaide era explícita e formal. Em caso algum Seixas se animaria a negá-la e faltar desgarradamente à sua palavra; mas como não se obrigara a realizar o casamento em prazo fixo esperava do tempo, que é grande resolvente, uma emergência feliz que o libertasse.

Por essa época predispuseram-se as coisas para a candidatura que o nosso escritor sonhava desde muito tempo; e, coincidindo elas com a partida da tal estrela nortista, lembrou-se Fernando de fazer uma excursão eropolítica por Pernambuco, a expensas do Estado*.

Nunca porém se resolveria a esse **desterro de ano** se não esperasse com esse adiamento esgotar a paciência de Adelaide.

Tanto a moça como o pai instaram para efetuar o casamento antes da partida; mas Fernando, que do seu **tirocínio** de oficial de gabinete aprendera todas as manhas de ministro, e se preparava para copiá-las em um futuro não muito remoto, opôs à pretensão da noiva a razão de estado.

Recebera ordem do governo para partir imediatamente: se não obedecesse, arriscava-se a uma demissão.

7

Um dia, por manhã, bateram à porta de D. Emília.

Quando a viúva e a filha vieram à sala, acharam sentado no sofá um velho alto e robusto, cujo traje denotava provinciano ou homem do interior. Tinha o rosto **sanguíneo** e os traços duros e salientes.

*** Ironia do narrador, com seu neologismo "eropolítico": uma "estrela nortista", artista acessível aos desejos do rapaz, havia viajado para Pernambuco; como Seixas já havia planejado candidatar-se, vai a uma excursão "erótica" e "política". E isso, "a expensas do Estado", isto é, com dinheiro público...**

Desterro de ano: **exílio de um ano.**

Tirocínio: **prática, experiência.**

Sanguíneo: **vermelho.**

Cravou ele o olhar pesado no semblante de Aurélia, sem erguer-se à chegada das senhoras. Depois de ter assim examinado a menina, com insistência desusada, volveu a vista para a viúva; reparou no vestido preto desbotado que ela trazia por casa e tornou a descarregar os olhos **torvos** sobre a moça.

D. Emília, assustada com esses modos, trocou um sinal de inteligência com a filha. Ambas receavam achar-se em presença de algum louco ou ébrio; julgando-se expostas a um desacato, não sabiam que fazer.

Entretanto as lágrimas saltavam **aos molhos** das pálpebras do velho, que erguendo-se de supetão correu a Aurélia, e suspendeu a moça nos braços antes que ela se pudesse esquivar.

— Que é isso, senhor? Está louco? — disse D. Emília levantando-se para defender a filha.

Às palavras da viúva e ao grito que soltara Aurélia, o velho recuou e quis falar; mas o soluço embargava-lhe a voz:

— Não me conhece, minha filha? Sou o pai de seu marido!

— O Sr. Lourenço Camargo?

— Ele mesmo. Não consente que abrace minha neta?

Foi Aurélia quem se lançou nos braços do velho, e este, depois que a teve cerrada ao peito por algum tempo, desviou-se bruscamente e foi sentar-se no sofá, enxugando o rosto com o grande lenço de seda enrolado em uma bola.

— É o retrato de meu Pedro. Pobre rapaz! — murmurou o velho.

Depois de algumas perguntas acerca do nome e idade de Aurélia, explicou o fazendeiro a razão de ali achar-se naquele momento, reconciliado com sua nora e pesaroso do modo por que se portara com ela.

Na estalagem ou rancho em que falecera, deixou Pedro Camargo sua maleta. Guardou-a o dono da casa com tenção de levá-la à fazenda ou mandá-la pelo primeiro portador. Por lá ficou anos até que pairou aí

Torvos: **carrancudos, sombrios.**

Aos molhos: **aos montes, isto é, ele chorava bastante.**

por acaso um *formigueiro*, nome que dão a indivíduo perito em destruir o inseto daninho que devora as roças.

Esse de que se trata ia à fazenda do Camargo oferecer os seus serviços e incumbiu-se de levar a mala. Ao recebê-la, avivaram-se ao fazendeiro as saudades do filho; enxugou os olhos e mandou acender uma fogueira no terreiro para queimar os objetos que haviam pertencido ao morto.

Enquanto se cumpria sua ordem, abriu ele próprio a maleta, e tirou uma por uma as peças enxovalhadas, um pequeno estojo de toucador e outras coisas de uso comum. No fundo havia um volume envolto em papel e atado com uma fita preta.

Continha as fotografias de Pedro Camargo, da mulher e dos dois filhos; a certidão de casamento e as de batismo dos dois meninos, e finalmente uma carta sem sobrescrito dirigida ao fazendeiro.

Essa carta, de data muito anterior ao falecimento, indicava que Pedro Camargo tinha a princípio pensado em suicidar-se, e se preparara para levar a efeito esse desígnio, escrevendo ao pai a fim de implorar-lhe o perdão de sua falta.

Depois de fazer a confissão do casamento que havia ocultado só pelo receio de afligir ao pai, suplicava-lhe que protegesse sua viúva e aqueles órfãos inocentes, que eram seus netos e que o haviam de substituir a ele, Pedro, no amor e na veneração.

Lendo essa carta, Lourenço Camargo afigurou-se receber as últimas palavras do filho; e lembrou-se quanto fora injusto duvidando da realidade desse casamento de que ali tinha a prova irrecusável.

Era uma alma rude, mas direita.

Nessa mesma noite partiu para a corte. Por intermédio do correspondente mandou colher informações na vizinhança e soube que a viúva ainda morava na mesma casa.

Depois dessas explicações que arrancaram lágrimas às duas senhoras, sobretudo quando leram a carta de Pedro Camargo, o velho deu um giro pela sala e tomando o chapéu disse:

— Chorem a seu gosto; eu voltarei depois.

De feito voltou todos os dias enquanto se demorou na corte. Por seu gosto teria enchido de presentes a Aurélia e à mãe; porém as duas senhoras acanharam-se com a excessiva liberalidade, pelo que amuou-se o velho fazendeiro:

— Pois bem, não lhes darei mais nada. Quando precisarem, peçam.

Dois dias depois desse incidente apresentou-se o velho com um maço de papel lacrado. Ao tirá-lo do bolso do jaleco, **refranziu jocosamente** a cara para Aurélia:

— Não vá pensando que é presente, não, senhora dona! Fique descansada. Quero que me guarde aqui este papel, até à volta.

— Se tem dinheiro, acho melhor... — ia dizendo Aurélia.

— Qual dinheiro! Vocês parecem que têm nojo de meus cobres!

— Não é por isso, meu avô. Bem vê que duas mulheres numa casa como esta oferecem pouca segurança.

— Pois saiba que isto é um papel... uma escritura que passei, e, para não perder na viagem, deixo em sua mão.

Na capa do maço estavam escritas em **bastardinho** estas palavras: "Para minha neta Aurélia guardar, até eu, seu avô, lhe pedir. L. S. Camargo". Partiu o velho para a fazenda, tendo mandado adiante de si pedreiros, **carpinas** e pintores a fim de quanto antes transformar o velho e sujo casebre em uma habitação digna de receber a família de Pedro Camargo, com certo aparato que o fazendeiro considerava indispensável, como reparação de sua anterior indiferença.

Além do material do edifício, havia também no regime da casa certos hábitos inveterados, que se estabelecem em algumas fazendas, sobretudo quando são os donos solteirões. Camargo carecia pelo menos de um mês para coibir umas familiaridades antes toleradas* e abolir certa moda de saia ou tanga que dava às crioulas uns ares de dançarinas, menos a calça de meia e os frocos de **gaza**.

Compreendia o Camargo que essas minudências, inocentes para um velho **barbaçudo** como ele, deviam arrepiar os escrúpulos da corte. Mas, quando essa ideia não lhe acudisse, bastava-lhe ter visto Aurélia e respirado a atmosfera de altiva castidade que envolvia a formosa menina para não ousar profaná-la com o contágio daquelas indecências.

Logo após a partida de Camargo, D. Emília teve um dos costumados acessos da moléstia crônica; porém tão forte

Refranziu: franziu, enrugou.

Jocosamente: de brincadeira.

Bastardinho: tipo de letra inclinada e cheia.

Carpinas: carpinteiros.

*** É nas entrelinhas que se percebe a relação entre senhores e escravos: Camargo "carecia pelo menos de um mês para coibir umas familiaridades das crioulas". Isto é, como o fazendeiro era só, tolerava que as escravas andassem seminuas. Para a chegada das senhoras, ele teria de exigir roupas mais recatadas. Vários relatos de viajantes estrangeiros que estiveram no Brasil no século XIX apontam a nudez de seios e coxas dos escravos nas ruas. Por esse motivo, muitas senhoras tinham de viajar em liteiras, "cadeirinhas" fechadas por cortinas, para não verem o que definiam como "aquelas indecências".**

Gaza: gaze; tecido leve e transparente.

Barbaçudo: barbudo.

que inspirou sérios receios ao médico. O **paroxismo** cedeu à aplicação de remédios enérgicos; mas a viúva não se levantou mais do leito onde agonizou cerca de dois meses.

Foi este o período mais difícil da vida de Aurélia; porque às mágoas acerbas de seu amor ludibriado acresceu a dor dos sofrimentos de sua mãe. E, como se não bastasse esse golpe para acabrunhá-la, veio agravar essa situação a miséria com seu cortejo.

Quando apareceu o Camargo enviado pela Providência para reconhecer a nora e a neta, a existência das duas senhoras já era bastante penosa. Consumido o dinheiro que lhes entregara o tropeiro, viviam das costuras de Aurélia e do preço de algumas joias ainda presentes de Pedro.

Não chegavam porém estes escassos recursos; e teriam passado **inclemências** se não fosse o crédito obtido na loja e venda em que se supriam.

Com algum dinheiro que o fazendeiro deixara à viúva, pagara ela essas dívidas e o resto entregara à filha para as despesas.

Enquanto durou essa quantia, pôde Aurélia fazer face às despesas; mas estas avultavam com a moléstia da mãe; e em breve não houve com que mandar ao mercado comprar um frango para o caldo da enferma.

Foi só nessa ocasião que Aurélia cedeu às instâncias do Dr. Torquato Ribeiro e recebeu dele emprestados cinquenta mil-réis. Até então rejeitara sempre o seu oferecimento e esforçava-se por ocultar-lhe a penúria em que se achava.

É verdade que Aurélia esperava receber a cada instante os socorros que pedira ao avô. Escrevera-lhe logo que a moléstia da mãe agravou-se, e admirava-se de não receber resposta, nem ter notícias da fazenda.

A razão só depois a soube. De volta à fazenda achou Lourenço Camargo uma **caterva de peraltas**, que se diziam seus sobrinhos, e com eles as respectivas mulheres, e a **récua** dos marmanjos e sirigaitas, que formavam a ninhada dessa parentela.

Paroxismo: o auge do acesso.

Inclemências: necessidades.

Caterva de peraltas: bando de malandros.

Récua: grupo de pessoas detestáveis.

O Camargo não os podia suportar; para ver-se livre deles deixava-se **fintar** uma vez no ano, mas não consentia se demorassem em sua casa mais do que uma noite, se fazia mau tempo.

Imagina-se pois, como ficou o velho quando aí achou-os todos de uma vez, com os seus apêndices, e muito a gosto.

Mas o furor de Camargo não teve limites quando os intrusos tiveram o desfaçamento de confessar o motivo que ali os reunira.

Constara-lhes de fonte certa que o velho tinha feito testamento na corte, e segundo as suas conjeturas deixava todos os bens a uma rapariga, filha de certa mulher perdida, antiga amásia de Pedro Camargo.

À vista disso haviam se reunido e ali estavam para declarar ao tio que não consentiriam jamais em semelhante espoliação. Se, como esperavam, ele não reparasse o seu erro, para o que já traziam o escrivão de paz, preveniam desde logo que anulariam esse testamento pela instituição de pessoa indigna. Nesse ponto apoiavam-se no voto de um **rábula**, de que por cautela se tinham acompanhado.

O velho Camargo conteve-se durante essa exposição; mas como se contém a torrente que sobe para romper o dique e a tempestade que condensa até desabar.

Quando o rábula, aberta a caixa de rapé, fechou a chave dos dois dedos tabaquistas para agarrar a pitada que devia destilar-lhe no nariz o **monco** e a eloquência, não achou presa. A **boceta de tartaruga** voara pelos ares a um murro do Camargo, que, apanhando uns arreios de mula cargueira, suspensos à varanda, caiu na parentela e dispersou-a a lambadas de couro e ferro.

Homens, mulheres e meninos, tudo foi **escovado**. Ao mesmo tempo o fazendeiro **gritava pela negraria**, e, armando-a de **peias e manguais**, enxotava de casa a praga que tinha invadido. Só depois que a deixou na estrada com as trouxas e malas de bagagem, voltou o velho.

Fintar: enganar.

Rábula: advogado de pouca cultura ou que advoga sem diploma. O narrador desqualifica o assessor jurídico desses sobrinhos, sugerindo a falcatrua que pretendiam perpetrar para tornarem-se herdeiros do velho.

Monco: muco.

Boceta de tartaruga: caixinha feita de casco de tartaruga.

Escovado: expulso.

Gritava pela negraria: chamava os escravos.

Peias e manguais: chicotes e varas.

Mas o corpo robusto, que apesar dos setenta anos desenvolveu aquele prodigioso esforço físico, não pôde resistir à exploração da cólera estupenda que subverteu-lhe a alma. Quando não teve mais em quem descarregar a indignação, esta subiu-lhe ao cérebro e fulminou-o.

O ataque paralisou-o completamente; a vitalidade de sua organização lutou cerca de dois meses, nesse corpo morto, até que afinal extinguiu-se. Em todo esse tempo não deu acordo de si. As cartas de Aurélia ficaram na gaveta, onde as guardara o administrador.

Com diferença de dias veio a falecer também D. Emília, deixando Aurélia em completa orfandade. Nesse **transe** cruel, o Dr. Torquato Ribeiro não abandonou a moça, e foi a rogos dele que D. Firmina Mascarenhas levou a órfã para sua casa.

À exceção dessa parenta afastada, nenhuma outra pessoa da família apareceu ou **mandou** à casa de Aurélia durante a enfermidade da mãe e depois do passamento. O Lemos e sua gente não deram sinal de si.

8

Aceitando a companhia de D. Firmina, não era intenção de Aurélia tornar-se pesada à sua parenta.

Passados os oito dias de **nojo**, enviou pelo Dr. Torquato Ribeiro um anúncio ao jornal, oferecendo mediante condições razoáveis seus serviços como professora de colégio, ou mestra em casa de família. Estava porém disposta a descer até o mister mais modesto de costureira, ou mesmo de aia de alguma senhora idosa. Decorreu mais de mês sem que aparecesse coisa séria. Apenas se apresentaram alguns desses farejadores de aventuras baratas, a cem réis por linha. D. Firmina porém percebeu-lhes a manha e despediu-os da escada, sem consentir que vissem a moça.

Transe: momento aflitivo.

Mandou: nesta passagem, tem o sentido de pôr-se à disposição, ajudar.

Nojo: aqui, essa palavra tem o sentido de "luto".

Pensava Aurélia em mandar outro anúncio quando a procurou um negociante, que andara à cata de sua nova morada. Era o correspondente do falecido Camargo, que vinha comunicar à moça o falecimento do fazendeiro.

— A senhora tem em seu poder um papel, que o meu amigo lhe deu a guardar, recomendando-me que, no caso de acontecer-lhe alguma coisa, lhe avisasse para abri-lo. Parece que tinha um pressentimento.

O papel continha o testamento em que Lourenço de Sousa Camargo reconhecia e legitimava como seu filho a Pedro Camargo, que fora casado com D. Emília Lemos; declarando que à sua neta D. Aurélia Camargo, nascida de um legítimo matrimônio, a instituía sua única e universal herdeira.

Ao testamento juntara o velho uma relação detalhada de todo o seu possuído, escrita do próprio punho, com várias explicações relativas a alguns pequenos negócios pendentes e conselhos acerca da futura direção das fazendas.

Calculava-se o **cabedal** de Camargo em mil contos ou cerca. Apenas divulgou-se a notícia de ter Aurélia herdado tamanha riqueza, acudiram-lhe à casa todos os parentes, e à frente deles o Lemos com seu **rancho**.

Enquanto a mulher e as filhas sufocavam de interesseiros agrados e bajulações a órfã, a quem tinham faltado quando pobre com a mais trivial caridade, o Lemos, expedito em negócios, arranjava do juiz de órfãos a nomeação de tutor da sobrinha.

De primeiro impulso, Aurélia pensou em revoltar-se contra essa nomeação, mostrando ao juiz a infame carta que lhe escrevera o tio; mas, além de repugnar-lhe o escândalo, sorriu-lhe a ideia de ter um tutor a quem dominasse*.

Aceitou pois o tio, mas com a condição que já sabemos, de morar em casa sua, e não ter relações com uma família cuja presença lhe recordava a injúria feita à sua mãe. Isso mesmo disse-o à tia e primas, quando estas se esforçavam por cobri-la de carícias.

Cabedal: bens, riqueza.

Rancho: gente, isto é, seus familiares.

*** A atitude de Aurélia é calculista: o tio será um tutor passivo, já que a carta em que ele se oferecia para alcovitá-la está em poder dela. É uma forma de garantir o decoro social e, ao mesmo tempo, manter sua independência pessoal.**

A riqueza, que lhe sobreveio inesperada, erguendo-a subitamente da indigência ao **fastígio**, operou em Aurélia rápida transformação; não foi, porém, no caráter, nem nos sentimentos que se deu a revolução; estes eram inalteráveis, tinham a fina têmpera do seu coração. A mudança consumou-se apenas na atitude, se assim nos podemos exprimir dessa alma perante a sociedade.

Com uma existência calma e um amor feliz, Aurélia teria sido meiga esposa e mãe extremosa. Atravessaria o mundo como tantas outras mulheres envolta nesse cândido enlevo das ilusões, que são a **alva** pura do anjo, **peregrino** na terra*.

Mas a flor de sua juventude ela a viu desabrochar na atmosfera impura das torpes seduções que a perseguiam. Sem o nativo orgulho que protegia sua castidade, talvez que o torpe hálito do vício lhe maculasse o seio. Mas teve força para cerrar-se, como o cacto à **calma** abrasadora, e viveu de seus próprios sonhos.

Cotejando o seu formoso ideal com o aspecto sórdido que lhe apresentava a sociedade, era natural entrasse a desprezá-la e a olhar o mundo como um desses charcos **pútridos**, mas cobertos por folhagem estrelada de flores brilhantes, que não se podem colher sem atravessar o lodo.

Daí o terror que sentia ao ver-se próxima desse abismo de abjeções e o afastamento a que se desejava condenar. Bem vezes revoltavam-lhe a alma as indignidades de que era vítima, e até mesmo as vilanias cujo eco chegava a seu obscuro retiro. Mas que podia ela, frágil menina, em véspera de orfandade e abandono, contra a formidável besta de mil cabeças?

Quando a riqueza veio surpreendê-la, a ela que não tinha mais com quem a partilhar, seu primeiro pensamento foi que era uma arma. Deus lha enviava para dar combate a essa sociedade corrompida e vingar os sentimentos nobres escarnecidos pela turba dos agiotas.

Preparou-se pois para a luta, à qual talvez a impelisse principalmente a ideia do casamento que veio a

Fastígio: opulência, riqueza.

Alva: veste branca usada por religiosos.

Peregrino: estrangeiro.

*** Que ideia, típica do século XIX, expressa o narrador nessa passagem com relação ao papel da mulher na sociedade?**

Calma: calor.

Pútridos: podres, empesteados.

realizar mais tarde. Quem sabe se não era o aviltamento de Fernando Seixas que ela punia com o escárnio e a humilhação de todos os seus adoradores?

Logo nos primeiros dias que seguiram-se à abertura do testamento, Aurélia tratou de pagar as dívidas de sua mãe e recompensar os serviços que lhe haviam prestado durante a enfermidade de D. Emília várias pessoas pobres da vizinhança. Nessa ocupação a ajudava o Dr. Torquato Ribeiro, com quem ela se aconselhava, sobretudo acerca de negócios da tutela. O bacharel não advogava, mas consultava aos colegas para satisfazer a menina e dirigi-la com acerto.

— Também temos uma dívida a saldar entre nós dois — disse Aurélia — ; mas essa fica para depois. Não lhe pago agora.

— Uma bagatela! — tornou-lhe Ribeiro.

— Oh! não sabia que era tão rico.

— Sou pobre, bem sabe, D. Aurélia.

— Sei; se fosse rico, nunca seria sua devedora. A despesa que fez com o enterro de minha mãe deve fazer-lhe falta.

— Perdão, não fui eu.

— Quem foi então? — perguntou Aurélia no auge da surpresa.

Ribeiro tirou a carteira.

— Nunca lhe falei nisso com receio de afligi-la. No dia do falecimento de D. Emília, saí, como sabe, para tratar do enterro; já tinha dado muitas voltas inúteis quando recebi esta carta sem assinatura. Aceitei, porque não havia outro recurso; eu não tinha de meu vinte mil-réis.

A carta continha estas palavras: "Previne-se ao Sr. Dr. Torquato da Costa Ribeiro que o enterro da Sra. D. Emília Camargo já foi encomendado e pago por uma parenta da mesma senhora".

Aurélia leu a carta cuja letra lhe era desconhecida e guardou-a.

— Então devo-lhe somente cinquenta mil-réis, que pagarei quando for maior. Agora peço-lhe que receba esta lembrança.

A lembrança era o retrato da moça em um quadro de ouro maciço, cravejado de brilhantes, cujo valor bruto, desprezado o feitio, valia um conto de réis.

O bacharel compreendeu a intenção da moça, que era dar-lhe por aquela forma delicadíssima um auxílio pecuniário de que ele bem carecia.

Refletiu um instante e resolveu aceitar com franqueza e sem falsa modéstia.

— Agradeço-lhe seu mimo, D. Aurélia. Acima de tudo, mais ainda do que o próprio retrato, aprecio nele o que a senhora ocultou. Suas feições são apenas a cópia da beleza; a intenção é o reflexo da alma que Deus lhe deu.

Foi depois de passados os seis meses de luto que Aurélia apareceu na sociedade.

Tinha-se ela ensaiado para seu papel. Desde o primeiro momento em que apresentou-se nos salões, firmou neles seu império e tomou posse dessa turba avassalada, cujo destino é bajular as reputações que se impõem.

Encontramo-la deslumbrando a multidão com sua beleza, e açulando a fome do ouro nos cavalheiros do **lansquenete** matrimonial. Regozijava-se em arrastar após si, rojando-os pelo pó e fustigando-os com o sarcasmo, a esses sócios e **êmulos** de Fernando Seixas, ansiosos de venderem-se como ele, ainda que por maior preço.

Por isso os tinha reduzido à mercadoria ou traste, fazendo-lhes a cotação, como se usava outrora com os lotes de escravos.

Aquele marido de maior preço a que ela se referia não era outro senão seu antigo amante, que a desprezara por ser pobre.

No meio dessa **acrimônia** que lhe inspirava a sociedade, não perdera porém Aurélia de todo a crença da nobreza d'alma, e sabia respeitá-la onde quer que a descobria.

Assim, quando algum homem honesto, sinceramente seduzido pelos dotes de sua pessoa, e não pelo brilho da riqueza, lhe fazia a corte, ela portava-se com ele de modo inteiramente diverso. Acolhia-o com afabilidade e distinção; mas aproveitava o primeiro momento para desvanecer-lhe toda a esperança.

Só com os caçadores de dotes era **loureira**, se tal nome pode-se aplicar ao constante ludíbrio e humilhação a que submetia seus apaixonados.

Encontrou Aurélia uma vez na sociedade Eduardo Abreu, já de volta da Europa. Soube que tinha dissipado a **legítima** e ficara reduzido à pobreza. Como se esquivasse de falar-lhe, a moça dirigiu-se a ele e insistiu para que frequentasse sua casa.

Abreu fez-lhe uma visita de cerimônia. A moça inventou um pretexto qualquer para uma carta urgente e mandou buscar o tinteiro. De repente voltou-se para o moço e pediu-lhe que escrevesse um recado a certa loja.

Aurélia examinou a letra e murmurou consigo.

Lansquenete: designação dada a mercenários da infantaria alemã do século XV. Percebe-se como Aurélia despreza seus pretendentes, chamando--os de "mercenários" e "vendidos".

Êmulos: rivais.

Acrimônia: azedume, amargor.

Loureira: palavra usada na época para designar uma mulher sedutora, que procura atrair os homens.

Legítima: nesta passagem, tem o significado de herança.

— Eu tinha adivinhado*!

Não disse uma palavra a Abreu sobre isso. Por aqueles dias houve quem pagasse as contas que o moço tinha em várias casas da Rua do Ouvidor, que já não lhe queriam fiar. A primeira vez que a moça encontrou-se com Abreu depois do incidente perguntou-lhe:

— Ainda me ama?

Ele corou.

— Já não tenho esse direito.

— Lembre-se do que lhe disse uma vez. Se eu **remir-me** de meu cativeiro, minha mão lhe pertence. Não a querendo o senhor, ninguém mais a terá neste mundo.

O Dr. Torquato Ribeiro não pôde resistir à paixão que nutria pela Adelaide Amaral. Com o tempo e ausência do rival foi se desvanecendo o primeiro ressentimento; e, como o procedimento de Seixas já causava estranheza, não se demorou a reconciliação.

Aurélia percebeu que o bacharel estava cada vez mais apaixonado. Era uma verdadeira recaída. A princípio admirou-se dessa indulgência:

— E eu? Não amo um homem que não somente me esqueceu por outra, mas que se rebaixou?

Pensou então em favorecer esse amor do Ribeiro, o que obteve, concorrendo para a realização do projeto que afagava e a cuja realização assistimos.

Esses foram os acontecimentos que ocorreram antes de encontrarmos pela primeira vez nos salões Aurélia Camargo**.

9

Tornemos à câmara nupcial, onde se representa a primeira cena do drama original, de que apenas conhecemos o prólogo***. Os dois atores ainda conservam a mesma posição em que os deixamos. Fernando Seixas,

*** O que Aurélia teria adivinhado ao examinar a letra de Abreu? Observe que o narrador deixa isso em aberto, provocando a curiosidade do leitor em seguir a narrativa.**

Remir-me: libertar-me, livrar-me.

**** O narrador encerra aqui o *flashback*, isto é, o corte temporal da narrativa para voltar ao passado e mostrar o que tinha acontecido antes da cena do casamento de Seixas e Aurélia. Por isso, no capítulo seguinte, ele volta ao presente.**

***** Novamente o narrador faz uma menção explícita ao teatro, ajudando o leitor a visualizar a cena que está narrando.**

obedecendo automaticamente a Aurélia, sentara-se e fitava na moça um olhar estupefato. A moça arrastou uma cadeira e colocou-se em face do marido, cujas faces **crestava** o seu hálito **abrasado**.

— Não careço dizer-lhe que amor foi o meu, e que adoração lhe votou minha alma desde o primeiro momento em que o encontrei. Sabe o senhor, e se o ignora, sua presença aqui nesta ocasião já lhe revelou. Para que uma mulher sacrifique assim todo o seu futuro, como eu fiz, é preciso que a existência se tornasse para ela um deserto, onde não resta senão o cadáver do homem que a assolou para sempre.

Aurélia calcou a mão sobre o seio para comprimir a emoção que a ia dominando.

— O senhor não retribuiu meu amor e nem o compreendeu. Supôs que eu lhe dava apenas a preferência entre outros namorados e o escolhia para herói dos meus romances, até aparecer algum casamento, que o senhor, moço honesto, estimaria para colher à sombra o fruto de sua flores poéticas. Bem vê que eu o distingo dos outros, que ofereciam brutalmente mas com franqueza e sem **rebuço** a perdição e a vergonha.

Seixas abaixou a cabeça.

— Conheci que não amava-me, como eu desejava e merecia ser amada. Mas não era sua a culpa e só minha que não soube inspirar-lhe a paixão que eu sentia. Mais tarde, o senhor retirou-me essa mesma afeição com que me consolava e transportou-a para outra, em quem não podia encontrar o que eu lhe dera, um coração virgem e cheio de paixão com que o adorava. Entretanto ainda tive forças para perdoar-lhe e amá-lo.

A moça agitou então a fronte com uma vibração altiva:

— Mas o senhor não me abandonou pelo amor de Adelaide e sim pelo seu dote, um mesquinho dote de trinta contos! Eis o que não tinha o direito de fazer, e que jamais lhe podia perdoar! Desprezasse-me embora, mas não descesse da altura em que o havia colocado dentro de minha alma. Eu tinha um ídolo; o senhor abateu-o de

Crestava: queimava.

Abrasado: quente, ardente.

Rebuço: disfarce.

seu pedestal, e atirou-o no pó. Essa degradação do homem a quem eu adorava, eis o seu crime; a sociedade não tem leis para puni-lo, mas há um remorso para ele. Não se assassina assim um coração que Deus criou para amar, incutindo-lhe a descrença e o ódio*.

Seixas, que tinha curvado a fronte, ergueu-a de novo, e fitou os olhos na moça. Conservava ainda as feições contraídas e gotas de suor borbulhavam na raiz dos seus belos cabelos negros.

— A riqueza que Deus me concedeu chegou tarde; nem ao menos permitiu-me o prazer da ilusão, que têm as mulheres enganadas. Quando a recebi, já conhecia o mundo e suas misérias; já sabia que a moça rica é um arranjo e não uma esposa; pois bem, disse eu, essa riqueza servirá para dar-me a única satisfação que ainda posso ter neste mundo. Mostrar a esse homem que não me soube compreender que mulher o amava, e que alma perdeu. Entretanto ainda eu afagava uma esperança. Se ele recusa nobremente a proposta aviltante, eu irei lançar-me a seus pés. Suplicar-lhe-ei que aceite a minha riqueza, que a dissipe se quiser; mas consinta-me que eu o ame. Essa última consolação, o senhor a arrebatou. Que me restava? Outrora atava-se o cadáver ao homicida, para **expiação** da culpa; o senhor matou-me o coração; era justo que o prendesse ao despojo de sua vítima. Mas não desespere, o suplício não pode ser longo: esse constante martírio a que estamos condenados acabará por extinguir-me o último alento; o senhor ficará livre e rico.

Proferidas as últimas palavras com um acento de indefinível irrisão, a moça tirou o papel que trazia passado à cinta e abriu-o diante dos olhos de Seixas. Era um cheque de oitenta contos sobre o Banco do Brasil.

— É tempo de concluir o mercado. Dos cem contos de réis, em que o senhor avaliou-se, já recebeu vinte; aqui tem os oitenta que faltavam. Estamos quites, e posso chamá-lo meu; meu marido, pois é este o nome de convenção.

*** Aurélia define o amor romântico: ela até admitiria perder Seixas para outra mulher, e ainda assim continuaria a amá-lo. Imperdoável era o fato de o rapaz tê-la trocado por um dote.**

Expiação: pagamento.

A moça estendeu o papel que sua mão crispada amarrotava convulsamente. Seixas permaneceu imóvel como uma estátua; apenas duas **plicas** profundas sulcaram-lhe as faces desde o canto dos olhos até à **comissura** dos lábios.

Afinal o papel escapou-se dos dedos trêmulos da moça e caiu sobre o tapete aos pés de Fernando.

Seguiu-se um momento de silêncio ou antes de **estupor**. Aurélia irritava-se contra a invencível mudez de Seixas, e talvez a atribuía a uma cínica insensibilidade moral. Pensava **exacerbar** os nobres estímulos de um homem ainda capaz de reabilitar-se da fragilidade a que fora arrastado e achava um indivíduo tão embotado já em seu pudor que não se revoltava contra a maior das humilhações.

Aurélia soltou dos lábios um **estrídulo**, antes do que um sorriso.

— Agora podemos continuar a nossa comédia, para divertir-nos. É melhor do que estarmos aqui mudos em face um do outro. Tome a sua posição, meu marido; ajoelhe-se aqui a meus pés, e venha dar-me seu primeiro beijo de amor... Porque o senhor ama-me, não é verdade, e nunca amou outra mulher senão a mim?...

Seixas ergueu-se; sua voz afinal desprendeu-se dos lábios calma, porém **fremente**:

— Não; não a amo.

— Ah!

— É verdade que a amei; mas a senhora acaba de esmagar a seus pés esse amor; aí fica ele para sempre sepultado na **abjeção** a que o arremessou. Eu só a amaria agora, se a quisesse insultar; pois que maior afronta pode fazer a uma senhora, um miserável, do que marcando-a com o estigma de sua paixão?* Mas fique tranquila; ainda quando me dominasse a cólera, que não sinto, há uma vingança que não teria forças para exercer; é essa de amá-la.

Aurélia ergueu-se impetuosamente.

— Então enganei-me? — exclamou a moça com estranho arrebatamento. — O senhor ama-me sinceramente e não se casou comigo por interesse?

Plicas: rugas.

Comissura: linha de junção dos lábios.

Estupor: espanto.

Exacerbar: estimular, provocar.

Estrídulo: som estridente.

Fremente: vibrante.

Abjeção: vergonha, infâmia.

*** Repare na metáfora usada por Seixas para definir o ato sexual: "estigma de sua paixão". Se amasse Aurélia, ele estaria "afrontando-a" e não partilhando do amor carnal entre marido e mulher.**

Seixas demorou um instante o olhar no semblante da moça, que estava suspensa de seus lábios, para beber-lhe as palavras:

— Não, senhora, não enganou-se — disse afinal com o mesmo tom frio e inflexível. — Vendi-me; pertenço-lhe. A senhora teve o mau gosto de comprar um marido aviltado; ei-lo como o desejou. Podia ter feito de um caráter, talvez gasto pela educação, um homem de bem que se enobrecesse com a sua afeição; preferiu um escravo branco; estava em seu direito, pagava com seu dinheiro, e pagava generosamente. Esse escravo aqui o tem; é seu marido, porém nada mais do que seu marido!

O rubor afogueou as faces de Aurélia, ouvindo essa palavra acentuada pelo sarcasmo de Seixas.

— Ajustei-me por cem contos de réis — continuou Fernando —; foi pouco, mas o **mercado** está concluído. Recebi como sinal da compra vinte contos de réis; falta-me arrecadar o resto do preço, que a senhora acaba de pagar-me.

O moço curvou-se para apanhar o cheque. Leu com atenção o algarismo e, dobrando lentamente o papel, guardou-o no bolso do rico chambre de gorgorão azul.

— Quer que lhe passe um recibo?... Não; confia na minha palavra. Não é seguro. Enfim estou pago. O escravo entra em serviço.

Soltando estas palavras com pasmosa volubilidade, que parecia indicar o requinte da imprudência, Fernando sentou-se outra vez defronte da mulher.

— Espero suas ordens.

Aurélia, que até esse momento escutara com ansiedade, perscrutando **sôfrega** no semblante do marido e através de suas palavras um sintoma de indignação, disfarçada por aquele **desgarro**, cobriu com as mãos o rosto abrasado de vergonha.

— Meu Deus!

A moça tragou o soluço que lhe sublevava o seio e, refugiando-se no outro canto do sofá, como se recease

Mercado: negociação.

Sôfrega: ávida, com desejo ardente.

Desgarro: insolência, atrevimento.

o contágio do homem a quem se unira pela eternidade, abismou-se na voragem de sua consciência revolta.

Após longo trato, Aurélia como se despertasse de um pesadelo, ergueu os olhos e, encontrando de novo o semblante de Seixas que a observava com um sossego **escarninho**, teve um enérgico assomo de repulsão, ou antes de asco.

— Minha presença a está incomodando? Por que assim o quer. Não é, senhora? Não tem direito de mandar? Ordene, que eu me retiro.

— Oh! sim, deixe-me! — exclamou Aurélia. — O senhor me causa horror.

— Devia examinar o objeto que comprava, para não arrepender-se!

Seixas atravessou a câmara nupcial, desapareceu por essa porta que uma hora antes ele entrara cheio de vida e de felicidade, palpitante de júbilo e emoção, e que repassava levando a morte na alma.

Quando Aurélia ouviu o som dos seus passos que afastavam-se pelo corredor, precipitou-se com um arremesso de terror e deu volta à chave. Depois quis fugir, mas arrastou uns passos trôpegos, e caiu sem sentidos sobre o tapete.

Escarninho: em que há escárnio, zombaria.

TERCEIRA PARTE

POSSE

1

Chegando a seu aposento Seixas nem teve tempo de sentar-se. **Arrimou-se** como um ébrio à cômoda que estava próxima ao corredor, e ali ficou no estupor da alma, violentamente subvertida pela crise tremenda. Parecia uma criatura fulminada, na qual arqueja apenas um último sopro. Sua respiração angustiada sibilava-lhe nos lábios, como as **vascas** do moribundo. E era este o único sinal de vida nessa organização jovem e rica de seiva.

De repente saiu daquele torpor, mas foi preciso um esforço supremo para arrancar-se à **insânia** que o invadia. Em seu rosto desenhou-se o pavor que dele se havia apoderado com a ideia de que a vida o abandonava, ou pelo menos de que a luz da alma ia apagar-se.

— Deus! Não me tires a vida neste momento. Agora mais do que nunca preciso de minha razão.

Seixas arrojou-se pelo aposento a passos **precípites**, esbarrando-se nos trastes, batendo de encontro às paredes, alucinado e ao mesmo tempo impelido pelo desejo de **arrebatar-se** à obsessão que o aniquilara.

Correu pela casa um olhar ansiado, buscando algum objeto a que seu espírito se agarrasse, como o náufrago que trava do menor fragmento no meio das ondas em que se debate. O rico toucador, **esclarecido** por duas arandelas de cristal com velas cor-de-rosa, ostentava os primores do luxo.

Então, nessa alma sucumbida, luziu uma centelha. Foi o instinto da elegância, por certo a corda mais vivaz dessa índole poética e fidalga.

Seixas aproximou-se do toucador, levado por indefinível impulso; e entrou a contemplar minuciosamente

Arrimou-se: apoiou-se.

Vascas: ânsias.

Insânia: loucura.

Precípites: apressados, precipitados.

Arrebatar-se: fugir, escapar.

Esclarecido: clareado.

os objetos colocados em cima da mesa de mármore; lavores de marfim, vasos e grupos de porcelana fosca, taças de cristal lapidado, joias do mais apurado gosto.

À proporção que se absorvia nesse exame, ia como ressurgindo a sua existência anterior, a que vivera até o momento do cataclismo que o submergia. Sentia-se renascer para esse fino e delicado materialismo, que tinha para seu espírito aristocrático tão poderosa sedução e tão meiga voluptuosidade.

Todos esses mimos da arte pareciam-lhe estranhos e despertavam nele ignotas emoções; tal era o abismo que o separava do recente passado. Era com uma sofreguidão pueril que os examinava um por um, não sabendo em qual se fixar. Fazia cintilar os brilhantes aos raios de luz; e aspirava a fragrância que se exalava dos frascos de perfumaria com um inefável prazer.

Nessa fútil ocupação demorou-se tempo esquecido. Porventura sua memória atraída pelas reminiscências que suscitavam objetos idênticos a esses remontava o curso de sua existência, e, descendo-o, depois o trazia àquela noite fatal em que se achava e à pungente realidade desse momento.

Recuou com um gesto de repulsão. Esses primores de arte que pouco antes lhe acariciavam a imaginação agora inspiravam-lhe nojo. Apartou-se do toucador, e chegou à janela.

A noite estava plácida e serena. No céu **recamado** de estrelas a brisa **cariciava** uns frocos de nuvens alvas como a penugem das garças. Uma onda trépida **garrulava** na bacia de mármore coberta de **nenúfares**, que alçavam os grandes e **níveos** cálices, aljofrados de orvalhos. O arvoredo que recortava-se bizarramente no horizonte luminoso como um relevo **gótico** estremecia com o doce arrepio da aragem, que esparzia os aromas das rosas e das magnólias.

Seixas parou um instante a contemplar a doce placidez da natureza. Essa calma suave da noite penetrou-o. Relaxaram-se-lhe as fibras da alma*.

Recamado: enfeitado.

Cariciava: acariciava.

Garrulava: fazia barulho.

Nenúfares: nome de certas plantas aquáticas.

Níveos: alvos, brancos.

Gótico: nome de um estilo arquitetônico que se caracteriza por suas formas altas e esguias.

* Um recurso típico do Romantismo é a valorização da natureza. Repare como o atormentado Seixas encontra alívio na contemplação da noite e das árvores. A natureza opõe-se ao mundo material dos objetos de luxo (o natural *versus* o social). Simbolicamente, o contato com a natureza marca o início da regeneração moral de Seixas.

Apoiando a fronte à ombreira da janela, deixou cair as lágrimas que lhe assoberbavam o seio.

Depois desse pranto que o desafogou, Seixas aproximou-se da elegante escrivaninha de **mirapininga** e a abriu. Ainda chegou a puxar a pasta de chamalote escarlate. Na aba superior, dentro de um florão branco, aparecia bordado em debuxo de ouro o seu monograma, F.R.S., entrelaçados.

Esteve a olhar maquinalmente essas letras que se lhe afiguravam um enigma. Como na fábula antiga, **a esfinge o estupidificava**. Que significação tinha isso depois do desenlace que momentos antes o havia arremessado à maior abjeção?

Afinal tomou a resolução que o levara à mesa. Estendeu sobre a pasta uma folha de papel e preparou-se para escrever uma carta.

Mas a pena estacou ao penetrar no bocal do tinteiro. Seixas retirou-a com vivacidade e examinou inquieto os bicos. Vendo-os intatos, ergueu-se precipitadamente e percorreu o aposento.

Ao cabo de algum tempo voltou ao toucador com um modo decidido. Mudara a resolução.

Abriu as gavetas e guardou nelas cuidadosamente todos os objetos de preço que ali havia. Concluída a tarefa, trancou o móvel e o mesmo fez a todos os outros de que poucas horas antes o Lemos lhe fizera exibição.

Apesar das recomendações do tutor de Aurélia, Seixas tinha pela manhã enviado uma **secretária** em cujas gavetas inferiores acomodara a melhor roupa de seu uso, branca e exterior.

Procurou esse traste e, achando-o em quarto próximo onde o tinham colocado, verificou se com efeito ali estava a roupa; e teve ao achá-la grande satisfação. Tirou de si o rico chambre de seda, as chinelas de veludo; e vestiu-se com um traje mais modesto, dos que trouxera.

Na secretária havia charutos. Acendeu um e sentou-se à janela. Sentiu-se com forças de encarar a situação a que fora arrastado e a crise em que se achava sua existência.

Mirapininga: árvore de madeira listrada ou salpicada de pontos.

A esfinge o estupidificava: a esfinge deixava-o sem saber o que dizer ou fazer.

Secretária: mesa com gavetas.

No meio das reflexões acerbas que lhe despertara a recordação da cena recente, das revoltas por muito tempo contidas de sua dignidade contra o orgulho da mulher que o humilhava, flutuava um sentimento que afinal desprendeu-se do turbilhão de seus pensamentos e o dominou.

Esse sentimento era a intensa admiração que lhe inspirava a energia e veemência do amor de Aurélia. Havia nessa paixão que o acabava de insultar uma beleza fera, que incutia-lhe entusiasmo cheio de espanto.

— Não compreendi esse amor... E como podia eu compreendê-lo?... Se alguém me referisse o que se acaba de passar comigo, eu receberia semelhante conto com um sorriso de incredulidade. Que outrora, quando a família sequestrava a mulher da sociedade, a paixão subisse a esse auge e absorvesse uma existência inteira... Então não havia tempo de amar-se mais de uma vez, e o amor deixava a alma exausta. Mas atualmente que a mulher vive cercada de adoradores, e que todas as distinções se ajoelham ante sua beleza, o amor não é mais do que um capricho, uma doce preferência, um terno devaneio, até que se transforme na amizade conjugal. Assim o imaginei sempre, assim o senti e me foi retribuído. Quando Aurélia me falava da sua afeição, estava bem longe de pensar que ela nutrisse uma paixão capaz de tais ímpetos. Pensava que eram romantismos. Não os tinha eu também? Não jurei tantas vezes um amor eterno, que no dia seguinte desfolhava no turbilhão de uma valsa? Esse amor que supunha uma ilusão de poeta, um sonho de imaginação, aí está em sua realidade esplêndida. Suas asas de fogo roçaram por minha alma e a crestaram para sempre!...*

Seixas ficou um momento como **extático** ante a imagem que se lhe debuxava no pensamento representando a figura de Aurélia, quando, soberba de cólera e indignação, o cobria de acerbas exprobrações.

— Uma paixão como a sua tinha direito de ser implacável!... E essa mulher que se deu a mim com a mais

*** Curioso desabafo de Seixas, constatando a possibilidade de existir o verdadeiro amor. A partir desse momento, o personagem – que antes expressava o sentimento de maneira frívola – sofre significativa mudança de comportamento, amadurecendo cada vez mais.**

Extático: extasiado, maravilhado.

sublime abnegação, essa mulher a quem a sorte ligou-me eternamente, essa mulher única, eu a admiro, e não posso amá-la nunca mais! Encontrei-a em meu caminho e perdi-a para sempre! Também não amarei outra. Depois de a ter conhecido, não profanarei minha alma com a afeição de mulher alguma.

Os **arrebóis** da manhã já se **arraiavam** no horizonte. Uma brisa mais fresca derramava-se no espaço, e os primeiros **atitos** das aves misturavam-se com os rumores confusos da cidade, que ia acordando por detrás dos muros da chácara.

Seixas desceu ao jardim e percorreu os passeios sinuosos do prado artificial coberto de fina grama e recortado à inglesa. Os tabuleiros de margaridas e boninas, abertas aos primeiros raios de sol, recamavam com suas coroas matizadas a verde **alcatifa** de relva. **Fúcsias e begônias lastravam** pelas grades das latadas compondo graciosos bambolins como os **tirsos** de flores caprichosas.

Os botões das camélias e magnólias, cheios de seiva **haurida** com a frescura da noite, esperavam o calor do dia para desabrochar, enquanto as flores da véspera que tinham cerrado o seio à tarde abriam-no de novo, mas pálido e **langue**, para despedir-se do sol, que lhe tinha dado a vida, e a crestara, como o caprichoso artista.

Seixas, como homem da sociedade que era, conhecia a natureza de tradição apenas, ou quando muito de vista. As árvores, as flores, as perspectivas eram para ele ornatos, que se confundiam com os tapetes, cortinas, trastes, dourados e toda a casta de adereços inventados pelo luxo.

À força de viverem em um mundo de convenção, esses homens de sociedade tornaram-se artificiais. A natureza para eles não é a verdadeira, mas essa fictícia, que o hábito lhes embutiu e que alguns trazem do berço, pois aí os espera a moda para fazer neles presa, transformando-lhes a mãe em uma simples produtora de filhos.

Arrebóis: cor avermelhada das nuvens ao amanhecer ou ao entardecer.

Arraiavam: raiavam.

Atitos: pios, gritos.

Alcatifa: tapete.

Fúcsias e begônias: tipos de plantas ornamentais.

Lastravam: alastravam-se.

Tirso: haste floral.

Haurida: sorvida.

Langue: frouxo, lânguido.

Frequentemente, em seus versos, Seixas falava de estrelas, flores e brisas, de que tirava imagens para exprimir a graça da mulher e as emoções do amor. Pura imitação: como em geral os poetas da civilização, ele não recebia da realidade essas impressões, e sim de uma variada leitura. Originais, somente, são aqueles engenhos que se infundem na natureza, musa **inexaurível** porque é divina. Para isso é preciso, ou nascer nas idades primitivas, ou desprezar a sociedade e refugiar-se na solidão.

Naquele momento porém, assistindo ao romper do dia, ali no meio do jardim, Seixas sentia que, além das cores brilhantes, das formas graciosas e dos perfumes agrestes, havia alguma coisa de imaterial que palpitava no seio desse ermo e que infundia-se em seu ser. Era a alma da criação que o envolvia e **comungava** com sua alma a inefável serenidade da límpida e fresca manhã*****.

Com a calma que derramou-se em seu espírito, ainda mais robusteceu-se a resolução tomada pouco antes. Encheu-se dessa fria resignação, que imprime à alma uma têmpera inflexível.

Tirou-o de suas cogitações um rumor, que levantara-se ali perto. Voltou-se e reconheceu que estava próximo à grade exterior, oculta nesse lugar pela folhagem do arvoredo. Afastou os ramos e aproximou-se para conhecer a causa do ruído. Talvez receasse que o estivessem espreitando e talvez fosse movido por essa curiosidade fútil que se apodera do homem, a quem um abalo violento arrancou às preocupações habituais.

Um mascate de quinquilharias arreara na calçada a caixa que trazia a tiracolo, e sentado no chão, com as costas apoiadas ao muro, fazia suas contas e dava balanço à mercadoria. Ou madrugara com intenção de estender o giro, ou, apanhado pela noite longe da casa, a passara em alguma estalagem, e ia agora recolhendo-se, o que parecia mais provável.

Na tampa emborcada da caixa, viam-se presos de cadarços, pregados vários objetos, que atraíram especialmente a atenção de Seixas.

Inexaurível: inesgotável.

Comungava: compartilhava.

*** A natureza age em favor da regeneração de Seixas: ele começa a tornar-se mais sensível e reflexivo.**

Fez ele um movimento para diante, como se quisesse chamar o mascate. Retraiu-se porém com certo vexame; dir-se-ia que estivera a praticar uma leviandade, da qual o advertira em tempo sua razão.

Como quer que fosse, ao cabo de alguma hesitação, venceu a primeira repugnância, mas não ao **pejo** do ato que ia praticar. Lançou pelos arredores um olhar perscrutador e, verificando que a rua estava deserta, estendeu o braço fora da grade e bateu no ombro do mascate:

— *Chi va*... — exclamou o mascate voltando-se.

Não viu as feições de Seixas que se afastara da grade e escondia-se por trás da folhagem; mas percebeu uma nota de dois mil-réis que flutuava-lhe acima da cabeça, e tinha para ele decerto mais encanto do que a fisionomia do freguês.

— Um pente e uma escova de dentes — disse Seixas em tom rápido. — Depressa!

— *Questo?* — perguntou o mascate tirando da tampa um pente de búfalo.

— Sim, qualquer. Não posso esperar.

O mascate passou os objetos; arrecadou a nota e querendo apresentar o troco percebeu que o freguês havia desaparecido.

— ***Che birbone!***

Entendeu o mascate que um dinheiro assim atirado fora com tanto desamor era furtado; e por cautela foi arrumando a trouxa e fazendo-se ao largo, antes que lhe surgisse alguma complicação.

Entretanto Seixas ganhava seus aposentos com receio de que o descobrissem no jardim àquela hora matinal e suspeitassem do que ocorrera. A casa porém não dava menor sinal da labutação diária. Todos decerto dormiam ainda sob a influência da festa nupcial.

Fazendo essa observação, lembrou-se Fernando da posição em que deixara Aurélia na véspera, e de si mesmo **inquiriu** que teria ela feito nessa longa noite de agonia. Naturalmente passara-a, extasiando-se

Pejo (ê): vergonha.

***Che birbone!*: expressão em italiano que significa "que malandro!" É interessante notar um imigrante ocupando-se de um ofício braçal. Era até comum os europeus trabalharem lado a lado com os escravos, sem verem nisso nenhuma desonra; ao contrário do que a elite acreditava.**

Inquiriu: perguntou.

no júbilo da humilhação que lhe infligira, e, afinal saciada dessa vingança brutal, adormecera na febre de seu orgulho.

Se ao atravessar o jardim ele examinasse disfarçadamente as janelas desse lado da casa, talvez satisfizesse em parte sua curiosidade. Uma das alvas e diáfanas cortinas de cassa estendidas por detrás da vidraça tinha-se esfumado de uma sombra interior que desenhava o contorno delicado de um busto.

Já era sol alto quando Seixas ouviu mexer na maçaneta da porta, que de seus aposentos comunicava para o interior da casa. Era sem dúvida o criado que vinha preparar-lhe o toucador para o asseio da manhã. Achando a porta fechada e pensando que era escusado bater àquela hora, retirou-se.

Havia água no jarro de porcelana de **Sèvres**, que ornava o rico lavatório de pau-cetim. Seixas esteve em dúvida algum tempo, mas pensando que a louça não perdia o seu verniz de novidade por ser molhada uma vez, resolveu-se a lavar o rosto no serviço luxuoso. Usou porém no resto de seu adereço, do pente e escova que havia comprado.

Terminando, enxugou com uma toalha de seu próprio enxoval a bacia e o lavatório; trancou em sua secretária os objetos que o podiam denunciar; e, abrindo a porta de comunicação, sentou-se já vestido e pronto com seu costumado apuro, na **otomana**, à espera... Nem ele sabia de quê. Depois da decepção que o precipitara do cúmulo da felicidade àquela incrível situação, podia ele conhecer que peripécias ainda lhe reservava o drama em que se agitava sua existência?

Com pouco apareceu o criado.

— O senhor já está pronto? Eu vim preparar o toucador, mas achei a porta fechada.

— Nada faltou — respondeu Seixas.

— O senhor ordena que lhe traga os jornais a seu gabinete, para os ler logo ao acordar, ou quer que fiquem na saleta?

Sèvres: cidade francesa onde se fabrica uma porcelana famosa no mundo inteiro.

Otomana: sofá largo, sem encosto.

— Onde ficavam até agora?

— Na saleta...

— É melhor assim.

— É como o senhor mandar. Foi a ordem que recebi.

O criado lançava um olhar pelo aposento, muito admirado da ordem em que encontrava todos os objetos, inclusive os adereços do lavatório.

— O cocheiro pergunta se o senhor quer sair antes do almoço. De carro ou a cavalo?

— Não, obrigado.

— A *Diana* já está selada. Mas em um momento pode-se mudar a sela para o *Nélson*, ou aprontar-se a **vitória**.

— É **escusado**.

— A que horas o senhor deseja almoçar?

— À hora do costume. Não há necessidade de alterar.

— Então às dez.

O criado retirou-se para voltar uma hora depois.

— O almoço está na mesa.

— Quem mandou chamar?

— A senhora.

Seixas fez um aceno de cabeça e deixou-se conduzir pelo criado.

2

No centro da sala estava a mesa onde os mais finos cristais **irisavam-se** aos raios da luz, cambiando o esmalte da fina porcelana e as cores das frutas apinhadas em **corbelhas** de prata.

O almoço era um banquete, não pela quantidade, o que seria de mau gosto; mas pela variedade e delicadeza das iguarias*.

Pelas janelas abertas sobre o jardim entravam com a brisa da manhã e a claridade de um formoso dia de

Vitória: carruagem aberta, de quatro rodas.

Escusado: desnecessário.

Irisavam-se: revestiam-se de variadas cores.

Corbelhas: pequenas cestas.

*** Outro índice de riqueza e ostentação: uma grande variedade de pratos para apenas três pessoas – Aurélia, Seixas e D. Firmina.**

verão a fragrância das flores e o trinado dos canários de um elegante viveiro.

Achavam-se na sala Aurélia e D. Firmina.

A moça recostara-se em uma cadeira de balanço no claro de uma janela, de modo que seu gracioso vulto imergia-se na plena luz. Ao vê-la radiante de beleza e risos, se acreditara que ela de propósito afrontava o esplendor do dia, para ostentar a pureza imaculada de seu rosto e sua graça inalterável.

Trajava um roupão de linho de alvura deslumbrante; eram azuis as fitas do cabelo e do cinto, bem como o cetim de um sapato raso, que lhe calçava o pé como o engaste de uma pérola.

Fernando parou um instante ao entrar na sala; depois do que, firmando-se na resolução tomada, dirigiu-se a sua mulher para saudá-la. Todavia não calculava ele de que modo se desempenharia desse dever.

Aurélia viu o movimento. A saudação matinal do marido ia despertar suspeitas em D. Firmina.

Seixas adiantava-se. A moça ergueu-se estendendo-lhe a mão, e, inclinando a cabeça sobre a espádua com uma ligeira inflexão, apresentou-lhe a face, para receber o casto beijo da esposa.

Aquela mão porém estava gelada e hirta, como se fora de jaspe. A face, pouco antes risonha e faceira, contraíra-se de repente em uma expressão indefinível de indignação e desprezo.

Fernando só reparou nessa mutação quando seus lábios roçavam a fria cútis, cuja **pubescência** eriçava-se como o pelo áspero do feltro. Retraiu-se involuntariamente, embora naquela circunstância a carícia dessa mulher, de quem era marido, o humilhasse mais do que sua repulsa.

— Vamos almoçar! — disse a moça dirigindo-se à mesa e acenando ao marido e à D. Firmina que se aproximassem.

Já não se via em seu belo semblante o menor traço do sarcasmo que o **demudara**; nem se conceberia que

Pubescência: pelos finos, curtos e macios que recobrem a cútis.

Demudara: transformara.

essa esplêndida formosura pudesse transformar-se na satânica imagem que Fernando vira pouco antes.

Aurélia tomou a cabeceira da mesa. Fernando ficou à sua direita, em frente a D. Firmina.

A princípio a moça ocupou-se unicamente em servir; depois trincando nos alvos dentes a polpa vermelha de uma lagosta, animou a conversação com uma palavra viva e cintilante.

Nunca ela tinha revelado como nessa manhã a graça de seu espírito e o brilho de sua imaginação. Também nunca o sorriso borbulhara de seus lábios tão florido; nem sua beleza se repassara daquelas efusões de contentamento.

Seixas se distraíra à ouvi-la. Por tal modo embebeu-se ele no enlevo da gentil garrulice, que chegou a esquecer por momentos a triste posição em que o colocara a fatalidade junto dessa mulher.

Nas folgas que o apetite deixava à reflexão, D. Firmina admirava-se do desembaraço que mostrava a noiva da véspera, na qual melhor diria um casto enleio.

Mas, já habituada à inversão que têm sofrido nossos costumes com a invasão das modas estrangeiras, assentou a viúva que o último chique de Paris devia ser esse de trocarem os noivos o papel, ficando ao fraque o recato feminino, enquanto a saia alardeava o desplante do leão*****.

— Efeitos da emancipação das mulheres! — pensava consigo.

— Quer que lhe sirva desta salada, ou daquela empada de caça? — perguntou Aurélia notando que Seixas estava parado.

— Nada mais, obrigado.

Seixas tinha comido um bife com uma **naca** de pão; e bebera meio cálice do vinho que lhe ficava mais próximo, sem olhar o rótulo.

— Não almoçou! — tornou a moça.

— A felicidade tira o apetite — observou Fernando a sorrir.

— Nesse caso eu devia jejuar — retorquiu Aurélia gracejando. — É que em mim produz o efeito contrário;

*** D. Firmina acredita que seja por um modismo que Aurélia tome a si uma tarefa masculina, servindo ao marido. Na verdade, o jogo de papéis aqui se inicia; em vários outros momentos Aurélia assume posturas masculinas para humilhar Seixas. O narrador reitera suas críticas à influência estrangeira nos hábitos sociais.**

Naca: naco, pedaço.

estava com uma fome devoradora.

— Nem por isso tem comido muito — acudiu D. Firmina.

— Prove desta lagosta. Está deliciosa — insistiu Aurélia.

— Ordena? — perguntou Fernando **prazenteiro**, mas com uma inflexão particular na voz.

Aurélia trinou uma risada.

— Não sabia que as mulheres tinham direito de dar ordens aos maridos. Em todo o caso eu não usaria do meu poder para coisas tão insignificantes.

— Mostra que é generosa.

— As aparências enganam.

O torneio deste diálogo não desdizia do tom de nascente familiaridade, próprio de dois noivos felizes; mas havia entonações e relances d'olhos, que os estranhos não percebiam, e que eles sentiam pungir como alfinetes escondidos entre os **rofos** de cetim*.

Da sala de jantar Fernando, acabado o almoço, passou à saleta de conversa, onde com pouca demora o acompanhou Aurélia. D. Firmina, para não perturbar o mavioso a sós dos noivos, saiu a pretexto de encomendas.

Seixas tinha aberto maquinalmente um dos jornais do dia, que estavam em uma **bandeja de charão** com pés de bronze dourado, junto ao sofá. Quando Aurélia entrou, ele ofereceu-lhe a folha que tinha em mão e as outras, à escolha.

— Agradeço — disse Aurélia sentando-se no sofá.

O criado apresentava a Seixas, com um porta-charutos de **araribá-rosa tauxiado** de prata e guarnecido de legítimos havanas, uma lâmpada também de prata, em cujo bico cintilava a flama azulada do **espírito de vinho**.

— Obrigado, tenho os meus — disse Fernando recusando com um gesto os charutos oferecidos e tirando a carteira do bolso.

— E esses de quem são? — perguntou vivamente Aurélia, designando os havanas apresentados pelo criado.

Seixas fez um movimento para responder; lem-

Prazenteiro: simpático, afável.

Rofos: dobras, pregas.

*** O diálogo entre Fernando e Aurélia é como um jogo em que um provoca o outro com palavras ou olhares, mas cujo significado só eles entendem, pois, para quem está ao redor parece uma conversa normal de um casal feliz. Como diz o narrador, são palavras e olhares que ferem (pungem) como alfinetes escondidos no cetim.**

Bandeja de charão: bandeja revestida de verniz de laca, proveniente da China e do Japão.

Araribá-rosa: certo tipo de árvore nativa do Brasil, de caule reto, madeira amarelo-rosa, com veios e raios cor-de-rosa.

Tauxiado: ornamentado.

Espírito de vinho: álcool.

brando-se que não estavam sós, retraiu-se:

— Referia-me aos que trouxe comigo — disse frisando as últimas palavras.

— São melhores talvez.

— Ao contrário; mas estou habituado com eles. Não lhe incomoda a fumaça?

— Faria prova de mau gosto a senhora que atualmente mostrasse repugnância dessa ordem; além de que preciso de conformar-me aos hábitos de meu marido.

— Por este motivo, não. Como seu marido não tenho hábitos, e somente deveres.

Aurélia cortou o fio a este diálogo, perguntando com indiferença:

— Que trazem de novo os jornais?

— Ainda não os li. Que mais lhe interessa? Naturalmente a parte noticiosa, o folhetim...

Ao mesmo tempo abria Seixas as folhas uma após outra, e, percorrendo-as com os olhos, lia em voz alta para Aurélia o que encontrava de mais interessante. A moça fingia ouvi-lo; mas seu espírito repassava interiormente os últimos acontecimentos de sua vida, e interrogava as incertezas do futuro, que ela mesma em parte se havia traçado.

Todavia a presença do criado fez-lhe reparar que Seixas ainda tinha por acender o charuto.

— Não fuma? — perguntou ao marido.

— Permite?

— Já lhe disse que não me incomoda! — retorquiu a moça com um assomo de impaciência.

— Desculpe-me; não tendo recebido um consentimento formal, receei contrariá-la.

— Há receios que mais parecem desejos! — observou a moça com ironia.

— O tempo a convencerá de minha sinceridade.

— O tempo!... Ah! se realizasse tudo quanto dele se espera! — exclamou Aurélia com acerba irrisão.

Subtraindo-se a esse ímpeto de sarcasmo, que sublevou-lhe a alma **dorida**, a moça refugiou-se numa banalidade.

Dorida: dolorida, ferida.

— O melhor é não confiar nele e viver do presente. O verdadeiro livro é o jornal com a crônica da véspera e os anúncios do dia.

Seixas continuou a percorrer os jornais, como se acedesse ao gosto de Aurélia. Nesse rápido exame ia lendo as epígrafes, a ver se alguma tinha virtude de excitar a curiosidade da moça.

— Como são interessantes estas folhas! — disse Aurélia que buscava um pretexto para expandir a irritação íntima. — Quando me lembro de abri-las, o que faço raras vezes porque não tenho braços que cheguem para essa difícil empresa, sucede-me sempre julgar que estou lendo um jornal do ano anterior.

— A culpa não é do jornal, mas da cidade em que se publica, e da qual deve ser, como disse há pouco, o livro diário, ou a história da véspera.

— Perdão, não me lembrava que também foi jornalista.

Como Aurélia se calasse e as folhas não fornecessem mais assunto à conversação, Seixas aproveitou a censura frequentemente dirigida à imprensa periódica em nosso país para fazer sobre o tema algumas variações, com que enchesse o tempo.

Está entendido que tratou a questão sob um ponto de vista ameno, que pudesse conciliar a atenção de uma senhora; Aurélia escutou-o alguns momentos com atenção; mas observando que o marido falava com o tom monótono e a pausa calculada de quem desempenha uma tarefa, e longe de dar franca expansão ao pensamento, ao contrário solicita o espírito rebelde, a moça interrompeu essa dissertação erguendo-se do sofá.

Deu algumas voltas pela saleta; percorreu com os olhos o aposento, reparando no papel, nos móveis e adereços, como se nunca os tivesse examinado, ou indagasse se nada faltava. Passou depois a observar atentamente as figurinhas de porcelana e outras quinquilharias que havia sobre os consolos, tirando-as de seu lugar e mudando-lhes a posição.

Daí encaminhou-se ao piano, que é para as senhoras como o charuto para os homens, um amigo de todas as horas, um companheiro dócil e um confidente sempre atento. Ao abrir o instrumento, lembrou-se que não era próprio a uma noiva da véspera entregar-se a esse passatempo quando vizinhos e criados, todos deviam supô-la àquela hora engolfada na felicidade de amar e ser amada.

Ah! ela não conhecia essa aurora mística do amor conjugal, que se lhe transformara em vigília de angústia e desespero. Mas adivinhava qual devia ser a transfusão mútua de duas almas, e compreendia que ávidas uma da outra não se podiam alhear em estranho passatempo*.

Abandonando o piano, disfarçou em percorrer os livros de música, arrumados sobre o móvel apropriado, uma espécie de estante baixa de prateleiras verticais. Aí esteve a folhear apenas, solfejando à meia-voz os trechos favoritos e quiçá buscando um que respondesse aos recônditos pensamentos, ou antes que traduzisse o indefinível sentimento de sua alma naquele instante.

Parece que achou afinal essa nota simpática, pois sua voz desprendia-se num alegro de bravura, quando lembrou-se que não estava só. Volveu um olhar para o sofá, onde havia deixado o marido, que porventura a estaria observando, surpreso de sua mímica.

Seixas, ao apartar-se a moça, tomara de cima da mesa um álbum de fotografias e entretinha-se em ver as figuras.

— Está vendo celebridades? — perguntou a moça, que viera de novo sentar-se ao sofá.

Fernando compreendeu que a pergunta não era senão **malha para travar a conversa**, e dispôs-se a satisfazer o desejo da mulher.

— É verdade, celebridades europeias, pois ainda não as temos brasileiras; isto é, em fotografia, que no mais sobram. Admira que nesta terra, tão propensa à especulação e ao charlatanismo, ainda ninguém se lembrasse de arranjar uns álbuns de celebridades nacionais. Pois havia de ganhar muito dinheiro; não só na venda de álbuns, mas sobretudo na admissão dos pretendentes à lista das celebridades**.

— Diga antes ao **rol**.

— É com efeito mais expressivo.

— O que isso prova — observou Aurélia — é que a literatura tem feito maiores progressos em nosso país do que a arte; pois se não me engano já há por aí, dentro e fora do país, empresas montadas para exploração da biografia.

— Tem razão.

*** Observe que Aurélia procura manter, nos mínimos detalhes, as aparências de um casamento feliz; por isso, desiste de tocar piano, pois acha que vizinhos e criados esperam que uma mulher recém-casada não deseje outra coisa a não ser ficar ao lado do marido o tempo todo.**

Malha para travar a conversa: pretexto para puxar conversa.

**** Comentário irônico do narrador sobre a sociedade da época.**

Rol: significa o mesmo que lista, mas é usado para se referir a coisas sem importância. Ao propor que Fernando diga *rol* e não *lista*, que crítica social faz Aurélia?

— Escapou de casar-se com uma *contemporânea ilustre* — acrescentou Aurélia grifando as últimas palavras com o mais fino sorriso.

— Ah! não sabia! Lamento profundamente não ter de acumular essa a tantas outras honras que recebi.

— Pois estive ameaçada de andar por aí em não sei que revista ou gazeta, na qualidade de brasileira notável. Creio eu que o meu título à celebridade era a herança de meu avô. Foi-me preciso tomar umas dez assinaturas para defender-me da conspiração armada contra minha obscuridade e livrar-me da glória que esses senhores pretendiam infligir-me.

Nessa conversa e na revista dos retratos consumiram os dois muito tempo.

A pêndula acabava de soar uma hora. O criado abriu com **estrépito** a porta da sala de jantar, como para advertir de sua entrada; e disse aportuguesando o termo inglês *luncheon* segundo o costume geral:

— O lanche está pronto.

— Vamos? — perguntou a moça erguendo-se.

Seixas fechou o álbum e acompanhou a mulher.

O criado, que vira os dois noivos inclinados sobre o álbum, sorriu com ar brejeiro.

Fernando percebeu o sorriso e corou.

3

Frutas da estação: abacaxis, figos e laranjas seletas, rivalizando com as maçãs, peras e uvas de importação, ornavam principalmente a refeição **meridiana** que os costumes estrangeiros substituíram à nossa brasileira merenda da tarde, usada pelos bons avós*.

Havia também profusão de massas ligeiras, como empadinhas, camarões e ostras recheadas, além de queijos de vários países e doces de calda ou cristalizados.

Estrépito: barulho.

Meridiana: que se refere ao meio-dia, aproximadamente.

*** Repare como o narrador critica o estrangeirismo do lanche: frutas e queijos importados, bebidas caras. Ostentação e luxo que destoam da "brasileira merenda da tarde", frugal e simples.**

Os melhores **vinhos de desser** desde o Xerez até o Moscatel de Setúbal, desde o Champanhe até o Constança, estavam ali tentando o paladar, uns com seu rótulo eloquente, outros com o topázio que brilhava através das facetas do cristal lapidado.

— Não tenho a menor disposição! — disse Fernando obedecendo ao gesto de Aurélia e sentando-se à mesa.

— Ora! — disse a moça com volubilidade. — Para provar frutas e doces não é preciso ter fome; faça como os passarinhos. O que prefere? Um figo, uma pera, ou o abacaxi?

— É preciso que eu tome alguma coisa? — perguntou Fernando com seriedade.

— É indispensável.

— Nesse caso tomarei um figo.

— Aqui tem; um figo e uma pera; é apenas um casal.

Seixas inclinou a cabeça, colocou o prato diante de si e comeu as duas frutas, pausada e friamente, como um homem que exerce uma ação mecânica. Nada em sua fisionomia revelava a sensação agradável do paladar.

Aurélia, que esmagava entre os lábios purpurinos bagos de uva moscatel, seguia com os olhos os movimentos automáticos de Fernando, e, se não adivinhava, confusamente pressentia o motivo que atuava sobre seu marido.

Ergueu-se então da mesa, e saindo fora, à beirada da casa, onde já fazia sombra, divertiu-se em dar de comer aos canários e sabiás, que festejaram sua chegada com uma brilhante abertura de trinados e gorjeios.

Pensava Aurélia que sua presença porventura acanhava ao marido; e buscava aquele pretexto para arredar-se um instante e deixá-lo mais livre de cerimônias. Desvaneceu-se porém essa ideia do seu espírito, quando, espiando pela fresta da janela, viu Seixas imóvel, com os olhos fitos na parede fronteira, e completamente absorto.

Depois do lanche, Aurélia convidou o marido para darem uma volta pelo jardim; mas havia senhoras nas

Vinhos de desser: **vinhos de sobremesa, geralmente doces. A palavra desser é um aportuguesamento do francês *dessert*.**

janelas da vizinhança e a moça não quis expor-se aos olhares curiosos. Ela não era a noiva feliz e amada; mas as outras a supunham, e tanto bastava para que seu pudor a recatasse às vistas dos estranhos.

Voltaram pois à saleta.

Aí andaram a borboletear de um a outro assunto, mas, apesar do desejo que tinham de prolongar a conversação, ou talvez por essa mesma preocupação que os distraía, não encontraram tema para divagar.

Afinal recaíram nas fotografias. Dessa vez foi o álbum dos conhecidos que forneceu matéria. Em um dos primeiros cartões figurava o Lemos, cuja aparição coincidiu com essa observação de Aurélia:

— O álbum das pessoas de minha amizade, eu o guardo comigo. Estes são álbuns de sala, tabuletas semelhantes às que têm os fotógrafos na porta*****.

— Mas não apresentam decerto as antíteses curiosas das tabuletas. Os tais senhores parece que o fazem de propósito; não há mais perfeita democracia.

Seixas, emérito conhecedor da Rua do Ouvidor, começou a especificar alguns dos contrastes de que se recordava; abstemo-nos porém de reproduzir suas observações, que **ressentiam-se de singular mordacidade**.

Esse tom **cáustico** não era natural ao mancebo, cuja índole benévola e afável nunca passava de uns toques de fria ironia. Ele próprio já notara em si essa alteração de seu caráter, e achava um **sainete** especial em saturar-se do **fel** que tinha no coração.

Ao cabo de algum tempo notou Fernando que Aurélia erguia frequentemente os olhos para a pêndula, e disfarçou, porque ele também interrogava amiúdo e furtivamente o mostrador, ansioso de ver escoar-se o dia.

Uma vez os olhos de ambos encontraram-se, quando buscavam a pêndula. Aurélia corou de leve:

— Cuidei que fosse mais cedo! — disse ela.

— Como passa rapidamente o tempo! — exclamou Fernando. — Quase três horas.

— Ainda falta muito. São apenas duas e um quarto.

*** Como a fotografia do Lemos era uma das primeiras, Aurélia apressa-se em justificar o caráter casual daquele álbum, diferente do que ela guardava consigo, que era o das pessoas queridas.**

Ressentiam-se de singular mordacidade: os comentários de Fernando são marcados, cada vez mais, por um grande sarcasmo (mordacidade), contrariando seu costumeiro caráter gentil e afável.

Cáustico: profundamente irônico; sarcástico.

Sainete: sabor.

Fel: amargor, azedume.

— Ah! É verdade.

— Talvez esteja atrasado! — observou Aurélia. — Consulte seu relógio.

Havia uma diferença de minuto e meio entre o relógio de Seixas e a pêndula da sala. Foi o pretexto para consumir o resto do tempo. Aurélia quis acertar a pêndula; aproveitou a ocasião para dar-lhe corda; depois do que veio uma discussão acerca da conveniência de mudá-la para outro consolo.

— Já três horas! — exclamou afinal a moça. — É tempo de vestirmo-nos para o jantar. Até logo!

Aurélia fez um gracioso aceno de fronte ao marido e desapareceu pela porta, que dava para o seu toucador.

Quando ela entrou nesse aposento e fechou a porta sobre si, não teve tempo de desatar o corpinho do vestido; meteu as mãos pelos ilhoses e magoando os dedos mimosos nos colchetes, despedaçou a **ourela** para não sufocar. O coração que ela recalcara por tanto tempo sublevava-se afinal, e estalava nos soluços que lhe dilaceravam o seio.

De seu lado Fernando, ao ficar só, respirava, como um homem que repousa de uma tarefa laboriosa e fatigante. Ele desejaria sair daquele teto, perder de vista a casa, ir bem longe daí para gozar desses momentos de solidão e recuperar durante uma hora sua liberdade. Mas um passeio, e ainda mais solitário, não era conveniente no dia seguinte ao de um casamento de amor.

O criado pediu licença para entrar.

— O senhor não precisa de mim?

— Não, obrigado. A que horas janta-se?

— Às cinco, se o senhor não der outra ordem.

— Bem.

— O senhor sai a passeio depois do jantar? de carro ou a cavalo?

— Não.

— Sei que não é próprio logo nos primeiros dias do casamento, mas foram as ordens que recebi; que nada faltasse ao senhor.

— Quem as deu?

Ourela: orla, guarnição.

— A senhora.

Esse cuidado, que em outra circunstância lhe causaria íntimo prazer, em sua posição humilhava-o. Sentia a influência da tutela que pesava sobre ele e o reduzia à condição de um pupilo nupcial, senão coisa pior. Mas estava resignado às duras provações da situação, a que seu erro o submetera.

Ainda nessa ocasião, Seixas revelou uma nova alteração em sua índole, ou pelo menos em seus hábitos.

Ele tinha essa flor da ingênua elegância, que não se alimenta da vaidade de ser admirada, mas da satisfação íntima. Vestir-se era para ele outrora um prazer; o contato de um novo traje causava-lhe uma sensação deliciosa, como a de um banho frio em hora de calma.

Nesse dia, porém, quando os guarda-roupas e cômodas **regurgitavam**, limitou-se ele apenas a reparar algum leve desarranjo; e dar ao traje da manhã uma feição de novidade pela mudança de uma gravata*****. Quando entrou na saleta de conversa, já ali estava D. Firmina, e Aurélia não se demorou.

A moça trajava de verde. Ela tinha dessas audácias só permitidas às mulheres realmente belas, de afrontar a monotonia de uma cor. Seu lindo rosto, o colo harmonioso e os braços torneados desabrochavam dessa folhagem de seda, como lírios d'água levemente rosados pelos rubores da manhã.

Quando a porta abriu-se para dar-lhe passagem, Seixas cuidou que assistia à metamorfose da ninfa transformada em **loto**. Mas logo depois, admirando a graça que se desprendia dessa peregrina gentileza como a irradiação de um astro, pareceu-lhe antes que a flor tomava as formas da mulher e animava-se ao sopro divino.

D. Firmina trouxera da rua muitas novidades.

Recomendações de umas amigas de Aurélia; mil inquirições de outras acerca do casamento; elogios dos noivos; e toda a outra bagagem de agradáveis banalidades, que na máxima parte compõem a vida nas grandes cidades.

Regurgitavam: transbordavam (no caso, de roupas).

*** Observe a transformação que vai se operando em Fernando. Ele se mostra mais irônico do que de costume, e sua vaidade nos trajes, antes tão extrema, agora cede lugar a uma simples troca de gravata. Aos poucos, ele vai mudando de valores.**

Loto: certo tipo de flor.

Com essa provisão encarregou-se ela de preencher a meia hora que faltava para o jantar.

— É voz geral que não se podia escolher um par mais perfeito — disse a viúva a modo de resumo.

— Já vê que nos casamos por unânime aclamação dos povos — observou Aurélia sorrindo-se para o marido. — Nada nos falta para sermos felizes.

— Mais do que eu sou, não é possível — tornou Seixas.

— Esta primazia me pertence, e não lha cederei!

D. Firmina aplaudiu essa contestação que revelava os extremos de amor dos noivos um pelo outro.

O jantar correu como o almoço. Aurélia, isenta do enleio, ou antes opressão, que a tolhia quando se achava só com o marido, recobrava na presença de D. Firmina e dos criados a sua feiticeira volubilidade, na qual um observador calmo notaria certa irritabilidade nervosa, habilmente encoberta com a galantaria do gesto e a graça do sorriso.

Seixas **não se demoveu da sobriedade** que havia guardado pela manhã, senão para aceder aos desejos da mulher, a qual por mais de uma vez exerceu essa tirania feminina que, à semelhança de certas realezas, compraz-se com as minúcias.

Ao levantarem-se da mesa, Fernando dirigiu-se à porta do jardim e esperava divagando os olhos pelo arvoredo, que dessem destino ao resto da tarde. Aurélia aproximou-se enquanto D. Firmina estava ocupada em arranjar a cauda de seu vestido **nesgado**, moda a que ainda se não pudera habituar.

— Que bela tarde! — exclamou a moça ao lado do marido.

Logo sombreando a voz disse-lhe quase ao ouvido, com tom rápido e incisivo:

— Ofereça-me o braço!

Depois, prolongando a exclamação, continuou mostrando no horizonte uns arrebóis encantadores, em que os mais finos matizes se cambiavam sobre a nívea polpa de um grande **cirro** que de repente incendiou-se como um **rosicler** de fogo.

Não se demoveu da sobriedade: não deixou a sobriedade.

Nesgado: com fenda.

Cirro: nuvem.

Rosicler: cor ardente do crepúsculo.

— Veja; até o céu está festejando a nossa ventura. Quem já teve desses fogos de artifício, que o sol preparou para **obsequiar-nos**?

— É pena que não possamos... que eu não possa gozar da festa mais de perto, para melhor apreciá-la.

Aurélia voltou-se rapidamente para fitar no semblante do marido um frio olhar de interrogação; mas Fernando contemplava as gradações da luz no ocaso, e só voltou-se para oferecer o braço à mulher, conforme a recomendação que recebera.

Fê-lo, porém, mais com o gesto, pois as palavras apenas murmuradas mal se ouviram.

— Acenda seu charuto — disse a moça vendo que ele esquecia-se desse pormenor, apesar de lhe ter o criado oferecido fogo.

Aurélia conduziu o marido a um caramanchão que havia no meio da chácara, e cuja espessa ramada os escondia às vistas de D. Firmina, e do jardineiro e hortelão que andavam na **lide** costumada.

Seixas tinha umas **tinturas** de orquídeas e parasitas que havia colhido um verão em Petrópolis, no tempo em que a cultura e o estudo desses dois gêneros de plantas esteve na moda e para alguns degenerou em mania. Como um dos leões fluminenses, estava ele na obrigação de sujeitar-se a esse novo capricho da soberana, e cumpria-lhe habilitar-se para em uma reunião nomear por sua designação científica a flor da moda que ornava uma gruta de jardim ou um vaso de sala.

Justamente embaixo do caramanchão havia uma bela coleção de orquídeas, que o jardineiro ali guardara do sol. Fernando aproveitou-se do tema para fazer mostra dos seus conhecimentos botânicos.

Aurélia ouvia-o com atenção; só quando o marido parecia ter esgotado o assunto, foi que ela encartou uma reflexão.

— Como todo o mundo, eu sempre fui muito apaixonada de flores; mas houve um tempo em que não as pude suportar. Foi quando se lembraram de ensinar-me botânica.

Obsequiar-nos: presentear-nos.

Lide: trabalho.

Tinturas: nesta passagem, significa conhecimentos superficiais.

— Quer isto dizer que tive a infelicidade de aborrecê-la com a minha conversa?

— Eis o que é a prevenção! Conseguiu reconciliar-me com a botânica. Não há melhor calmante.

Já estava escuro quando Aurélia se recolheu do jardim pelo braço do marido. D. Firmina os esperava na saleta já esclarecida com um doce crepúsculo artificial coado pelo cristal fosco dos globos.

A viúva sentara-se à mesa do centro para devorar os folhetins dos jornais e teve a discrição de voltar as costas para o sofá onde se tinham acomodado os noivos.

Aurélia, fatigada da comédia que representara durante o dia, recostara-se à almofada, e cerrando as pálpebras engolfou-se em seus pensamentos. Fernando respeitou essa meditação: tanto mais quanto seu espírito cedia também a uma irresistível preocupação.

A noite causara-lhe um indefinível desassossego, que mais crescia agora com a aproximação da hora de recolher. Não sabia de que se receava; era uma coisa vaga, informe, ignota, que o enchia de pavor.

Assim, cada um em seu canto de sofá, separados ainda mais pela completa alheação do que pelo espaço que entre ambos medeava, ela absorta, ele agitado, passaram esse primeiro serão de sua vida conjugal.

D. Firmina, às vezes, nalgum ponto menos interessante do folhetim, aplicava o ouvido; e aquele silêncio suspeito a fazia sorrir pensando nos abraços e beijos furtivos que surpreenderia, se de repente se voltasse para o sofá.

Com discreta malícia, a pretexto de procurar o lenço fazia menção de voltar-se para gozar do prazer de assustar os dois pombinhos. Então percebia um leve rumor; cuidando que eles se afastavam, quando ao contrário fingiam ocupar-se um do outro, para não traírem sua mútua indiferença.

Pelo meio da noite Aurélia saiu da sala. Depois de uma pequena ausência durante a qual ouviu-se dentro algum rumor, ela voltou a ocupar seu lugar no canto do sofá.

Afinal a pêndula marcou dez horas. D. Firmina dobrou seus jornais e despediu-se.

Aurélia acompanhou-a lentamente como para certificar-se de que se afastava; depois do que cerrou a porta, deu duas voltas pela sala e caminhou-se para o marido.

Seixas viu-a aproximar-se assombrado pela estranha expressão que animava o rosto da moça.

Era um sarcasmo cruel e lascivo o que transluzia com fulgor satânico da fisionomia e gesto dessa mulher.

Só faltava-lhe a coroa de pâmpanos* sobre as tranças esparsas e o tirso na destra.

Em face do marido porém essa febre aplacou-se como por encanto; e surgiu outra vez do corpo da bacante em delírio a virgem casta e melindrosa.

Aurélia tinha na mão dois objetos semelhantes, envoltos um em papel branco, outro em papel de cor. Ofereceu o primeiro a Seixas; mas retraiu-se substituindo aquele por outro.

— Esta é minha — disse guardando o invólucro de papel branco.

Enquanto Seixas olhava o objeto que recebera, sem compreender o que isto significava, Aurélia fez-lhe com a cabeça uma saudação:

— Boa noite.

E retirou-se.

4

Seixas ao retirar-se fê-lo com tanta precipitação, que esqueceu-lhe o objeto fechado em sua mão; só deu por ele no toucador, ao cair-lhe no chão.

Abriu então o papel. Havia dentro uma chave; e presa à argola uma tira de papel com as seguintes palavras escritas por Aurélia: *chave de seu quarto de dormir.*

Ao ler essas palavras Seixas tornou-se lívido; e lançou um olhar esvairado para o reposteiro da câmara, em que ele entrara na véspera palpitante de amor e que não poderia nunca mais penetrar, senão ébrio de vergonha e marcado com o ferrete da infâmia**.

Com o movimento que fez descobriu uma modificação que sofrera o aposento. Fora arredado o guarda-roupa que ocultava uma porta agora patente e apenas coberta por uma cortina também de seda azul.

*** O narrador recorre à mitologia grega para descrever o rosto sensual de Aurélia: ele a compara a uma bacante (participante das orgias ao deus Baco), a quem só falta uma coroa de pâmpanos (ramos de videira) nos cabelos. Diante do marido, porém, ela se retrai.**

**** Repare na adjetivação exagerada, característica comum do Romantismo: Seixas entrara no quarto, na véspera, "palpitante" de amor; agora, só penetraria ali se estivesse "ébrio" (bêbado) de vergonha e "marcado" com o ferrete da infâmia.**

A chave servia nessa porta que dava para uma alcova elegante, mobiliada com uma cama estreita de *érable* e outros acessórios. Era o mais **casquilho** dormitório de rapaz solteiro que se podia imaginar.

Seixas adivinhou pela onda de fragrância derramada no aposento que Aurélia ali estivera pouco antes. Talvez saíra ao ouvir o rumor da chave na fechadura.

— Meu Deus! — exclamou o mancebo comprimindo o crânio entre as palmas das mãos. — Que me quer essa mulher? Não me acha ainda bastante humilhado e abatido? Está se saciando de vingança. Oh! ela tem o instinto da perversidade. Sabe que a ofensa grosseira, ou caleja a alma, se é infame, ou a indigna se ainda resta algum brio. Mas esse insulto cortês cheio de atenção e delicadezas, que são outros tantos escárnios; essa ostentação de generosidade com que a todo o momento se está **cevando** o mais soberano desprezo; flagelação cruel infligida no meio dos sorrisos e com distinções que o mundo inveja; como esse, é que não há outro suplício para a alma que se não perdeu de todo. Por que não sou eu o que ela pensa, um mísero abandonado da honra e dos nobres estímulos do homem de bem? Acharia então com quem lutar!

Seixas vergou a cabeça ao peso dessa reflexão.

— A força da resignação, essa porém hei de tê-la. Não me abandonará, por mais cruel que seja a provação.

Os dias seguintes, essa fase nascente da lua de mel, passaram como o primeiro. Entraram então os noivos na outra fase, em que o enlevo de se possuírem já permite, sobretudo ao homem, tornar às ocupações habituais.

No quinto dia Seixas apresentou-se na repartição, onde foi muito festejado por suas prosperidades. Tomaram os companheiros aquele pronto comparecimento por mera visita. Se quando pobre, sua frequência somente se fazia sentir no livro do ponto, agora que estava rico ou quase milionário, com certeza deixaria o emprego ou quando muito o conservaria honorariamente, como certos enxertos das secretarias.

Casquilho: ornamentado de acordo com a moda, mas com certo exagero. Observe que agora Fernando vai dormir num aposento de solteiro. Trata-se de mais uma humilhação que Aurélia inflige ao marido.

Cevando: alimentando.

Grande foi pois a surpresa que produziu a assiduidade de Seixas na repartição. Entrava pontualmente às 9 horas da manhã e saía às 3 da tarde; todo esse tempo dedicava-o ao trabalho; apesar das contínuas tentações dos companheiros, não consumia como costumava outrora a maior parte dele na palestra e no **fumatório**.

— Olha, Seixas, que isto é meio de vida e não de morte! — dizia-lhe um camarada repetindo pela vigésima vez essa banalidade.

— Vivi muitos anos à custa do Estado, meu amigo; é justo que também ele viva um tanto à minha custa.

Outra mudança notava-se em Seixas. Era a gravidade que, sem desvanecer a afabilidade de suas maneiras sempre distintas, imprimia-lhe mais nobreza e elevação. Ainda seus lábios se ornavam de um sorriso frequente; mas esse trazia o reflexo da meditação e não era como dantes um **sestro** de galantaria.

O casamento é geralmente considerado como a iniciação do mancebo na realidade da vida. Ele prepara a família, a maior e mais séria de todas as responsabilidades. Atualmente esse ato solene tem perdido muito de sua importância; indivíduo há que se casa com a mesma consciência e serenidade com que o viajante **aposenta-se** em uma hospedaria.

Por isso estranhavam os colegas de Seixas aqueles modos tão diversos dos que tinha antes, em solteiro; e, não concebendo que o casamento mudasse repentinamente a natureza do homem, atribuíam a transformação à riqueza; e à modéstia chamaram **impostura**.

Para chegar em tempo à repartição, tinha Seixas de almoçar mais cedo e só, o que poupava-lhe, e também a Aurélia, cerca de meia hora de suplício, que ambos se infligiam um ao outro com sua presença.

— Está muito assíduo agora à repartição! — disse um dia a moça ao marido. — Pretende algum **acesso**?

Seixas deixou cair o remoque e respondeu francamente:

Fumatório: local reservado aos fumantes. Fernando era funcionário público e, na época de solteiro, raramente dava expediente. Mas agora, casado, leva a sério o emprego e torna-se assíduo ao trabalho. Mais uma transformação no seu caráter. Além disso, observe nessa passagem a crítica feita ao funcionalismo público em geral: pessoas nomeadas por gente influente ocupam cargos bem remunerados, mas, na verdade, não trabalham. Não esqueçamos que Alencar fez carreira política e conhecia bem como funcionavam as instituições públicas.

Sestro: mania.

Aposenta-se: hospeda-se. É mais uma crítica às mudanças de hábitos sociais. Para o narrador, o casamento estava sendo desvalorizado, perdendo sua aura de instituição respeitável.

Impostura: hipocrisia, falsidade.

Acesso: promoção.

— É verdade, há uma vaga, e desejo obter a preferência.

— Que ordenado tem esse emprego?

— Quatro contos e oitocentos.

— Precisa disso?

— Preciso.

Aurélia soltou uma risada **argentina**, quanto má e venenosa.

— Pois então seja antes meu empregado; asseguro-lhe o acesso.

— Já sou seu *marido* — respondeu Seixas com uma calma heroica.

A moça continuou a gorjear o seu riso sarcástico; mas voltou as costas ao marido e afastou-se.

Seixas ia a pé tomar em caminho a **gôndola**, cujo ponto ficava distante da repartição. Uma vez a mulher o interpelou acerca disso:

— Por que não serve-se do carro, quando sai?

— Prefiro o exercício a pé. É mais higiênico; faz-me bem ao corpo e ao espírito.

— É pena que não tivesse feito seus estudos de higiene quando solteiro.

— Não imagina quanto o lamento. Mas sempre é tempo de aprender, e nestes poucos dias tenho aproveitado muito.

— A mim me parece que desaprendeu. Naquele tempo sabia que eu era rica, muito rica; hoje tem-me na conta de uma mulher cujo marido anda de gôndola.

Fernando mordeu os beiços.

— A riqueza também tem sua decência. Casou-se com uma milionária, é preciso sujeitar-se aos ônus da posição. Os pobres pensam que só temos gozos e delícias; e mal sabem a servidão que nos impõe esta **gleba** dourada. Incomoda-lhe andar de carro? E a mim não me tortura este luxo que me cerca? Há cilício de clima que se compare a estes cilícios de tule e seda que eu sou obrigada a trazer sobre as carnes, e que me estão rebaixando a todo o instante, porque me lembram que, aos

Argentina: que tem um som agradável.

Gôndola: antigo veículo urbano carioca, puxado por burros.

Gleba: terra. Isto é, os ricos também são escravos de sua condição.

olhos deste mundo, eu, a minha pessoa, a minha alma, vale menos do que esses trapos?*

As últimas palavras pareciam escapar-se dos lábios da moça **rorejadas** de lágrimas. Seixas, esquecendo a pungente alusão que sofrera pouco antes, fitou com olhos compassivos; mas ela recobrara já o tom de agressiva ironia:

— Assim o *mundo* achará em mim a sua criatura; a mulher, que festeja e enche de adorações. Eu serei para ele o que ele me fez.

Esse *mundo*, Fernando compreendeu que era o pronome de sua infelicidade e ambição. Restituído à realidade de sua posição de que o ia arrancando súbita comoção disse:

— Pensa então que a decência de sua casa exige que seu marido ande de carro?

— Penso que me casei com um cavalheiro distinto, que sabe usar de sua fortuna, e não com um homem vulgar.

— Tem razão. Reclama o que lhe pertence, e eu seria um velhaco se lhe recusasse o que adquiriu com tão bom direito.

A chegada de D. Firmina interrompeu este diálogo.

De volta da repartição, encontrava Seixas a mulher na saleta; se ela estava só, cortejavam-se apenas, trocavam algumas palavras a esmo, depois do que recolhiam-se cada um a seu aposento e preparavam-se para o jantar. Se havia alguém com Aurélia, Seixas passava-lhe a mão pela cintura e roçava um beijo hirto por aquela face aveludada que se crispava ao seu hálito frio. Depois do jantar vinha o passeio ao jardim. Era nessa ocasião, quando escondidos pela folhagem, os supunham na troca de ternuras, que Aurélia crivava o marido de **epigramas e motejos**. De ordinário Seixas opunha a esse fogo rolante uma paciente indiferença que acabava por fatigar a moça.

Alguma vez, porém, acontecia retribuir Seixas o sarcasmo, o que irritava o ânimo já acerbo de Aurélia, cuja

*** Aurélia faz mais uma crítica à sociedade governada pelo dinheiro. Ela compara suas roupas luxuosas a um cilício, que é túnica ou cinto que se usa embaixo da roupa e que é feito de um material que fere a pele. O cilício é usado como forma de penitência ou mortificação.**

Rorejadas: molhadas.

Epigramas e motejos: sarcasmos e zombarias. Aurélia atormenta Fernando com palavras humilhantes.

palavra tornava-se então de uma causticidade implacável.

À noite havendo visitas passavam no salão; quando estavam sós, ficavam na saleta; Seixas abria um livro; Aurélia fingia escutar os trechos que o marido lia em voz alta*. Outras noites improvisava-se um jogo, em que tomava parte D. Firmina, e cuja fútil monotonia matava as horas.

Tinham perto de um mês de casados; durante esse tempo, vendo-se e falando-se todos os dias, não acontecera uma só vez pronunciarem o nome um do outro. Usavam do verbo na terceira pessoa; respeitavam entre si esse anônimo tácito, sublinhando a palavra com o gesto.

Uma ocasião, estava a sala cheia de gente. Aurélia dirigiu-se ao marido quando este de pé, a pequena distância, conversava com várias pessoas. Não respondeu Seixas; ela quis aproximar-se para chamar-lhe a atenção, mas cercavam-no os amigos.

— Fernando! — disse então, fazendo um supremo esforço.

Seixas voltou-se atônito; encontrou nos lábios da mulher um sorriso que saturava de fel a doçura daquela voz.

— Chamou-me?

— Para acompanhar D. Margarida que se retira.

A mudança que se havia operado na pessoa de Seixas depois de seu casamento fez-se igualmente sentir em sua elegância. Não **mareou-se** a fina distinção de suas maneiras e o apuro do traje; mas a **faceirice** que outrora cintilava nele, essa desvanecera-se.

Sua roupa tinha o mesmo corte irrepreensível, mas já não afetava os requintes da moda; a fazenda era superior, porém de cores modestas. Já não se viam em seu vestuário os vivos matizes e a artística combinação de cores.

Aurélia notou não só essa alteração que dava um tom varonil à elegância de Seixas, como outra particularidade, que ainda mais excitou-lhe a observação. Dos objetos que faziam parte do enxoval por ela oferecido, não se lembrava de ter visto um só usado pelo marido.

*** O hábito da leitura em voz alta em reuniões familiares era bastante comum no século XIX.**

Mareou-se: desapareceu.

Faceirice: certo exibicionismo no modo de vestir para chamar a atenção dos outros.

Ao mesmo tempo a **chocalhice** dos escravos a advertiu de uma circunstância ignorada por ela e que se prendia à outra.

Ordenava ela à mucama que distribuísse pelas outras uns enfeites e vestidos já usados.

— Sinhá é muito **esperdiçada**! — observou a mucama com a liberdade que as escravas prediletas costumam tomar*. — Não sabe poupar como senhor que traz tudo fechado, até o sabonete!

— Não tens que ver, nem tu nem as outras, com o que fez teu senhor! — atalhou Aurélia com severidade.

Bem ímpetos sentiu a moça de interrogar a mucama; mas resistiu a esse desejo veemente para conservar o decoro de sua posição e não abaixar-se até à familiaridade com a criadagem**.

Despediu a rapariga; mas resolveu verificar por si o que teria valido a Seixas essa reputação de avaro, que lhe conferira a opinião pública da cozinha e da cocheira.

Chocalhice: tagarelice.

Esperdiçada: que desperdiça muito.

* Repare no tom crítico expresso pelo narrador contra as "liberdades" que as escravas costumavam tomar em casa, interferindo negativamente no ambiente familiar. Essa crítica repercute a própria posição de Alencar em seus escritos sobre a questão escravista.

** Aqui o autor expressa o tipo de relação que havia entre senhores e escravos; a necessária distância social que permeava as relações humanas.

Despediu: mandou que se retirasse.

5

No dia seguinte, depois do almoço, lembrou-se Aurélia de sua resolução da véspera.

Àquela hora o marido estava na repartição e já o criado devia ter acabado de fazer o serviço dos quartos; por conseguinte podia sem despertar a atenção realizar seu intento. Deu volta à chave da porta que um mês antes fechara-se entre ela e seu marido; abriu de leve o reposteiro de seda azul para certificar-se de que ninguém havia no aposento; e trêmula, agitada por uma comoção que lhe parecia infantil, entrou naquela parte da casa, onde não tornara depois de seu casamento.

Que horas encantadoras passara ela ali nos dias que precederam a cerimônia, quando ocupava-se com o preparo e adereço desses aposentos, destinados ao homem a quem ia unir-se para sempre, embora para dele separar-se por um divórcio moral, que talvez fosse eterno!

O sentimento que possuía Aurélia e a dominava naquele tempo ela própria não o poderia definir, tão singulares eram os afetos que se produziam em sua alma.

Ao passo que ela acariciava com um acerbo requinte a desafronta de seu amor ludibriado, e prelibava o cáustico prazer da humilhação desse homem, que a **traficava**, vinham momentos em que alheava-se completamente dessa preocupação da vingança, para entregar-se às fagueiras ilusões.

Tinha sede de amor; e, como não o encontrava na realidade, ia bebê-lo a longos **haustos** na taça de ouro, que lhe apresentava a fantasia. Essas horas vivia-as com seu ideal; e eram horas inebriantes e deliciosas.

Nelas foi que a jovem mulher se esmerou em ornar suas salas e gabinetes. Sonhava que iam ser habitados pelo único homem a quem amara, e que lhe retribuía com igual paixão. Queria que esse ente querido achasse como que entranhada na elegância dos aposentos sua alma palpitante, que o envolvesse e encerrasse dentro em si.

Ao rever o lugar e objetos, que tinham sido companheiros daquelas cismas e ardentes emoções, Aurélia cedeu um instante à mágica influência de **recordos**, os quais se desdobravam como as névoas aljofradas, que **empanam** a luz do sol e **mitigam**-lhe **a calma**.

Arrancando-se afinal a esse enlevo de um passado, que nem ao menos era real, e só existira como uma doce **quimera**, a moça percorreu então o aposento, e volveu em torno um olhar perscrutador.

Notou o que aliás era bem visível. O toucador estava completamente despido de todas as galantarias de que ela o havia adornado com sua própria mão. Parecia um móvel chegado naquele instante da loja. Os guarda-roupas, cômodas, secretárias, tudo fechado, e na mesma nudez, que denunciava falta de uso.

— É por isso!... — murmurou a moça consigo. — O criado não suspeita o motivo e atribui à mesquinheza.

Traficava: negociava.

Haustos: goles, tragos.

Recordos: recordações.

Empanam: obscurecem.

Mitigam a calma: abrandam o forte calor.

Quimera: sonho, ilusão.

Uma das mais tocantes puerilidades de Aurélia, quando sonhava o casamento com o homem amado, fora a igualdade das fechaduras de todas as portas e móveis do uso especial de cada um. Duas almas que se unem, pensava ela em sua terna abnegação, não têm segredos e devem possuir-se uma à outra completamente.

Quando reuniu em argolas de ouro as duas séries de chaves ao todo iguais, sorriu-se e imaginou que na noite do casamento, quando seu marido se lhe ajoelhasse aos pés, ela o ergueria em seus braços para dizer-lhe:

— Aqui estão as chaves de minha alma e de minha vida! Eu te pertenço; fiz-te meu senhor; e só te peço a felicidade de ser tua sempre!

Em que abismo de dor e vergonha se tinham submergido essas visões maviosas já o sabemos. Ninguém suspeitou jamais, nem ela revelou nunca, a voragem de desespero oculta sob aquele formoso colo, que parecia arfar unicamente com as brandas emoções do amor e do prazer.

Aurélia abriu com suas chaves os móveis; e confirmou-se em sua conjetura. Tudo, joias, perfumarias, utensílios de toucador, roupa, tudo ali estava guardado em folha, como viera da loja.

— Que significação tem isto? — murmurou a moça interrogando atentamente seu espírito. — Parece desinteresse... Mas não! Não pode ser. Em todo caso há um plano, uma ideia fixa. Outro dia o carro; agora isto!...

Refletiu algum tempo mais e concluiu:

— Não compreendo.

Aurélia tinha razão. Se, com essa obstinação, Seixas queria mostrar desapego à riqueza adquirida pelo casamento, fazia um ridículo papel; pois o enxoval não era senão um insignificante acessório do dote em troca do qual tinha negociado sua liberdade.

A porta do quarto de dormir estava fechada. Aurélia abriu-a com a chave parelha que havia em sua argola.

Ali achou a escrivaninha, que servia de toucador provisório a Seixas, e uns pentes e escovas de ínfimo preço.

— Agora entendo. Quer mortificar-me.

Depois do jantar, passeavam no jardim; Aurélia, tendo colhido uma rosa, afagava com as pétalas macias o cetim de suas faces, mais puro que o matiz da flor.

— Hoje estive em seu toucador — disse ela com simulada indiferença.

— Ah! fez-me esta honra?

— Uma dona de casa, bem sabe, tem obrigação de ver tudo.

— A obrigação e o direito.

— O direito aqui seria da mulher; e não só este como outros mais.

— Eu os reconheço — disse Fernando.

— Ainda bem. Vejo que nos havemos de entender.

Este diálogo, quem o ouvisse de parte, não lhe descobriria a menor expressão hostil ou agressiva. Os dois atores deste drama singular já se tinham por tal forma habituado a vestir sua ironia de afabilidade e galantaria que vendavam completamente a intenção.

Muitas vezes D. Firmina aproximava-se no meio de uma dessas **escaramuças** de espírito e supunha ao ouvi-los que estavam **arrulhando** finezas e ternuras, quando eles se crivavam de alusões pungentes.

A moça hesitou um instante; mas, fitando de chofre o olhar no semblante do marido, perguntou-lhe:

— Que fez dos objetos que estavam no toucador?

Seixas conteve um assomo de nobre ressentimento e sorriu-se com desdém.

— Não tenha susto; estão fechados nas gavetas, intatos como os deixou. Pensava talvez que parassem em alguma casa de penhor?

— Estes objetos lhe pertencem; pode dispor deles como lhe aprouver, sem dar contas disso a ninguém. Era a resposta que supunha receber e eu não teria que replicar-lhe, pois reconheço o seu direito e o respeito.

— Penhora-me com tamanha generosidade — disse Seixas sentindo o dardo da alusão.

— Não se apresse em agradecer. Se respeito o seu direito de dispor livremente do que é seu, também por minha parte reclamo a garantia do que adquiri com o sacrifício de minha felicidade. Casei-me com o Sr. Fernando Rodrigues de Seixas, cavalheiro distinto, franco e liberal, e não com um avarento, pois é este o conceito em que o têm os criados, e brevemente toda a vizinhança, se não for a cidade inteira.

Seixas escutara com calma forçada essas palavras da mulher, e replicou-lhe vivamente:

— Há dias, a propósito do carro, agitou-se entre nós

Escaramuças: conflitos.

Arrulhando: dizendo em tom meigo, carinhoso.

essa questão; volta agora o caso do toucador; e pode renovar-se a cada momento. O melhor pois é liquidá-la de uma vez.

— Liquidemos.

— Dê-me o braço, que ali vem D. Firmina.

Aurélia passou a mão pelo braço de Seixas. Passeando ao longo de uns painéis de fúcsias de várias espécies e admirando as flores, tiveram eles esta conferência, que decerto nunca houve entre marido e mulher.

— A senhora comprou um marido: tem pois o direito de exigir dele o respeito, a fidelidade, a convivência, todas as atenções e homenagens que um homem deve a sua esposa. Até hoje...

— Faltou-lhe mencionar uma, talvez insignificante, o amor — atalhou Aurélia brincando com um cacho de fúcsias.

— Estava subentendido. Há apenas uma reserva a fazer acerca da espécie desse produto. Suponha que a senhora não possuísse essa bela e opulenta madeixa, suntuoso diadema como não o tem nenhuma rainha, e que fizesse como as outras moças, que compram os coques, as tranças e os cachos. Não teria decerto a pretensão de que esses cabelos comprados lhe nascessem na cabeça, nem exigiria razoavelmente senão uns postiços. O amor que se vende é da mesma natureza desses postiços: frocos de lã, ou despojo alheio.

— Oh! ninguém o sabe melhor do que eu, que espécie de amor é esse, que se usa na sociedade e que se compra e vende por uma transação mercantil, chamada casamento!... O outro, aquele que eu sonhei outrora, esse bem sei que não o dá todo o ouro do mundo! Por ele, por um dia, por uma hora dessa bem-aventurança, sacrificaria não só a riqueza, que nada vale, porém minha vida, e creio que minha alma!

Aurélia, no **afogo** destas palavras que lhe brotavam do seio agitado, retirara a mão do braço de Seixas; ao terminar voltara-se rapidamente para esconder a veemência do afeto que lhe incendiara o olhar e as faces.

Afogo (ô): excitação.

Seixas acompanhou esse movimento com um gesto de profunda mágoa, que um instante confrangeu-lhe o semblante, mas logo passou; já ele estava ocupado em entrançar nos losangos do gradil verde alguns pâmpanos mais longos de madressilva, quando Aurélia aproximou-se.

— Não faça caso destas puerilidades. São os últimos arrancos do passado. Cuidei que já estava morto de todo; ainda respira: mas em poucos dias nós o teremos enterrado. Talvez que então eu consiga ser a mulher que lhe convinha, uma de tantas que o mundo festeja e admira.

— A senhora será o que lhe **aprouver**; de qualquer modo deve convir-me desde que não empobreça.

Este sarcasmo chamou Aurélia à realidade de sua posição.

— É verdade, esqueci-me que entre nós só há um vínculo.

— Posso continuar?

— Estou ouvindo-o.

— As obrigações e respeitos que lhe devo como seu marido ainda não me eximi de cumpri-los; e não me eximirei, qualquer que seja a humilhação, que eles me imponham.

Aurélia sentiu uma estranha repulsão ao ouvir estas palavras; o rubor queimou-lhe as faces.

— A senhora pretende também que não comprou um marido qualquer, e sim um marido elegante, de boa sociedade e maneiras distintas. Fazendo violência à minha modéstia, concordo. Tudo quanto for preciso para pavonear essa vaidade de mulher rica eu o farei, e o tenho feito. Salvas algumas modificações ligeiras, que a idade vai trazendo, sou o mesmo que era quando recebi sua proposta por intermédio de Lemos. Estarei enganado?

Aurélia respondeu com um gesto de suprema indiferença.

— Já vê que sou exato e escrupuloso na execução do contrato. Conceda-me ao menos este mérito. Vendi-lhe

Aprouver: agradar.

um marido; tem-no à sua disposição, como dona e senhora que é. O que porém não lhe vendi foi minha alma, meu caráter, a minha individualidade; porque essa não é dado ao homem alheá-la de si, e a senhora sabia perfeitamente que não podia jamais adquiri-la a preço d'ouro.

— A preço de quê, então?

— A nenhum preço, está visto, desde que o dinheiro não bastava. Se me der o capricho para fingir-me sóbrio, econômico, trabalhador, estou em meu pleno direito; ninguém pode proibir-me esta hipocrisia, nem impor-me certas prendas sociais e obrigar-me a ser à força um glutão, um dissipador e um indolente.

— Prendas que possuía quando solteiro.

— Justamente, e que me granjearam a honra de ser distinguido pela senhora.

— É por isso que desejo revivê-las.

— Neste ponto sou livre e a senhora não tem sobre mim o menor poder. O **fausto** de sua casa exige que tenha um palácio, mesa **lauta**, carros e cavalos de preço, que viva no meio do luxo e da grandeza. Não a contrario no mínimo detalhe; moro nesta casa, sento-me a essa mesa, entrarei nesses carros para acompanhá-la; não serei nos seus esplêndidos salões um traste indigno de emparelhar com os outros móveis*. Quanto ao mais, ter, por exemplo, apetite para suas iguarias e prazer para suas festas, eis ao que não me obriguei. E porventura será defeito que rebaixe o homem de sua posição social, de seus méritos, o fastio ou o hábito de andar a pé?

— Porventura, pergunto-lhe eu, será agradável a alguma senhora ter um marido que serve de tema à **risota** dos criados e passa por trancar o sabonete? E veja quanto se desmandam, que já chegaram a meus ouvidos os **chascos** dessa gente.

— Compreendo que se ofenda com isso o seu orgulho. Mas há um remédio; deixar que roubem esses objetos, ou dá-los sob qualquer pretexto, contanto que eu não me sirva deles.

Aurélia fez um gesto de impaciência.

Fausto: luxo.

Lauta: farta.

*** Reveja a nota, na página 99, a respeito da palavra traste: o próprio Seixas usa esse termo para comparar-se aos demais móveis da casa; ironicamente, define-se como "pior" do que os outros objetos da esposa.**

Risota: chacota.

Chascos: zombarias.

— Não contesto-lhe o direito que pretende haver sobre o que chama sua alma e seu caráter. Ideou este meio engenhoso de contrariar-me; não lhe roubarei o prazer; mas se deseja saber o que penso...

— Tenho até o maior empenho. Sua opinião é para mim como um farol; indica-me o **parcel**.

— O que não impediu seu naufrágio. Mas não gastemos o tempo em epigramas. Que necessidade temos nós destes trocadilhos de palavras, quando somos a sátira viva um do outro? Há neste mundo certos pecadores que, depois de obtidos os meios de gozar da vida, arranjam umas duas virtudes de **aparato**, com que negociam a absolvição e se dispensam assim de restituir a alma a Deus.

O aspecto de Seixas denunciava a cólera que sublevava-se em sua alma e não tardava a prorromper. Mas desta vez ainda conseguiu domar a revolta de seus brios.

— Acabe.

— Já tinha acabado. Mas, para satisfazê-lo, aí vai o ponto do *i*; sua economia e sobriedade são do número daquelas virtudes oficiais dos pecadores timoratos.

— A senhora tem uma sagacidade prodigiosa! Bem mostra que é sobrinha do Sr. Lemos*.

Aurélia que seguira adiante voltou-se como se uma víbora a tivesse picado no calcanhar. Tão eloquente foi o assomo de dignidade ofendida que vibrou a fronte da formosa moça, e tal o império de seu olhar de rainha, que Seixas arrependeu-se.

— Desculpe!... — disse ele com brandura. — Sua ironia às vezes é implacável.

Aurélia não respondeu. Adiantando-se, entrou em casa e recolheu-se ao toucador. Era a primeira noite depois de casados que ela não voltava do jardim na companhia e pelo braço do marido.

Parcel: recife ou rochedo quase à flor da água. Nesta passagem, tem o sentido genérico de perigo.

Aparato: aparência.

* Aurélia duvida da economia e sobriedade do esposo, comparando-as às virtudes dos pecadores. A resposta de Seixas é ainda mais ferina, associando sua esposa ao inescrupuloso Lemos. Sabendo-se como é o caráter desse homem, entende-se a reação violenta de Aurélia.

6

Fazia um luar magnífico.

Seixas conversava com D. Firmina na calçada de mármore da frente, que a folhagem das árvores cobria de sombra.

À direita do marido estava Aurélia reclinada em uma cadeira mais baixa de encosto derreado, cômodo preguiceiro para o corpo e o espírito que deseja cismar.

Desde a tarde da explicação relativa ao toucador, as relações dos dois companheiros dessa **grilheta** matrimonial se tinham modificado.

Como se houvessem naquela ocasião exaurido toda a dose de fel e acrimônia, acumulada nesse primeiro mês de casados, desde o dia seguinte suas palavras correspondendo à amenidade e apuro das maneiras perderam a ponta de ironia, de que anteriormente vinham sempre armadas, como as vespas de seu dardo sutil e virulento.

Conversaram menos de si; falando sobre coisas indiferentes ou banais, acontecia-lhes durante muitas horas esquecerem-se da fatalidade que os tinha unido em uma eterna colisão para se dilacerarem mutuamente a alma.

Seixas descrevia naquele momento a D. Firmina o lindo poema de Byron, *Parisina*. O tema da conversa fora trazido por um trecho de ópera que Aurélia tocara antes de vir sentar-se na calçada.

Depois do poema ocupou-se Fernando com o poeta. Ele tinha saudade dessas brilhantes fantasias, que outrora haviam embalado os sonhos mais queridos de sua juventude. A imaginação, como a borboleta que o frio entorpeceu e desfralda as asas ao primeiro raio do sol, doudejava por essas flores d'alma*****.

Não falava para D. Firmina, que talvez não o compreendia, nem para Aurélia que certamente não o escutava. Era para si mesmo que expandia as abundâncias

Grilheta: grande anel de ferro, na extremidade de uma corrente, a que se prendiam os condenados. A situação entre Fernando e Aurélia é comparada a dois condenados eternamente presos um ao outro.

*** Comparação romântica apropriada ao momento: estão ao luar, Seixas comenta um poema de Byron, e sua imaginação é "como a borboleta" que, nesse momento propício, abre as asas, voa sobre as "flores d'alma".**

do espírito; o ouvinte não passava de um pretexto para esse monólogo.

Às vezes repetia as traduções que havia feito das poesias soltas do **bardo** inglês; essas joias literárias, vestidas com esmero, tomavam maior realce na doce língua fluminense e nos lábios de Seixas que as recitava como um trovador.

Aurélia a princípio entregara-se ao encanto daquela noite brasileira, que lhe parecia um sonho de sua alma pintado no azul diáfano do céu.

Umas vezes ela refugiava-se no mais espesso da sombra, como se receasse que os raios indiscretos da Lua viessem espiar em seus olhos os recônditos pensamentos. Daí, da escuridão em que se **embuçava**, entretinha-se a ver as árvores e os edifícios flutuando na claridade que os inundava como um lago sereno.

Outras vezes inclinava a medo e lentamente a cabeça até encontrar a faixa de luar que passava entre duas folhas de palmeira e vinha esbater-se na parede. Então essa veia de luz caía-lhe sobre a fronte e banhava-a de um cândido esplendor.

Ficava um instante nessa posição com os olhos engolfados no luar e os lábios entreabertos para beberem os eflúvios celestes. Depois, saciada de luz, recolhia-se outra vez à sombra; e, como a árvore que desabrocha em flores aos raios de sol, sua alma transformava os fulgores da noite em sonhos.

Ali perto **recendiam** os **corimbos** de resedá, balouçados pela brisa, e foi através desse enlevo de luz e fragrância que a voz sonora de Seixas penetrou nas cismas de Aurélia e enleou-se nelas, de modo que a moça imaginava escutar não a conversa do marido, mas uma fala de seu sonho.

Para ouvir apoiara-se no braço da cadeira e insensivelmente a cabeça descaindo reclinou sobre a espádua de Seixas com um movimento de graciosa languidez.

— Um dos mais lindos poemetos de Byron é o *Corsário* — dizia Seixas.

Bardo: poeta.

Embuçava: escondia, ocultava.

Recendiam: exalavam um cheiro agradável.

Corimbos: flores.

— Conte! — murmurou-lhe ao ouvido a moça com a voz que teriam sílfides se falassem.

Fernando cedia nesse instante a uma suavíssima influência, contra a qual desejava reagir, mas faltava-lhe o ânimo. A pressão dessa formosa cabeça produzia nele o efeito do toque mágico de uma fada; presa do encanto não se lembrou mais quem era e onde estava.

A palavra fluía-lhe dos lábios trêmula de emoção, mas rica, inspirada, colorida. Não contou o poema do bardo inglês; bordou outro poema sobre a mesma teia, e quem o ouvisse naquele instante acharia frio e pálido o original, ante o plágio eloquente. É que neste havia uma alma a palpitar, enquanto que no outro apenas restam os cantos mudos do gênio que passou.

— O senhor deve traduzir esse poema. É tão bonito — disse D. Firmina.

— Já não tenho tempo — respondeu Seixas —, nem gosto. Sou empregado público e nada mais.

— Agora não precisa do emprego; está rico.

— Nem tanto como pensa.

Aurélia levantou-se tão arrebatadamente que pareceu repelir o braço do marido, no qual pouco antes se apoiava.

— Tem razão; não traduza Byron, não. O poeta da dúvida e do ceticismo só o podem compreender aqueles que sofrem dessa enfermidade cruel, verdadeiro **marasmo** do coração. Para nós, os felizes, é um insípido visionário*.

Depois de ter lançado envoltas em um **riso sardônico** essas palavras a Seixas, a moça afastou-se da calçada. Mal entrou na zona de luz que prateava a fina areia, teve um calafrio. Esse esplêndido luar, onda suave, em que ela banhava-se voluptuosamente momentos antes, a transpassara como um lençol de gelo.

Voltou precipitadamente e entrou na sala, onde apenas havia a frouxa claridade de dois bicos de gás em lamparina. Fora ela mesma quem dispusera assim, para que a luz artificial não perturbasse a festa da natureza. Agora batia o tímpano, chamando o criado para fazer

Marasmo: morte lenta.

*** Como o casal é supostamente feliz, não compreenderia o ceticismo e a dor da poesia de Byron. Na verdade, a vivência real dos esposos é uma farsa cruel.**

Riso sardônico: riso de escárnio ou desdém.

inteiramente o contrário. Os lustres acesos entornaram as torrentes deslumbrantes do gás, que expeliram da sala os níveos reflexos do luar.

— Pretendem ficar aí toda a noite? — perguntou Aurélia.

— Estávamos gozando do luar — disse D. Firmina entrando com Seixas.

— Há quem admire as noites de luar! Eu acho-as insuportáveis. O espírito afoga-se nesse mar de azul, como o infeliz que se debate no oceano. Para mim não há céu, nem campo, que valha essas noites de sala, cheias de conforto, de calor e de luz em que nos sentimos viver. Aqui não há risco de afogar-se o pensamento.

— Não; mas asfixia-se! — observou Fernando.

— Antes isso.

Aurélia sentou-se à mesa de mosaico, voltando as costas ao jardim para não ver a formosa noite que lhe caíra no desagrado. Como porém no espelho fronteiro reproduzia-se com a cintilação do cristal uma nesga do jardim, onde a claridade **argentina** da Lua parecia coalhar-se nos lírios e cactos, a moça chamou novamente o criado e ordenou-lhe que fechasse a janela pela qual entrava aquele importuno **bosquejo** do soberbo painel da noite.

Havia em cima da mesa uma caixa de jogo, donde Aurélia tirou um baralho, com que se entreteve a fazer sortes.

— Vamos jogar? — disse dirigindo-se ao marido.

Este tomou lugar na mesa em frente a Aurélia, que entregou-lhe o baralho e tirou outro da caixa.

— O ***écarté***.

Seixas fez um gesto de assentimento ou obediência; preparadas as cartas para o jogo e tocando-lhe começar deu o baralho a partir.

— Dez mil-réis a partida! — disse Aurélia vibrando o tímpano.

Seixas procurou com os olhos D. Firmina, que se recostara à janela e não prestava atenção ao jogo. A esse tempo entrou o criado.

Argentina: prateada.

Bosquejo: esboço. Aurélia não quer ver no espelho nem a simples imagem de um pedaço do jardim.

***Écarté*: certo jogo de cartas.**

— Luísa que traga minha carteira. Podemos continuar.

— Perdão — contestou Seixas a meia-voz. — Eu não jogo a dinheiro.

— Por quê?

— Não gosto.

— Tem medo de perder?

— É uma das razões.

— Eu lhe empresto.

— Também já perdi esse mau costume de contar com o dinheiro alheio — tornou Seixas sorrindo e frisando as palavras. — Depois que sou rico, só gasto do meu.

— Não lhe mereço esta fineza? — retorquiu Aurélia **acerando também o sorriso**. — Seja ao menos esta noite jogador e perdulário para satisfazer o meu capricho.

A moça recebeu a carteira da mucama; e tirou dela uma libra esterlina, que deitou sobre a mesa.

— Não se tenta?

— É muito pouco! — tornou Seixas com um riso amargurado.

Esse riso incomodou Aurélia, que ocultou a moeda e a carteira. Ainda esteve algum tempo baralhando as cartas distraída; então escaparam-lhe palavras soltas que pareciam de um monólogo.

— Dizem que a água no vinho faz de duas bebidas excelentes uma péssima. O mesmo acontece à mistura da virtude com o vício. Torna o homem um ente híbrido. Nem bom, nem mau. Nem digno de ser amado; nem tão vil, que se lhe evite o contágio. Compreendo o que deve sentir uma mulher... o que sentiu uma amiga minha, quando conheceu que amava um desses homens equívocos, produto da sociedade moderna.

— Essa amiga sua, que suponho conhecer, talvez preferisse que o marido fosse, em vez de algum desses equívocos, pura e simplesmente um **galé**? — perguntou Seixas.

— Decerto. Se o marido fosse um galé, ela quebraria imediatamente a grilheta que a prendesse a ele, e se afastaria com a morte n'alma. Mas eu...

Acerando também o sorriso: dando ao sorriso uma expressão sarcástica.

Galé: prisioneiro condenado a trabalhos forçados.

— A senhora? — interrogou o marido vendo-a hesitar.

As pálpebras franjadas de Aurélia ergueram-se desvendando os grandes olhos pardos que deslumbraram Seixas. Seu colo se distendera com o movimento que fez para aproximar-se, e a voz soou vibrante e profunda.

— Eu?... Não me importaria que ele fosse Lúcifer, contanto que tivesse o poder de iludir-se até o fim, e convencer-me de sua paixão e inebriar-me dela. Mas adorar um ídolo para vê-lo a todo o instante transformar-se em uma coisa que nos escarnece e nos repele... É um suplício de Tântalo*, mais cruel do que o da sede e da fome.

Aurélia, proferidas estas palavras, ergueu-se e atravessando a sala entrou em seu aposento.

— Onde está Aurélia? — perguntou D. Firmina quando saiu da janela.

— Já recolheu-se. A noite estava fresca. O sereno fez-lhe mal. Boa noite.

O outro dia foi um domingo.

Ao jantar Aurélia disse ao marido:

— Há mais de um mês que estamos casados. Carecemos pagar nossas visitas.

— Quando quiser.

— Começaremos amanhã. Ao meio-dia; não é boa hora?

— Não seria melhor à tarde? — consultou o marido.

— Causa-lhe transtorno de manhã?

— Não desejo faltar à repartição.

— Pois então há de ser mesmo de manhã — retorquiu a moça a sorrir. — Não consinto nessa falta de galantaria. Não acha, D. Firmina? Preferir o emprego à minha companhia?

— Decerto! — confirmou a viúva.

Seixas nada opôs. Era seu dever acompanhar a mulher quando esta quisesse sair, e ele estava resolvido a cumprir escrupulosamente todas as obrigações.

*** Personagem da mitologia grega que, tendo recebido uma visita dos deuses, mandou servir-lhes os membros do corpo de seu próprio filho. Zeus precipitou-o nos abismos dos infernos, condenando-o a padecer eternamente de fome e sede atrozes.**

7

Seixas escreveu a seu chefe uma carta justificando sua ausência com um motivo grave, e remetendo-lhe alguns papéis que havia despachado na véspera.

Ao entrar na saleta, encontrou Aurélia que examinava o tempo.

— Está um dia tão quente!... O melhor talvez fosse adiar nossas visitas. Que diz?

— Decida, porque ainda tenho tempo de ir à secretaria.

— Vamos almoçar. Resolverei depois.

Quando se ergueram da mesa, ainda Aurélia não tinha decidido. Seixas compreendeu que a intenção da mulher era contrariá-lo, no que ela achava um prazer especial, e resignou-se a perder o dia.

À uma hora, a moça chegou-se a ele:

— Jantaremos hoje mais cedo e sairemos às cinco horas. Não lhe convém assim?

— Convém-me qualquer hora que escolher — respondeu Seixas.

— Talvez não goste de sair de tarde. Então ficará para amanhã às onze horas.

— Pois seja amanhã.

— Faltará outra vez à repartição?

— Sendo preciso.

— Não; sairemos esta tarde.

Aurélia chamou o criado e deu suas ordens. Como havia determinado, apressou-se o jantar; e às cinco horas descia ela a escadaria de seu palacete em cujo pórtico a esperava a elegante vitória tirada por uma parelha de cavalos do Cabo.

A moça trajava um vestido de gorgorão azul entretecido de fios de prata, que dava à sua tez pura tons suaves e diáfanos. O movimento com que, apoiando sutilmente a ponta da botina no estribo, ergueu-se do chão para reclinar-se no acolchoado amarelo da carruagem, lembrava o **surto** da borboleta, que agita as grandes asas e se aninha no cálice de uma flor.

Surto: voo.

O vestido de Aurélia encheu a carruagem e submergiu o marido; o que ainda lhe aparecia do semblante e do busto ficava inteiramente ofuscado pela deslumbrante beleza da moça. Ninguém o via; todos os comprimentos, todos os olhares, eram para a rainha, que surgia depois de seu passageiro retiro.

O carro parou em diversas casas, indicadas na nota que o cocheiro recebera. Seixas oferecia a mão à mulher para ajudá-la a apear-se e a conduzia pelo braço à escada, que ela subia só, pois precisava de ambas as mãos para nadar nesse dilúvio, de sedas, rendas e joias, que atualmente compõe o ***mundus*** da mulher.

Aí, como na rua, todas as atenções eram para Aurélia, que as senhoras rodeavam **pressurosas** e os homens fascinados por sua graça. Seixas apenas recebia um pálido reflexo dessa consideração quanto exigia a estrita **urbanidade**. Houve casa, onde no afã de acolher a mulher, o deixaram atrás, despercebido como um criado.

Em outras circunstâncias, aquela anulação de sua individualidade bem pode ser que não o incomodasse. Talvez se reparasse nela, fosse para desvanecer-se de ser o preferido dessa formosa mulher, cercada da admiração geral e disputada por tantos admiradores. Todo esse culto que lhe rendia o mundo, todas essas homenagens que lhe prestava a sociedade, não seriam a seus olhos senão o tributo a ele oferecido pelo amor de sua mulher.

Mas as condições em que se achava deviam mudar completamente a disposição de seu ânimo. Quanto mais se elevava a mulher, a quem não o prendia o amor e somente uma obrigação pecuniária, mais rebaixado sentia-se ele. Exagerava sua posição; chegava a comparar-se a um acessório ou adereço da senhora.

Não tinha dito Aurélia, naquela noite cruel, que o marido era um traste indispensável à mulher honesta e que o comprara para esse fim? Ela tinha razão. Ali, naquele carro, ou nas salas onde entravam, parecia-lhe que sua posição e sua importância eram a mesma, senão

***Mundus*:** **palavra latina que significa "mundo".**

Pressurosas: irrequietas, agitadas.

Urbanidade: educação, polidez.

menor, do que tinha o leque, a peliça, as joias, o carro, no traje e luxo de Aurélia.

Quando ele oferecia a mão à mulher para apear-se, ou levava no braço a manta de caxemira, considerava-se a igual do cocheiro que dirigia o carro e do lacaio que abria o estribo. A única diferença era serem aqueles serviços dos que os cavalheiros geralmente prestam às senhoras; e que só em falta desses recebem elas de um criado mais graduado.

Uma das últimas visitas foi à família de Lísia Soares, que se dizia a amiga mais íntima de Aurélia, quando solteira.

Depois dos cumprimentos e felicitações, quando a conversa vacilava à espera de um tema, a Lísia que era maliciosa lembrou-se de soprar uma faísca. Não podia haver para ela maior prazer do que o de picar Aurélia cujo espírito muitas vezes a tinha beliscado.

— Lembra-se, Aurélia, quando você fazia a cotação de seus pretendentes? — disse a maligna alteando a voz para ser bem ouvida.

— Se me lembro! Perfeitamente! — respondeu Aurélia sorrindo.

— E o que me disse uma noite a respeito do Alfredo Moreira? Que valia quando muito cem contos de réis; mas que você era muito rica para pagar um marido de maior preço.

— E não disse a verdade?

— Então o Sr. Seixas?... — interrogou Lísia com uma reticência impertinente que estancou-lhe a palavra nos lábios, para borrifar a malícia no sorriso e no olhar.

— Pergunte-lhe! — disse Aurélia voltando-se para o marido.

Nunca, depois que se achava sob o jugo dessa mulher, ou antes da fatalidade que o submetia a seus caprichos, nunca Seixas precisou tanto da resignação de que se revestira para não sucumbir à vergonha de semelhante degradação. O primeiro abalo produzido pelo diálogo das duas amigas foi terrível; e não o perceberam, porque a atenção geral convergia para Aurélia nesse instante.

Dominou-se porém; quando os olhares acompanhando o gesto da mulher voltaram-se para ele, encontraram-no calmo, naturalmente grave e cortês, embora ainda lhe restasse uma ligeira palidez em que ninguém reparou.

— Então, Sr. Seixas, é certo? — insistiu Lísia.

— O quê, minha senhora? — perguntou o moço por sua vez e com a maior polidez.

— O que disse Aurélia.

— Não vês que é um gracejo! — observou a mãe de Lísia.

— Ela foi sempre assim, amiga de brincar! — disse uma prima.

— Não querem acreditar!... — tornou Aurélia com um modo indiferente.

— É sério, Sr. Seixas? — perguntou Lísia novamente.

— Responda! — disse Aurélia ao marido, sorrindo-se.

— Da parte de minha mulher não sei, e só ela poderá dizer-lhe, D. Lísia. Quanto a mim asseguro-lhe que me casei unicamente pelo dote de cem contos de réis que recebi. Devo crer que minha mulher mudou da ideia em que estava, de pagar um marido de maior preço.

A **sisudez** com que Seixas pronunciou estas palavras e porventura também certa aspereza do timbre que percebia-se-lhe na fala harmoniosa, como sente-se a **aspa** de ferro sob o estofo de cetim, deixaram as pessoas presentes perplexas acerca do sentido e crédito que deviam dar à semelhante **asseveração**.

Nisto ressoaram os trilos cristalinos da risada de Aurélia.

— Eis o que você queria, Lísia, era fazer desconfiar Fernando. Quer saber se eu o comprei, e por que preço? Não faço mistério disso; comprei-o, e muito caro; custou-me mais, muito mais de um milhão; e paguei-o, não em ouro, mas em outra moeda de maior valia. Custou-me o coração; por isso já não o tenho!

Estas palavras e a expressão que palpitava nelas convenceram a todos que Aurélia estivera efetivamente a gracejar acerca de seu casamento. A resposta à Lísia não fora senão um disfarce para provocar aquela confissão inconveniente da paixão com que se estremeciam ela e o marido.

Assim, quando retiraram-se as visitas, o tema da conversa foi o **desfrute** dos dois noivos, que depois de um mês de casados andavam pela rua requebrando-se como dois pombinhos namorados. Lísia asseverava ter visto Aurélia de tal modo enleada ao braço do marido, que este não podia andar.

Entretanto rodava o carro pelo Catete, e Aurélia, balançando-se ao brando movimento das almofadas, parecia ter completamente esquecido Seixas sentado a seu lado, quando este dirigiu-lhe a palavra.

— Desde que estamos casados, uma só vez não inquiri de suas intenções. Respeito-as, como é meu dever,

Sisudez: seriedade.

Aspa: nesta passagem, indica as peças cruzadas que formam a estrutura de um leque.

Asseveração: afirmação. Momento de grande tensão nas relações das personagens. Ressalte-se a época e sua moral: um marido que se assumisse comprado era um choque, uma afirmação só aceita em tom de zombaria.

Desfrute: prazer.

e conformo-me com elas quanto posso, por mais estranhas que me pareçam. Mas para satisfazer suas vontades é preciso pelo menos conhecê-las, embora não as compreenda.

Aurélia voltara o rosto para o marido. Como já não receava ser vista por causa do lusco-fusco, deixou que seu semblante tomasse a expressão de soberba desdenhosa, que o vestia nesses momentos de surda irritação.

— Que pretende com este prólogo?

— A princípio quis-me parecer que desejava ocultar dos estranhos a realidade de nossa posição. Confesso que nunca pude atinar com o motivo dessa singularidade. Criar deliberadamente uma situação, para ter o gosto de a negar a todo instante...

— É absurdo?... Não é?... Também me parece a mim.

— Não perscruto seu pensamento. A senhora devia ter uma razão, que ignoro.

— Como eu.

— Importa-me, porém, saber se mudou de propósito como indica a cena que acaba de representar, e se resolveu **dora em diante fazer escândalo** do que ontem fazia mistério.

— E para que deseja saber isso?

— Já o disse, para conformar-me à sua vontade e afinar-me pela mesma clave. O dueto será mais aplaudido.

— Não duvido; mas eu é que não me casei para fazer de minha vida uma **solfa de música**. Serei leviana e inconsequente; terei esses defeitos; mas o que não tenho, pode estar certo, é o talento do cálculo. Deixe-me com o meu gênio excêntrico. Agora, neste momento, sei eu porventura o que farei esta noite? Que extravagância me virá tentar? Como pois havia de formular um programa conjugal para nosso uso? Eu posso fazer de nossa união um mistério ou um escândalo, conforme o capricho. O senhor é que não tem esse direito.

— Tanto como a senhora!

Dora em diante: de agora em diante.

Fazer escândalo: expor claramente.

Solfa de música: partitura ou composição musical.

Aurélia contestou com fria impassibilidade:

— Engana-se. O Sr. Seixas não pode desacreditar meu marido e expô-lo à irrisão pública.

— Mas a mulher do infeliz pode; tem esse direito.

— O senhor deu-lhe.

— Não; use do termo: Vendi-lho!

Aurélia não respondeu. Derreando o corpo nas almofadas, e voltando o rosto para ver o recorte das árvores e chácaras na tela iluminada do ocaso, deixou cair a conversa. Ainda fizeram algumas visitas. Eram mais de oito horas quando parou o carro à porta de casa. D. Firmina tinha saído. Aurélia queixou-se de fadiga, cortejou o marido e recolheu-se.

Em seu quarto lembrou-se Seixas de algumas palavras que haviam escapado a Aurélia na conversação da tarde. — Sei eu acaso o que farei nesta noite? Que extravagância me virá tentar? — dissera a mulher; e ele sabia que valor tinham em seus lábios essas frases enigmáticas.

Desde a noite de luar e os devaneios poéticos sobre Byron era que Aurélia mostrava uma irritabilidade contínua. Qual devia ser a resolução inspirada por essa febre de sua alma, já tão propensa aos caprichos e excentricidades?

Esteve Seixas cogitando um momento sobre este ponto a fazer conjeturas. Fatigou-se, porém, da tarefa, e abandonou-a, pensando que não havia piores na posição intolerável em que se achava.

Já não pensava naquilo quando súbito atravessou-lhe o espírito uma ideia que o fez estremecer.

Um impulso de curiosidade o dominou. Correu à porta que o separava da câmara nupcial e dos aposentos da mulher. Ergueu a mão para bater; começou o nome de Aurélia; mas não se animou a realizar o primeiro intento. Aplicou o ouvido a escutar. Reinava naquela parte da casa o mais profundo silêncio. Que fazer?

Agitado pela ideia terrível que o assaltava, deu a esmo algumas voltas pelo aposento, numa perplexidade cruel. Seu olhar, que não deixava a porta, notou um esguicho de luz no fundo do corredor escuro, e conheceu que saía pela greta da fechadura.

Aproximou-se cautelosamente e sem rumor. Pelo recorte da chave, pôde ver na parede fronteira um quarto iluminado que se destacava no crepúsculo da câmara nupcial. Era o espelho colocado sobre a jardineira de mármore, que refletia obliquamente pela porta aberta uma faixa de outro gabinete.

Essa zona abrangia um divã onde nesse instante destacava-se do brocado verde a estátua de Aurélia, deitada como o alto-relevo que outrora ornava as **campas** dos nobres. Envolvia o corpo da moça um roupão de cambraia, cujas pregas caíam sobre o tapete semelhante aos borbotões da nívea espuma de uma cascata e deixavam-lhe o talho debuxado sob a fina teia de linho.

Estava muito pálida e imóvel. Um dos braços descaía desfalecido pela borda do divã; tinha o outro suspenso até à moldura do recorte onde a mão se crispava, talvez no esforço de erguer o corpo. Havia na imobilidade dessa posição e em seu perfil alguma coisa de **hirto** que assustava.

8

Sucedem-se no procedimento de Aurélia atos inexplicáveis e tão contraditórios que derrotam a perspicácia do mais profundo fisiologista.

Convencido de que também o coração tem uma lógica, embora diferente da que rege o espírito, bem desejara o narrador deste episódio perscrutar a razão dos singulares movimentos que se produzem n'alma de Aurélia.

Como porém não foi dotado com a lucidez precisa para o estudo dos fenômenos psicológicos, limita-se a referir o que sabe, deixando à sagacidade de cada um atinar com a verdadeira causa de impulsos tão encontrados*.

Remontemos pois o curso dessa nova existência de Aurélia até a noite de seu casamento, quando a exaltação que a animava durante a cena passada com Seixas, abatendo de repente, a deixou prostrada no tapete da câmara nupcial **.

Não foi propriamente um desmaio que a tomou ou este não passou de breve **síncope**. Mas o resto da noite ela o passou ali, sem forças nem resolução de erguer-se

Campas: tumbas.

Hirto: rígido.

*** Repare que, neste episódio, o narrador insere um hipotético outro narrador para tentar explicar as causas do estranho comportamento de Aurélia. E justifica a ausência de uma explicação clara dizendo que esse narrador, que teria escrito o manuscrito da história original (releia "Ao leitor", na página 21), não era dotado da lucidez necessária para o estudo de fenômenos psicológicos. Por isso, desafia o leitor a tentar entender as razões das atitudes de Aurélia.**

**** Aqui há outro *flashback*: o narrador volta à cena da conversa entre Fernando e Aurélia na primeira noite de casados.**

Síncope: perda de consciência; desmaio.

em um torpor intenso, que, se não lhe apagava de todo os espíritos, os **sopitava** em uma **modorra** pesada.

Tinha a consciência de sua dor; sofria acerbamente; porém faltava-lhe naquele instante a lucidez para discriminar a causa de seu desespero e avaliar da situação que ela própria havia criado.

Pela madrugada, o sono, embora agitado, trouxe um breve repouso à sua angústia. Dormiu cerca de uma hora, tendo por leito o chão, e com a cabeça apoiada nesse mesmo estrado, que devia servir de degrau à sua felicidade.

A claridade da manhã que filtrava pela cassa das cortinas despertou-a. Ergueu-se arrebatadamente e o impulso de uma ideia terrível atravessara como um raio de luz a sombra confusa de suas reminiscências.

Correu à porta por onde saíra Seixas e escutou, presa de viva inquietação. Por vezes levou a mão à chave, e retirou-a assustada. Volveu a esmo os passos rápidos pela casa; afinal aproximou-se da janela, sem intenção, automaticamente.

Foi nessa ocasião que viu Seixas atravessar o jardim furtivamente e entrar em casa*. Ainda reinava o silêncio por toda essa parte da habitação, de modo que ela pôde ouvir o leve rumor dos passos do marido no próximo aposento.

Um riso de acre desprezo crispou-lhe os lábios.

— É um cobarde!

Depois do que se havia passado entre ambos, na noite de seu casamento, pensava Aurélia que só havia para Seixas dois meios de quebrar o jugo humilhante a que o tinha submetido. Não lhe restava senão matá-la a ela, ou matar-se a si.

Para uma dessas duas soluções se tinha a moça preparado. É certo que às vezes seu coração afagava uma esperança impossível. Se o homem a quem amava se ajoelhasse a seus pés e lhe suplicasse o perdão, teria ela forças para resistir e salvar a dignidade de seu amor?

Sopitava: enfraquecia, debilitava.

Modorra: apatia, indolência.

*** Nesse momento, Fernando voltava para o quarto, depois de conversar rapidamente pela grade do jardim com um mascate italiano de quem comprara um pente e uma escova de dentes.**

Por esse lance não teve ela de passar. Às suas primeiras palavras, Seixas retraíra-se, para ostentar depois uma **impudência**, que ela jamais podia esperar, e que produziu em sua alma indizível horror. O laço que a unia àquele homem tornou-se uma abjeção, quase uma infâmia.

Entretanto, ao expeli-lo de sua presença, ainda esperava que as palavras proferidas pelo marido fossem apenas uma ironia amarga. Não concebia que tivesse amado um ente tão depravado e vil. O cinismo que pouco antes a indignara devia ter uma reação.

Foi quando viu Seixas pela manhã que de todo acabou de convencer-se da miséria do indivíduo. Então operou-se em sua alma uma revolução, na qual soçobraram todos os sentimentos bons e afetuosos, ficando à tona unicamente os instintos agressivos e malignos que formam a **lia** do coração.

Quando Aurélia deliberara o casamento que veio a realizar, não se inspirou em um cálculo de vingança. Sua ideia, a que afagava e lhe sorria, era patentear a Seixas a imensidade da paixão que ele não soubera compreender; sacrificando sua liberdade e todas as esperanças para unir-se a um homem a quem não amava e nem podia amar, desnudava a seus olhos o **ermo sáfaro** em que lhe ficara a alma, depois da perda desse amor, que era toda sua existência. Esse casamento póstumo de um amor extinto não era senão esplêndido funeral, em face do qual Seixas devia sentir-se mesquinho e ridículo, como em face da **essa** o soberbo compenetra-se da miséria humana.

O sentimento que animava Aurélia podia chamar-se orgulho, mas não vingança. Era antes pela exaltação de seu amor que ela ansiava do que pela humilhação de Seixas, embora essa fosse indispensável ao efeito desejado. Não sentia ódio pelo homem que a iludira; revoltava-se contra a decepção e queria vencê-la, subjugá-la, obrigando esse coração frio que não lhe retribuía o afeto a admirá-la no esplendor de sua paixão.

Impudência: falta de pudor, de vergonha.

Lia: bagaço, aquilo que é desprezível.

Ermo sáfaro: deserto estéril.

Essa: estrado sobre o qual se coloca o caixão de um cadáver.

Mas, naquele instante, recordando as palavras de Seixas proferidas poucas horas antes; vendo-o tranquilo e disposto a aceitar como natural a terrível situação; pensando no **desbrio** com que esse homem sujeitava-se a uma degradação de todos os instantes, Aurélia tivera um verdadeiro ímpeto de vingança*.

Seixas queria afrontá-la com seu desgarro impudente. Pois bem; ela aceitava o desafio; se esse infeliz não estava completamente desamparado dos últimos resquícios do amor-próprio e da vergonha, ela propunha-se a pungi-lo com o seu mais virulento sarcasmo. A menos que a alma não estivesse morta, sentiria o estigma do ferro em brasa.

Foi nessas disposições que Aurélia vestiu-se para o almoço; e nessas disposições conservava-se ainda na tarde em que saíra com o marido às visitas.

Todavia, quando no dia seguinte ao casamento, sentada na cadeira de balanço, viu entrar Seixas na sala de jantar, sua resolução vacilou. O aspecto nobre e distinto do mancebo, a elegância natural de seu gesto recobraram o prestígio que esses dotes nunca deixam de exercer em espíritos elevados, e a que o dela estava já afeito.

Não a abandonou o pensamento da vingança; mas o **desabrimento** e a ira excitados pela indignação da véspera revestiram a forma cortês e o tom delicado, que raro e só em um instante de violento abalo desamparam as pessoas de fina educação.

Nas alternativas desse desejo de vingança **a miúdo** contrariado pelos generosos impulsos de sua alma, se escoara o primeiro mês depois do casamento.

Se, abandonando-se à irritação íntima que exacerbava-lhe o espírito, deleitava-se em flagelar com o seu implacável sarcasmo a dignidade do marido; quando recolhia-se depois de uma cena dessas, era para desafogar o pranto e soluços que intumesciam-lhe o seio. Então reconhecia que a vítima de sua ira não fora o homem a quem detestava, mas seu próprio coração, que havia adorado esse ente, indigno de tão santo afeto.

Desbrio: falta de brio.

*** Momento essencial para entender as motivações de Aurélia: ela não havia previsto uma vingança, mas uma lição de moral a Seixas, mostrando-lhe a imensa extensão de seu amor. Esperava mesmo perdoá-lo. Mas passou a ver o comportamento de Fernando não como efeito da humilhação que ele sentia, mas como cinismo.**

Desabrimento: trato rude.

A miúdo: frequentemente.

Se fatigada desse constante orgasmo d'alma, sempre crispada pelo escárnio, restituía-se insensivelmente à sua índole meiga, as relações com o marido tomavam uma expressão afetuosa; de repente a invadia um gelo mortal, e ela estremecia espavorida com a ideia de pertencer a semelhante homem.

Assim chegou Aurélia àquela noite de luar, em que Seixas falava de poesia, e ela escutava reclinada a seu braço no enlevo de que a arrancara dolorosamente uma palavra do marido.

Quando a sós consigo pensou nesse incidente, encheu-se de terror. Houve um instante, rápido embora, no qual chegou a lamentar que Seixas não tivesse conseguido enganá-la nessa ocasião adormecendo ou antes cegando-lhe os brios. Quando se dissipasse essa ilusão, seria tarde, e ela pertenceria irrevogavelmente ao marido.

Esse sentimento, que apenas pronunciado ela repeliu com todas as forças de sua alma, deixou-lhe contudo um desgosto profundo, acompanhado do pânico de semelhantes alucinações. Daí a irritabilidade que desde então a possuía, e que tocara ao auge nessa tarde das visitas.

Entretanto, em seu toucador, Aurélia tinha febre: febre da paixão que a abrasava. Abriu todas as portas e janelas, atirou-se vestida como estava sobre o divã, e ali ficou imóvel, como vira Seixas pela **broca** da fechadura.

Assustado com essa imobilidade, o marido ia bater, quando a mucama atravessou por diante do quadro iluminado, o qual apagou-se de repente. Fechara a porta do toucador, refletida pelo espelho.

No dia seguinte Aurélia deixou-se ficar em seu aposento toda a manhã. Voltando da repartição, Seixas encontrou-a pálida e abatida.

Ao jantar foi D. Firmina quem fez os gastos da conversação. Na véspera a viúva passara a noite em uma casa da vizinhança, onde havia reunião semanal. Acertou falar-se no Abreu, que diziam ter caído na miséria. Por essa ocasião recordaram-se todas as extravagâncias

Broca: buraco.

e prodigalidades com o que o rapaz havia esbanjado, em pouco mais de ano, a avultada herança deixada pelo pai.

D. Firmina, repetindo o que ouvira, lamentava a sorte do Abreu que sacrificara tão bonito futuro. Revestindo-se dessa moral severa, que em geral se cultivava para uso alheio e não para o próprio gasto, acusava o rapaz com excessivo rigor.

— A culpa não é dele, D. Firmina — observou Aurélia voltando de sua distração.

— De quem mais pode ser? — perguntou a viúva.

— De quem o fez rico, não o tendo educado para a riqueza. O ouro desprende de si não sei que **miasmas** que produzem febre, e causam vertigens e delírios. É necessário ter um espírito muito forte para resistir a essa infecção; ou então possuir algum santo afeto, que o preserve do veneno, sem o que sucumbe-se infalivelmente.

— Quer dizer que a riqueza é um mal, Aurélia?

— Não é um mal; muitas vezes torna-se um bem; mas em todo o caso é um perigo. Aqueles que se exercitam em jogar as armas pensam que tudo se decide pela força. O mesmo acontece com o dinheiro. Quem o possui em abundância persuade-se que tudo se compra.

Tinham acabado de jantar. Aurélia ergueu-se da mesa e entretinha-se em dar aos canários as migalhas de pão, que esfarelava na palma da mão.

Entretanto Seixas acendera o charuto e seguia distraído pela rua que, serpeando entre os tabuleiros de margaridas e os tapetes de relva, ia sumir-se em um bosque de palmeiras. O mancebo recordava-se das cenas da véspera, cotejava-as com as palavras que pouco antes haviam escapado a Aurélia e buscava a explicação do enigma.

Interrompeu-o a voz da moça que achava-se a seu lado.

— Esse passeio todas as tardes já deve aborrecê-lo. Por que não sai a cavalo? Deve distrair-se.

Aurélia falava brincando com as flores para evitar que seu olhar encontrasse o de Seixas.

— Sua companhia não me pode aborrecer nunca.

Miasmas: pestilências.

— Sempre, torna-se monótona.

— Demais é o meu *dever* — tornou Seixas frisando a palavra.

Aurélia afastou-se; deu alguns passos, esteve reparando nas flores escarlates de uma trepadeira a que chamam brincos-de-dama, e, tendo-se firmado na resolução que a preocupava, tornou para o marido.

— Nossos destinos estão ligados para sempre. A sorte recusou-me a felicidade que sonhei. Tive esse capricho que nenhuma outra o possuiria, enquanto eu viva. Mas não pretendo condená-lo ao suplício desta existência, que vivemos há mais de um mês. Não o retenho; é livre; disponha de seu tempo como lhe aprouver; não tem que dar-me contas.

A moça calou-se esperando uma resposta.

— A senhora deseja ficar só? — perguntou Seixas. — Ordene, que eu me retiro, agora como em qualquer outra ocasião.

— Não me compreendeu. Há um meio de aliviar-lhe o peso dessa cadeia que nos prende fatalmente e de poupar-lhe as constantes explosões de meu gênio excêntrico. É o divórcio que lhe ofereço.

— O divórcio? — exclamou Seixas com vivacidade.

— Pode tratar dele quando quiser — respondeu Aurélia com um tom firme e afastou-se.

9

Seixas, surpreso e agitado pela proposição da moça, refletiu um momento.

O resultado dessa reflexão foi aproximar-se da mulher, ocupada nesse momento a ver os peixinhos vermelhos do tanque fervilharem à tona d'água para devorar os bocados de um jambo com que ela os tentava.

— Estes peixes agora a divertem — disse Fernando. — Se amanhã a aborrecerem, mandará que os deitem fora e que os deixem morrer à fome?

A moça ergueu para o marido os olhos cheios de surpresa.

— Talvez nunca lhe acontecesse refletir sobre este problema social — continuou Fernando. — O senhor tem o direito de despedir o cativo, quando lhe aprouver?

— Creio que ninguém porá isso em dúvida — respondeu Aurélia.

— Então entende que depois de privar-se um homem de sua liberdade, de o rebaixar ante a própria consciência, de o haver transformado em um instrumento, é lícito, a pretexto de alforria, abandonar essa criatura a quem sequestraram da sociedade? Eu penso o contrário.

— Mas que relação tem isso?...

— Toda. A senhora fez-me seu marido; não me resta outra missão neste mundo; desde que impôs-me esse destino sacrificou meu futuro, não tem o direito de negar-me o que paguei tão caro, pois o paguei a preço de minha liberdade.

— Essa liberdade, eu a restituo.

— E pode restituir-me com ela o que perdi alienando-a?

— Receia talvez o escândalo que produzirá o divórcio. Não há necessidade de publicarmos nossa resolução; podemos viver inteiramente estranhos um ao outro na mesma cidade, e até na mesma casa. Se for preciso, temos o pretexto das viagens por moléstia, da mudança de clima, do passeio à Europa.

— A senhora fará o que for de sua vontade. A minha obrigação é obedecer-lhe, como seu servo, contanto que não lhe falte com o marido que a senhora comprou.

Aurélia fitou no semblante de Seixas um olhar soberano:

— Acredita que eu possa mudar de sentimentos para com o senhor?

— Não tenha esse receio. Se eu não estivesse convencido que o amor entre nós é impossível, não estaria aqui neste momento.

Estranho sorriso iluminou a fronte de Aurélia, que vibrou com um gesto de sublime altivez.

— Qual é então o motivo por que não aceita o que lhe ofereço?

— O que a senhora me oferece custou-lhe cem contos de réis, e receber esmolas desse valor é roubar ao **pródigo** que as deita fora.

— Como quiser! — disse Aurélia desdenhosamente. — O senhor pensa decerto que sua presença me incomoda, e por isso lhe sorri a ideia de impô-la como uma contrariedade. Engana-se; pode ficar; não era para

Pródigo: esbanjador.

mim, mas por si mesmo que oferecia-lhe a separação. Rejeita-a? Melhor; não poderá queixar-se pelo que venha a acontecer.

Apesar da recusa de Seixas, suas relações com Aurélia tornaram-se desde aquela tarde mais esquivas. A moça já não **caprichava** como nas primeiras semanas em passar a maior parte do tempo na companhia do marido. Este, de seu lado, receando tornar-se importuno, conservava-se arredio enquanto a mulher não manifestava desejo de tê-lo perto de si.

Dias houve em que não se viram. Seixas saía muito cedo para a repartição; Aurélia ia jantar com alguma amiga; só no outro dia às 4 horas da tarde se encontravam de novo. Essas tardes em que Fernando ficava sozinho em casa, pois D. Firmina acompanhava Aurélia, ele as aproveitava para ir ver a mãe, que ainda habitava na mesma casa da Rua do Hospício.

Excitava reparo entre os conhecidos de D. Camila que o filho a deixasse na vida obscura e necessitada, em vez de chamá-la para sua companhia, ou pelo menos de ajudá-la a passar com outra decência e abastança.

D. Camila não se queixava; mas, apesar de seus extremos por aquele filho e da abnegação de sua ternura, tinha estranhado consigo que Fernando, depois de casado, não pensasse em dar às irmãs uma lembrança qualquer.

Mui raras vezes aparecia Fernando em casa da mãe, e de passagem. Nisso não reparava D. Camila; embora lamentasse que a posição do filho e seus deveres sociais não lhe permitissem possuí-lo por mais tempo.

Mariquinhas a princípio excitava a mãe para irem à casa de Seixas nas Laranjeiras e até lá passarem um dia. A mãe desabituada à sociedade receava-se da crítica de Aurélia. Todavia essa razão não a **demoveria** se Fernando insistisse; porém ele ao contrário fez-se desentendido e desconversou aos primeiros rodeios da irmã.

Não passou despercebida a Aurélia essa esquivança da família do marido. Uma tarde em que Seixas recebeu à sua vista um bilhete de Nicota, ela o interpelou:

Caprichava: insistia.

Demoveria: faria mudar de opinião.

— Sua família depois da noite de nosso casamento nunca mais voltou a esta casa! Será por meu respeito?

— Não; o culpado sou eu que nunca lhes falei nisso.

— E por quê?

— Julgam-me feliz. Não quero roubar-lhes essa doce ilusão.

— Aqueles que nos visitam e que frequentamos não andam iludidos?

— São indiferentes. Olhos de mãe leem n'alma do filho como em livro aberto: aquilo que não veem, adivinham.

— Quer fazer uma aposta?

— Sobre?

— Sou capaz de enganá-la como tenho enganado a todos.

— É possível; ela não é sua mãe.

O bilhete de Nicota comunicava a Fernando o dia que fora marcado para seu casamento, o qual celebrou-se na seguinte semana, em um sábado conforme o uso geral.

Seixas ocultou da mulher essa particularidade. Na tarde em que devia ter lugar o casamento, saiu de casa a pretexto de fazer uma visita a um ministro e assistiu à cerimônia. Levava à irmã uma joia; mas de valor insignificante para sua riqueza.

Essa mesquinheza junta à circunstância de apresentar-se a pé fizeram suspeitar às pessoas presentes que a imprevista opulência abalara o caráter de Seixas a ponto de transformá-lo, de perdulário que era, em refinado avarento.

Outro casamento efetuou-se por esse tempo. Foi o do Dr. Torquato Ribeiro com Adelaide Amaral.

Dias antes, o noivo recebeu por intermédio de Lemos um recado de Aurélia, que pedia-lhe o seu recibo dos cinquenta mil-réis, pois chegara a ocasião de pagá-lo. Foi Ribeiro às Laranjeiras, cogitando na surpresa que a moça lhe preparava.

— Aqui tem o que lhe devo; as três cifras são o presente de Adelaide.

Ribeiro abriu o papel; era uma letra ao portador de cinquenta contos passada pelo Banco do Brasil. Ele fez um gesto de recusa; a moça atalhou-o.

— Não tem o direito de rejeitar. Foi o preço da minha felicidade. Meu tio garantiu ao Amaral que o senhor possuía este dinheiro, sem o que ele não consentiria em desfazer o casamento da filha com Fernando, e este não seria meu marido.

— Como lhe havemos de pagar nunca tamanho benefício? — disse o moço comovido.

— Sendo feliz — respondeu Aurélia.

— Basta-me ser tanto como a senhora.

— Como eu?

— Sim; não é tão feliz?

— Muito; como não pode imaginar!

Aurélia serviu de madrinha à Adelaide, e Seixas foi obrigado a assistir a esse casamento, que desdobrava-lhe por assim dizer diante dos olhos um passado a que ele em vão tentava subtrair-se. Ali estavam juntas, diante do altar, duas mulheres a quem ele traíra sucessivamente, e não arrebatado da paixão, mas seduzido pelo interesse.

Quando absorto em suas cogitações, abandonava-se à melancolia daquelas reminiscências. Aurélia que se aproximara, murmurou-lhe ao ouvido:

— Mostre-se alegre. Quero que todos, mas principalmente esta mulher, acreditem que sou feliz e muito. O senhor deve-me ao menos esta ridícula satisfação em troca do que roubou-me.

Tomando o braço de Seixas e reclinando-se com esse voluptuoso orgulho da mulher que se rende a um imenso amor, dirigiu-se à porta da igreja onde a esperava o seu carro.

Nesse momento, como durante a noite em casa do Amaral, não houve quem não invejasse a felicidade do par formoso que Deus havia acumulado de todos os dons, de formosura, de graça, de mocidade, de amor, de saúde e de riqueza.

Tinham tudo isto, e não passavam de dois infelizes! Essa festa alegre e **aparatosa**, ninguém imaginava que suplício era para essas duas almas, que estavam queimando-se nas luzes da sala e dilacerando-se nos sorrisos que desfolhavam dos lábios.

No dia seguinte, domingo, Aurélia deixou-se ficar em seu aposento, e até quarta-feira não viu o marido.

D. Firmina, nem os **fâmulos**, desconfiaram do fato, embora suspeitassem de algum estremecimento entre os noivos.

Como nessas ocasiões, o marido e a mulher encerravam-se cada um de seu lado; as pessoas da casa, ignorantes do interdito a que fora condenada a câmara nupcial, presumiam que eles se correspondessem por essa comunicação interior.

Aparatosa: pomposa.

Fâmulos: criados.

Essas esquivanças de Aurélia repetiram-se muitas vezes daí em diante; Seixas percebeu que ela o evitava e desconfiou que sua presença começasse a importuná-la. Não se enganava. Desde que a moça não achava mais em si a irritação e o sarcasmo, em que a princípio se deleitava seu coração, a aproximação do marido a oprimia.

Seixas não a contrariava. Conservando-se em casa ao alcance da voz e ao aceno da mulher, poupava-lhe o desgosto de o ver.

Entrava isso na resolução que havia tomado, mas não era sem grande esforço e luta **acérrima** que obtinha de si permanecer ao lado dessa mulher para a qual se havia tornado, ele o sentia, verdadeiro flagelo.

Uma razão poderosa o retinha, devemos supor, e tão forte que subjugava a todo o instante a revolta de seus brios, magoados pela aversão cheia de desdém da qual era alvo.

Desse tempo data a agitação em que **laborou** ele à busca de um recurso para subtrair-se à terrível colisão. Todas as ideias que lhe sugeria seu espírito alvoroçado, ele as aceitava com sofreguidão, para logo as rejeitar com desânimo.

Afinal decidiu-se. Antes de ir à repartição procurou Lemos, com quem só de passagem se encontrara depois do casamento. O velho recebeu-o com o seu modo folgazão:

— Que honraria, meu amigo! Esta pobre casa não o merecia!

— Tinha necessidade de falar-lhe! — respondeu Seixas.

O velhinho piscou os olhos. Ele adivinhara que o moço não o tinha procurado àquela hora para fazer-lhe uma visita de cortesia.

— Desejava consultá-lo — continuou Seixas hesitando. — Consta-me que as apólices vão baixar consideravelmente, e que seria um bom negócio vendê-las neste momento para comprá-las mais tarde, talvez daqui a dois meses.

Acérrima: muito dura.

Laborou: trabalhou, lidou.

— Não é mau; porém há outro melhor neste momento — disse Lemos.

— Qual?

— Vender libras esterlinas.

— Não as possuo.

— Isso não impede.

— Não entendo.

— Venda a entregar no fim do mês, pelo preço de 12 mil-réis. Nesse tempo elas baixam a 10 mil-réis com certeza, e o senhor ganha em quinze dias sem despender um real, uns contos de réis que não fazem mal a ninguém.

— Agora compreendo. Dez mil libras deixariam...

— Vinte contos.

— E se ao contrário subirem?

— Perde a diferença.

— Aí está o risco.

— Só há um meio de ganhar sem risco; é o de não pagar.

Seixas despediu-se, apesar das instâncias de Lemos, que desejava levá-lo à Praça do Comércio.

Nesse mesmo dia encontrou Abreu que, depois de ter esbanjado a herança, dera em jogador e vivia, segundo era fama, da banca. Pela conversa que tiveram os dois ficou o marido de Aurélia sabendo a rua e número de uma casa onde todas as noites havia reunião plena dos amantes da roleta.

Nessa noite Seixas saiu furtivamente de casa, e chamando um tílburi dirigiu-se para a cidade. Quando porém transpunha o limiar da porta, onde se penetrava na Cova do **Caco**, tomou tal horror, que deitou a fugir pela rua, e não parou senão em casa.

Caco: personagem da mitologia romana, filho de Vulcano. Astuto ladrão, seu refúgio era uma caverna do Monte Aventino. O narrador compara a casa de jogo ao antro desse personagem mau; mostra o desespero de Seixas, apelando para negócios escusos ou jogatina para ganhar dinheiro rápido.

10

No pavimento térreo, ao lado esquerdo, havia na casa das Laranjeiras uma varanda de estilo campestre, decorada com palmeiras vivas e corbelhas de parasitas. Servia de sala de bilhar*, e aí costumava Aurélia e o marido passarem a tarde, quando o tempo não convidava ao passeio no jardim.

Aí foi Seixas encontrar dois grandes quadros, colocados nos respectivos cavaletes. Na tela viam-se esboços de dois retratos, o de Aurélia e o seu, que um pintor notável, êmulo de Vitor Meireles e Pedro Américo**, havia delineado à vista de alguma fotografia, para retocá-lo em face dos modelos.

Ao olhar interrogador do marido, Aurélia respondeu:

— É um ornato indispensável à sala.

— Julga que seja indispensável? Parecia-me ao contrário inconveniente reproduzir ainda que seja por esse modo uma presença que tanto lhe deve importunar.

— Não se tira retrato d'alma. Felizmente!... — observou Aurélia com o misterioso sorriso que desde certo tempo acompanhava essas palavras de sentido recôndito.

Seixas prestou-se passivamente ao papel de modelo. As sessões à tarde tinham ficado reservadas para ele a fim de não estorvar-lhe o trabalho da repartição.

Aurélia retirou-se, deixando-o em plena liberdade.

No dia seguinte, pela manhã, quando o pintor voltou para trabalhar em seu retrato, a moça antes de tomar posição fez-lhe suas observações acerca da expressão fria e seca da fisionomia de Seixas.

— Pintei o que vi. Se deseja um retrato de fantasia, é outra coisa — respondeu o artista.

— Tem razão; meu marido não anda bom. É melhor interromper seu trabalho por alguns dias; eu lhe mandarei aviso quando for ocasião.

Essa tarde Seixas achou Aurélia inteiramente outra da que era nos últimos tempos. Sua expressão meiga, e

*** Interessante notar como o jogo de bilhar populariza-se nos salões luxuosos durante todo o século XIX. No século XX ocorre o contrário: o jogo é relegado aos botequins, tornando-se eminentemente masculino e mesmo popularesco, marginalizado.**

**** Era costume típico das famílias abastadas terem quadros de pessoas queridas enfeitando a casa. Um êmulo (rival) de Pedro Américo (1843-1905) ou Vitor Meireles (1832-1903), pintores brasileiros da época, faria o retrato.**

sobretudo a candura e singeleza de seu modo, restauraram em sua memória a imagem da formosa menina de Santa Teresa, a quem amara outrora.

Deixou-se **aliciar** por essa ilusão, embora estivesse bem convencido de que a veria dissipar-se de repente, e dolorosamente como as outras. Mas sua alma tinha necessidade de repouso e ainda mais do conforto de uma crença consoladora; abandonou-se àquela doce quimera e quis persuadir-se de que revivia um idílio de seu passado.

Aurélia trouxe a conversa para os assuntos que mais podiam seduzir um espírito poético e elegante como o de Seixas*.

Falou de música, de versos, de flores e de artes. Quando a ironia não lhe acerava a palavra, ela tinha uma exuberância de afeto e ternura que **manava** de seus lábios e derramava em torno de si uma atmosfera de amor.

À noite tocou piano e cantou os trechos prediletos do marido.

Não era ela decerto, apesar dos elogios de D. Firmina, uma mestra, nem mesmo uma discípula exímia e correta. Mas poucas teriam seu gênio artístico; ela tocava por inspiração, e o canto eram as emoções de sua alma que ressoavam espontaneamente como os arpejos da brisa no seio da floresta.

Os dias seguintes correram na mesma doce intimidade. À tarde, no jardim, ou admiravam juntos as flores, ou liam no mesmo livro algum romance menos interessante do que o seu próprio.

Seixas incumbia-se da leitura, e Aurélia escutava sentada a seu lado. Às vezes, ou porque se distraísse um momento ou por **sofreguidão** de antecipar a narração, reclinava-se para correr os olhos pela página, onde ia brincar um anel de seus cabelos castanhos.

Foi no meio de uma dessas cenas que o pintor apareceu de novo. Seixas deu sinal de contrariedade, que a gentileza de Aurélia conseguiu desvanecer. Conservou durante a sessão a mesma expressão afável e graciosa, que

Aliciar: seduzir.

*** A dissimulação de Aurélia, nesse momento, fica evidente: a moça pretende conseguir uma expressão mais terna e alegre de Seixas, a fim de que o retratista consiga um melhor resultado. Para isso, ela se mostra jovial, trata bem o marido e toca em assuntos amenos e interessantes.**

Manava: brotava.

Sofreguidão: pressa.

pouco antes iluminava seu nobre semblante, e que fora a sua fisionomia de outrora, quando a subversão da existência ainda não o tinha revestido de gravidade melancólica.

Na manhã seguinte, Aurélia, examinando o trabalho do pintor, viu palpitante de emoção a sorrir-lhe o homem que ela havia amado. Ele aí estava em face dela, destacando-se da tela, onde o pincel do artista o havia fixado com admirável felicidade. Era um desses retratos em que o modelo, em vez de impor-se, inspira o artista; deixam de ser cópias e tornam-se criações.

Ainda Aurélia estava enlevada em sua contemplação quando chegou o artista, que recebeu seus elogios acompanhados de sinceros agradecimentos. O pintor supunha ter feito apenas uma obra de arte. Como podia ele suspeitar o segredo dessa mulher, viúva daquele marido vivo?

— O senhor há de tirar uma cópia desse retrato para ficar na sala com o meu. Quanto a este, desejo que tenha o traje com que me lembro de ter visto meu marido quando o conheci. É uma surpresa que pretendo fazer-lhe. Compreende?

— Perfeitamente.

— Peço-lhe, porém, que não toque no rosto.

— Fique descansada.

Aurélia explicou ao pintor o traje que devia figurar no retrato do marido e tomou posição para concluir o seu. Ao voltar da repartição, notou Seixas que sua mulher não conservava a mesma disposição de ânimo em que a deixara na véspera. Não tornou à primitiva irritação, mas foi a pouco e pouco retraindo-se, e acabou por isolar-se de todo.

Passava os dias encerrada em seu toucador. Quando aparecia, era sempre distraída e tinha o aspecto dessas pessoas que se habituam a viver no mundo de fantasia, e que, sentindo-se como aturdidas quando descem à realidade, refugiam-se em suas quimeras.

A casa das Laranjeiras tornara-se uma verdadeira solidão, habitada por dois **cenobitas**, que não se viam, nem tratavam, a não ser na hora de jantar.

Cenobitas: pessoas que vivem reclusas, fechadas.

Ao levantarem-se da mesa, Aurélia escondia-se no fundo de algum espesso caramanchão, de onde seguia de longe com os olhos o vulto do marido, que passeava pelo jardim.

À noite cada um tomava seu livro; Seixas lia; Aurélia aproveitava esses instantes de liberdade para tornar aos seus pensamentos e aos suaves devaneios que abandonava ao sair do toucador.

D. Firmina a princípio estranhara os modos de Aurélia; mas era uma senhora de muito juízo, e bastante prática da vida. Atinou logo com a causa dessa alteração, e aproveitou a primeira oportunidade para dar mostra da sua perspicácia.

— Não acha Aurélia tão diferente do que era, Sr. Seixas?

Fernando surpreendido pela pergunta volveu os olhos para a mulher, cujo pálido semblante iluminado nesse momento por um reflexo do sol no ocaso tinha a diáfana aparência da cera.

— Algum incômodo passageiro. Precisa sair da cidade, passar algum tempo fora; na Tijuca ou em Petrópolis.

— Não tenho moléstia — respondeu Aurélia com indiferença.

— Moléstia não tem, Aurélia; mas é coisa que se parece — tornou a viúva. — E os passeios no campo são excelentes para essas melancolias e desmaios que você está sofrendo.

— Engana-se, não sofro coisa alguma.

— Ora, não disfarce! Quem não vê que aí anda volta de...

— De quê? — insistiu Aurélia completamente alheia à intenção da viúva.

— De um nenê!

Soltou a moça uma gargalhada; mas tão descompassada e ríspida que D. Firmina mais confirmou-se em sua convicção. Fernando erguera-se a pretexto de regar os tabuleiros de violetas de Parma, que rodeavam os pedestais das estátuas de bronze.

Decorreram meses. De repente, sem causa conhecida, com o contraste e o improviso que tinham as resoluções dessa mulher singular, operou-se uma revolução na casa das Laranjeiras e na existência de seus moradores. Saiu Aurélia do isolamento a que se condenara durante tanto tempo, mas para lançar-se no outro extremo. Mostrava pelos divertimentos uma sofreguidão que nunca tivera, nem mesmo em solteira. Entrou a frequentar de novo a sociedade, mas com furor e sem repouso.

Os teatros e os bailes não lhe bastavam; as noites em que não tinha convite, ou não havia espetáculo, improvisava uma **partida** que, em animação e alegria, não invejava as mais lindas **funções** da corte. Tinha a arte de reunir em sua casa as formosuras fluminenses. Gostava de rodear-se dessa corte de belezas.

Os dias, destinava-os para as visitas da Rua do Ouvidor, os piqueniques no Jardim ou Tijuca. Lembrou-se de fazer da Praia de Botafogo um passeio à semelhança do *Bois de Boulogne* em Paris, do *Prater* em Viena, do *Hyde Park* em Londres. Durante alguns dias ela e algumas amigas percorriam de carro aberto, por volta de quatro horas, a extensa curva da pitoresca enseada, espairecendo a vista pelo panorama encantador e respirando a fresca viração do mar.

Os passantes olhavam-nas surpresos, e com um aspecto que traduzia a malignidade de suas conjeturas*****. Aurélia não fazia o mínimo caso dessas caras **mexeriqueiras**, mas as amigas incomodaram-se; e ela foi obrigada a abandonar o lindo passeio às aves de arribação.

Esta ânsia de festas e distrações, sucedendo a uma inexplicável apatia e recolhimento, faziam desconfiar que Aurélia buscava na sociedade não o prazer, mas talvez o esquecimento. Porventura tentava aturdir o espírito e arrancá-lo por esse modo às cismas e enlevos em que se engolfara por tantos dias?

— Deve estranhar essa febre de divertimentos. — disse ela ao marido. — É uma febre, é; mas não tem perigo. Quero que o mundo me julgue feliz. O orgulho de ser invejada talvez me console da humilhação de nunca ter sido amada. Ao menos gozarei de um aparato de ventura. No fim de contas, o que é tudo neste mundo senão uma ilusão, para não dizer uma mentira? Assim desculpe se o incomodo, tirando-o de seus hábitos para acompanhar-me. Há de reconhecer que mereço esta compensação.

— É minha obrigação acompanhá-la, e me achará sempre disposto a cumpri-la. Moça, formosa e rica deve gozar da vida que lhe sorri. O mundo tem essa

Partida: reuniões sociais festivas.

Funções: festividades.

*** A partir da segunda metade do século XIX, o comportamento da mulher de classe alta, no ambiente urbano, modifica-se bastante. Ela não mais fica reclusa em casa: começa a ter intensa vida social, frequentando as casas das amigas, os salões de festas e os teatros. Tudo isso, porém, ainda é pouco para Aurélia. Ela convida amigas para passeios em que vão sem os maridos ou damas de companhia, gesto que não é bem-visto, como mostra esta passagem do romance.**

Mexeriqueira: palavra comum ainda hoje, significando faladeira, fofoqueira.

virtude; o que não absorve, gasta. Daqui a algum tempo a senhora verá a existência por um prisma bem diverso, e do passado não lhe ficará senão a lembrança de um pesadelo de criança.

— É o que eu procuro justamente. Que não dera eu para apagar essas crenças, ou antes essas incômodas ilusões de minha infância, com que educou-se minha alma, e conformar-me à realidade da vida. Oh! se eu o conseguisse!...

A reticência desfez-se nos lábios da moça em um sorriso sardônico.

— Então nos havíamos de entender!

QUARTA PARTE

RESGATE

1

Havia baile em São Clemente.

Aurélia ali estava como sempre, deslumbrante de formosura, de espírito e de luxo. Seu traje era um primor de elegância; suas joias valiam um tesouro, mas ninguém apercebia-se disso. O que se via e admirava era ela, sua beleza, que enchia a sala, como um esplendor.

O baile, em vez de fatigá-la, ao contrário a expandia. Semelhante às flores tropicais, filhas do sol, que ostentam o brilhante matiz nas horas mais ardentes do dia, era justamente nesse **pélago** de luz e paixões que Aurélia revelava toda a opulência de sua beleza

Seixas a contemplava de parte.

As outras moças, de meia-noite em diante, começavam a murchar-se; o cansaço desbotava-lhes a cor, ou afogueava-lhes o rosto. O talhe denunciava o excesso da fadiga na languidez das inflexões ou na rispidez do gesto.

Aurélia ao contrário, à medida que adiantava-se a noite, desferia de si mais seduções, e parecia entrar na plenitude de sua graça. A correção artística de seu traje ia desaparecendo no **bulício** do baile. Como o primeiro esboço que surge afinal do **cinzel** impetuoso do artista, ao fogo da inspiração, sua estátua recebia da admiração da turba os últimos toques.

Quando em torno se revolvia o turbilhão, ela conservava sua inalterável serenidade. O colo arfava-lhe mansamente, ao influxo das brandas emoções; o sorriso coalhava-se em enlevos nos lábios entreabertos, por onde escapava-se a respiração calma. Desprendia-se de seus olhos, de toda sua pessoa, uma efusão celeste que

Pélago: abismo.

Bulício: agitação.

Cinzel: instrumento cortante usado principalmente por escultores e gravadores.

era como a sua irradiação. Quando completou-se essa **assunção** de sua beleza, o baile estava a terminar.

Aurélia fez um gesto ao marido, e, envolvendo-se na manta de caxemira que ele apresentara-lhe, trançou o braço no seu. No meio das adorações que a perseguiam, retirou-se orgulhosamente reclinada ao peito desse homem tão invejado, que ela arrastava após si como um troféu.

O carro estava à porta. Ela sentou-se rebatendo os amplos folhos da saia para dar lugar ao marido.

— Que linda noite! — exclamou recostando a cabeça nas almofadas para engolfar os olhos no azul do céu marchetado de estrelas.

Com esse movimento sua espádua tocou no ombro de Seixas e os cachos de cabelos castanhos, agitados pelo movimento do carro, afagaram a face do mancebo desprendendo perfumes de inebriar. De momento a momento, a claridade do gás entrava pela portinhola do carro, em frente ao lampião, e debuxava o mavioso semblante de Aurélia e seu colo, que a manta, escorregando, tinha descoberto. Na posição em que estava, olhando por cima da espádua da moça, ele via na sombra transparente, quando o decote do vestido sublevava-se com o movimento da respiração, as linhas harmoniosas desse colo soberbo que apojavam-se em contornos voluptuosos.

— Como brilha aquela estrela! — disse a moça.

— Qual? — perguntou Seixas inclinando-se para olhar.

— Ali por cima do muro, não vê?

Seixas só via a ela. Acenou com a cabeça que não. Aurélia distraidamente travou da mão do marido, e apontou-lhe a direção da estrela.

— É verdade! — respondeu Fernando que vira uma estrela qualquer.

Retirando a mão Aurélia descansou-a no joelho, não advertindo sem dúvida que ainda tinha presa a do marido.

— Não sei que tem o luzir das estrelas!... — murmurou a moça. — É uma coisa que notei desde menina.

Assunção: **auge.**

Sempre que fico assim a olhar para elas e a beber os seus raios sinto uma vertigem, que me dá sono. Quem sabe se a luz que elas cintilam não embriaga? Parece-me que bebi um cálice de champanha, mas feito do sumo daqueles cachos dourados que lá estão no céu.

Essas palavras, o olhar de Aurélia dirigiu-as ao marido envoltas em um sorriso feiticeiro.

— Então foi de ambrosia, que é a bebida dos deuses — tornou Fernando correspondendo ao gracejo.

— Mas, fora de graça! Que sono me fez! Será cansaço?

— Talvez! Dançou tanto!

— Pois reparou?

— Que queria que eu fizesse?

Aurélia esperou um momento para não interromper o marido; vendo que este calava-se conchegou-se com o gracioso movimento dos passarinhos quando se arrufam para dormir.

— Não posso mais! Estou tonta!

Derreou-se então pelas almofadas; a pouco e pouco, descaindo-lhe ao balanço do carro o corpo lânguido de sono, sua cabeça foi repousar no braço do marido; e seu hálito perfumado banhava as faces de Seixas, que sentia a doce impressão daquele talhe sedutor. Era como se respirasse e haurisse a sua beleza.

Fernando não sabia que fizesse. Às vezes queria esquecer tudo, para só lembrar-se que era marido dessa mulher e que a tinha nos braços.

Mas quando queria ousar um frio mortal trespassava-lhe o coração, e ele ficava inerte, e tinha medo de si*.

Todavia, ninguém sabe o que aconteceria se o carro não parasse tão depressa à porta da casa; Aurélia sobressaltou-se; caindo em si, retraiu-se para deixar que Seixas saltasse e lhe oferecesse a mão.

— Nunca me senti tão fatigada! Creio que estou doente — disse ela descendo do carro.

— Não devia ter ficado até tão tarde! — observou Fernando com solicitude.

*** O erotismo dessa cena no carro destaca o conflito interior vivido por Fernando, que se sente muito atraído por Aurélia mas, ao mesmo tempo, é obrigado a reprimir esse desejo por causa da situação moral em que estava.**

— Dê-me seu braço! — murmurou a moça com um gesto abatido.

Seixas começou a inquietar-se, ainda mais quando a viu suspensa a seu braço, arrastar-se para a escada.

— Está realmente incomodada?

— Estou doente, muito doente! — respondeu com a voz alquebrada.

Nos olhos porém e nas covinhas da boca, cintilou um raio de malícia que desmentia aquelas palavras. Seixas retribuiu o gracejo.

— É uma enfermidade muito grave, não é? Que ataca-lhe todas as noites e a deixa sem sentidos por muitas horas? Chama-se sono.

— Não sei; nunca a tive — volveu a moça abaixando as pálpebras e velando os lindos olhos.

Chegados à saleta, onde costumavam despedir-se, Aurélia dirigiu-se para o toucador. Na porta, Fernando parou.

— Leve-me que eu não posso comigo — disse Aurélia atraindo-o a si brandamente.

O marido levou-a ao divã onde ela deixou-se cair prostrada de fadiga ou de sono. Não tendo soltado logo o braço de Seixas, este reclinou-se para acompanhar-lhe o movimento, e achou-se debruçado para ela.

Aurélia conchegou as roupas fazendo lugar à beira do divã e acenando com a mão ao marido que se sentasse. Entretanto, com a cabeça atirada sobre o recosto de veludo, o colo nu debuxava sobre o fundo azul um primor de estatuária cinzelado no mais fino mármore de **Paros**.

Seixas desviou os olhos como se visse diante de si um abismo. Sentia a fascinação, e reconhecia que faltavam-lhe as forças para escapar à vertigem.

— Até amanhã? — disse ele hesitando.

— Veja se não tenho febre!

Aurélia procurou a mão do marido e encostou-a na testa. Debruçando-se para ela com esse movimento, Seixas roçara com o braço o contorno de um seio

Paros: ilha grega no mar Egeu, famosa pela qualidade do seu mármore, muito usado por artistas.

palpitante. A moça estremeceu como se a percutisse uma vibração íntima, e apertou com uma crispação nervosa a mão do marido que ela conservara na sua.

— Aurélia — balbuciou Fernando, que a pouco e pouco resvalara do divã e estava de joelhos, buscando os olhos da mulher.

Ela ergueu de leve a cabeça, para vazar no semblante do marido a luz dos olhos, e sorriu. Que sorriso! Uma voragem, onde submergiam-se a razão, a dignidade, a virtude, todas essas arrogâncias do homem.

Seixas ia precipitar-se; mas os olhos de Aurélia o queimavam; escapava daquelas pupilas cintilantes um fogo intenso que penetrava-lhe n'alma como lava em ebulição. Ele voltou o rosto para o lado da porta, como receoso de que estivesse aberta.

Aurélia cerrara as pálpebras e atirara de novo a cabeça sobre a almofada, com esse delicioso abandono, em que o corpo **remite-se** depois de um excessivo exercício. Fernando na mesma posição contemplava a formosa mulher, que ele tinha ali, palpitante sob o seu olhar e ao contato do peito onde fervilhavam os frocos de renda do talhe do vestido, **aflando** ao vivo ofego da respiração.

E todavia não ousava. Nunca, nos tempos em que ele fazia o contrabando do amor, mulher alguma, por mais **defesa** que fosse a seu desejo, inspirou-lhe o respeito, ou antes o susto, que o tolhia naquele momento junto de sua esposa*.

A moça levantou.o braço com um gesto de enfado e deixou-o sobre o recosto do divã, donde foi deslizando fracamente para o ombro de Seixas. À doce pressão dessa cadeia que o cingia, ele vergou a cabeça e chegou a embeber a flor dos lábios nas tranças de cabelos que borbulhavam em anéis pelas espáduas e refluíam pela face de Aurélia.

Mas a moça voltara a cabeça escondendo o rosto no acolchoado de veludo, com um gesto rápido, ao passo que retraía a mão para velar a face. Bastou esse movimento, que não passava talvez de frágil resistência da castidade, para reprimir o impulso de Seixas.

Remite-se: **entrega-se.**

Aflando: **palpitando, arfando.**

Defesa: **proibida.**

*** Note a postura contraditória de Seixas: quando ele fazia o "contrabando do amor", isto é, seduzia mulheres, era ousado e impetuoso. Agora, diante da esposa, não sabe como agir.**

Depois de um instante de perplexidade ia levantar-se, quando Aurélia surgiu arrebatadamente do torpor e languidez que a prostravam, e, sentando-se no divã, obrigou o marido a ajoelhar-se de novo a seus pés. Apoiando-lhe então a mão na fronte, vergou-lhe a cabeça, e cravou-lhe no semblante um olhar longo, penetrante, que parecia submergir-se na consciência daquele homem, e sondar-lhe os **arcanos**.

— Não me engana? Ama-me enfim? — perguntou ela com meiguice.

— Ainda não acredita?

— Venceu então o impossível?

— Fui vencido por ele.

— Essa felicidade não a tenho eu!... — exclamou a moça erguendo-se do divã e caminhando pela sala com o passo frouxo e a cabeça baixa.

Fernando, que a seguia com o olhar surpreso, viu-a aproximar-se de um quadro colocado sobre um estrado e contra a parede fronteira.

A cortina azul do dossel correu; à luz do gás que batia em cheio desse lado, destacou-se do fundo do painel o retrato em vulto inteiro de um elegante cavalheiro.

Era o seu retrato; mas do mancebo que fora dois anos antes, com o toque de suprema elegância que ele ainda conservava e com o sorriso inefável que se apagava sob a expressão grave e melancólica do marido de Aurélia.

— O homem que eu amei, e que amo, é este — disse Aurélia apontando para o retrato. — O senhor tem suas feições; a mesma elegância, a mesma nobreza de porte. Mas o que não tem é sua alma, que eu guardo aqui em meu seio e que sinto palpitar dentro de mim, e possuir-me, quando ele me olha.

Aurélia fitou o retrato com delícia. Arrebatada pela veemência do afeto que intumescia-lhe o seio, pousou nos lábios frios e mortos da imagem um beijo férvido, pujante, impetuoso; um desses beijos exuberantes que são verdadeiras explosões da alma **irrupta** pelo fogo de uma paixão subterrânea, longamente recalcada.

Arcanos: segredos.

Irrupta: invadida.

Seixas estava atônito. Sentindo-se ludíbrio dessa mulher, que o subjugava a seu pesar, escutava-lhe as palavras, observava-lhe os movimentos e não a compreendia. Chamava a si a razão, e esta fugia-lhe, deixando-o extático.

Aurélia acabava de voltar-se para ele, soberba de volúpia, fremente de amor, com os olhos em chamas, os lábios **túrgidos** e o seio pulando aos ímpetos de paixão.

— Por que meu coração, que vibra assim diante desta imagem, fica frio junto de si? Por que seu olhar não penetra nele, como o raio desta pupila imóvel? Por que o toque de sua mão não comunica à minha esta chama que me embriaga como um néctar?

Aurélia parou de repente. Uma onda de rubor banhou-lhe o rosto mimoso. Atalhada no ímpeto da paixão por um assomo de pudor, ela confrangeu-se como a flor da noite ao raiar da luz. Suspendeu a capa de caxemira que lhe tinha resvalado dos ombros para a cintura, e, envolvendo-lhe com o estremecimento de um calafrio, encolheu-se no canto do divã.

Seixas aproximou-se, fazendo-lhe a cortesia do costume; com a voz já tranquila e o modo natural disse:

— Boa noite.

A moça entreabriu a caxemira quanto bastava para tirar os dedos afilados da mão direita, que estendeu ao marido.

— Já? — perguntou ela erguendo os olhos entre **súplices e despóticos**.

O marido estremeceu ao toque sutil dos dedos, que calcavam-lhe docemente a palma da mão:

— Ordena que fique? — disse com a voz trêmula.

Aurélia sorriu:

— Não. Para quê?

O que exprimia essa frase, repassada do sorriso que lhe servia por assim dizer de matiz, ninguém o imagina.

Seixas retirou-se levando n'alma a mais cruel humilhação que podia infligir-lhe o desprezo dessa mulher.

Túrgidos: inchados por causa da excitação.

Súplices e despóticos: suplicantes e autoritários.

2

Aconteceu uma noite cair a conversa em assunto de literatura nacional.

Fato raro. Entre nós há moda para tudo nos salões; menos para as letras pátrias, que ficam à porta, quando muito vão para o fumatório servir de tema a dois ou três incorrigíveis. Nesse dia fez-se uma exceção. Alguém, **que tinha a prurir-lhe nos lábios** a condenação dogmática de um livro que lera recentemente, apesar de publicado desde muito, aproveitou o momento para essa execução literária*.

— Já leram a *Diva***?

Respondeu um silêncio cheio de surpresa. Ninguém tinha notícia do livro, nem supunham que valesse a pena de gastar o tempo com essas coisas.

— É um tipo fantástico, impossível! — sentenciou o crítico.

Acrescentou ele ainda algumas coisas acerca do romance, cujo estilo censurou de incorreto, cheio de **galicismo**, e crivado de erros de gramática. O desenlace especialmente provocou acres censuras.

A crítica, por maior que seja a sua malignidade, produz sempre um efeito útil que é de aguçar a curiosidade. O mais rigoroso censor malgrado seu presta homenagem ao autor, e o recomenda.

Pela manhã Aurélia mandou comprar o romance, e o leu em uma sesta, ao balanço da cadeira de palha, no vão de uma janela ensombrada pelas jaqueiras cujas flores exalavam perfumes de magnólias.

À noite apareceu o crítico.

— Já li a *Diva* — disse depois de corresponder ao cumprimento.

— Então? Não é uma mulher impossível?

— Não conheço nenhuma assim. Mas também só podia conhecê-la Augusto Sá, o homem que ela amava, e o único ente a quem abriu sua alma.

Que tinha a prurir-lhe nos lábios: que estava ansioso por falar, como se estivesse com coceira nos lábios.

*** Observe a ironia do narrador, que destaca o tom autoritário da crítica literária da época; segundo ele, o "crítico" está mais preocupado em "executar", isto é, em matar ou destruir, do que em procurar entender uma obra.**

**** O livro, de 1864, é do próprio Alencar. O autor, num processo de metalinguagem (usar de uma linguagem para falar dela mesma; no caso, referir-se a um romance nas páginas de outro romance), aproveita para ironizar as críticas feitas a seus livros: os puristas não lhe perdoavam certa liberdade gramatical nem o uso de vocabulário popular e de palavras estrangeiras.**

Galicismo: francesismo, isto é, palavra ou construção francesa empregada em prejuízo do português.

— Em todo caso é um caráter inverossímil.

— E o que há de mais inverossímil que a própria verdade? — retorquiu Aurélia repetindo uma frase célebre. — Sei de uma moça... Se alguém escrevesse a sua história, diriam como o senhor: "É impossível! Essa mulher nunca existiu". Entretanto eu a conheci.

Mal pensava Aurélia que o autor de *Diva* teria mais tarde a honra de receber indiretamente suas confidências e escrever também o romance de sua vida, a que ela fazia alusão*****.

Nessa noite, entre as novidades do dia que deram tema à palestra, houve uma que bastante afligiu Aurélia. Corria que Eduardo Abreu estava dominado pela ideia do suicídio. Um de seus camaradas que vinha com ele de Niterói o impedira de precipitar-se ao mar da borda da barca; outro o surpreendera com um revólver no bolso.

No dia seguinte houve espetáculo no teatro lírico. Aurélia escreveu a Adelaide Ribeiro um bilhete oferecendo-lhe o seu camarote e prometendo-lhe sua companhia. As duas senhoras não tinham relações íntimas; apenas haviam trocado entre si as visitas de rigor depois do casamento.

Aurélia aproveitou o pretexto da ópera nova não para estreitar essas relações cerimoniosas, mas para ter ocasião de falar com o Dr. Torquato Ribeiro.

Às oito horas, quando Aurélia entrou no camarote pelo braço de Seixas, já encontrou Adelaide com o marido.

As duas moças, lembrando-se que iam passar a noite face a face, instintivamente sem propósito, por uma irresistível **emulação**, haviam-se esmerado. Ambas estavam no esplendor de sua beleza. Mas curiosa antítese: Adelaide, a pobre, vinha no maior apuro do luxo, com toda a garridice e requintes da moda. Aurélia, a milionária, afetava extrema simplicidade. Vestiu-se de pérolas e rendas; só tinha uma flor, que era a sua graça.

Ao levantar-se o pano, a dona do camarote como de costume ocupou o lado da cena, reservando o lugar de honra para sua convidada. Os maridos revezaram-se,

*** Artifício literário explorado por Alencar: na verdade, o "romance futuro" é o próprio livro que está nas mãos do leitor. Recurso que induz na crença de que a obra literária é um "documento" da vida real.**

Emulação: rivalidade.

ficando Ribeiro perto de Aurélia e Seixas da parte de Adelaide.

Passada a primeira curiosidade que desperta sempre as decorações e trajes de uma cena ainda não vista, Aurélia, voltando-se para atender à amiga que lhe falava, notou a posição e atitude de Seixas.

Este recostara-se à divisão do camarote e observava a cena por cima do ombro de Adelaide; mas à moça pareceu que a vista do marido não chegava à **rampa**, e refrangia-se como uma réstia de sol diante do obstáculo que se lhe antepunha à menor oscilação do talhe esbelto da mulher do Ribeiro.

Se Adelaide inclinava-se à frente para trocar alguma observação, bombeava graciosamente diante de Fernando as espáduas que a luz do gás esbatendo-se em cheio jaspeava. Se a moça apoiava-se indolentemente à coluna, era o seu lindo colo **vazado** por um decote de ninfa que se oferecia aos olhos de Fernando.

Aurélia agitava o leque de madrepérola com um movimento rápido e nervoso, que fazia crepitarem as aspas violentamente batidas umas contra as outras. Duas ou três espedaçaram-se entre os dedos crispados*.

Às vezes **dardejava** um olhar imperioso ao marido para adverti-lo de sua inconveniência. Outras examinava a fisionomia de Ribeiro, com o sentido de observar o efeito que nele produzia aquela faceirice da mulher. Mas Seixas estava completamente absorvido na cena, ou no que lhe ficava ao rumo da cena, e Ribeiro passava revista de binóculo aos camarotes.

Quanto a Adelaide, toda a satisfação de brilhar, nem reparava na impaciência da amiga, nem se apercebia que o excessivo **esvazamento** de seu **corpinho**, com o requebro que imprimia ao talhe, desnudava-lhe quase todo o busto aos olhos do homem a quem voltava as costas. Sente a estátua o olhar que insinua-se entre os véus transparentes? A mulher da moda tem a cútis da estátua quando se veste para o baile.

Rampa: palco.

Vazado: traspassado.

*** Repare nos gestos violentos de Aurélia, retrato visível do ciúme que a corroía, à vista do decote generoso de Adelaide, temendo o interesse que poderia despertar em Seixas.**

Dardejava: atirava, lançava.

Esvazamento: abertura.

Corpinho: corpete; peça do vestuário feminino que se ajusta ao peito.

Aurélia não pôde conter-se afinal.

— Troquemos de lugar, Fernando? A luz do gás está incomodando-me a vista.

— Venha para aqui! — disse Adelaide querendo ceder-lhe a cadeira.

— Não: ali estou melhor; fico na sombra.

No intervalo saíram a passear no salão. A lembrança foi de Aurélia que desejava uma ocasião de dizer algumas palavras em particular ao Torquato. Antes de sair, porém, insistiu com Adelaide para que pusesse a capa.

— Pode-se resfriar. Está úmido.

— Ao contrário; faz um calor!

— Não facilite.

E cobriu-lhe os ombros com sua própria capa que agasalhava mais.

Seixas ofereceu o braço a Adelaide, como era de rigor; Aurélia seguindo ao braço de Ribeiro, e sem perdê-los de vista, começou a conversar com seu cavalheiro.

— Ontem tive uma notícia que me afligiu; o Eduardo Abreu tentou suicidar-se.

— Já me disseram.

— E parece que não abandonou a ideia. Quero salvá-lo dessa loucura: é um dever para mim, e um tributo que pago à memória de minha mãe. Posso contar com o senhor?

— Permita que não responda a esta pergunta. Diga-me o que devo fazer.

— Obrigada. Basta que o traga à minha casa, e faça que a frequente. Ele foi rico; perdeu a riqueza, e com ela os amigos, a consideração, tudo que lhe tornava doce a existência. Nada mais natural do que olhar para o mundo como um inimigo a quem deve fugir. Se porém no meio desse deserto moral em que se acha surgisse uma ideia, uma vontade, um sentimento consolador, esse elo o prenderia de novo à existência.

— Mas não tem receio? — observou Ribeiro hesitando.

— Pensa que ainda não esteja de todo extinta a sua paixão? É justamente com o que eu conto.

— E seu marido?

— É meu marido — respondeu a moça, erguendo a cabeça com serena altivez.

Ribeiro compreendeu a palavra e o gesto. Em verdade, o homem que tinha a suprema ventura de ser o esposo querido dessa mulher podia suspeitá-la?

— Suponha-se em seu lugar, o senhor que sabe uma parte de minha história. Depois do que lhe dei, a ele, julgar-se-ia com direito a esse triste sacrifício da vida de um infeliz?

— Não, certamente.

Nesse instante, Aurélia, que distraíra-se com a conversa, viu Adelaide já sem capa, e suspensa ou antes enlaçada ao braço de seu marido com um abandono que ela, sua mulher, não se animaria a mostrar em público.

Aurélia, por um impulso que não pôde conter, apesar do império que se habituara a conservar sobre si, deixou o braço de Ribeiro para lançar-se ao encontro do outro par e separou os dois, insinuando-se entre eles. Aí recobrou-se, ao perceber a surpresa que se pintava no semblante dos outros, buscou disfarçar, afetando uma risada e trançando no seu o braço da mulher de Ribeiro.

— Escute, quero dizer-lhe um segredo, D. Adelaide!

Afastou-se levando a amiga. O segredo foi um remoque a propósito de certa loureira que passava; e depois uma indireta ao desgarro de certas senhoras, que **timbram** em imitar aquelas a quem mais desprezam.

— Dê-me a minha capa! — disse Aurélia com rispidez a Seixas.

Antes que este pudesse satisfazê-la, tirou-lhe da mão a caxemira que Adelaide tinha dado a guardar, embrulhou-se nela, e tomou o braço do marido.

— Vamos?

Seixas admirado deixou-se conduzir, supondo que tornavam ao camarote. Ao chegarem defronte da escada, Aurélia esperou para despedir-se de Adelaide.

— Já se retira? — perguntou a amiga cada vez mais surpresa.

— Prometi a minha madrinha, D. Margarida Ferreira, ir vê-la esta noite. Passei por aqui somente para gozar da sua companhia.

Aurélia tivera esta lembrança, no caminho do salão para o camarote; era uma excelente explicação de seu **desazo** de tomar à amiga o braço do marido, e o melhor pretexto para cortar de vez o desagradável incidente.

Seixas acompanhou a mulher, sem a mínima observação. Entraram no carro; o cocheiro, que não recebeu ordem alguma, dirigiu-se a Laranjeiras. D. Margarida Ferreira morava em Andaraí.

Timbram: se orgulham.

Desazo: modo desajeitado.

— Não vai à casa de sua madrinha?

A resposta foi breve e seca:

— Não; já é tarde.

Aurélia revoltava-se contra si mesma, por causa daquele momento de fragilidade. Como é que ela, depois de haver arrebatado à sua rival o homem a quem amava, e de haver desdenhado esse triunfo, por indigno de sua alma nobre, dava a essa rival o prazer de recear-se de suas seduções?

Descontente, contrariada, cogitava uma **vindita** desse eclipse de seu orgulho.

— O que é o ciúme? — disse de repente sem olhar o marido, e com um tom incisivo.

Seixas compreendeu que aí vinha a **refrega** e preparou-se, chamando a si toda a calculada resignação de que se costumava revestir.

— Exige uma definição fisiológica, ou a pergunta é apenas mote para conversa?

— Acredita na fisiologia do coração? Não lhe parece um disparate esta ciência pretensiosa que se mete a explicar e definir o incompreensível, aquilo que não entende o próprio que o sinta, e que sinta-se, sem ter muitas vezes a consciência desse fenômeno moral? Só há um fisiologista, mas esse não define, julga. É Deus, que, formando sua criatura do limo da terra, como ensina a escritura, deixou-lhe ao lado esquerdo, por amassar, uma porção de caos de que a tirou. Quanto ao ciúme, todos nós sabemos mais ou menos a significação da palavra. O que eu desejava era saber sua opinião sobre este ponto: se o ciúme é produzido pelo amor?

— Assim pensam geralmente.

— E o senhor?

— Como nunca senti, não posso ter opinião minha.

— Pois tenho-a eu, e por experiência. O ciúme não nasce do amor, e sim do orgulho. O que dói nesse sentimento, creia-me, não é a privação do prazer que outrem goza, quando também nós podemos gozá-lo e mais. É unicamente o desgosto de ver o rival possuir um bem

Vindita: vingança.

Refrega: luta, combate.

que nos pertence ou cobiçamos, ao qual nos julgamos com direito exclusivo, e em que não admitimos partilha. Há mais ardente ciúme do que o do avaro por seu ouro, do ministro por sua pasta, do ambicioso por sua glória? Pode-se ter ciúme de um amigo, como de um traste de estimação, ou de um animal favorito. Eu quando era criança tinha-o de minhas bonecas.

Aurélia calou-se à espera da réplica; prolongando-se a pausa continuou:

— Um exemplo. Há pouco, no teatro, quando vi o modo por que a Adelaide Ribeiro lhe dava o braço, tive ciúmes do senhor. Entretanto, eu não o amo, bem sabe, e não o posso amar!*

— Esta prova é decisiva. E a senhora não acredita na fisiologia? Quer melhor definição? O ciúme é o zelo do senhor pela coisa que lhe pertence.

— Ou pessoa! — acrescentou Aurélia com maldade.

— Pela coisa que lhe pertence — insistiu Seixas —, seja essa animada ou inanimada.

— Temos ainda outra prova em favor de minha opinião. O senhor que amou tanto e tantas vezes, nunca teve ciúmes; há pouco me confessou.

— E como o ciúme é o sintoma do orgulho, ou em outros termos, da dignidade, a consequência...

— É lógica; mas eu a dispenso. Preferia que o senhor me recitasse alguma de suas poesias. Por exemplo — *O capricho*.

3

As partidas de Aurélia, ou recepções, como as chamava o Alfredo Moreira, **à parisiense**, eram das mais brilhantes que então se davam na corte.

Sem galopes infernais e as extravagantes figuras que fazem das quadrilhas e valsas um perfeito

*** Atente para a explicação lógica dada por Aurélia para justificar o ciúme que sentiu do marido: ela conduz os fatos até concluir que não foi por amor a Seixas e sim por orgulho.**

À parisiense: à moda de Paris.

corrupio de doidos ou um remoinho de gente **tocada da tarântula**, reinava ali sempre uma animação de bom gosto que excitava o prazer e derramava a alegria sem amarrotar as moças, nem espremer as damas entre os cavalheiros.

Aurélia descobrira um meio engenhoso de obter este resultado. Quando os rapazes que deviam dar o tom à reunião se retraíam com fingidas esquivanças, e não se apressavam em tirar pares e trazê-los ao meio da sala, a dona da casa anunciava a *quadrilha dos casados*.

Essa quadrilha, como o nome indica, era dançada unicamente pelos maridos com suas mulheres. Ninguém escapava; não se admitia isenção alguma, nem de idade, nem de moléstia. Aurélia era inflexível, e não havia de resistir à sua doce tirania. Se ela tinha desses caprichos despóticos e impertinentes, possuía em compensação um tato superior para cativar a todos com sua fina e graciosa amabilidade.

O disparate das idades e a obrigação do galanteio entre as duas caras-metades, às vezes tão desencontradas, servia de divertimento geral, até aos próprios velhos reumáticos. As matronas gostavam interiormente dessa fantasia que as remoçava, embora **deitassem sua cafanga**, como exigia a decência.

O mais apreciado porém era a pirraça feita aos rapazes, que além de ficarem de fora e perderem os lindos pares escolhidos entre as senhoras casadas, sofriam **de ricochete** os **amuos** das meninas solteiras, aborrecidas por não dançarem e obrigadas a fazer o papel de tias, ocupando o lugar das mães que tinham tomado os seus.

Disso resultava que os rapazes, com receio da tal quadrilha **jarreta**, desenvolviam uma atividade exemplar à primeira arcada da **rebeca**, e entretinham constante animação na sala, sem que Aurélia se incomodasse em rogar a *esses meus senhores* o especial obséquio de dançar.

A Lísia Soares dizia que essa invenção não passava de um disfarce de Aurélia para dançar com o marido, de

Tocada da tarântula: pessoas picadas pela tarântula agitam-se freneticamente por causa da dor e ardência. O narrador ironiza as pessoas que dançam com movimentos exagerados, dizendo que elas parecem ter sido picadas por essa aranha.

Deitassem sua cafanga: fingissem não querer.

De ricochete: indiretamente, por tabela.

Amuos: mau humor.

Jarreta: esquisita, ridícula.

Rebeca: violino.

quem andava cada vez mais namorada; a tal ponto que dava-se a esses desfrutes.

Aparecera nessas partidas Eduardo Abreu, a quem os camaradas desde muito não viam na sociedade. Aurélia acolheu-o com afetuosa distinção, e reservava-lhe sempre uma de suas quadrilhas tão disputadas pelos inúmeros admiradores.

Acabava de dançar com ele, e passeava pelo salão ao seu braço. O Alfredo Moreira, com esse **espírito de restilo** que fornece a vida leviana aos leões de sala, vendo-os passar, disse para um companheiro:

— Retrospecto sentimental!

— Não entendo a charada — tornou-lhe o outro.

— Não sabes que Abreu teve uma paixão estrepitosa pela Aurélia, e fez as maiores loucuras para casar-se com ela?

— Já percebo.

— Ela recusou o casamento porque amava o Seixas; mas, agora que está casada com este, é muito capaz de transportar o amor para o jovem lírio abandonado.

— O jeito é disso!

Esse trecho de diálogo travou-se na alameda artificial, que, em noites de reunião, se dispunha ao longo da sala de jantar com palmeiras, acácias e magnólias plantadas em vasos de louça e caixas de madeira.

Fernando, que se havia refugiado um instante naquele recanto e fumava sentado em um sofá rústico à sombra de um plátano, ouviu a maledicência dos dois leões. Buscando com os olhos o alvo do remoque, viu sua mulher que falava ao cavalheiro com uma insistência meiga e sedutora, que lembrou-lhe a época de seus primeiros amores.

— Ama-o! — murmurou.

Depois não viu mais nada, o par desaparecera da sala, e ele submergira-se em sua alma. Só deu acordo de si, quando a voz da mulher despertou-o surpreso.

— Há que tempo o procuro! — disse Aurélia sentando-se a seu lado, e olhando-o inquieta. — Está incomodado?

Espírito de restilo: espírito maledicente, malicioso.

— Não, senhora: tive há pouco o prazer de vê-la dançar com o Abreu.

Aurélia lançou um olhar rápido e penetrante ao marido.

— É verdade; dancei com ele; é um de meus pares habituais — tornou com volubilidade. — E o senhor, por que não dançou também?

— Porque a senhora não me ordenou.

— É esta a razão? Pois vou dar-lhe um par... Quer oferecer-me seu braço? — replicou Aurélia sorrindo.

— Seria ridículo oferecer-lhe o que lhe pertence. A senhora manda, e é obedecida.

Aurélia tomou o braço do marido, e afastou-se lentamente ao longo da alameda.

— Por que me chama *senhóra*? — perguntou ela fazendo soar o *ó* com a voz cheia.

— Defeito de pronúncia!

— Mas às outras diz senhora. Tenho notado; ainda esta noite.

— Essa é, creio eu, a verdadeira pronúncia da palavra; mas nós, os brasileiros, para distinguir da fórmula cortês a relação de império e domínio, usamos da variante que soa mais forte, e com certa vibração metálica. O súdito diz à soberana, como o servo à sua dona, *senhóra***. Eu talvez não reflita e confunda.

— Quer isso dizer que o senhor considera-se meu escravo? — perguntou Aurélia fitando Seixas.

— Creio que lho declarei positivamente, desde o primeiro dia, ou antes desde a noite de que data a nossa comum existência e minha presença aqui, a minha permanência em sua casa sob outra condição, **fora** acrescentar à primeira humilhação uma indignidade sem nome.

Aurélia replicou dando à sua voz inflexão triste e repassada de sentimento.

— Já não é tempo de cessar entre nós estas represálias, que não passam de truques de palavras? Temos para separar-nos eternamente motivos tão graves, que

*** Observe que o autor registra a pronúncia brasileira da palavra "senhora". Aliás, na primeira edição da obra o título é grafado *Senhóra*, para destacar este acento. Seixas associa a pronúncia com "ó" aberto à expressão do servo para com sua dona.**

Fora (ô): forma do mais--que-perfeito do indicativo do verbo ser. Equivale a *seria*.

não carecemos de estar a beliscar-nos a todo o momento com semelhantes puerilidades. Eu dei o mau exemplo; devo ser a primeira a fazer ato de **contrição**. O senhor é meu marido, e somente meu marido.

— O que lhe disse não é uma banalidade, mas uma convicção profunda, uma coisa séria, a mais séria de minha vida; breve há de reconhecê-lo*. Não empreguei a palavra escravo no sentido da domesticidade; seria soberbamente ridículo. Mas a senhora deve saber que o casamento começou por ser a compra da mulher pelo homem; e ainda neste século se usava em Inglaterra, como símbolo do divórcio, levar a repudiada ao mercado e vendê-la ao martelo. Também não ignora que no Oriente há escravas que vivem em suntuosos palácios, tratadas como rainhas.

— As sultanas?

— Ora, esse poder ou esse luxo que o homem se arrogou, por que não o terá a mulher deste século e desta sociedade, desde que lhe cresce nas mãos o ouro que é afinal o grande legislador como o sumo pontífice?

A palavra de Seixas era acre, e queimava os lábios.

— Sou marido!... É verdade; como Scheherazade era mulher do sultão.

— Menos o lenço! — acudiu Aurélia com um remoque**.

Mas a ironia não pôde abafar a sublevação irresistível do pudor, que cerrou-lhe as pálpebras e cobriu-lhe as faces e o colo de vivos rubores.

— Poupemos aos nossos mútuos sarcasmos a augusta santidade do amor conjugal — disse ela comovida. — Deus não nos concedeu essa inefável alegria, a fonte pura de quanto há de nobre e grande para o coração. Ficamos... Eu pelo menos... órfãos e deserdados dessa bênção celeste; mas nem por isso podemos recusar-lhe a nossa veneração.

Mal acabava de proferir estas palavras sentidas e vindas do íntimo, que a moça, arrependida de haver cedido à emoção, desfolhou dos lábios um riso argentino e afetou o seu costumado tom de volubilidade:

Contrição: arrependimento.

* Observe que o narrador cria um suspense sobre a sequência do enredo. O que Fernando irá revelar mais tarde?

** Scheherazade é a narradora de *As mil e uma noites*, contos de origem árabe. No contexto, ela é citada como exemplo de sultana. Algumas tradições muçulmanas exigem o uso do véu (lenço) cobrindo o rosto, que só pode ser revelado para o marido. A ironia de Aurélia vem do fato que Seixas não lhe tirava o lenço, isto é, eles não tinham uma real intimidade conjugal. Esse lenço será citado adiante, num momento importante da narrativa.

— Quer saber minha opinião? Isso que o senhor chama escravidão não passa da violência que o forte exerce sobre o fraco; e nesse ponto todos somos mais ou menos escravos, da lei, da opinião, das conveniências, dos **prejuízos**; uns de sua pobreza, e outros de sua riqueza. Escravos verdadeiros, só conheço o tirano que os faz, é o amor; e este não foi a mim que o cativou.

Achavam-se nesse instante na sala, em face da cadeira ocupada por Adelaide Ribeiro.

— D. Adelaide, faça-me um favor. Guarde-me este fugitivo, e tenha-o cativo, ao menos durante esta contradança.

— É um depósito? — perguntou Adelaide maliciosamente. — Aceito; mas sem responsabilidade.

— Não há risco.

Enquanto a mulher de Ribeiro consertava os fofos e a cauda de seu elegante vestido para tomar o braço do par que a dona da casa lhe oferecera com tanta amabilidade, Aurélia estreitando-se ao flanco do marido disse-lhe ao ouvido e com expressão estas palavras:

— Restituo-lhe sua liberdade. Já o disse uma vez; agora o realizei.

— E eu rejeitei então como agora — respondeu-lhe o marido no mesmo tom.

— Por quê? — perguntou a moça com viva interrogação na voz e no olhar.

— Não é porque desejo **tolher** a sua. Esteja descansada.

— Decerto! — disse Aurélia com desdenhosa inflexão da fronte.

— A razão é outra.

— Quero saber.

— Espero em Deus, que a saberá um dia.

Tinham-se afastado alguns passos para não serem ouvidos. Aurélia fitara os olhos no marido, excitada pelo tom das últimas palavras; e preparava-se talvez a exigir a explicação, quando ouviu o frolo do vestido de Adelaide que se aproximava.

Prejuízos: preconceitos.

Tolher: limitar, impedir.

Soltou o braço do marido e afastou-se.

A música dava o sinal da quadrilha. Passou o Alfredo Moreira, que vinha borboleteando pela sala, como um **sátiro** que **adeja** na selva à cata de uma flor. Fernando adivinhou que essa flor era um par, e encartou-lhe a Adelaide Ribeiro em risco de infringir o código dos salões, faltando às regras da polidez.

— Não tem par, Moreira? Aqui está D. Adelaide, que sem dúvida estimará a troca, pois lhe dá por cavalheiro, em vez de um aposentado, o príncipe da elegância fluminense.

Sem esperar resposta, deixou a moça ao leão que expandia-se como uma tulipa, esticando as guias do bigode encerado. Seixas contava com a sua posição de dono da casa, empenhado em fazer dançar seus convidados para desculpar a estratégia, com que se dispensara da quadrilha.

Frustrou assim o capricho de Aurélia, o qual o incomodara. Por quê? Não poderia bem apurar a razão no encontro das impressões do momento. Desejo de convencer a mulher de sua indiferença por Adelaide; repugnância de prestar-se a esse ludíbrio; necessidade de manter a gravidade duma situação que se complicava; tudo isso passou-lhe pelo espírito.

Corria a reunião sempre animada. Tinham chegado mais convidados; e a partida transformara-se em baile, como muitas vezes acontecia.

A **frauta** soltou o cintilante prelúdio de uma valsa de **Strauss**.

Os valsistas afamados deixaram-se ficar de parte, sem dúvida para se fazerem desejar. Os calouros e a gente de encher hesitavam em tomar a dianteira; algum mais afoito achou-se em branco; não encontrou par.

De repente correu pela sala este rumor, a *valsa dos casados*, e logo após ouviu-se a risada cristalina de Aurélia, esse trilo fresco, límpido, que às vezes escapava-lhe dos lábios, como se os seus dentes de pérola se lhe desfiassem entre os rubis a roçar uns nos outros.

Sátiro: homem devasso, imoral. O sátiro é um ser da mitologia grega dotado de orelhas grandes e pontiagudas, nariz achatado, chifres pequenos, com rabo e pernas de bode. Personifica a sensualidade desenfreada.

Adeja: voa.

Frauta: flauta.

Johann Strauss (1825-1899): compositor austríaco criador de valsas célebres, como *Danúbio azul* e *Contos dos bosques de Viena*.

A formosa mulher atravessara a sala pelo braço do velho general Barão do T. que para não desmentir o seu **garbo marcial**, fazia naquele momento prova de um heroísmo superior ao que mostrara na última guerra do Paraguai, onde havia sido um meio Bayard, *sans peur*, mas não *sans* ***reproche***.

O ilustre guerreiro, que nunca voltara o rosto ao canhão, fosse ele **Krupp**, admitia contudo a possibilidade de curvar-se alguma vez para que a bala não lhe cortasse a pluma do chapéu ou a metralha não lhe queimasse a barba resplandecente como uma nuvem iluminada pelo sol. Mas curvar o peito arcado e altaneiro, bambear a perna firme, rija e direita, quando levava ao braço a mais bela mulher do mundo, era uma cobardia, ainda mais, uma indignidade que ele não podia cometer.

A Lísia Soares acusou Aurélia da lembrança da tal valsa dos casados. Esta defendeu-se.

— A ideia é do general, que está morto por dançar uma valsa com a baronesa. Recordações da mocidade!

O famoso guerreiro não recuou; porém jamais carga de cavalaria contra um quadrado ou uma trincheira, debaixo do fogo cruzado de uma bateria de canhões, custou-lhe como aquela valsa que ele dançou decidido a morrer como um bravo.

4

Aurélia estava ocupada em reunir os diversos casais e enviá-los ao meio da sala; desembargadores de todo o **tope e calibre**, conselheiros carunchosos, viscondes mofados, marqueses carranças: tudo tratava de executar-se da melhor vontade, que era o meio de tornar mais leve a penitência*.

Nisto chegou-se a Lísia Soares ao braço de Fernando. A travessa trazia nos lábios um sorriso maligno; o olhar beliscava como um alfinete.

Garbo: elegância.

Marcial: guerreira, militar.

***Reproche*:** ironia do narrador com relação ao velho general, relacionando-o com Bayard (1476-1524), famoso capitão francês, que, por sua bravura e dignidade, recebeu o apelido de "Cavaleiro sem medo (*sans peur*) e sem mácula (*sans reproche*)".

Krupp: nome da fábrica alemã que produzia os mais potentes canhões da época.

Tope e calibre: de todos os graus de importância.

* Observe a ironia do narrador, que qualifica a quadrilha dos casados como "penitência", adjetivando os velhos como carunchosos (carcomidos), mofados e carranças (antiquados).

— Está muito entretida com os outros e não se lembra de si — disse ela.

— Como? — perguntou Aurélia voltando-se.

— Não disfarce. A justiça começa por casa; aqui está seu marido. Dê o exemplo.

Aurélia compreendeu a vingança da amiga, despeitada por não valsar com o Alfredo Moreira.

Desde a primeira vez que apareceu na sociedade, depois do luto de sua mãe, Aurélia, que, apesar da palavra afoita e viva, tinha o casto recato de sua pessoa, resolveu não valsar para não arriscar-se a encontrar um desses pares que põem ao vivo a comparação poética da trepadeira enroscada ao tronco musgoso*.

Declarou, portanto, que não sabia valsar, e que nunca poderia aprender porque o giro rápido causava-lhe vertigem. Havia nesta segunda parte um fundo de verdade. Quando valsava no colégio com as amigas, sentia tão vivo prazer nessa dança impetuosa, que deixava-se arrebatar e desprezando o compasso da música volvia com uma velocidade prodigiosa até que o atordoamento a obrigava a sentar.

Convencida de que ela não sabia realmente valsar, Lísia lembrou-se de tomar uma desforra obrigando-a a fazer triste figura na sala, ou então a retratar-se de sua esquisitice e acabar com a tal valsa dos casados. O que mais estimulara a moça fora a suspeita de que Aurélia fizera aquilo por maldade, e só para privá-la de dançar com o Moreira.

Nisto era injusta. A razão que movera Aurélia, não sei; mas que ela nesse momento não se lembrava da existência de Lísia e do Moreira, disso posso dar certeza.

— Não seja má, Lísia! — disse Aurélia com um modo queixoso, que não ocultava de todo o fino motejo no olhar.

— Nada, minha cara: você não dispensa ninguém, tenha paciência.

— Eu não sei valsar!

— Aí é que está a graça. Meu pai também não sabia.

*** Observe o comentário crítico e irônico do narrador sobre as pessoas que costumam dançar "enroscando-se" uma na outra. Para ele, esse é um comportamento vulgar, indecente, que Aurélia não admitia; por isso, recusava-se a valsar, pois a dança obrigava a um contato estreito dos corpos.**

— Ela sabe, era meu par no colégio — observou uma senhora.

— Há de dançar.

— **Pena de talião** — dizia um velho advogado **gotoso** que voltara da valsa tão estafado como nunca o deixara a mais complicada defesa do júri.

— Caso de justa represália! — acudiu um velho diplomata que fizera sua carreira em eterna "disponibilidade", sem trocadilhos*.

— A coroa cede ante a opinião! — **orava** um ministro para quem coroa e opinião no Brasil eram **a chapa e o cunho da mesma moeda** em que ele recebia o salário.

As senhoras insistiam **para se despicarem da entrega** que lhes fizera a dona da casa; as moças por pirraça; e os rapazes pelo desejo de quebrar o encanto a Aurélia, e terem-na daí em diante como par certo de valsa.

— Não é preciso essa revolução. Eu me submeto — disse Aurélia, curvando gentilmente a cabeça.

Dirigindo-se ao marido que estava defronte e a quem a Lísia não consentira que se retirasse, tomou-lhe resolutamente o braço e deixou-se conduzir ao meio da sala.

— Por que se constrange? Não quer valsar; eu tomo sobre mim a recusa — segredou Seixas.

— É questão de vaidade. Compreende a força que tem para nós mulheres este nosso ponto de honra? — tornou Aurélia também a meia-voz.

— Neste momento, não; não compreendo.

— Veja a Lísia como está saboreando o meu vexame de não saber valsar, e o fiasco que me espera? Demais...

Sua voz teve uma nota vibrante.

— Demais, o senhor pode pensar que tenho medo.

Aurélia pousara a mão no ombro do marido, e imprimindo ao talhe um movimento gracioso e ondulado, como o arfar da borboleta que palpita no seio do cacto, colocou-se diante de seu cavalheiro e entregou-lhe a cintura mimosa.

Era a primeira vez, e já tinham mais de seis meses de casados; era a primeira vez que o braço de Seixas

Pena de talião: penalidade em que o réu sofre o mesmo castigo ou mal que impôs a outra pessoa.

Gotoso: que sofre de gota, doença reumática que ataca as articulações.

* Situação de um funcionário público que, estando fora do serviço ativo, pode todavia ser chamado em qualquer ocasião. O narrador comenta ironicamente a carreira do diplomata, dizendo que ele estivera em "eterna disponibilidade", sugerindo que nunca trabalhara. Como a frase pode ter dupla interpretação, ele acrescenta que não quis ser maldoso, não fez nenhum trocadilho. Mas ao destacar a palavra disponibilidade, ele, na verdade, deixa insinuada a ironia.

Orava: falava como se estivesse discursando.

A chapa e o cunho da mesma moeda: as duas faces de uma moeda.

Para se despicarem da entrega: para se vingarem da traição.

enlaçava a cintura de Aurélia. Explica-se pois o estremecimento que ambos sofreram ao mútuo contato, quando essa cadeia viva os prendeu.

Balançava-se o airoso par à cadência da música arrebatadora; e todos o admiravam, menos Lísia Soares que ralava-se de despeito ao ver a silfidez e graça com que Aurélia valsava, triunfando, quando ela esperava humilhá-la.

Aurélia tinha nessa noite um vestido de tule cor de ouro, que a vestia como uma gaza de luz. Com o voltear da valsa, as ondas vaporosas da saia e a manga roçagante do braço que erguera para apoiar-se em seu par, flutuavam como nuvens diáfanas embebidas de sol, e envolviam a ela e ao cavalheiro como um brilhante **arrebol**.

Parecia que voavam ambos arrebatados ao céu por uma **assunção** radiosa.

A cabeça de Aurélia afrontara-se, atirada para o ombro com um gesto sobranceiro e uma expressão provocadora, que por certo havia de **desairar** outro semblante, mas tinha no seu uma sedução irresistível e uma beleza fatal e deslumbrante.

Nunca se fixou na tela, nem se **lavrou** no mármore, tão sublime imagem da tentação, como aí estava encarnada na altivez fascinante da formosa mulher.

Aos primeiros compassos principiou este rápido diálogo, cortado pelas evoluções da dança.

— Não sei valsar devagar.

— Pois apressemos o passo.

— Não lhe tonteia?

— Não; a cabeça é forte.

— E o coração?

— Este já calejou.

— Pois eu sou o contrário.

— O coração?

— Nunca vacilou.

A moça continuara soltando frases intermitentes.

— A cabeça é que é fraca. — Mas que singularidade! — Em tudo sou esquisita! — Devagar é que tonteio. — A casa roda em torno de mim. — Depressa não. —

Arrebol: cor avermelhada que colore o céu ao amanhecer e durante o pôr do sol.

Assunção: arrebatamento, elevação.

Desairar: comprometer a elegância.

Lavrou: esculpiu.

Quando tudo desaparece... — Quando não vejo mais nada... — Então sim! — Então gosto de valsar! — E posso valsar muito tempo!

Passavam perto da música. Seixas disse ao regente da orquestra:

— Apresse o compasso!

O arco do regente deu o sinal.

— Mais! — disse Aurélia.

Amiudaram-se as pancadas do arco.

— Ainda mais! — ordenou a moça.

O arco **sibilou**. Os instrumentos estrepitaram; as notas despenhavam-se não já em escalas, mas em borbotões. Não era mais a valsa de Strauss; era um turbilhão musical, um **pampeiro** como saía das mãos inspiradas de **Liszt**.

O lindo par arrojou-se, deixando a trotar classicamente os outros que não podiam acompanhar aquela torrente impetuosa. Obscurecia-se a vista que buscava acompanhá-lo; ele passava nublado por aquela espécie de atmosfera oscilante, que a velocidade da rotação estabelecia em torno de si.

Aurélia cerrara a meio as pálpebras; seus longos cílios franjados, que roçavam o cetim das faces, sombrearam o fogo intenso do olhar, que escapava-se agora em **chispas** sutis, e feriam o semblante de Seixas com os **rútilos** de uma estrela.

A valsa é filha das brumas da Alemanha e irmã das louras **valquírias** do Norte. Talvez sobre essas regiões do gelo, com os doces esplendores da neve, o céu derrame alguma da serenidade e inocência que fruem os bem-aventurados; talvez que os povos da fecunda Germânia, quando vão ao baile, mudem o temperamento com que marcham à guerra e façam correr nas veias cerveja em vez de sangue.

A ser assim, pode a valsa ter naqueles países as honras de uma dança de sala. Em outra latitude, deve ser desterrada para os bailes públicos, onde os homens gastos vão buscar as sensações fortes, que o ébrio pede ao álcool*.

Amiudaram-se: tornaram-se miúdas, isto é, mais rápidas.

Sibilou: vibrou como um assobio.

Pampeiro: vendaval.

Franz Liszt (1811-1886): compositor e pianista húngaro de grande virtuosismo e criatividade.

Chispas: centelhas, fagulhas.

Rútilos: brilhos.

Valquírias: ninfas da mitologia escandinava que incitavam os heróis em combate.

*** Mais uma vez, o narrador critica a sensualidade da valsa dançada impetuosamente. Segundo ele, valsar desse modo seria mais próprio em ambientes vulgares e não numa casa de família, como era o caso.**

Há nessa dança impetuosa alguma coisa que lembra os mistérios consagrados a **Vênus** pela Grécia pagã, ou o delírio das **bacantes** quando agitavam o tirso. "É, na frase do grande poeta, a valsa impura e lasciva, **desfolhando** as mulheres e as flores."

Nunca a linguagem, que esse rei da palavra, chamado **Victor Hugo**, subjuga e maneja como um **brioso** corcel, prestou-se à mais eloquente expressão do pensamento. É realmente a desfolha da mulher, a **despolpa** de sua beleza e de sua pessoa, o que a valsa **impudica** faz no meio da sala, em plena luz, aos olhos da turba ávida e curiosa.

As senhoras não gostam da valsa, senão pelo prazer de sentirem-se arrebatadas no turbilhão. Há uma delícia, uma voluptuosidade pura e inocente, nessa embriaguez da velocidade. Aos volteios rápidos, a mulher sente nascer-lhe as asas, e pensa que voa; rompe-se o casulo de seda, desfralda-se a borboleta.

Mas é justamente aí que está o perigo. Esse enlevo inocente da dança entrega a mulher palpitante, inebriada, às tentações do cavalheiro, delicado embora, mas homem, que ela sem querer está provocando com o casto requebro de seu talhe e traspassando com as tépidas emanações de seu corpo*.

O que é a valsa, mostrava-o aquele formoso par que girava na sala; e ao qual entretanto **defendia** dos olhos maliciosos a casta e santa auréola da graça conjugal, com que Deus os abençoara.

Fernando arrependia-se de ter cedido ao desejo da mulher e começava, ele um dos **impertérritos** valsistas da corte, a recear a vertigem.

Seu olhar, alucinado pelas fascinações de que se coroava naquele instante a beleza de Aurélia, tentou desviar-se e vagou pela sala. Voltou porém atraído por força poderosa e embebeu-se no êxtase da adoração.

Quando a mão de Aurélia calcava-lhe no ombro, transmitindo-lhe com a branda e macia pressão o seu doce calor, era como se todo o seu organismo estivesse

Vênus: deusa do amor na mitologia grega.

Bacantes: dançarinas que faziam parte do cortejo de Baco, deus do vinho e da orgia.

Desfolhando: desnudando.

Victor Hugo (1802-1885): famoso poeta e romancista francês, um dos pontos altos do Romantismo.

Brioso: fogoso.

Despolpa (ô): desnudamento.

Impudica: indecente.

* O contato entre o homem e a mulher, permitido pela valsa, é uma inovação ousada nos hábitos sociais do século XIX. Vários escritores da época acentuam o erotismo dessa dança e advertem para o perigo da sedução durante a valsa. Repare no comentário do narrador a esse respeito. Segundo ele, é um "perigo", porque a mulher, mesmo que "inocente", se entrega ao cavalheiro, "delicado embora, mas homem". Esse "mas" exprime toda a carga de erotismo latente que envolvia os casais na hora da dança.

Defendia: protegia.

Impertérritos: destemidos, corajosos.

ali, naquele ponto em que um fluido magnético o punha em comunicação com a moça.

Depois essa estranha sensação tornou-se ainda mais intensa. Já não tinha consciência de si para perceber distintamente a pressão dos dedos em seu ombro. O que se passava nele era uma verdadeira **intuscepção** da forma **peregrina** dessa mulher, que ele via em face, mas sentia dentro de si.

Aurélia não consente, como outras, que seu cavalheiro a conchegue ao peito. Entre os bustos de ambos mantém-se a distância necessária para que não se unam com o volver da dança; e tanto que deixam passagem à claridade do gás*.

Entretanto a sensação viva que Fernando experimenta nesse momento é a do contato estreito, íntimo, do talhe palpitante da moça, como se o tivesse fechado em seus braços; sua alma, semelhante ao molde que concebe a cera branda, vazava em si formosa estátua e recebia o seu toque mavioso.

Se o colo de Aurélia pulsava rápido no ofego da valsa, embora os rofos do decote nem de leve roçassem o colete, ele, fechando os olhos e recolhendo-se, palpava em seu peito a rija **galga** do seio voluptuoso.

Se um retraimento lascivo, peculiar à raça felina, imprimia ao dorso de Aurélia uma flexão ondulosa, que, dilatando-se no abalo nervoso, brandia o corpo esbelto, essa vibração elétrica repercutia em todo o organismo de Seixas.

Era uma verdadeira transfusão operada pelo toque da mão da moça no ombro do marido, e da mão deste na cintura dela; mas sobretudo pelos olhos que se imergiam, e pelas respirações que se trocavam.

Não há flor de aroma delicado como a boca pura e fresca de uma moça.

Outros perfumes conheço mais vivos, alguns fortes e excitantes: nenhum tem a maga suavidade de um hálito de rosas, fragrância de sua alma, que Aurélia infundia nos lábios do cavalheiro.

Intuscepção: ato de ingerir e assimilar alimentos. O narrador usa essa palavra metaforicamente, querendo dizer que Fernando parece sentir Aurélia dentro dele, como se fossem um só corpo.

Peregrina: excepcional.

* Observe que Aurélia evita o contato físico que a valsa propicia.

Galga: excitação.

Nesse deleite em que se engolfava, teve Seixas um momento de recobro, e pressentiu o perigo. Quis então parar e pôr termo a essa prova terrível a que a mulher o submetera, certamente no propósito de o render a seu império, como já uma vez o fizera, naquela noite do divã, noite cruel de que ainda conservava a pungente recordação.

Para preparar a parada, conteve a velocidade do passo. Percebeu Aurélia o leve movimento, se não teve a repercussão do pensamento do marido, antes que este o realizasse. Os lábios murmuraram uma palavra súplice:

— Não!

As pálpebras ergueram-se; os grandes olhos, cheios de luz e de amor, inundaram o semblante de Seixas, e cerraram-se logo levando-lhe toda a vontade e consciência, como uma onda que, depois de espraiar-se, reflui, trazendo no seio quanto encontrou em sua passagem.

Seixas abdicou de si e arrojou-se novamente no turbilhão.

Tudo isso se passara em breves momentos, durante o espaço que o par valsante levara para descrever pelo vasto salão duas ou três elipses.

Nos quatro cantos da casa, havia para ornato altas jardineiras de bronze verdadeiro e de trabalho artístico, lembrança de Aurélia que as encomendara da Europa.

Eram grupos agrestes, onde se tinham disposto os lugares dos vasos; mas estes, em vez de flores, recebiam plantas vivas, que formavam assim um bosque a cada ângulo da sala, concorrendo para dar-lhe o aspecto campestre, que tanto se aprecia agora e com razão.

Há nada mais encantador do que trazer o campo para dentro da cidade e até da casa do que entrelaçar com as magnificências do luxo as **galas** inimitáveis da natureza?

No enlace da valsa, o lindo par, ansioso de espaço e sentindo-se apertado na sala, alongara a elipse até a extremidade, voltando por detrás de uma das jardineiras, onde não estava ninguém naquela ocasião.

Houve um ápice, rápido como o pensamento, em que o par achou-se oculto pelas longas palmas de uma

Galas: enfeites.

musácea, que se arqueavam graciosamente **em umbela**. Nesse momento um relâmpago cegou-os a ambos.

Duas rosas se embalam cada uma em sua haste à aragem da tarde; inclinam de leve o cálice e frisam-se roçando às pétalas. Assim tocaram-se as frontes de Aurélia e Fernando, e os lábios de ambos afloraram-se no sutil perpasse.

Foi um relance. O elegante par sumira-se atrás da folhagem, e já emergia da sombra e nadava na claridade deslumbrante da sala que ia de novo atravessar na elipse fugaz.

Mas Fernando sentiu na face um sopro gelado. Olhou: Aurélia estava desmaiada em seus braços. A gentil cabeça ao desfalecer não vergara para o peito. Como se a prendesse o ímã dos olhos que enlevara, inclinou à espádua do cavalheiro, com o rosto voltado para ele.

Os lábios descorados moviam-se brandamente, como se a sua alma, que ali ficara, estivesse conversando com a outra alma que ali passara.

Seixas ergueu a mulher nos braços e levou-a da sala*.

5

No meio do alvoroço causado pelo incidente, enquanto acudiam médicos, vinham os sais e corriam as amigas, umas inquietas, e outras curiosas, choviam os comentos.

— Que imprudência!

— Aquele desespero!... Eu logo vi!

— E ela que não tem costume de valsar.

— Quis fazer-se de forte!

— Não é, senhora; aquilo foi o vestido. Não vê como **acocha** a cintura.

— Ora! Romantismos!... — dizia Lísia com um muxoxo, e acrescentou para Adelaide: — Acredita no desmaio?

Musácea: certo tipo de planta.

Em umbela: em forma de chapéu de sol.

*** Comparação típica do Romantismo: o beijo entre Aurélia e o marido assemelha-se ao toque de duas rosas. Curioso reparar como a descrição do beijo é suave e até ingênua, avaliando-se o fervor com que o narrador caracteriza a valsa. O erotismo entre eles circula muito mais na esfera do irrealizado do que na sua concretização. Ao realizar-se, é casto, e terrível: Aurélia desmaia.**

Acocha: aperta, comprime.

— Pensa que foi fingimento?

— Requebros com o marido. Queria que ele a carregasse no meio da sala e à vista de todos. Gosta de mostrar que o Seixas a adora e derrete-se por ela! Pudera não! Uma boneca de mil contos!...

Nesse tema continuou a menina, que tinha a balda muito comum de falar como um realejo, pensando que assim **abismava** os outros com um espírito gasoso, quando ao contrário aguava o que a natureza lhe dera*

Entretanto Seixas tinha conduzido a mulher ao toucador e deitara o belo corpo desmaiado em um sofá. Estava inquieto, mas não aflito. No transportar a moça havia sentido o calor de sua epiderme e o pulsar do coração. Não passava o acidente de ligeira síncope.

Com efeito, antes que a inundassem de éter ou álcali, e que lhe **desatacassem** a cintura, Aurélia abriu os olhos e arredou com um gesto as pessoas que se apinhavam junto ao sofá.

— Não é nada: uma tonteira, já passou.

O médico que tomava-lhe o pulso, confirmou, limitando-se a recomendar além do repouso, o desafogo do vestido para respirar melhor.

— Não é preciso; basta que me deixem espaço — respondeu Aurélia.

Retiraram-se todas as senhoras, e voltaram à sala. D. Firmina demorou-se com intenção de não deixar a moça; mas esta pediu-lhe que a substituísse nas funções de dona da casa.

— Fernando fica. Vá para a sala; e faça continuar a dança. Estou boa; não tenho nada. Se constrangerem-se, é que me incomodam; cismarei que estou doente!

D. Firmina riu-se, inclinou-se para beijar a moça na testa e voltou à sala. Ao aproximar-se da porta, viu alguns curiosos que espiavam para dentro, e cerrou as duas bandas, fechando-as com a **aldrava**.

Aurélia ficara deitada no sofá, de costas, na posição inclinada em que Seixas a colocara sobre as almofadas. Quando D. Firmina afastou-se, ela cerrara outra vez as

Abismava: impressionava.

*** Observe a ironia do narrador ao criticar o comportamento de Lísia. A fim de impressionar os outros, falava tanto que acabava estragando sua beleza natural.**

Desatacassem: desabotoassem.

Aldrava: espécie de tranca para fechar porta ou janela.

pálpebras, e engolfou-se no sonho delicioso a que a tinham arrancado.

Sua mão tateou hesitante pela borda do sofá, e encontrou a de Seixas que estava sentado junto dela, e contemplava a formosa mulher, ainda mais bela nesse langue **delíquio**, do que em suas deslumbrantes irradiações.

— Eu caí na sala?... — murmurou Aurélia sem abrir os olhos, e corando de leve.

— Não — respondeu Seixas.

— Quem segurou-me?

— Podia eu confiá-la a outro? — disse Fernando.

Os dedos da moça responderam apertando a mão do marido.

— Quando vi que tinha desmaiado, tomei-a nos braços e trouxe-a para aqui.

— Para onde?

— Para seu toucador. Não conhece?

— Não me lembro.

Seixas calou-se. Aurélia permaneceu na mesma imobilidade, com a mão do marido presa na sua, que às vezes recebendo uma ligeira vibração contraía-se.

Nisto bateram discretamente à porta. Seixas fez movimento de erguer-se para ver quem era; mas Aurélia, ao fugir-lhe a mão que tinha na sua, ergueu-se em pé de um **jacto**, e, lançando os dois braços ao colo do marido, curvou-o sob esse jugo irresistível.

Seixas foi obrigado a sentar-se outra vez; e Aurélia, deixando-se cair também sentada sobre o sofá, o retinha fechado na mimosa cadeia, enquanto dardejava à porta o olhar colérico, erigindo o busto com a retração da **serpe** que **enrista-se** para o bote*.

Que se passava nesse momento no espírito da moça exaltada pelas comoções dessa noite?

Afigurava-se a Aurélia que achara enfim a encarnação de seu ideal, o homem a quem adorava, e cuja sombra a tinha cruelmente escarnecido até àquele instante, esvanecendo-se quando ela julgava tê-lo diante dos olhos.

Delíquio: desmaio.

Jacto: jato.

Serpe: serpente.

Enrista-se: prepara-se.

*** Dominada pela paixão, Aurélia tem uma reação encolerizada ao ouvir as batidas na porta, pois não admitia que alguém pudesse quebrar o clima daquele momento.**

Agora que o achara, que ele aí estava perto dela, que tomara posse de sua vida, parecia-lhe no desvario de sua alucinação que o queriam disputar-lhe, arrancando-o de seus braços e deixando-a outra vez na viuvez em que se estava consumindo.

— Não!... Não quero!... — exclamou com veemência.

Continuavam a bater.

— Podem abrir, Aurélia, e surpreender-nos!

Estas palavras do marido, ou antes o receio que as ditava, provocaram em Aurélia um assomo ainda mais impetuoso.

— Que me importa a mim a opinião dessa gente?... Que me importa esse mundo, que separou-nos! Eu o desprezo. Mas não consentirei que me roube meu marido, não! Tu me pertences, Fernando; és meu, meu só, comprei-te, oh! sim, comprei-te muito caro...

Fernando erguera-se como impelido por violenta distensão de uma mola e tão alheio de si que não ouviu o fim da frase:

— Pois foi ao preço de minhas lágrimas e das ilusões de minha vida — concluiu a moça, que ao movimento de Seixas soerguera-se também suspensa pela cadeia com que lhe cingia o pescoço.

Seixas dominara o ímpeto que o precipitava, e conseguiu afogá-lo no escárnio, que é uma válvula para essas grandes comoções da alma. Sentou-se de novo e murmurou ao ouvido da mulher, que o inundava com seu olhar:

— O lenço?

— O lenço?... — repetiu a moça maquinalmente*.

E, apanhando seu lenço de rendas que jazia sobre o sofá, olhou-o como se buscasse nele explicação daquela singular pergunta do marido.

Súbito estremeceu com abalo tão forte que a levantou em pé, soberba de ira e indignação.

Não se desmanchara um só anel de seus cabelos, que se cacheavam em torno da **cerviz** com a mesma correção, não se amarrotara nenhum dos folhos de seu

*** Referência à conversa entre Aurélia e Seixas na página 234: o lenço ou véu de sultana a ser retirado só diante do senhor. Esse instante sensual, em que Aurélia agarra-se ao marido sem pensar em consequências, é barrado pela menção aos papéis que eles desempenham: Seixas é a sultana, o marido comprado. Entende-se a violenta reação de Aurélia, na sequência, quando se retomam as máscaras de antes, senhora e escravo.**

Cerviz: parte detrás da cabeça, compreendendo o pescoço e a nuca.

traje vaporoso, e todavia quem contemplasse Aurélia nesse momento acreditaria na desordem do lindo vestuário, tal era a exacerbação que **perspirava** de toda sua pessoa.

A aurora serena dessa beleza, ainda há pouco dourada dos níveos raios de luz coada pelo cristal fosco, transformara-se de repente na tarde incendiada pelos sinistros clarões da borrasca. A estrela fizera-se relâmpago; o anjo despira as asas celestes, e vestira o fulgor **lucífero**. Aurélia soltou uma gargalhada:

— Tem razão!... É o único amor que pode haver entre nós!

A mão da moça, que machucava convulsivamente o lenço, ergueu-se para arremessá-lo a Seixas, com as palavras de desprezo que acabava de proferir. Mas foi apenas um simulacro; a meio do gesto a mão retraíra-se com energia.

— Se fosse possível que eu decaísse de minha virtude, e até da minha altivez, havia um homem a quem não me rebaixaria jamais! De todas as indignidades, a maior seria a profanação do único amor de minha vida!

Com o sibilo da voz da moça ao soltar essas frases, misturou-se o **esgarço** das rendas do lenço que ela acabava de despedaçar. Aproximando então as tiras do gás que ardia em uma arandela ao lado do espelho do toucador, comunicou-lhes a chama e deixou-as consumirem-se sobre o mármore.

Haverá quem acuse Seixas de ter, no momento em que a mulher lhe fazia confissão de seu amor e lhe oferecia um perdão espontâneo, proferido aquela palavra que envolvia um insulto cruel.

Ele próprio, que pouco antes não achava uma expressão bastante eloquente para sua revolta, ali estava agora arrependido, com os olhos compassivos, fitos na mulher, que abria uma janela e encostava-se à sacada para banhar-se na brisa e na treva da noite.

E não só arrependia-se. Pela primeira vez duvidava disso a que ele chamava sua honra.

Perspirava: transpirava.

Lucífero: diabólico.

Esgarço: rasgo.

Na mesma noite, em que Aurélia lhe infligira a atroz humilhação desse consórcio monstruoso do sarcasmo com a vergonha, Seixas considerou-se impossível para semelhante mulher. Não poderia amá-la nunca mais, e ainda menos aceitar seu amor.

Até o momento da revelação afrontosa, seu procedimento podia ser repreensível ante uma moral severa, mas não ia além de um casamento de conveniência, coisa banal e frequente, que tinha não somente a tolerância como a consagração da sociedade.

Desde porém que esse casamento de conveniência fora convertido em um **mercado** positivo, ele julgava uma infâmia para si envolver sua alma e afundá-la nessa transação torpe.

Seu corpo sim estava vendido; ele não o podia subtrair ao indigno mister, desde que havia recebido o salário. Mas a alma, nunca! Tivesse-o embora essa mulher na conta de um especulador sem escrúpulos, ele sentia que a honra não o abandonara; e que, se outrora ia-se embotando, esse acidente lhe restituíra o vigor.

Foi este o pensamento que Seixas, sob a impressão das suspeitas relativas ao Abreu, enunciou de um modo vago a Aurélia no diálogo que travara com ela no princípio da noite.

Veio, porém, a valsa, e ele subjugado pela beleza da mulher, e por sua prodigiosa fascinação, esqueceu todos os protestos de dignidade; só viveu na adoração do ídolo, a que não o conseguira arrancar sua **apostasia**. O desmaio arrefeceu a exaltação do amante. Sentado à cabeceira do sofá, onde Aurélia se conservava deitada, com os olhos cerrados, apertando-lhe a mão por intermitentes pulsações dos dedos, ele não se pôde esquivar a uma reflexão, que o reclamava.

Aquela vertigem súbita na circunstância em que se dera, e tão prontamente dissipada, seria uma afetação? Não estaria a moça representando uma cena da comédia matrimonial que a divertia?

Mercado: negócio.

Apostasia: abandono de uma religião ou de um culto. Isto é, Fernando tinha deixado de amar Aurélia, cometendo assim, simbolicamente, uma apostasia. Mas a beleza da mulher acabou por seduzi-lo na hora da valsa.

Seixas, apesar da revolução que nele se havia operado nos últimos seis meses, ainda não gastara de todo seus hábitos de homem de sociedade, para quem a vida é uma série de etiquetas e cerimônias, regradas pelo uso.

A rotina da sala não conhece os movimentos impetuosos e desordenados das paixões. Ali tudo se faz com regra e medida. Uma menina que desde os sete anos se habitua a entregar os lábios às carícias dos amigos da casa recebe o seu primeiro beijo de amor com um pudor gracioso, mas sereno.

E o homem que sugara tantas bocas travessas, como se fossem os cálices de cristal rosa onde **libava** goles de **moscatel**; esse homem que tivera em seus braços, calmas e risonhas, tantas namoradas, podia compreender que a ponta da asa de um ósculo, pois não fora outra coisa, causasse um desmaio*?

Aurélia tinha em suas relações com o marido, especialmente nos instantes de animação, gestos e atitudes de uma grande expressão dramática. Esses movimentos naturais não eram senão acenos das paixões e sentimentos de sua alma; pareciam artísticos porque revestiam-se de uma suprema elegância.

Seixas, admirando-os como poeta, suspeitava-os de teatrais; por isso **entrou-o** a desconfiança de que Aurélia preparava-lhe com todos aqueles **rendimentos** uma nova humilhação, igual, senão maior, do que a da noite do baile, naquele mesmo toucador.

Foi nessa disposição de espírito que penetrou-o como a lâmina de um estilete a frase *comprei-o bem caro*, que o lábio de Aurélia vibrava com viva entonação. Não ouviu mais nada; fez-se em sua consciência um imenso deserto que enchia a só ideia do mercado aviltante.

O pensamento que o dominara antes da valsa, e que um enlevo passageiro havia sopitado, ressurgiu.

Ele refugiou-se no sarcasmo, que desde o casamento era um derivativo às sublevações de sua cólera. Sem intenção de injúria, somente como acerba ironia, soltou a palavra de que se arrependera.

Libava: bebia.

Moscatel: certo tipo de vinho doce.

*** Seixas desconfia da veracidade do desmaio da esposa. O narrador tece comentários críticos à leviandade da época para explicar a desconfiança do rapaz. Afinal, para Seixas, não haveria muito de exagero em um desmaio provocado pela "ponta da asa" de um beijo?**

Entrou-o: foi invadido por.

Rendimentos: atitudes, gestos.

Entretanto Aurélia na janela derramava a vista pelo azul da atmosfera onde se recortava o perfil das montanhas. Uma nebulosa vislumbrava o seu vago lampejo.

A moça ficou olhando-a um instante; e cuidou ver o **rasto** de sua alma que subia ao céu.

— O ar da noite deve fazer-lhe mal, sobretudo agitada como está — disse Fernando timidamente.

Julgando que a moça não ouvira, aproximou-se e repetiu sua observação.

— Engana-se! Estou calma; perfeitamente calma! — disse a moça, e para exibir a prova de sua afirmação deixou a sacada, e expôs-se à claridade do gás.

Tinha no semblante, e em todo o aspecto, a inalterável serenidade de que sabia revestir-se, quando queria conter e domar os impulsos da paixão.

Fernando deu um passo e ia talvez pedir-lhe perdão quando a porta abriu-se. A pessoa que batera antes, como não lhe abrissem, insistiu; mas desta vez resolveu-se a levantar a aldrava. Era D. Firmina, que vinha saber notícias da moça.

— Bravo! Já de pé?

— E pronta para dançar! — respondeu Aurélia rindo-se.

Aproximou-se do **psichê**, compôs as ligeiras perturbações de seu traje, anelou um cacho dos cabelos, consertou os fofos da saia, e tomou o braço do marido para entrar na sala.

— Não faça imprudências, Aurélia! — disse D. Firmina.

— Não tenha susto! Agora estou preservada.

A viúva não entendeu. Aurélia, afastando-se, atirou em voz rápida essa advertência ao marido, cuja fisionomia conservava os traços das comoções por que passara.

— Sejamos desgraçados, mas não ridículos. Tudo, menos dar minha vida em espetáculo a este mundo escarninho.

Todos estes incidentes foram curtos e sucederam-se tão breves, que, um quarto de hora depois do

Rasto: rastro.

Psichê: penteadeira.

desmaio, Aurélia entrava no salão pelo braço do marido, tão fresca e viçosa como no princípio do baile, e ainda mais deslumbrante de beleza.

Seus convidados, ao vê-la, caminharam ao seu encontro, mas não puderam apresentar-lhe suas felicitações, porque a orquestra despejava o mesmo turbilhão da valsa de Strauss, e Aurélia volteava a sala com o marido.

— Que loucura!

Foi a voz que se ouviu de todos os cantos. Seixas quisera **demovê-la**, mas ela o emudecera com uma palavra:

— É a reparação que o senhor me deve.

Valsaram tanto tempo quanto da primeira vez, e o mínimo alvoroço não agitou esses dois corações, que ainda há pouco se confundiam na mesma pulsação, e agora batiam isolados e cadentes, apenas agitados pelo movimento, como ponteiros de relógio. Havia entre ambos um oceano de gelo*.

Acabada a valsa, Aurélia recebeu risonha as felicitações das amigas e convidados; Seixas, censuras e exprobrações por ter consentido em dançar segunda vez com a mulher.

— Podia ser-lhe fatal!

— Era preciso curar-me da vertigem — acudiu Aurélia rindo. — Ele tinha obrigação.

— E agora está curada? — perguntou o general.

— Oh! para sempre**!

O baile continuou cada vez mais animado.

6

Tinha saído o último dos convidados. Seixas voltava de conduzir ao carro D. Margarida Ferreira. Aurélia, que o esperava, deu-lhe boa noite e ia retirar-se. Fernando a atalhou:

— Desejo dar-lhe uma explicação!

Demovê-la: dissuadi-la; fazê-la mudar de ideia.

* Passado o momento em que o amor ardente que havia entre eles quase triunfara, o relacionamento voltou a ser frio.

** Observe o duplo sentido dessa frase. A pergunta do general refere-se ao mal súbito que ela tivera. Mas a resposta pode ter outro significado. Qual?

— É inútil.

— Não tive intenção de ofendê-la.

— Decerto; um cavalheiro tão delicado não podia injuriar uma senhora.

— Uma coisa desagradável que ouvi, que me afligiu profundamente, tirou-me do meu natural. Não estava calmo; em todo o caso referi-me unicamente à minha posição, sem desígnio de qualquer alusão...

— É a história de ontem, que o senhor me está contando! — exclamou Aurélia e apontou para o mostrador da pêndula que marcava duas horas. — Tratemos de amanhã. Vamos dormir.

Fazendo ao marido uma risonha mesura, a moça deixou-o na sala e recolheu-se a seus aposentos, onde a esperava a mucama para despi-la.

— Podes ir; não preciso de ti.

Aurélia conservava de sua pobreza o costume de bastar-se para o serviço de sua pessoa; como não gostava de entregar seu corpo a mãos alheias, nem consentia que outros olhos que não os seus lhe devassassem o natural recato, poupava sempre que podia a mucama, a qual já não estranhava esse modo*.

Fechada a porta por dentro, a moça em um instante operou a sua metamorfose. O traje de baile ficou sobre o tapete, defronte do espelho, como as asas da borboleta que finou-se no seio da flor; surgiu dali, daquele desmoronamento de sedas, a casta menina envolta em seu alvo roupão de cambraia.

Sentou-se no sofá onde estivera poucas horas antes com Seixas, e ficou pensativa. Até que levantou-se para ir correr a cortina ao quadro e acender a arandela próxima.

Esteve contemplando o retrato e falou-lhe, como se tivesse diante de si o homem de que via a imagem.

— Tu me amas!... — exclamou cheia de júbilo. — Negues embora, eu o conheço; eu o vejo em ti, e sinto-o em mim! Um homem de fina educação, como és, só insulta a mulher quando a ama e com paixão! Tu me insultaste, porque o meu amor era mais forte que tu,

*** Era comum, no século XIX, a presença de criadas (no caso brasileiro, escravas) nos cuidados pessoais, fato ainda mais habitual nas classes abastadas. Mas Aurélia, que já fora pobre, não gosta de "entregar seu corpo a mãos alheias".**

porque aniquilava a tua natureza, e fez do cavalheiro que és um déspota feroz! Não te desculpes, não! Não foste tu, foi o ciúme, que é um sentimento grosseiro e brutal. Eu bem o conheço!... Tu me amas!... Ainda podemos ser felizes!... Oh! então havemos de viver a dobro, para descontar esses dias que desvivemos!

A gentil senhora apoiou-se à moldura do quadro, e outra vez ficou pensativa.

— E por que não podemos ser felizes desde este momento? Ele está ali, pensando em mim; talvez me espera! Basta-me abrir aquela porta. Virá suplicar-me seu perdão, eu o receberei em meus braços; e estaremos para sempre unidos!

Um sorriso divino iluminou a formosa mulher. Ela desceu do estrado e atravessou a câmara de dormir, com o passo trêmulo, mas afoito, e as faces a arderem.

Chegou à porta; afastou o reposteiro azul; aplicou o ouvido; sorriu; murmurou baixinho o nome do marido: recordou as notas apaixonadas com que a **Stoltz** cantava a ária da *Favorita*: *Oh! mio Fernando*!*

Afinal procurou a chave. Não estava na fechadura. Ela própria a havia tirado, e guardara na gaveta de sua escrivaninha de araribá rosa. Voltou impaciente para procurá-la. Quando sua mão tocou o aço, a impressão fria do metal produziu-lhe um arrepio. Rejeitou a chave, e fechou a gaveta.

— Não! É cedo! É preciso que ele me ame bastante para vencer-me a mim, e não só para se deixar vencer. Eu posso, não o duvido mais, eu posso, no momento em que me aprouver, trazê-lo aqui, a meus pés, suplicante, ébrio de amor, subjugado ao meu aceno. Eu posso obrigá-lo a sacrificar-me tudo, a sua dignidade, os seus brios, os últimos escrúpulos de sua consciência. Mas no outro dia ambos acordaríamos desse horrível pesadelo, eu para desprezá-lo, ele para odiar-me. Então é que nunca mais nos perdoaríamos, eu a ele, o meu amor profanado, ele a mim, o seu caráter abatido. Então é que principiaria a eterna separação.

Stoltz: cantora lírica francesa (Rosina Stoltz, 1815-1903), que fez muito sucesso no Rio de Janeiro, no século XIX.

*** Fernando é personagem da ópera *La Favorita*, composta por Gaetano Donizetti (1797-1848).**

Depois de breve pausa, continuou falando outra vez ao retrato:

— Quando ele convencer-me do seu amor e arrancar de meu coração a última raiz desta dúvida atroz, que o dilacera; quando nele encontrar-te a ti, o meu ideal, o soberano de meu amor; quando tu e ele fores um, e que eu não vos possa distinguir nem no meu afeto, nem nas minhas recordações; nesse dia, eu lhe pertenço... Não, que já lhe pertenço agora e sempre, desde que o amei!... Nesse dia tomará posse de minha alma, e a fará sua! *

Afastando-se, a moça levava ainda o pensamento de seu amor que subiu ao céu na primeira frase da prece da noite.

— Concedei, meu Deus, que seja breve! — dizia ela cruzando as mãos, de joelhos no **escabelo**, e com os olhos em um crucifixo de prata e ébano.

Terminada a prece, Aurélia fechou o gás, deixando apenas no toucador uma lamparina, cujos frouxos vislumbres esclareciam o rosto do retrato.

De sua cama, onde se acabava de aninhar como uma rola, entre os finos lençóis de **irlanda**, com a cabeça no travesseiro, ela via pela porta aberta, lá no toucador, a imagem querida; e com os olhos nela adormeceu, passando, como costumava, de um sonho a outro, ou antes continuando o mesmo e único sonho, que era toda a sua vida.

Os choques dessas duas almas, que uma fatalidade prendera, para arrojá-las uma contra outra, produziam sempre afastamento e frieza durante algum tempo. A **remissão** foi mais sensível e duradoura depois da noite do baile, porque também a crise fora mais violenta.

Durante essas pausas, Aurélia observava o marido e assistia comovida à transformação que se fora operando naquele caráter, outrora frágil, mundano e **volúbil**, a quem uma salutar influência restituía gradualmente à sua natureza generosa.

Ela adivinhava, ou antes via, que sua lembrança enchia a vida do marido e a ocupava toda. A cada instante, na menor circunstância, revelava-se essa possessão ab-

*** O monólogo de Aurélia é o momento de definição de seu amor romântico: ela deseja o marido, mas quer ter absoluta certeza de que o real Seixas coincida com seu retrato "moral", que ele supere a vergonha e a superficialidade para revelar a grandeza de caráter.**

Escabelo: estrado.

Irlanda: tecido fino de algodão ou linho.

Remissão: reação.

Volúbil: volúvel, inconstante.

soluta que tomara naquela alma. Havia em Fernando uma como repercussão dela.

Sabia que a atenção do marido nunca a deixava de todo, embora a solicitassem assuntos da maior importância, ou pessoas de consideração. Na sociedade, como em família, ela descobria através dos disfarces o olhar que a buscava, muitas vezes no reflexo do espelho, ou por entre uma fresta de cortina; e quando não era o olhar o ouvido preso à sua voz.

As flores que Seixas regava eram as hortênsias, suas prediletas, dela Aurélia. Quando aproximava-se do viveiro, os canários mimosos da senhora mereciam todas as suas carícias. No jardim, como em casa, os sítios favoritos fora ela quem os escolhera.

Aurélia não gostava de Byron, embora o admirasse. Seu poeta querido era Shakespeare, em quem achava não o simples cantor, mas o sublime escultor da paixão.

Muitas vezes aconteceu-lhe pensar que ela podia ser uma heroína dessa grande epopeia da mulher, escrita pelo imortal poeta. No dia do casamento, sua imaginação exaltada chegou a sonhar uma morte semelhante à de **Desdêmona**.

Seixas renegara o poeta de seus antigos devaneios, para afeiçoar-se ao trágico inglês, que ele outrora achava monstruoso e ridículo. Lia os mesmos livros que ela; os pensamentos de ambos encontravam-se nas páginas que um já tinha percorrido, e confundiam. Aplaudiam reciprocamente ou censuravam.

Poucas mulheres possuíam, como Aurélia, esposo tão dedicado, preso à sua vida. Seixas não estava ausente senão o tempo do emprego; o resto do dia passava-o em sua companhia, na intimidade doméstica, ou nas visitas e reuniões.

Desde os primeiros dias, no seu propósito de passiva obediência, o marido se impusera a tarefa de lhe dar uma conta minuciosa das horas passadas fora de casa, dos acidentes da viagem, dos encontros que fizera, e até dos trabalhos da secretaria.

Desdêmona: personagem da tragédia *Otelo*, de William Shakespeare (1564-1616). Vítima de um plano arquitetado por seu inimigo Iago, Otelo estrangula Desdêmona, sua esposa, num acesso de ciúme doentio.

Aquilo que não passava de uma ironia do marido veio a tornar-se um costume; e ela, que a princípio incomodara-se com a fingida subserviência, não pôde mais tarde dispensar essa confidência, que lhe restituía a pequena fração da existência de Seixas, vivida longe de si.

Mas não era unicamente a possessão dela pelo amor que se operara em Seixas; era também a assimilação do caráter.

Como todas as almas que se regeneram, a de Seixas exercia sobre si mesma uma disciplina rigorosa. Tinha severidades que em outras circunstâncias haviam de parecer ridículas. A desculpa, o inofensivo pretexto tomavam para ele proporções de mentira. A amabilidade constante e geral era a hipocrisia; os indiferentes não tinham direito senão à polidez e não podiam usurpar os privilégios da amizade.

Algumas vezes, Aurélia de parte o ouvira conversando acerca de outros reprovar essa existência de **negaças** e galanteios, em que ele consumira os primeiros anos da mocidade. Em qualquer ocasião revelava-se o seu modo grave e austero de considerar agora a sociedade e de resolver as questões práticas da vida.

Como uma cera branda, o homem de coração e de honra se formara aos toques da mão de Aurélia. Se o artista que cinzela o mármore enche-se de entusiasmo ao ver a sua concepção, que surge-lhe do **buril**, imagine-se quais seriam os júbilos da moça, sentindo plasmar-se de sua alma, a estátua de seu ideal, a encarnação de seu amor*.

Assim, apesar da esquivança que sucedera ao baile, o drama dessa paixão encaminhava-se a um desenlace feliz, quando um incidente veio complicá-lo, perturbando seu desenvolvimento e precipitando o desfecho.

Já se tinha desvanecido a impressão da cena violenta, e voltava aos poucos a calma intimidade.

Fernando saíra para a repartição. Ao chegar à cidade avistou-se com um negociante seu antigo conhecido.

Negaças: recusas.

Buril: instrumento de aço usado para trabalhos de gravura ou escultura.

*** O narrador já explicou como o caráter de Seixas se moldara ao cinismo das convenções sociais frívolas e mundanas. Na página 71, usou a mesma metáfora da "cera" para caracterizar sua fraqueza. Aqui, a "cera branda" de seu coração passa por uma boa transformação: a inspiração de Aurélia, seu trabalho semelhante ao de um escultor, trouxera a estátua do "seu ideal". Surgia um novo Seixas, semelhante àquele que a moça havia imaginado para si.**

— Estimo muito encontrá-lo. Tenho uma boa notícia a dar-lhe. Aquele privilégio afinal desencantou-se.

— Qual privilégio? — perguntou Seixas surpreso.

— Ora! Já esqueceu? Não faz mais caso dessas ninharias? O nosso privilégio de minas de cobre...

— Ah! já sei! — atalhou o moço um tanto perturbado.

— Pois o Fróis sempre conseguiu vendê-lo em Londres. Deram uma bagatela; cinquenta contos de réis. Em todo caso é melhor que nada, porque do tal cobre das minas, meu caro, eu já não esperava nem um tacho. Veio-me a notícia pelo último **paquete**; fazia tenção de procurá-lo todos os dias, e faltou-me o tempo. Felizmente encontrei-o. Desculpe.

— Não há de quê, Sr. Barbosa.

— Deduzidas umas despesas que se fizeram, toca-nos a cada um coisa de quinze contos e pouco. Quando quiser receber sua parte é mandar-me a cautela que lhe passei.

— A cautela?

— Aposto que a vendeu?

— Não; devo tê-la em casa.

— Pois à vista dela... Passar bem.

Despediu-se o Barbosa, e Seixas continuou seu caminho, mas distraído e perplexo. A notícia dada pelo negociante sugeria-lhe várias e encontradas reflexões.

Aquele privilégio era um póstumo da antiga existência, que findara-se com o seu casamento. Começara a desenvolver-se a febre das empresas; um espertalhão teve a ideia da exploração de umas minas de cobre de São Paulo; e para obter a concessão lembrou-se de associar à especulação um negociante que fornecesse os fundos e um empregado que abrisse os canais administrativos.

Seixas achava-se em relações com o Fróis, e veio a ser o empregado escolhido. A seu pedido o requerimento subiu ao ministro, como um balão cheio de gás de pomposas informações. O despacho não se demorou. O oficial de gabinete o alcançara fumando um charuto

Paquete: navio de comércio que transportava correspondência, passageiros e mercadorias.

com seu ministro, e dando-lhe os mais amplos esclarecimentos, não sobre a projetada empresa, mas sobre uma bela mulher, por quem a excelência se apaixonara.

Concedido o privilégio, tratou o Fróis de negociá-lo, muito esperançoso de obter pelo menos uns trezentos contos. Mas essas esperanças mofaram, e os três associados chegaram a acreditar que suas minas de cobre em papel valiam menos do que o tacho velho, pelo qual os **carcamanos** sempre dão uma meia pataca.

Seixas não pensou mais nisso, e desde então ficou na ignorância das tentativas do Fróis e de seus cálculos de probabilidade, até receber nesse momento a notícia da venda do privilégio, que lhe trazia de repente e inesperadamente um lucro de quinze contos.

O primeiro e o mais vivo movimento que em Seixas produziu a notícia foi de alegria pelo ganho dessa quantia que tinha para ele um preço incalculável. Assaltou-o, porém, certo desgosto, pela origem daquele dinheiro. A intervenção de um empregado público nesses negócios, se outrora lhe parecera lícita, já não era apreciada por ele com a mesma tolerância*.

Quaisquer porém que fossem seus escrúpulos, ele carecia desse dinheiro, e julgava-se com direito de empregá-lo em serviço de tamanho alcance, como era aquele a que o destinava, salva mais tarde a restituição da quantia por um meio indireto, para **descargo** desses escrúpulos de consciência.

Tomada essa resolução, sobreveio-lhe um receio acerca da cautela passada pelo negociante como capitalista da empresa. Não recordava-se de ter visto o papel desde muito tempo, talvez três anos. Onde andaria? Na queima que fizera em véspera de casar-se, teria sido poupada essa inutilidade?

Grande importância devia Seixas ligar a esse negócio, pois estando já a trabalhar na repartição interrompeu sua rigorosa assiduidade. Meteu-se em um tílburi e correu à casa esperando achar-se de volta em uma hora.

Carcamanos: modo pejorativo de referir-se aos imigrantes italianos.

*** Repare na mudança de Seixas: na época de solteiro, era um funcionário relapso e abusivo. Agora tem pudores em aceitar lucro numa transação em que houve facilitação de um funcionário público numa atividade comercial. Novamente, nota-se como o Estado era usado em favor de particulares.**

Descargo: desencargo.

7

Deviam ser onze horas quando o tílburi chegou a Laranjeiras. Seixas embora não pensasse em ocultar-se, desejava, para não despertar a curiosidade, que em casa se não apercebessem de sua volta. Mandou parar o tílburi a alguma distância, e subiu sem rumor a escada particular que levava a seus aposentos.

A porta do gabinete estava fechada interiormente, e ele esquecera essa manhã de levar a chave. Foi obrigado portanto a dar a volta pela saleta. Àquela hora Aurélia e D. Firmina costumavam estar no interior; passaria sem que o vissem.

Estranhou achar a porta da saleta cerrada, embora não fechada com o trinco; supôs que, não estando presa ao rodapé pelo ferrolho, o vento a tivesse encostado.

Empurrou-a devagar e entrou, para estacar na soleira pálido e estupefato.

No sofá colocado ao longo da parede, que lhe ficava à esquerda, viu Aurélia sentada e conversando de um modo animado e **instante** com Eduardo Abreu, que ocupava a cadeira próxima e tinha a cabeça baixa.

Erguendo os olhos sem animar-se a fitá-los na moça, deu o mancebo com o vulto transtornado de Seixas em pé na porta, a encará-lo; e levantou-se por um impulso irresistível.

Foi então que Aurélia avistou o marido, cuja presença imprevista e semblante **demudado** a perturbaram, mas rápido, quase imperceptivelmente. Com a segurança que tinha de si, prontamente recobrou-se.

— Pode entrar, Fernando! — disse ela a sorrir.

— Não quero perturbá-los — respondeu Seixas desprendendo a custo a voz dos lábios secos.

— O negócio é urgente — tornou ela, mas pode bem suportar a demora de alguns minutos. — Sente-se, Sr. Abreu!

Seixas dera alguns passos automaticamente pela sala adentro.

Instante: insistente.

Demudado: mudado, alterado.

— Não foi hoje à repartição? — perguntou Aurélia para disfarçar a confusão dos dois, o marido e o hóspede.

— Voltei à procura de um papel que me esqueceu. Com licença!

Seixas aproveitara o primeiro ensejo para fugir desse lugar, onde temia representar alguma cena ridícula ou medonha. Fazendo um cumprimento a esmo, retirou-se apressado na direção de seus aposentos.

Se até ali tinha necessidade de dinheiro, agora mais do que nunca*. Foi direto à sua secretária; abriu a gaveta onde guardava os seus papéis antigos; espalhou-os pelo tapete de mistura com outros objetos, e, encontrando afinal a cautela que procurava, saiu precipitadamente pela escada particular.

Parou na porta para deixar passar o Abreu que descia; quando o viu longe, meteu-se no tílburi e voltou à cidade.

Aurélia, logo que o marido retirou-se, estendeu a mão a Abreu dizendo-lhe:

— Não tem o direito de recusar, e espero que não me prive desta satisfação. Adeus, seja feliz.

O mancebo apertou comovido a mão gentil que lhe era oferecida com tanta sinceridade, e, balbuciando expressões de reconhecimento, despediu-se.

Apenas ele desapareceu na escada, Aurélia dirigiu-se ao gabinete do marido. Bateu à porta, e chamou-o; não recebendo resposta, entrou. A primeira coisa que viu foi a gaveta da secretária escancarada, e a ruma de papéis atirada sobre o pavimento.

A moça certificou-se que Seixas não estava em casa; adivinhou que saíra pela escada particular cuja porta fechara levando a chave.

Lançando um olhar aos papéis esparsos e resistindo à ânsia de conhecer aquelas relíquias de um passado, que não lhe pertencia, encaminhava-se à porta para sair. Eis que descobriu entre maços de cartas um trabalho de tapeçaria.

Apanhou-o para examinar, com simples curiosidade artística. Era uma fita de marcar folha de livro. Tinha

*** Por que "agora mais do que nunca"? O que mudou para que Fernando sentisse uma necessidade urgente de mais dinheiro?**

bordado a fio de ouro, de um lado a palavra *amor*; do outro lado em semicírculo o nome *Rodrigues de Seixas*; no centro do qual estava um monograma composto de um *F* e um *A* entrelaçados.

Esta prenda de Adelaide Amaral e a alusão ao próximo casamento feita na comunidade do apelido não diziam novidade a Aurélia. Ela sabia coisas talvez mais pungentes para seu amor; porém o tempo já as tinha expungido da memória. Eram a cicatriz que essa lembrança crua veio reabrir e ulcerar.

Todo aquele passado doloroso, de que mal começava a desprender-se, surgiu de novo ante ela, como um espectro implacável. Curtiu novamente em uma hora que ali esteve imóvel todas as aflições e angústias, que havia sofrido durante dois anos. Esta fita escarlate queimava-lhe os olhos e os dedos como uma lâmina em brasa, e ela não tinha forças para retirar a vista e a mão das letras de ouro e púrpura, que entrelaçavam com o nome de seu marido o nome de outra mulher.

Afinal prorrompeu a indignação. A seda rangiu entre as mãozinhas crispadas, que debalde tentaram espedaçá-la. Não conseguindo seu intento, a moça levou à boca a fita; num soberbo ímpeto de cólera, cortou com os dentes os fios que teciam as letras e dilacerou a prenda de sua rival*.

Atirou então de si com asco os fragmentos, mas em lugar onde não escapassem à vista do marido, e foi encerrar-se em seu toucador.

Seixas entrou à hora habitual. De ordinário passava pela saleta, onde sempre encontrava a mulher, que, já vestida para a tarde, vinha esperá-lo. Trocavam algumas palavras, depois do que ele ia ao seu quarto preparar-se para o jantar.

Nesse dia subiu pela escada particular. Já estava senhor de si; mas quis evitar o encontro, naturalmente porque necessitava daqueles momentos.

Efetivamente, logo que chegou ao gabinete, sem dar-se ao trabalho de apanhar os papéis que jaziam

*** Repare que Aurélia não apenas rasga o bordado feito pela ex-pretendida de Seixas como também "tenta espedaçar", "cortar com os dentes", "dilacerar" a prenda. O turbilhão de sentimentos, característica romântica, está bem expresso nessa atitude da moça.**

pelo chão, nem aperceber-se dos fragmentos da fita que estavam em cima da secretária, abriu uma gaveta de segredos, tirou um livrinho de notas, de que extraiu alguns algarismos. Sobre estes começou uma série de cálculos e operações que o absorveram até o momento de chamá-lo o criado para jantar.

Aurélia não podia ocultar sua irritação. Crivou o marido de remoques e epigramas. Nem a inofensiva D. Firmina escapou a essa veia sarcástica; mas o alvo principal foi Adelaide, sobre quem choveram as alusões.

Seixas mostrou-se indiferente às provocações. Deixou passar os motejos sem redarguir; mas sua fisionomia desdenhosa e **sobranceira** opunha à exacerbação da moça fria e surda resistência que ainda mais a irritava.

O orgulho contrariado de Aurélia acerava o gume às suas armas, para abater aquela atitude de ameaça que a afrontava; mas não o conseguiu. As lutas constantes tinham acabado por **aguerrir** o caráter de Fernando e afinar-lhe a têmpera.

Ao erguer-se da mesa, a moça lançou ao marido um olhar de desafio, e foi esperá-lo ao jardim, ao lugar retirado onde costumavam reunir-se de tarde para conversarem em mais liberdade.

Fernando achou-a sentada em um banco rústico, na posição altiva e imperiosa de uma rainha que se prepara a ouvir as súplicas dos súditos prostrados a suas plantas. Descansava o braço direito sobre a copa enfolhada de um bogari, cujas flores esmagava entre os dedos.

Seixas sentou-se defronte:

— Não tenho e nunca tive, senhora, pretensões a seu amor. Seria uma rematada loucura, e eu acho-me no uso frio e calmo de toda a minha razão para ver a barreira que nos separa. Também não tenho direito de pedir-lhe contas de seus sentimentos, nem mesmo de suas ações, desde que não ofendam aquilo que o homem preza acima de todos os bens. Abdicando na senhora a minha liberdade e com ela minha pessoa,

Sobranceira: arrogante.

Aguerrir: fortalecer.

uma coisa, porém, não lhe transferi, e não o podia: a minha honra.

— E de que me serve a mim esse **traste**, a sua "honra"*? Não me dirá? — interrogou Aurélia com a sátira mais picante no olhar.

— Lembre-se que a senhora fez-me seu marido, e que eu ainda o sou. Vendesse-lhe eu embora esse título e as obrigações que a ele correspondem, a origem não importa; ele existe, e atesta-me esse direito reconhecido, ou antes conferido por si mesma; o direito que tem todo o esposo, senão à fidelidade da mulher, ao menos ao respeito da fé conjugal e ao decoro da família.

— Ah! Deseja que se guardem as aparências? E contenta-se com isso?

— Por enquanto!

Aurélia relanceou um olhar com o intento de surpreender o pensamento do marido na expressão da fisionomia:

— Terá a bondade de dizer-me qual é esse escândalo de que se queixa?

— Já não se recorda? Acha muito naturais as liberdades que tem deixado tomar esse moço, o Eduardo Abreu? Haverá um mês, em uma noite de partida, a senhora conversava com ele de um modo que deu tema às pilhérias do Moreira. Nessa ocasião não castiguei a insolência desse fátuo para evitar uma cena.

— Foi na noite da valsa?

— Não contente com isso, leva a inconveniência a ponto de receber aquele moço, na ausência de seu marido, e só, em colóquio reservado, como os encontrei!

— Acabou?

— Creio que é bastante.

— Bem, toca-me a vez de responder. Como o confessou, não lhe devo conta de minhas ações; só o homem a quem eu amasse teria o direito de **mas** pedir. Quero, porém, supor um momento que o senhor fosse esse homem, hipótese absurda, que eu figuro somente

Traste: coisa. Observe que, nesta passagem, a palavra ganha um tom pejorativo.

* Repare que, com a palavra honra entre aspas, o narrador procura indicar ao leitor que ela foi dita por Aurélia de um modo que expressa desprezo.

Mas: junção do pronome *me* com o pronome *as*.

para mostrar-lhe que ainda assim, é para estranhar a sua suscetibilidade.

— Oh! pareço-lhe um Otelo! — disse Fernando a chasquear.

— Não, Otelo tinha razão em todos os seus ultrajes e brutalidades; amava e com paixão. Mas o senhor não é aqui outra coisa mais do que o advogado da decência*.

Fernando, esmagado pelo sarcasmo, contra o qual não podia reagir, teve ímpetos de confessar a essa mulher toda a insânia do amor que sentia, e depois, quando ela exultasse com seu triunfo e a humilhação dele, abatê-la a seus pés.

8

Aurélia continuou com os olhos fitos nas alvas pétalas aveludadas de um jasmim-do-cabo:

— O recato é o mais puro véu de uma senhora. Feliz aquela que vive à sombra do zelo materno e só a deixa pelo doce abrigo do amor santificado. Sua virtude tem como esta flor a tez imaculada e o perfume vivo. Essa ventura não me tocou; achei-me só no mundo sem amparo, sem guia, sem conselho, obrigada a abrir o caminho da vida, através de um mundo desconhecido. Desde muito cedo vi-me exposta às suspeitas, às insolências e às vis paixões; habituei-me para lutar com essa sociedade, que me aterra, a envolver-me na minha altivez, desde que não tinha para guardar-me o desvelo de uma mãe ou de um esposo.

A expressão tocante e melancólica da moça ao proferir essas palavras comoveu Seixas, que já não se lembrava de seus ressentimentos.

— Quando eu era uma menina ingênua, que não deixava a companhia de sua mãe, e nunca se achara só em presença de outro homem a não ser aquele a quem

*** Ironia de Aurélia. Ela não crê no ciúme do marido, mas no convencionalismo de se manterem as aparências. Otelo, personagem de Shakespeare, mata a esposa num acesso de ciúme. Já Seixas defende o jogo de uma honra falsa, só de aparências, como crê Aurélia.**

amava unicamente, e amou neste mundo, esse homem abandonou-me por outra mulher, ou por outra coisa; e foi entrelaçar o seu nome ao de uma moça que era noiva de outrem. Mais tarde, encontrando-me só no mundo, acompanhada por uma parenta velha, mãe de aparato e amiga oficiosa, que ainda mais só me tornava, fazendo as vezes de um reposteiro, esse homem desabusado casou-se comigo sem a menor repugnância.

A moça fitou os olhos no marido:

— Confesse que os escrúpulos desse senhor e o seu pânico de escândalo vêm tarde e fora de tempo.

— Esses escrúpulos nascem da posição atual.

— Outro engano seu. Essa posição é um encargo, e não um direito. O senhor falou-me em sua honra. Penso eu que a honra é um estímulo do coração. Que resta dela a quem alienou o seu? Se o senhor tem uma honra e eu acredito, essa me pertence; e eu posso usar e abusar dela como me aprouver.

— Assim, julga-se dispensada de guardar qualquer reserva?

— Para o senhor e para o mundo julgo-me dispensada de tudo; nada lhes devo; o que me dão são apenas as homenagens à riqueza, e ela as paga com o luxo e a dissipação. Sou senhora de mim, e pretendo gozar da minha independência sem outras restrições, além do meu capricho. Foi o único bem que me ficou do naufrágio de minha vida, este ao menos hei de defendê-lo contra o mundo.

— Agradeço-lhe ter me desiludido a tempo. Acreditava que, sacrificando a liberdade, não renunciava a minha honra perante o mundo e não me sujeitava a ser apontado como um indigno; a senhora entende o contrário; aplaudo essa colisão; ela vem a propósito para romper uma situação intolerável, e que já durou demais para a dignidade de ambos.

— Sobretudo daquele que, tendo alienado sua pessoa em um casamento livre e refletido, conserva as prendas de outra noiva.

Seixas surpreso interrogou a mulher com os olhos.

— Nunca pensei ter feito a aquisição de seu amor nem contei com a fidelidade que jurou; mas esperava do senhor ao menos a lealdade do negociante, que depois de vendida a mercadoria não substitui outra marca à do comprador.

Seixas não podia compreender essa alusão, cujo sentido só atinou mais tarde, quando ao entrar no gabinete viu os destroços da prenda de Adelaide. Quis pedir a explicação; mas avistou um criado que dirigia-se para ali.

— Está aí o Sr. Eduardo Abreu que deseja falar à senhora.

— Bem! — disse Aurélia despedindo com um gesto o criado que afastou-se.

Seixas custou a conter-se até esse momento:

— A senhora não pode receber esse homem!

— Era minha intenção. Tinha-o recebido esta manhã pela última vez; mas à vista de sua desconfiança mudei de resolução — respondeu Aurélia friamente.

— Pois saiba que hoje, depois que saiu de sua casa, encontrei-o de face na rua e recusei-lhe claramente o cumprimento, voltando-lhe as costas.

— Razão demais para que o receba. É preciso convencê-lo de que foi uma simples distração de sua parte, para não supor ele que o senhor honrou-o com uma suspeita, que ultraja-me.

Aurélia tomou o braço do marido e dirigiu-se à saleta, onde acharam o Eduardo Abreu.

Os dois mancebos trocaram um cumprimento seco e cerimonioso; depois do qual Seixas foi debruçar-se à janela ao lado de D. Firmina e deixou a mulher em liberdade com sua visita.

— Desculpe-me essa insistência; um dever de lealdade à justiça. Hoje tive de **repelir** a um **leviano** certa insinuação vil, e logo depois encontrando o Sr. Seixas percebi diferença notável em seu tratamento.

— Alguma preocupação.

— Afligiu-me a ideia de ser causa involuntária, ou mesmo pretexto de qualquer desconfiança; e por isso vim desistir da promessa que me fez do segredo sobre seus benefícios e confessar eu próprio a seu marido tudo quanto lhe devo a fim de que ele ainda mais admire a nobreza de sua alma.

— Essa confissão o senhor não a fará; seria uma ofensa grave a minha dignidade. Meu marido não carece de seu testemunho para conservar-me na mesma elevada estima, inacessível aos assaltos da maledicência. No dia em que eu precisasse justificar-me, estaria divorciada*, pois se teria extinguido a confiança, que é o primeiro vínculo do amor e a verdadeira graça do casamento. Esteja tranquilo pois; seu segredo não lançou a menor sombra em minha felicidade.

Repelir: rebater.

Leviano: irresponsável (moralmente falando).

* Repare na amarga ironia que acaba soando nas palavras de Aurélia: Seixas está repleto de dúvidas e ciúmes, ansioso por explicações que afastem suas dúvidas a respeito de um caso entre a mulher e Abreu. Mas Aurélia, ao afirmar que "se precisasse justificar--se, estaria divorciada", induz ao silêncio de Abreu. Por sua vez, Seixas continua confuso e dividido.

A moça disse essas palavras com uma emoção que persuadiu a Abreu e desvaneceu-lhe os receios.

De seu lado Seixas tinha refletido. Em véspera de uma resolução definitiva que devia operar mudança profunda em seu destino*, pareceu-lhe fraqueza esse ridículo desabafo, semelhante aos agastamentos do ciúme banal, que ele acreditava não sentir. Fazendo portanto um esforço, aproximou-se do Abreu com a maneira cortês por que o costumava tratar e confirmou assim a explicação dada por Aurélia ao incidente da manhã.

Essa noite era de partida.

A reunião não foi numerosa, mas correu animada. Fernando esteve muito alegre; nunca se ocupou tão ostensivamente da mulher como nessa noite; não a deixava; as mais delicadas flores, as mais galantes finezas, que se disseram naquela escolhida sociedade, foram dele a Aurélia.

Aurélia pelo contrário mostrou-se preocupada.

Essa amenidade do marido depois da cena do jardim a inquietava a seu pesar. Por mais esforços que fizesse não podia arredar seu espírito das palavras proferidas por Seixas naquela tarde, acerca de um rompimento, que devia **solver** a suposta colisão.

Qual intenção era a sua? Nesse problema fatigou o espírito durante a noite**.

No dia seguinte Seixas almoçou às oito horas conforme o ordinário e partiu para a repartição. A essa hora Aurélia estava recolhida; mas seu quarto de dormir, que ficava no pavimento superior, deitava janelas para o jardim; da última delas via-se perfeitamente a parte da sala de jantar onde estava a mesa.

A moça tinha uma devoção de todas as manhãs; quando ouvia o rumor dos passos de Seixas na escada, saltava da cama, e, envolta na sua colcha de damasco para não perder tempo a vestir o roupão, corria à janela. Ali escondida por entre as cortinas ficava um instante a olhar o marido algum tempo; como para dar-lhe o

*** A que mudança tão importante refere-se Fernando? O narrador ainda mantém suspense desse segredo, provocando a curiosidade do leitor.**

Solver: extinguir.

**** Assim como o leitor, Aurélia não consegue decifrar o sentido das insinuações de Fernando acerca de uma mudança em seu destino. O suspense continua.**

bom-dia. Se estava muito fatigada da véspera, se o sono lutava com ela, voltava ao ninho ainda quente, e dormia novo sono.

Nessa manhã porém apesar de ter-se recolhido tarde e sentir necessidade de repousar, demorou-se contemplando o semblante de Seixas com um sentimento de tristeza, que não podia desterrar de si. Um pressentimento vago advertia-lhe que não deixasse partir seu marido sob a impressão dos sarcasmos implacáveis, que lhe tinha lançado na véspera.

Mas triunfou a altivez de seu amor, ainda magoada pelas recordações pungentes que havia acordado em sua alma à vista do mimo de Adelaide.

Seixas saiu, e ela, para disfarçar a impaciência, logo depois do almoço meteu-se no carro com D. Firmina e foi gastar o tempo na Rua do Ouvidor, por casa das modistas e das amigas. Procurava nas novidades parisienses, nas tentações do luxo, um atrativo que lhe cativasse o pensamento e o arrancasse a suas inquietações.

Conseguiu atordoar-se até quatro horas em que chegou à casa.

Seixas não estava, o que era extraordinário. Não havia exemplo de ter excedido dessa hora. Aurélia disfarçou para não mostrar seu desassossego a D. Firmina e aos criados. Recolheu-se a seus aposentos para mudar o vestuário; mas encostou-se ao portal da janela, com os olhos no caminho.

Às cinco horas veio a mucama chamá-la:

— A senhora não vem jantar? Está na mesa.

— Quem mandou deitar?

— São cinco horas.

— E o senhor?

— Disse ao José para prevenir a senhora que talvez não voltasse hoje, senão muito tarde.

— Quando falou o senhor com José?

— Esta manhã, na cidade.

— E não disse a razão por que se demorava?

— Não sei; eu vou chamá-lo.

O José interrogado nada adiantou, de modo que Aurélia permaneceu na mesma inquietação; mas, para não dá-la a perceber a D. Firmina, atribuiu a ausência do marido à conferência que ele devia ter com o ministro acerca de trabalhos importantes da repartição.

Quando sentavam-se à mesa, abriu-se a porta e entrou Seixas.

A surpresa deu tempo a Aurélia para dominar o primeiro impulso de sua alegria que logo arrefeceu ante a fisionomia de Seixas. Ele trazia na expressão rígida e grave do rosto o cunho de uma resolução inflexível.

Entretanto não apartou-se da natural polidez. Desculpou-se delicadamente com a mulher pela demora:

— Precisava concluir um negócio urgente, que lhe comunicarei.

— E concluiu?

— Felizmente.

— Perguntei, para saber se devia esperá-lo amanhã.

— Agora creio que não há de esperar mais por mim — tornou Seixas com um sorriso fugaz.

Aurélia viu o sorriso e sentiu a modulação especial da voz.

Terminado o jantar, quando seguiam ambos pelos meandros recortados na grama, Seixas disse à mulher:

— Desejo falar-lhe em particular.

— Vamos sentar-nos então — disse Aurélia indicando o sítio onde habitualmente passavam as tardes.

— Aqui no jardim, não; prefiro um lugar mais reservado, onde não venham interromper-nos.

— No meu toucador?

— Serve.

— Ou no seu gabinete?

— No seu toucador; é melhor.

— Já? — perguntou Aurélia simulando indiferença.

— Não; basta à noite; e se não lhe incomoda, depois do chá, antes de recolher-se.

— Como quiser! — disse Aurélia abrindo as folhas das violetas, à cata de uma flor.

Seixas tomou o regador da moça, guardado com os outros utensílios de jardinagem em um ninho rústico praticado no muro, e entreteve-se a regar os tabuleiros de margaridas e os vasos de hortênsias.

Uma vez na volta do repuxo onde fora buscar água, ao passar perto de Aurélia, a moça perguntou-lhe distraidamente, como se não tivessem interrompido o diálogo:

— É sobre o negócio de que falou-me?

— Justamente.

Seixas ficou parado em frente de Aurélia, supondo que ela ia fazer-lhe nova pergunta, enquanto a moça esperava uma explicação, que não queria pedir diretamente.

Vendo que o marido calava-se, voltou de novo às violetas, e ele continuou em sua ocupação.

9

Eram dez horas da noite.

Aurélia, que se havia retirado mais cedo da saleta, trocando com o marido um olhar de inteligência, estava nesse momento em seu toucador, sentada em frente à elegante escrivaninha de araribá cor-de-rosa, com relevos de bronze dourado a fogo.

A moça trazia nessa ocasião um roupão de cetim verde cerrado à cintura por um cordão de fios de ouro. Era o mesmo da noite do casamento, e que desde então ela nunca mais usara*. Por uma espécie de superstição lembrara-se de vesti-lo de novo, nessa hora na qual, a crer em seus pressentimentos, iam decidir-se afinal o seu destino e a sua vida.

A moça reclinara a fronte sobre a mão direita, cujo braço nu, apoiado na mesa, surgia de entre os rofos da cambraia que **frocavam a manga do roupão**. Estava absorta em uma profunda cisma, da qual a arrancou o tímpano da pêndula soando as horas.

Ergueu-se, então, e tirou da gaveta uma chave; atravessou a câmara nupcial, que estava às escuras, apenas esclarecida pelo reflexo do toucador, e abriu afoitamente aquela porta que havia fechado onze meses antes, num ímpeto de indignação e horror.

Empurrando a porta com estrépito de modo a ser ouvida no outro aposento, e prendendo o reposteiro para deixar franca a passagem, voltou rapidamente, depois de proferir estas palavras:

— Quando quiser!

Fernando, ao penetrar nessa câmara nupcial, cheia de sombras e silêncio, esqueceu um momento a pungente recordação que ela devia avivar e que parecia ter-se apagado com a escuridão. O que ele sentiu foi a fragrância que ali recendia, e que o envolveu como a atmosfera de um céu, do qual ele era o anjo decaído.

*** Repare em como o narrador redescreve objetos que já participaram antes na trama: a escrivaninha é a mesma que Aurélia usa para redigir o bilhete ao Lemos, quando se decide a "comprar" Seixas; o roupão verde é o mesmo da noite de núpcias. É uma espécie de ciclo a ser completado, o "fechamento" do negócio e da trama.**

Frocavam a manga do roupão: faziam a manga aparecer sob forma de frocos ou flocos.

Aurélia esperava o marido, outra vez sentada à escrivaninha. Ela tinha afastado o braço da arandela de modo que a luz do gás, interceptada por um refletor de jaspe representando o carro da aurora, deixava-a imersa em uma penumbra diáfana, que dava à sua beleza tons de maviosa suavidade.

Seixas sentou-se na cadeira que Aurélia lhe indicara em frente dela, e, depois de recolher-se um instante, buscando o modo por que devia começar, entregou-se à inspiração de momento.

— É a segunda vez que a vejo com esse roupão. A primeira foi há cerca de onze meses, não justamente neste lugar, mas perto daqui, naquele aposento.

— Deseja que conversemos no mesmo lugar? — perguntou a moça singelamente.

— Não, senhora. Este lugar é mais próprio para o assunto que vamos tratar. Lembrei aquela circunstância unicamente pela coincidência de representá-la a meus olhos, tal como a vi naquela noite, de modo que parece continuar uma entrevista suspensa. Recorda-se?

— De tudo.

— Eu supunha haver feito uma coisa muito vulgar que o mundo tem admitido com o nome de casamento de conveniência. A senhora desenganou-me; definiu a minha posição com a maior clareza; mostrou que realizara uma transação mercantil, e exibiu o seu título de compra, que naturalmente ainda conserva.

— É a minha maior riqueza — disse a moça com um tom, que não se podia distinguir se era de ironia ou de emoção.

Seixas agradeceu com uma inclinação de cabeça e prosseguiu:

— Se eu tivesse naquele momento os vinte contos de réis, que havia recebido de seu tutor, por adiantamento de dote, a questão resolvia-se de si mesma. Desfazia-se o equívoco; restituía-lhe seu dinheiro; recuperava minha palavra; e separávamo-nos como fazem dois contratantes de boa-fé, que, reconhecendo seu engano, desobrigam-se mutuamente.

Seixas parou, como se aguardasse uma contradição, que não apareceu. Aurélia, recostada na cadeira de braço com as pálpebras a meio cerradas, ouvia, brincando, com um punhal de madrepérola que servia para cortar papel.

— Mas os vinte contos, eu já os não possuía naquela ocasião, nem tinha onde havê-los. Em tais circunstâncias restavam duas alternativas; trair a obrigação estipulada, tornar-me um caloteiro; ou respeitar a fé do contrato e cumprir minha palavra. Apesar do conceito que lhe mereço, faça-me a justiça de acreditar que a primeira dessas alternativas eu não a formulei senão para a repelir. O homem que se vende pode depreciar-se; mas dispõe do que lhe pertence. Aquele que, depois de vendido subtrai-se ao dono, rouba o alheio. Dessa infâmia isentei-me eu, aceitando o fato consumado que já não podia **conjurar**, e submetendo-me lealmente, com o maior escrúpulo, à vontade que eu reconhecera como lei, e à qual me alienara. Invoco sua consciência por mais severa que se mostre a meu respeito, estou certo que não me negará uma virtude: a fidelidade à minha palavra.

— Não, senhor; cumpriu-a como um cavalheiro.

— É o que desejei ouvir de sua boca antes de informá-la do motivo desta conferência. A quantia que me faltava há onze meses, na noite de seu casamento, eu a possuo finalmente. Tenho-a comigo; trago-a aqui nesta carteira, e com ela venho negociar o meu resgate.

Essas palavras romperam dos lábios de Seixas com uma impetuosidade que ele dificilmente pôde conter. Como se elas lhe desoprimissem o peito de um peso grande, respirou vivamente, apertando com movimento sôfrego a carteira que tirara do bolso.

Se não estivesse tão preocupado com a sua própria comoção, notaria decerto a **percussão** íntima que sofrera Aurélia, cujo talhe reclinado sobre o descanso da cadeira brandiu como a lâmina de uma mola de aço.

No sobressalto que a agitou, levara à boca a folha de madrepérola, na qual os lindos dentes rangeram.

Ao abrir a carteira, Seixas suspendeu o gesto.

— Antes de concluir a negociação, devo revelar-lhe a origem desse dinheiro, para desvanecer qualquer suspeita de o ter eu obtido por seu crédito e como seu marido. Não, senhora, adquiri-o por mim exclusivamente; e para maior tranquilidade de minha consciência provém de data anterior ao nosso casamento. Cerca de seis contos representam o produto de meus ordenados e das joias e trastes, que apurei logo depois do cativeiro, pensando já na minha redenção. Ainda tinha muito que esperar e talvez me faltaria resignação

Conjurar: evitar.

Percussão: impacto.

para **ir ao cabo**, se Deus não abreviasse este martírio, fazendo um milagre em meu favor. Era sócio de um privilégio concedido há quatro anos, e do qual já nem me lembrava. Anteontem, à mesma hora em que a senhora me submetia à mais dura de todas as provas, o céu me enviava um socorro imprevisto para quebrar enfim este jugo vergonhoso. Recebi a notícia da venda do privilégio, que me trouxe um lucro de mais de quinze contos. Aqui estão as provas.

Aurélia recebeu da mão de Seixas vários papéis e correu os olhos por eles. Constavam de uma declaração do Barbosa relativa ao privilégio, e contas de vendas de joias e outros objetos.

— Agora nossa conta — continuou Seixas desdobrando uma folha de papel. — A senhora pagou-me cem contos de réis; oitenta em um cheque do Banco do Brasil que lhe restituo intato; e vinte em dinheiro, recebido há 330 dias. Ao juro de 6% essa quantia lhe rendeu 1:084$710. Tenho pois que entregar-lhe 21:084$710, além do cheque. Não é isto?

Aurélia examinou a conta corrente; tomou uma pena e fez com facilidade o cálculo dos juros.

— Está exato.

Então Seixas abriu a carteira e tirou com o cheque vinte e um maços de notas, de um conto de réis cada um, além dos quebrados que depositou em cima da mesa:

— Tenha a bondade de contar.

A moça com a **fleuma** de um negociante, abriu os maços um após outro e contou as cédulas pausadamente. Quando acabou essa operação, voltou-se para Seixas e perguntou-lhe como se falasse ao procurador incumbido de receber o dividendo de suas apólices.

— Está certo. Quer que lhe passe um recibo?

— Não há necessidade. Basta que me restitua o papel de venda.

— É verdade. Não me lembrava.

Aurélia hesitou um instante. Parecia recordar-se do lugar onde havia guardado o papel; mas o verdadeiro

Ir ao cabo: **ir até o fim.**

Fleuma: **frieza, impassibilidade.**

motivo era outro. Consultava-se, receosa de revelar sua comoção, caso se levantasse.

— Faça-me o favor de abrir aquela gavetinha, a segunda. Dentro há de estar um maço de papéis atados com uma fita azul... justamente!... Não conhece esta fita? Foi a primeira coisa que recebi de sua mão, com um ramo de violetas. Ah! perdão; estamos negociando. Aqui tem o seu título.

A moça tirara do maço um papel e o deu a Seixas, que fechou-o na carteira.

— Enfim partiu-se o vínculo que nos prendia. Reassumi a minha liberdade e a posse de mim mesmo. Não sou mais seu marido. A senhora compreende a solenidade deste momento?

— É o da nossa separação — confirmou Aurélia.

— Talvez ainda nos encontremos neste mundo, mas como dois desconhecidos.

— Creio que nunca mais — disse Aurélia com o tom de uma profunda convicção.

— Em todo caso, como esta é a última vez que lhe dirijo a palavra, quero dar-lhe agora uma explicação, que não me era lícita há onze meses na noite do nosso casamento. Então eu faria a figura de um coitado **que arma à compaixão** e a senhora que pisava aos pés a minha probidade, não acreditaria uma palavra do que então lhe dissesse.

— A explicação é supérflua.

— Ouça-me; desejo que em um dia remoto, quando refletir sobre este acontecimento, me restitua uma parte da sua estima; nada mais. A sociedade no seio da qual me eduquei fez de mim um homem à sua feição; o luxo dourava-me os vícios, e eu não via através da fascinação o materialismo a que eles me arrastavam. Habituei-me a considerar a riqueza como a primeira força viva da existência, e os exemplos ensinavam-me que o casamento era meio tão legítimo de adquiri-la, como a herança e qualquer honesta especulação. Entretanto, ainda assim, a senhora me teria

Que arma à compaixão: que procura despertar a compaixão.

achado inacessível à tentação, se, logo depois que seu tutor procurou-me, não surgisse uma situação que aterrou-me. Não somente vi-me ameaçado da pobreza, e o que mais me afligia, da pobreza endividado, como achei-me o causador, embora involuntário, da infelicidade de minha irmã cujas economias eu havia consumido, e que ia perder um casamento por falta de enxoval. Ao mesmo tempo minha mãe, privada dos módicos recursos que meu pai lhe deixara, e de que eu tinha disposto imprevidentemente pensando que os poderia refazer mais tarde!... Tudo isto abateu-me. Não me defendo; eu devia resistir e lutar; nada justifica a abdicação da dignidade. Hoje saberia afrontar a adversidade, e ser homem; naquele tempo não era mais do que um ator de sala; sucumbi. Mas a senhora regenerou-me e o instrumento foi esse dinheiro. Eu lhe agradeço*.

Aurélia ouviu imóvel. Seixas concluiu:

— Eis o que pretendia dizer-lhe antes de separarmo-nos para sempre.

— Também eu desejo que não leve de mim uma suspeita injusta. Como sua mulher, não me defenderia; desde porém que já não somos nada um para o outro, tenho o direito de reclamar o respeito devido a uma senhora.

Aurélia referiu sucintamente o que Eduardo Abreu fizera quando falecera D. Emília, e a resolução que ela tomara de salvá-lo do suicídio.

— Eis a razão por que chamei esse moço a minha casa. Seu segredo não me pertencia; e entre mim e o senhor não existia a comunidade que faz de duas almas uma.

Aurélia reuniu o cheque e os maços de dinheiro que estavam sobre a mesa.

— Este dinheiro é abençoado. Diz o senhor que ele o regenerou, e acaba de o restituir muito a propósito para realizar um pensamento de caridade e servir a outra regeneração**.

*** Seixas se exprime com firmeza a respeito de sua regeneração. Na verdade, ele era uma alma pura, corrompida pela sociedade e pelo mimo familiar. Aurélia e seu dote foram os instrumentos do resgate da pureza do personagem.**

**** O dinheiro passa a ter um valor positivo, pois foi usado como instrumento de recuperação moral de Seixas.**

A moça abriu uma gaveta da escrivaninha e guardou nela os valores; depois do que bateu o tímpano; a mucama apareceu.

— Permita-me — disse Aurélia e voltou-se para dar em voz baixa uma ordem à escrava.

Esta acendeu o gás nas arandelas da câmara nupcial e retirou-se, enquanto Aurélia dizia ao marido, mostrando o aposento iluminado:

— Não quero que erre o caminho.

— Agora não há perigo.

— Agora? — repetiu a moça com um olhar que perturbou Seixas.

Houve uma pausa.

— Talvez a senhora, para evitar a curiosidade pública, deseje um pretexto?

— Para quê?

— A viagem à Europa seria o melhor. O paquete deve partir nestes quinze dias. Uma prescrição médica tudo explicará, a separação e a urgência. Mais tarde quando venham a saber, já não causará surpresa.

Aurélia deixou perceber ligeira comoção. Entretanto foi com a voz firme que respondeu:

— Desde que uma coisa se tem de fazer, o melhor é que se faça logo e sem evasivas.

Fernando ergueu-se de pronto:

— Neste caso receba as minhas despedidas.

Aurélia de seu lado erguera-se também para cortejar o marido.

— Adeus, senhora. Acredite...

— Sem cumprimentos! — atalhou a moça. — Que poderíamos dizer um ao outro que já não fosse pensado por ambos?

— Tem razão.

Seixas recuou um passo até o meio do aposento, e fez uma profunda cortesia, à qual Aurélia respondeu. Depois atravessou lentamente a câmara nupcial agora iluminada. Quando erguia o reposteiro ouviu a voz da mulher.

— Um instante! — disse Aurélia.

— Chamou-me?

— O passado está extinto. Estes onze meses, não fomos nós que os vivemos, mas aqueles que se acabam de separar, e para sempre. Não sou mais sua mulher; o senhor já não é meu marido. Somos dois estranhos. Não é verdade?

Seixas confirmou com a cabeça.

— Pois bem, agora ajoelho-me a teus pés, Fernando, e suplico-te que aceites meu amor, este amor que nunca deixou de ser teu, ainda quando mais cruelmente ofendia-te*.

A moça travara das mãos de Seixas e o levara arrebatadamente ao mesmo lugar onde cerca de um ano antes ela infligira ao mancebo, ajoelhado a seus pés, a cruel afronta.

— Aquela que te humilhou, aqui a tens abatida, no mesmo lugar onde ultrajou-te, nas iras de sua paixão. Aqui a tens implorando teu perdão e feliz porque te adora, como o senhor de sua alma.

Seixas ergueu nos braços a formosa mulher, que ajoelhara a seus pés; os lábios de ambos se uniam já em férvido beijo, quando um pensamento **funesto** perpassou no espírito do marido. Ele afastou de si com gesto grave a linda cabeça de Aurélia, iluminada por uma aurora de amor, e fitou nela o olhar repassado de profunda tristeza.

— Não, Aurélia! Tua riqueza separou-nos para sempre.

A moça desprendeu-se dos braços do marido, correu ao toucador e trouxe um papel lacrado que entregou a Seixas.

— O que é isto, Aurélia?

— Meu testamento.

Ela despedaçou** o lacre e deu a ler a Seixas o papel. Era efetivamente um testamento em que ela confessava o imenso amor que tinha ao marido e o instituía seu universal herdeiro.

— Eu o escrevi logo depois do nosso casamento; pensei que morresse naquela noite — disse Aurélia com gesto sublime.

Seixas contemplava-a com os olhos rasos de lágrimas.

— Esta riqueza causa-te horror? Pois faz-me viver, meu Fernando. É o meio de a **repelires**. **Se não for bastante, eu a dissiparei**.

***

As cortinas cerraram-se, e as **auras** da noite, acariciando o seio das flores, cantavam o hino misterioso do santo amor conjugal***.

*** Repare na formalidade desta fala, na solenidade e suspense que o narrador coloca nas palavras de Aurélia: "Não sou mais sua mulher, o 'senhor' já não é meu marido". Os papéis sociais estão extintos; Aurélia então pede perdão e chama o marido de "Fernando" e "tu". Estão livres do casamento por interesse.**

Funesto: **sinistro.**

** **O que o uso do verbo "despedaçar" revela sobre o estado interior de Aurélia nesse momento?**

Repelires: **rejeitares.**

Se não for bastante, eu a dissiparei: **se não for suficiente, eu a farei desaparecer.**

Auras: **brisas.**

*** **Observe que o romance termina à maneira do teatro: "as cortinas cerraram-se". Os leitores foram espectadores desse drama conjugal em que o verdadeiro amor acabou triunfando.**

NOTA DE JOSÉ DE ALENCAR

O folhetim do *Jornal do Comércio*, escrito por uma pena elegante, inseriu a propósito deste romance duas espirituosas cartas assinadas com o nome feminino de *Paula*.

Logo depois apareceu na mesma folha uma amiga da escritora, a discutir as observações e reparos contidos naquelas cartas acerca do livro*.

Como sejam raros entre nós os estudos de crítica literária, sem fermento de despeito, aqui transcreveremos essa carta a fim de que o leitor julgue por si da procedência das censuras.

Carta

A D. Paula de Almeida — Laranjeiras.

Querida.

Passamos ontem a manhã na cascata de Itamarati. Luísa mostrou-nos tuas cartas, que lemos à sombra dos velhos ipês, copados de flores, e ao rugido da torrente nas fragas do rochedo.

O sítio convidava ao devaneio**. Por isso, e também pela novidade, o assunto predileto da conversa foi tua opinião acerca do último romance.

Discutimos **em palramento** as tuas observações e não sei por que incumbiram-me da resposta. Talvez por ser a única da roda que ainda não conhecia o livro.

À noite preparei-me para desempenhar a tarefa, lendo a obra e marcando com uma cruzinha, não de lápis, e sim da minha unha de nácar, certas páginas, que a seu tempo hei de citar.

E aqui me tens na **estacada**, como se diria no tempo da cavalheiria em que os homens se **lanceavam** galhardamente por nossa causa. Hoje não passamos de pretextos, minha amiga.

Na primeira de tuas cartas apenas apontaste as interrogações que suscitou o volume publicado de *Senhora*.

*** Até que ponto essa "amiga da leitora" não será o próprio Alencar, fingindo-se de "leitora" e esclarecendo intenções narrativas?**

**** Repare como o ambiente natural funcionava como um cenário equilibrado e inspirador para discussões e "devaneios", recurso típico do Romantismo.**

Em palramento: **conversando.**

Estacada: **disputa.**

Lanceavam: **combatiam com lanças.**

Duvidas "que a mulher possa amar um homem **vilipendiado** e que seja elevado o caráter de uma senhora capaz de insultar aquele a quem ama e amou na aurora luminosa das primeiras ilusões".

Não há aqui uma contradição? Não supões impossível o amor de Aurélia, para logo depois admiti-lo como obstáculo ao que chamas insulto?

Na questão psicológica estamos em completa divergência. Não há amor impossível, querida: assim como não concebo a paixão sem os ímpetos que subvertem a alma e arrancam da profunda serenidade do afeto mais extremoso tempestades de ódio, de cólera, de vingança*****.

O que é a blasfêmia senão o estrépito de uma crença que se rompe? O amor, que também é uma crença, tem dessas terríveis irrupções.

Além de que, tu exageras. Fernando não é um homem vil. Tem a honestidade vulgar, com que a sociedade acomoda-se. O fato por ele praticado no fundo não passa de um casamento de conveniência, coisa aceita e respeitada pelo mundo.

É em face do amor e de um amor romanesco e veemente como o de Aurélia que o fato assume as proporções de miserável transação. Mas nas explosões dessa mesma indignação não se está revelando a impetuosidade da paixão?

Seixas é uma fotografia; eu conheço vinte originais dessa cópia. A sociedade atual gera aos pares desses *homens de cera*, elegantes, simpáticos e banais, que se moldam a todas as situações da vida artificial dos salões.

Na vulgaridade de Seixas está precisamente o cunho artístico do personagem. Com as arestas, os ângulos, as sombras e abismos que lhe querias, deixava de ser o marido de Aurélia.

Supõe esse homem de outra têmpera. Se tivesse a rigidez da probidade, não seria comprável; se, ao contrário, houvesse já caído na abjeção ele saberia na noite do casamento representar a comédia do amor, de modo a iludir a mulher, que não desejava outra coisa, a mísera.

Vilipendiado: desprezível.

*** A autora da carta defende uma posição absolutamente romântica para definir o sentimento amoroso. Outro ponto de semelhança com Alencar?**

* Realmente, se Seixas fosse tão vil, ele poderia teatralmente pedir perdão à esposa, inventando alguma desgraça que justificasse sua necessidade de dinheiro e convencesse Aurélia. Sua humilhação é prova de caráter.

Ingênita: inata.

Aluí-lo: destruí-lo, arruiná-lo.

Postiços: perucas; alusão a um comentário irônico do narrador em certo momento do romance, quando ele compara o amor comprado e falso com o uso de perucas, que também falsificam a beleza.

Increpas ao autor: censuras.

** Essa expressão era usada pela crítica para nomear principalmente Balzac. Fisiologia é um ramo da biologia que estuda os estados vitais dos corpos (sede, fome, reprodução etc.). A carta insere o romance *Senhora* nessa corrente de análise, de criação de um real perfil de mulher.

*** Procedimento típico do teatro, onde não há narrador: os personagens apresentam-se diante dos espectadores, tomam a palavra e executam as ações, no decorrer das quais vão revelando suas características.

A esse Seixas "de alma podre, raso como uma poça de lama das ruas" seria facílimo inventar uma fatalidade para justificação do seu procedimento*.

O marido de Aurélia porém é outro muito diverso. Leviano, fácil, descuidado no viver banal, seu coração brioso, até ali sopitado pelos hábitos da vida elegante, abate-se e emudece ante a primeira humilhação: mas a revolta não tarda, e anuncia-se na frieza daquela implacável ironia com que ele se pune a si para flagelar a mulher.

E, se não me engano, aí está o verdadeiro toque desse caráter, que naturalmente vai entrar em outra fase e restituir-se à **ingênita** nobreza, se a fatalidade não acabar de **aluí-lo**.

O desenvolvimento da situação altamente dramática desses dois entes foi esboçado no diálogo com que termina a última cena do primeiro volume. Veremos se o autor me dá razão.

Não compreendo os teus grifos: mas tanto eles, como a tua maneira de resumir o drama, estão revelando que o autor incorreu no teu desagrado por algum motivo.

Será pelo remoque que lhe escapou contra os nossos **postiços**?

Se eu te desse notícia de uma das mais belas cenas de Shakespeare por essa guisa, "Julieta com medo manda embora a Romeu que salta pela janela" me acusarias e com razão de caricaturar a criação do poeta.

Na segunda de tuas cartas foste mais explícita. **Increpas ao autor** um defeito grave: de não penetrar no coração de seus personagens.

Surpreendeu-me a censura; pois nenhum escritor mais do que ele se tem dedicado a esse gênero, que se pode qualificar de *romance fisiológico***. A *Senhora* é para mim um verdadeiro perfil de mulher.

Há duas maneiras de estudar a alma: uma dramática, à semelhança de Shakespeare; outra filosófica, usada por Balzac. O romancista dispõe de ambas; mas deve, sempre que possa, dar preferência à primeira e fazer que seus personagens se desenhem a si mesmos no correr da ação***.

Quem lê as seis primeiras páginas de *Senhora* compreende imediatamente que há na vida dessa menina de dezenove anos grande e profunda decepção. Na sua luta com a sociedade pressentem-se as energias e os ímpetos do caráter, que vai jogar a sua liberdade, o seu destino, em um despeito do amor traído.

Quando afinal se desenha a situação inesperada, o autor, em vez de explicá-la por uma dissertação, conta singelamente a história desse amor; e o leitor sente que a paixão ideal, entusiasta, da menina pobre e resignada, devia necessariamente produzir na mulher opulenta e festejada esses assomos do orgulho ofendido.

Querias tu que o autor se armasse de escalpelo para dissecar o coração de Aurélia*? E que podia ele dizer de mais eloquente do que as circunstâncias da vida dessa moça, narradas com fidelidade?

Quanto a Fernando, ainda és mais injusta.

A simples descrição do aposento desenha o seu habitante, e quando o autor o apresenta, recostado ao sofá, nós já o conhecemos moralmente pela antítese de sua elegância exterior com sua pobreza doméstica.

Os pormenores do vestuário e mobília não têm outro fim. Chamas a isso fotografias; serão, porém, do caráter, o qual se revela mais nesses mínimos acidentes da intimidade do que no aparato social.

A honestidade de Seixas manifesta-se na primeira recusa do casamento oferecido por Lemos e em muitas outras circunstâncias. As excelências de seu coração transparecem na cena com as irmãs.

Mas tu queres maravilhas, colossos **talhados a escopo de Miguel Ângelo**, epopeias fluminenses, tragédias subterrâneas, dramas terríveis, representados na poeira das ruas.

O autor poderá responder-te que ele é senhor de sua inteligência e faz dela o que bem lhe apraz. Não tens direito de exigir dele com uns elogios maliciosos que escreva livros não ao seu gosto, mas ao teu sabor.

Esse despotismo da crítica é perigoso. Como não ficarias tu se o autor, encontrando-se contigo, te falasse

*** O "escalpelo dissecando corações" era outra imagem recorrente às obras de Balzac (há mesmo famosa caricatura de Balzac espetando um coração num bisturi). A carta ressalta a intenção do autor: no retrato fiel, ele chegaria ao âmago dos sentimentos.**

Talhados a escopo de Miguel Ângelo: **esculpidos como uma obra de Miguel Ângelo (ou Michelangelo), famoso escultor e pintor italiano (1475-1564).**

mais ou menos neste teor:

"Seus olhinhos pardos são apenas *lindos*. Eu quero o *belo*: quero grandes olhos negros. Quem recebeu da natureza essa fronte olímpica não tem o direito de apresentar-se na sociedade com uma boquinha de botão rosa".

Naturalmente lhe responderias voltando as costas. Mas, refletindo, compreenderias o epigrama.

Com uma de tuas censuras fizeste ao autor o maior elogio, dizendo que ele talha os seus personagens no tamanho da sociedade fluminense*. É justamente por esse cunho nacional que eu o aprecio.

Os teus colossos neste nosso mundo teriam ares de convidados de pedra.

No fim de tua carta insistes de novo sobre a insignificância do caráter de Seixas e embirras com os pormenores da vida íntima do mancebo. Perguntas por sua alma e queres saber se ele é um **aleijão**, e se o é da natureza ou da sociedade.

Em tua opinião, só os aleijões têm **direito de cidade** no romance; e a alma do homem não se traduz em seus hábitos, em seus vícios, no seu teor da vida enfim.

Por que modo se traduz então?

Lê além de outras as págs. 45, 90-91, 102-104**. Se não achares aí a alma de Seixas, pela qual perguntas, então é que entendes por alma alguma coisa que eu não conheço. Terás dado em **espiritista**?

Mais uma vez te enganaste. Em parte alguma do livro se descreve o vestuário de Seixas, a não ser mui de leve a primeira vez que aparece: e isso para mostrar o contraste do chambre de chita com as ricas chinelas bordadas.

Nesse contraste há um traço do caráter, que tu não enxergaste, para ver somente o lado material da descrição.

Também não é exato que Octave Feuillet desdenhe no estudo dos caracteres os toques dessas particularidades que tanto avivam o desenho dos tipos. No mesmo livro — *Mr. Camors* — ele usa largamente dessa tinta delicada de sua palheta.

Nem podia ser de outra forma, conhecendo ele os segredos da arte. A grande superioridade dessa forma

*** A intenção da primeira crítica era amesquinhar o romance, já que este teria o "tamanho da sociedade fluminense". Ora, para essa carta, é exatamente a grande virtude de *Senhora* conseguir registrar esse "tamanho".**

Aleijão: **pessoa com grave defeito de ordem moral.**

Direito de cidade: **direito de aparecer.**

**** Referência às páginas da 1ª edição do romance.**

Espiritista: **seguidor do espiritismo, doutrina religiosa surgida no século XIX.**

literária penso eu que provém de sua natureza complexa: ela abrange e resume em si o drama, a narrativa e a descrição. Da justa combinação dos três elementos nasce o grande atrativo do romance*.

Já te esqueceste das *bottes vernies* e *gants lilas* e da *casaque orange* de Mr. de Camors? Não te lembras de vê-lo *allumant un nouveau cigare aux cendres du premier*? Quando entra em cena tem *un cigare entre les dents*. Logo depois, *ôta son cigare de la bouche*. E *ses chevaux de course*, e *son dog-cart***?

Consente que te diga: deu-se uma confusão em teu espírito. O estudo que o autor propôs-se a fazer foi somente do caráter de Aurélia, ou de seu perfil moral. Todos os outros personagens são incidentes: e apenas saem da penumbra quando ao contato daquela alma recebem o reflexo de sua luz.

Adeus, querida. Não te zangues comigo. Sabes que, ainda mesmo no mês de Maria, sou devota das graças de teu espírito e admiro o teu talento. Se te contrario é para ter o prazer de apreciar as patinhas de aranha com que teus dedos mimosos bordam no papel coisas tão gentis.

E a propósito. Correu aqui por Petrópolis que afinal tiraste da caixinha de costura a pena do **Visconde de Taunay**, e que certo folhetim desta manhã não passa de uma travessura da flor das Laranjeiras.

Será verdade? Guarda teu segredo, querida, e com ele, bem dentro do coração, a lembrança da tua.

Elisa do Vale
Petrópolis, 2 de Maio.

P.S. — Não vás cuidar que sou afeiçoada ao autor e sua admiradora. Não, nem o conheço; penso de um modo **esquisito** nesse particular.

Não pergunto à rosa que me enfeita e à seda que me veste qual o canteiro ou o tear que produziu essas maravilhas. Da mesma forma não inquiro do livro que cérebro o pensou, que mão o escreveu.

*** É a definição do romance romântico, que conseguiria ter a ação das peças teatrais (lembremos de como Alencar acentua o espaço cênico); a narrativa, que deixa os fatos irem por si, sem maiores discussões; e a descrição, o retrato realista possível da sociedade e seus hábitos.**

**** Neste parágrafo, destaque para a sequência de citações em francês de passagens do romance *Camors*, de Feuillet: nota-se que o autor também procurava dar uma ideia do caráter do personagem por meio da descrição de seus trajes ou hábitos, como ocorre em *Senhora*, com relação a Seixas. As expressões são: *bottes vernies* (botas de verniz), *gants lilas* (luvas lilases), *casaque orange* (casaco laranja), *allumant un nouveau cigare aux cendres du premier* (acendendo um novo charuto nas cinzas do primeiro), *un cigare entre les dents* (um charuto entre os dentes), *ôta son cigare de la bouche* (tirou seu cigarro da boca), *ses chevaux de course* (seus cavalos de corrida) e *dog-cart* (pequena carroça puxada por um cavalo, com duas rodas altas e equipada com uma cesta especial para acomodar cães de caça. Essa é a única palavra em inglês).**

Visconde de Taunay (1843-1899): autor de *Inocência*, um dos principais livros do nosso Romantismo.

Esquisito: diferente.

SENHORA

Comentários sobre a obra

A comercialização dos sentimentos e a transformação do casamento em negócio é o tema de *Senhora*, o melhor romance urbano de José de Alencar. Nas últimas páginas, Fernando Seixas, tomando consciência do jogo em que estava envolvido, confessa que "a sociedade no seio da qual me eduquei fez de mim um homem à sua feição; o luxo dourava-me os vícios, e eu não via através da fascinação o materialismo a que eles me arrastavam. Habituei-me a considerar a riqueza como a primeira força viva da existência, e os exemplos ensinavam-me que o casamento era meio tão legítimo de adquiri-la, como a herança e qualquer honesta especulação." Fernando, portanto, confessa-se um homem para quem o casamento nem sempre rimava com amor. Mas a humilhação de ter sido comprado serviu-lhe de lição, como ele esclarece logo em seguida: "Hoje saberia afrontar a adversidade, e ser homem; naquele tempo não era mais do que um ator de sala; sucumbi. Mas a senhora regenerou-me e o instrumento foi esse dinheiro. Eu lhe agradeço."

A dureza do castigo enrijeceu o caráter de Fernando e fez emergir sua essência nobre. No fundo, ele era um homem virtuoso; sua queda foi momentânea e ele soube dar a volta por cima e reconquistar Aurélia, que então se vê à vontade para declarar seu amor e colocar-se a seus pés: "Aquela que te humilhou, aqui a tens abatida, no mesmo lugar onde ultrajou-te, nas iras de sua paixão. Aqui a tens implorando teu perdão e feliz porque te adora, como o senhor de sua alma". É a vitória do amor sobre o dinheiro, um final exemplarmente romântico, mas que não apaga a força crítica do romance, que revela o materialismo de uma sociedade que transforma tudo em cifras, que reduz o casamento a um balcão de negócios. E essa força crítica é a grande contribuição de *Senhora* para a literatura brasileira, abrindo um caminho que seria superiormente explorado por Machado de Assis.

CONVERSANDO SOBRE A OBRA

1. O consumo dos folhetins foi intenso no século XIX. Estudar o desenvolvimento da trama de *Senhora* e explicar se há evidências ou não da influência do folhetim na estrutura desse romance.

2. Aurélia é "forçada" pela mãe a expor-se na janela. Discutir o que isso revela sobre a situação da mulher na sociedade da época.

3. Apontar os motivos que levam Fernando a desistir do noivado com Aurélia e a comprometer-se com Adelaide.

4. Explicar o objetivo que Aurélia tinha em mente ao pedir a Lemos que levasse a Fernando sua proposta de casamento.

5. Na noite de núpcias, Fernando se surpreende profundamente com Aurélia e vice-versa. Explicar o que aconteceu.

6. Explicar por que se pode dizer que, durante onze meses, Fernando e Aurélia tiveram apenas um casamento "de fachada".

7. Discutir se é válido ou não afirmar que a própria família de Fernando pode ser vista como responsável por certas características negativas de sua personalidade.

8. Nas últimas páginas do romance, Fernando confessa: "Hoje saberia afrontar a adversidade, e ser homem; naquele tempo não era mais do que um ator de sala; sucumbi. Mas a senhora regenerou-me e o instrumento foi esse dinheiro. Eu lhe agradeço". A que adversidade refere-se ele? E por que "esse dinheiro" foi um instrumento regenerador?

9. Pode-se dizer que os títulos das quatro partes em que se divide o romance lembram os momentos de uma transação comercial? Por quê?

10. O romance é narrado em terceira pessoa. Observar como é feita a narração para verificar se se trata de um narrador onisciente ou não. Atentar também para os comentários do narrador, observando se ele se mantém neutro diante dos fatos que narra.

11. Os heróis românticos são geralmente seres de exceção, marcados por qualidades que os distinguem dos demais. Explicar se Aurélia e Fernando confirmam essa característica da literatura da época.

12. Para envolver emocionalmente o leitor, muitas vezes o escritor romântico apresentava sua obra como fruto de uma experiência pessoal. Que recurso usou Alencar em *Senhora* para convencer o leitor de que a história era real?